FANTASY

»Packender als jeder andere Fantasy-Stoff – ein Breitwand-Epos mit jeder Menge Action und brillanten Einfällen, wie Sie sie in kaum einem anderen Fantasy-Roman finden werden.«

The Washington Post Book World

Raymond E. Feist, geboren 1945 in Los Angeles, studierte an der Universität von Kalifornien in San Diego und arbeitete unter anderem als Fotograf, Gebrauchtwagenverkäufer und Erfinder von Spielen, ehe er sich dem Schreiben zuwandte. Jeder seiner Romane war auf den amerikanischen Bestsellerlisten zu finden. Seine in den achtziger Jahren begonnene Midkemia-Saga gilt als Meisterwerk der modernen Fantasy.

Raymond Feist im Goldmann Verlag

Die Midkemia-Saga 1: Der Lehrling des Magiers (24616)
Die Midkemia-Saga 2: Der verwaiste Thron (24617)
Die Midkemia-Saga 3: Die Gilde des Todes (24618)
Die Midkemia-Saga 4: Dunkel über Sethanon (24611)
Die Midkemia-Saga 5: Gefährten des Blutes (24650)
Die Midkemia-Saga 6: Des Königs Freibeuter (24651)

Die Schlangenkrieg-Saga 1: Die Blutroten Adler (24666)
Die Schlangenkrieg-Saga 2: Die Smaragdkönigin (24667)
Die Schlangenkrieg-Saga 3: Die Händler von Krondor (24668)
Die Schlangenkrieg-Saga 4: Die Fehde von Krondor (24784)
Die Schlangenkrieg-Saga 5: Die Rückkehr des Schwarzen Zauberers (24785)
Die Schlangenkrieg-Saga 6: Der Zorn des Dämonen (24786)

Zusammen mit Janny Wurts

Die Kelewan-Saga 1: Die Auserwählte (24748)
Die Kelewan-Saga 2: Die Stunde der Wahrheit (24749)
Die Kelewan-Saga 3: Der Sklave von Midkemia (24750)

Weitere Bände in Vorbereitung.

DIE SCHLANGENKRIEG-SAGA

RAYMOND FEIST

DIE HÄNDLER VON KRONDOR

Ein Midkemia-Roman

3

Aus dem Amerikanischen
von Andreas Helweg

GOLDMANN

Die amerikanische Originalausgabe erschien unter dem Titel
»Rise of a Merchant Prince« (Chapters 1–10) bei William Morrow
& Company, Inc., New York

*Dieses Buch
ist Diane und David Clark,
guten Freunden, gewidmet.*

Umwelthinweis:
Alle bedruckten Materialien dieses Taschenbuches
sind chlorfrei und umweltschonend.
Das Papier enthält Recycling-Anteile.

Der Goldmann Verlag
ist ein Unternehmen der Verlagsgruppe Bertelsmann

Umschlaggestaltung: Design Team München
Umschlagillustration: Ferenc Regös, Oderding
Satz: deutsch-türkischer fotosatz, Berlin
Druck: Elsnerdruck, Berlin
Verlagsnummer: 24668
Redaktion: Cornelia Köhler
VB · Herstellung: Peter Papenbrok
Made in Germany
ISBN 3-442-24668-7

3 5 7 9 10 8 6 4

1 DAS WRACK DER >ADLER<
2 SHINGAZIS ANLEGESTELLE
3 STADT AM SCHLANGENFLUSS
4 DAS GEBIRGE AM MEER
5 DER FLUSS DEE
6 DER FLUSS SATPURA
7 BUCHT VON SULTH
8 RATN'GARY GEBIRGE
(PAVILLON DER GÖTTER)
9 DIE FLUSSLANDE
10 DIE OSTLANDE
11 SCHLANGENFLUSS
PFERDE-KOPF-KAP
SUMANUGEBIRGE
SOTHUGEBIRGE
SCHLANGENSEE
DIE HOHEN KLIPPEN
DIE HEISSEN LANDE
HAMSA
SULTH
DIE GROSSE STEPPE
KILBUR
IRABEK
KHAIPUR
LANADA
EBENE VON DJAMS
MAHARTA
WALD VON IRABEK
PUNI
HAFEN DES LEIDS
PALAMDS
BUCHT VON MAHARTA
CHUFTSKAN
ISPAR
DAS BLAUE MEER
DAS GRÜNE MEER
DER GROSSE WALD DES SÜDENS
GOLF VON RATN' GARY
KAP DES SCHICKSALS
NOVINDUS

NORDBERGE
NORDLANDE
BERGENSTEIN
5
ELVANDAR
4
HOCHBURG
TYR-SOG
YABON
DIE GRAUEN TÜRME
LORIEL
CRYDEE
LA MUT
FALKENHÖHLE
HOGEWALD
10
YLITH
WALINOR
CALASTIUS GEBIRGE
CARSE
JONRIL
HUSH
NATAL
NATALHAVEN
QUESTORS SICHT
SETHANON
DIE ENDLOSE SEE
BORDON
TULAN
QUEG
SARTH
FINSTERMOOR
1
MARGRAVS HAFEN
PALANQUE
STRASSE DER FINSTERNIS
2
KRONDOR
SALADOR
DAS BITTERE MEER
LANDRETH
SEE DER TRÄUME
ELARIAL
DURBIN
SHAMATA
TAL DER TRÄUME
9
CARALYAN
TROLLHEIM-GEBIRGE
DIE STERNPFEILER
WÜSTE VON JAL-PUR
MIDKEMIA
N
W
S

Die Zähne der Welt
Eisenpass
Wächter des Nordens
6
Rodez
Ran
Romney
Tiburn
3
Silden
Cheam
Sadara
Rillanon
8
Timons
Durronys Tal
See des Königreichs
Niederhohnheim
Die Grauen Berge
Malvenhafen
Gipfel der Ruhe
Das Kaiserreich Gross-Kesh
7
1 Königreich Queg
2 Insel des Zauberers
3 Das Königreich
4 Das Grüne Herz
5 Himmelssee
6 Dunkelhain
7 Die Grünen Welten
8 Königreich Roldem
9 Grosser Sternensee
10 Ferne Küste

Die Geschichte von Roo

Teil 1

Der Reichtum, wie auch immer erworben,
stellt in England Handwerker
und Lebemänner in den Adelsstand,
alte Familien und hohe Geburt
braucht keiner hier,
Unverschämtheit und Geld,
die machen den Peer.

Daniel Defoe,
Der waschechte Engländer

Prolog

Dämonia

Die Seele kreischte.

Der Dämon wandte sich um, den klaffenden Rachen zu einem steten Grinsen verzogen. Lediglich ein leichtes Zucken der Augen, schwarzer Kreise, welche – flach und leblos – denen eines Hais glichen, verriet sein wachsendes Vergnügen. Er betrachtete das Glas, seinen einzigen Besitz.

Diese Seele war besonders lebhaft, und der Dämon hatte Glück gehabt, sie zu finden und fangen zu können. Er klemmte das Glas unter das Kinn, schloß die Augen und spürte, wie die Energie aus dem Glas zu ihm überfloß. Die Gefühle dieser Kreatur kannten nichts, das so etwas wie Glück geähnelt hätte, nur ein Nachlassen der Angst oder der Wut, aber das nun in ihm aufwallende Gefühl kam Glück so nahe, wie es einem Dämon möglich war. Jedes Mal, wenn sich die Seele in dem Glas wehrte, erfüllte sie die Gedanken des Dämons mit neuen Ideen.

Als fürchte er plötzlich, einer seiner mächtigeren Brüder könne ihm sein Spielzeug entreißen, blickte sich der Dämon um. Die Halle, in der er sich befand, war eine von vielen im großen Palast von Cibul, der Hauptstadt des nun ausgemerzten Volkes der Saaur.

Dann fiel es dem Dämon wieder ein: ausgemerzt, bis auf jene, die durch das magische Portal geflohen waren. Er spürte, wie der Zorn zurückkehrte, sich dann jedoch rasch wieder in nichts auflöste. Als minderer Dämon war er nicht besonders klug, und er hatte nicht verstanden, weshalb der Flucht dieses kleinen Teils jenes ausgelöschten Volkes eine solche Bedeutung zugemessen wurde. Was jedoch offensichtlich der Fall war, denn die Lords der Dämonen versammelten sich just in diesem Moment auf der Ebene im Osten der Stadt Cibul, um den nun geschlossenen Spalt, durch den die Saaur geflohen waren, abermals in Augenschein zu nehmen.

Die Lords des Fünften Zirkels hatten schon einmal versucht, das Portal zu öffnen, und dabei hatte ein winziger Dämon hindurchschlüpfen können, ehe das Portal in sich zusammengebrochen war, den Spalt zwischen zwei Reichen versiegelt hatte und den winzigen Dämon auf der anderen Seite des Spalts hatte stranden lassen. Die wichtigeren Dämonen berieten ausgiebig darüber, wie man den Spalt erneut öffnen und sich Zugang zu jenem anderen Reich verschaffen könnte.

Der Dämon wanderte durch die Hallen, bemerkte freilich die Verheerungen um sich herum nicht. Wandteppiche, an denen eine ganze Generation gewoben hatte, waren heruntergerissen worden und von Schmutz und Blut befleckt. Nun trampelte man achtlos auf ihnen herum. Der Dämon zermalmte unter seinen Füßen die Rippe eines Saaur und trat sie geistesabwesend zur Seite. Endlich gelangte er zu seinem geheimen Zimmer, demjenigen, welches er für sich beansprucht hatte, solange das Heer des Fünften Zirkels auf dieser kalten Welt bleiben würde. Welch schreckliche Erfahrung war es gewesen, das Reich der Dämonen zu verlassen, dachte der junge Dämon. Es war seine erste Reise, und er wußte nicht recht, ob ihm der Schmerz des Übergangs wirklich soviel ausgemacht hatte.

Denn das anschließende Festmahl war wirklich herrlich gewesen; nie zuvor hatte er einen solchen Überfluß an Essen zu Gesicht bekommen, obwohl ihm nur die Brocken zuteil geworden waren, die beim Festschmaus der Mächtigsten des Heeres abgefallen waren. Aber ob es nun nur die Brocken waren oder nicht, der Dämon hatte viel verschlungen und war gewachsen. Und das brachte so seine Probleme mit sich.

Der Dämon setzte sich und versuchte eine bequeme Haltung zu finden, während sich sein Körper veränderte. Der Festschmaus hatte fast ein Jahr angedauert, und viele der geringeren Dämonen waren herangewachsen. Dieser Dämon hier war besonders schnell gewachsen, obwohl er immer noch nicht groß genug war, um wirklich klug zu sein. Auch sein Geschlecht hatte sich noch nicht entwickelt.

Er betrachtete sein Spielzeug und lachte, ein stilles Klaffen des Kiefers und ein saugendes, zischendes Atemholen. Ein sterbliches Auge hätte das Ding in dem Glas nicht sehen können. Der Dämon, der noch keinen Namen hatte, hatte viel Glück gehabt, daß er ausgerechnet diese Seele eingefangen hatte. Ein großer Dämonenhauptmann, fast ein Lord, war mächtiger Magie zum Opfer gefallen, gerade als der große Tugor den Anführer der Saaur zermalmt und gefressen hatte. Einer der Magier der Saaur, ein mächtiger, hatte den Dämonenhauptmann vernichtet, aber das hatte ihn auch das eigene Leben gekostet. Der kleine Dämon war vielleicht nicht besonders klug, aber er war schnell, und ohne Zögern hatte er sich die fliehende Seele des toten Magiers geschnappt.

Der Dämon untersuchte das Seelenglas abermals und tippte mit dem Finger daran. Die magische Seele darin belohnte ihn, indem sie wild um sich schlug, falls etwas ohne Körper überhaupt schlagen konnte.

Der Dämon verlagerte das Gewicht. Er wußte, er würde mächtiger werden, aber das Fressen ohne Unterlaß war jetzt zu Ende. Die letzten der Saaur waren tot und verschlungen, und nun mußte sich das Heer der Dämonen mit niederen Tieren als Speise abfinden, mit Tieren, deren Seelen nur wenig Macht besaßen. Es gab da einige Arten, deren Nachwuchs als Schmaus dienen würde, aber das bedeutete langsames Wachstum. Der Körper des Dämons würde nicht weiter heranwachsen, bis sie ins nächste Reich eingefallen waren.

Kalt ist es, dachte der Dämon, während er sich in dem großen Zimmer umsah, dessen eigentlicher Zweck ihm unbekannt war. Es war das Schlafzimmer einer der vielen Gemahlinnen des

Saauranführers gewesen. Das Reich, aus dem der Dämon stammte, war wild und heiß, und dort wuchsen die Dämonen des Fünften Zirkels ungezügelt heran und verspeisten sich gegenseitig, bis sie stark genug waren, um zu fliehen und dem Dämonenkönig und seinen Lords und Hauptmännern zu dienen. Dieser Dämon hatte nur noch vage Erinnerungen an seine eigenen Anfänge, an die Wut und die Angst und die gelegentlichen Augenblicke des Vergnügens, wenn er etwas verschlungen hatte.

Der Dämon suchte erneut eine bessere Lage. Wenn sich der Körper veränderte, konnte man kaum eine bequeme Haltung finden. Sein Rücken juckte, und mit Sicherheit würden bald die Flügel wachsen, zuerst ganz winzig, dann immer größer, während er an Macht zunahm. Der Dämon war schlau genug, um zu wissen, daß er kämpfen mußte, wenn er einen höheren Rang einnehmen wollte, und daher wollte er sich besser ausruhen.

Bisher hatte er sehr viel Glück gehabt, da er in die kritische Zeit seines Wachstums eingetreten war, während der Krieg auf dieser Welt seinem Ende zuging und das Heer zu sehr damit beschäftigt war, die Bewohner dieser Welt zu verschlingen, um unter sich Rangkämpfe auszutragen.

Jetzt kämpften andere, und die Gewinner würden die Kraft der Verlierer in sich aufnehmen, wenn sie diese verspeisten; außer in jenen Zeiten, in denen die Lords und Hauptmänner von allen Gehorsam verlangten, war jeder Dämon von niedrigerem Rang ein lohnendes Ziel für einen größeren. So war das nun einmal bei seinem Volk, und jeder, der fiel, war es nicht wert, daß man einen weiteren Gedanken an ihn verschwendete. Dieser Dämon glaubte, es müsse noch einen besseren Weg geben, wie man mehr Kraft gewinnen konnte, ohne sich auf die offenen Kämpfe einzulassen. Aber er hatte keine Idee, wie dieser Weg aussehen könnte.

Er sah sich in dem Raum um, der einst ein königliches und reich ausgestattetes Zimmer gewesen war, und schloß die Augen, nicht ohne jedoch noch einen letzten Blick auf das Seelenglas zu werfen. Vielleicht würde das Fressen für eine Weile vorbei sein, und damit auch das Wachsen, aber während dieses Krieges hatte der Dämon eines gelernt: Körperliches Wachstum war sicherlich beeindruckend, aber wichtiger war es, Dinge zu wissen. Der Inhalt des Seelenglases hatte ein großes Wissen, und dieser kleine Dämon hätte dieses Wissen so gern besessen. Der Dämon hielt sich das Glas an die Stirn und stupste die Seele mit dem Geist an, woraufhin diese erneut um sich schlug, und die Energie, die dabei frei wurde, floß in den Dämon. Das Gefühl, das er dabei empfand, war mächtig, so wie jenes, welches Rauschgifte bei Sterblichen auslösten, und es war das schönste, das Dämonen kannten. Der Dämon fühlte etwas, das ihm vollkommen neu war: Befriedigung. Bald würde er klüger sein, würde Dinge wissen, und dann könnte er mit mehr als nur der Gerissenheit eines Tieres um einen höheren Rang kämpfen.

Und wenn die Lords der Dämonen schließlich einen Weg fanden, das Portal, welches hinter den fliehenden Saaur versiegelt worden war, zu öffnen, dann würde das Dämonenheer des Fünften Zirkels ihnen folgen, und es würde genug Nahrung geben, seien es nun Saaur oder was auch immer für intelligente Wesen, die auf der Welt von Midkemia leben mochten.

Eins

Rückkehr

Ein Schiff schoß in den Hafen.

Schwarz und bedrohlich, bewegte es sich wie ein dunkler Jäger, der seiner Beute nachsetzt. Die vollen Segel an den drei hohen, majestätischen Masten trieben das Kriegsschiff auf die Kais der großen Stadt zu. Andere Schiffe wichen zur Seite. Obwohl es wie ein großes Piratenschiff von den Inseln des Sonnenuntergangs aussah, trug das Schiff am vorderen Mast das fürstliche Wappen, und alle, die es sahen, wußten, daß der Bruder des Königs nach Hause zurückkehrte.

Oben in der Takelage des Schiffes arbeitete emsig ein junger Mann und reffte das Besansegel. Einen Moment lang hielt Roo inne, ehe er das letzte Reff festzurrte, und ließ den Blick über die Stadt Krondor schweifen.

Die Stadt des Prinzen breitete sich vom Hafen her aus, erhob sich über die Hügel im Süden und verlor sich im Norden. Das Panorama war beeindruckend. Im vergangenen Jahr hatte der junge Mann – zum nächsten Mittsommerfest würde er das achtzehnte Lebensjahr vollenden – oft daran gezweifelt, ob er den Anblick dieser Stadt jemals wieder zu Gesicht bekommen würde. Und doch, da war er, erledigte die letzten Handgriffe auf dem Besanmast der *Freihafenwächer*, einem Schiff unter dem Befehl von Admiral Nicholas, Bruder des Herrschers des Königreichs der Inseln und Onkel des Prinzen von Krondor.

Krondor war die zweitwichtigste Stadt des Königreichs der Inseln, die Hauptstadt des Westlichen Reiches und der Sitz der Macht des Prinzen von Krondor, Erbe des Throns der Inseln. Roo betrachtete die vielen verschiedenen Gebäude, die sich an die Berge duckten, welche den Hafen umgaben. Der Anblick wurde vom Palast des Prinzen beherrscht, der der Hochwassergefahr wegen auf einem steilen Hügel errichtet worden war. Die Majestät des Palastes stand in scharfem Gegensatz zu den einfachen Bauten, die direkt am Ufer ihren Platz gefunden hatten, den Lagerhäusern, den Werkstätten von Schiffsausrüstern, Segel- und Seilmachern und Zimmermännern sowie den Hafenspelunken. Und die Nachbarschaft des Armenviertels, der Zuflucht von Tagedieben und Spitzbuben, ließ das Hafenviertel im Vergleich zum nahen Palast noch schäbiger wirken.

Doch all das trübte Roos Freude, Krondor wiederzusehen, in keiner Weise, denn jetzt war er ein freier Mann. Er warf einen letzten Blick auf die gerade verrichtete Arbeit und versicherte sich, daß das Segel wirklich ordentlich gerefft war, dann stieg er mit jener sicheren Gewandtheit, die er in den letzten beiden Jahren auf den Schiffsreisen durch trügerische Meere erworben hatte, hinunter.

Nun war es für Roo schon der dritte Frühling hintereinander ohne Unterbrechung durch einen Winter. Unten, auf der anderen Seite der Welt, herrschte jeweils die entgegengesetzte Jahreszeit, und aus diesem Grund hatten sowohl Roo als auch Erik, sein Freund, den Winter zweimal übersprungen. Diese Tatsache belustigte und beunruhigte ihn gleichermaßen.

Er kletterte ein Stück hinunter bis zur Spitze der Webeleine am Besanmast. Roo war auf die Arbeit in der Takelage nicht gerade versessen, aber als einen der kleinsten und beweglichsten Männer der Mannschaft hatte man ihn oft nach oben geschickt. Er ließ sich entlang der Webeleine hinunterrutschen und landete auf Deck.

Erik von Finstermoor, der von Kindheit an Roos einziger Freund gewesen war, zog gerade ein Tau an einer Klampe fest und lief daraufhin zur Reling. Die *Freihafenwächer* sauste an anderen Schiffen vorbei auf den Anleger zu. Die beiden Freunde waren ein ungleiches Paar, da Erik ganze zwei Köpfe größer als

Roo war und doppelt so breite Schultern besaß. Während Erik in seiner Heimatstadt der stärkste Junge gewesen war, hatte Roo zu den schwächsten gehört. Und während man Erik nie als gutaussehend bezeichnet hätte, zeigte sein Gesicht doch stets einen offenen und freundlichen Ausdruck, weswegen man ihn gern mochte; Roo hingegen machte sich keinerlei Illusionen über sein Aussehen. Nach allen Maßstäben war er wenig anziehend, bei seinem verschlossenen Gesicht, den zusammengekniffenen Augen und der Art, wie er herumhuschte, als würde er ständig nach Bedrohungen Ausschau halten. Aber zu den seltenen Gelegenheiten, bei denen er lachte, legte er eine Wärme an den Tag, die nicht ohne Reiz war. Sein spitzbübischer Humor und seine Bereitschaft, jegliche Schwierigkeiten offen anzugehen, hatten Erik schon angezogen, als sie noch Kinder gewesen waren.

Erik, dessen Haar von der Sonne ausgeblichen war, zeigte auf etwas, und Roo nickte. Alle Schiffe wichen vor der *Freihafenwächer* zur Seite und gewährten ihr das Vorfahrtrecht auf ihrem Weg zum fürstlichen Hafen unterhalb des Palastes. Einer der älteren Soldaten lachte, und Roo drehte sich zu ihm um und fragte: »Was gibt es denn?«

»Prinz Nicky reizt den Hafenmeister mal wieder.« Erik sah den Seemann an, dessen blaue Augen aus dem sonnenverbrannten Gesicht hervorstachen. »Was meinst du damit?«

Der Seemann deutete auf ein Boot im Hafen. »Das ist die Barkasse des Hafenmeisters.« Roo blickte in die Richtung, in die der Mann zeigte. »Prinz Nicky wird nicht langsamer, um den Lotsen an Bord zu nehmen!«

Der Seemann lachte. »Der Admiral hat das von seinem Lehrmeister übernommen. Der gute alte Admiral Trask pflegte es auch immer so zu handhaben, aber er hat den Lotsen wenigstens noch an Bord genommen, damit er ihn persönlich ärgern konnte, indem er sich weigerte, sich von Booten zum Anleger schleppen zu lassen. Admiral Nicky ist der Bruder des Königs, und die Vorschriften sind ihm einerlei.«

Roo und Erik blickten nach oben, wo erfahrene Seeleute auf den Befehl warteten, das letzte Segel zu reffen. Dann schaute Roo zum Achterdeck hinüber, wo Nicholas, der frühere Prinz von Krondor und gegenwärtige Admiral der Königlichen Flotte des Westens, ein Signal gab. Sofort zogen die Seeleute die schwere Leinwand hoch und zurrten sie fest. Sekunden später konnten Roo und alle anderen an Bord spüren, wie die Geschwindigkeit des Schiffes abnahm, während sie sich dem fürstlichen Anleger näherten.

Die Bewegung der *Wächer* verlangsamte sich weiter, dennoch kam es Roo so vor, als würden sie immer noch mit zu großer Geschwindigkeit auf den Anleger zuhalten. Der alte Seemann schien seine Gedanken lesen zu können. »Wir schieben einen Haufen Wasser vor uns her und gegen den Kai, und das drückt uns zurück, sobald wir den Anleger erreichen, und bringt uns dann zum Stehen, obwohl die Klampen sicherlich etwas zu stöhnen haben werden.« Er machte sich bereit, die Leine jenen zuzuwerfen, die am Anleger warteten. »Packt mal mit an!«

Sowohl Roo als auch Erik schnappten sich ein Tau und warteten auf den Befehl. Als Nicholas rief: »Werft Leinen!«, warf Roo das Tau einem Mann am Anleger zu, der es fachmännisch fing und rasch an einer der großen Eisenklampen festzog. Wie der alte Seemann gesagt hatte, schienen die eisernen Klampen zu stöhnen, als sich das Tau spannte, aber die Bugwelle schlug vom steinernen Kai zurück. Das Schiff schaukelte einmal auf und ab, als würde es vor Erleichterung, wieder daheim zu sein, aufseufzen.

Erik wandte sich Roo zu. »Ich frage mich, was der Hafenmeister dem Admiral erzählen wird.«

Roo sah nach achtern, wo der Admiral gerade zum Hauptdeck herunterstieg, und dachte über diese Frage nach. Zum ersten Mal hatte er diesen Mann bei seiner und Eriks Gerichtsverhandlung gesehen, wo sie wegen des Mordes an Eriks Halbbruder zum Galgen verurteilt worden waren. Zum zweiten Mal waren sie ihm begegnet, als die Überlebenden der Söldnertruppe, zu welcher Erik und Roo gehörten, vor dem Hafen von Maharta aus einem Fischerboot gerettet worden waren. Nachdem sie auf der ganzen Heimreise unter seinem Befehl gefahren waren, gab es für Roo nur eine Antwort auf die Frage: »Der arme Hafenmeister wird vermutlich überhaupt nichts sagen, sondern nach Hause gehen und sich betrinken.«

Erik lachte. Er wußte wie Roo, welche gelassene Autorität Nicholas ausstrahlte. Der Admiral konnte einen Untergebenen mit seinem bloßen Starren und ohne ein einziges gesprochenes Wort in Tränen ausbrechen lassen, eine Eigenschaft, die er mit Calis, dem Hauptmann von Roos und Eriks Truppe, den Blutroten Adlern, gemeinsam hatte. Von den eigentlich über hundert Mann der Kompanie hatten nur wenige überlebt – die sechs, die mit Calis zusammen geflohen waren, und dann noch einige Nachzügler, die sich in der Stadt am Schlangenfluß eingefunden hatten, ehe die *Freihafenwächer* von dort aus mit Ziel auf Krondor ausgelaufen war. Nicholas' zweites Schiff, die *Trenchards Rache*, war noch einen Monat im Hafen der Stadt am Schlangenfluß geblieben, für den Fall, daß sich dort weitere Männer aus Calis' Truppe einstellen sollten. Jeder, der die Stadt nicht erreicht haben würde, wenn das zweite Schiff seinen Anker lichtete, würde für tot erklärt werden.

Die Laufplanke wurde ausgefahren, und Roo und Erik sahen zu, wie Nicholas und Calis als erste von Bord gingen. Auf dem Kai warteten Patrick, Prinz von Krondor, sein Onkel Prinz Erland sowie andere Angehörige des fürstlichen Hofes von Krondor.

Erik bemerkte: »Sie machen nicht viel Aufhebens, was?«

Roo konnte nur zustimmend nicken. Eine Menge Männer waren gestorben, um jene Erkenntnisse zu beschaffen, mit denen Nicholas jetzt zu seinem Neffen, dem Prinzen von Krondor, zurückkehrte. Und nach allem, was Roo wußte, konnte man die Erkenntnisse bestenfalls als spärlich bezeichnen.

Roo richtete seine Aufmerksamkeit auf die fürstliche Familie. Nicholas, der Prinz von Krondor gewesen war, bis sein Neffe aus der Hauptstadt der Inseln gekommen war und das Amt übernommen hatte, ähnelte in keiner Hinsicht seinem Bruder. Erlands Haar war fast gänzlich grau, zeigte gerade noch so viel Rot, um seine ursprüngliche Farbe erahnen zu lassen. Nicholas, der ebenfalls ergraute, hatte hingegen dunkles Haar und lebhafte Gesichtszüge. Patrick, der neue Prinz von Krondor, erschien wie eine Mischung aus beiden. Er hatte dunklere Haut, und sein Haar war mittelbraun. Zudem besaß er sowohl die kräftige Gestalt von Erland als auch die Lebhaftigkeit von Nicholas.

»Nein«, stimmte Roo zu, »da hast du wohl recht. Das kann man kaum eine Zeremonie nennen.«

Erik nickte. »Allerdings gibt es auch nur wenig Rühmliches zu feiern, wie wir wissen. Der Prinz und sein Onkel sind vermutlich beide begierig auf die Nachrichten, die Calis und Nicholas bringen.«

Roo seufzte bestätigend. »Und sie bringen keine guten. Diese ganze Angelegenheit ist eine verdammte Geschichte, und besser wird es wohl kaum werden.«

Jemand klopfte beiden freundschaftlich auf die Schultern, und die jungen Männer fuhren herum. Hinter ihnen stand Robert de Loungville und grinste, so daß beide Schlimmes erwarteten. Doch diesmal würde sich der Mann von seiner freundlichsten Seite zeigen. Sein schütter werdendes Haar war streichholzkurz geschnitten, allerdings hatte der Feldwebel dringend eine Rasur nötig. »Wo geht's jetzt hin, Jungs?«

Roo klimperte mit dem Geldbeutel, der unter seinem Hemd um seinen Hals hing. »Ich denke, zuerst mal ist es Zeit für ein gutes Bier, dann für die zärtliche Berührung einer verruchten Frau, und danach mache ich mir Gedanken über morgen.«

Erik zuckte mit den Schultern. »Ich habe nachgedacht, und ich würde gern auf Euer Angebot zurückkommen, Feldwebel.«

»Gut«, erwiderte de Loungville, Feldwebel in Calis' Truppe. Er hatte Erik einen Platz in der Armee, jedoch in einer besonderen Einheit angeboten, die Calis, der geheimnisvolle und nicht ganz »menschliche« Verbündete von Prinz Nicholas, aufbauen sollte. »Komm doch morgen mittag in Lord James' Geschäftszimmer vorbei. Ich werd am Tor Bescheid sagen, sie sollen dich reinlassen.«

Roo betrachtete die Männer auf dem Kai. »Unser Prinz sieht wirklich beeindruckend aus.«

Erik nickte. »Ich weiß, was du meinst. Er und sein Vater sehen aus wie Männer, die schon einiges durchgemacht haben.«

»Laßt euch nicht von ihrem Rang täuschen, Jungs«, gab den beiden de Loungville zu bedenken. »Erland und unser König sowie ihre Söhne haben viel Zeit an der Grenze im Norden verbracht und da oben gegen die Goblins und die Bruderschaft des Dunklen Pfades gekämpft.« Er benutzte den gebräuchlichsten Namen für die Moredhel, die Dunkelelben, welche auf der anderen Seite jenes Gebirges lebten, welches man als die Zähne der Welt bezeichnete. »Ich habe auch gehört, der König soll seinerzeit unten in Kesh mal tief in der Patsche gesessen haben, wobei er ziemlichen Ärger mit irgendwelchen Sklavenjägern und solchen Leuten hatte. Wie auch immer, das hat wenigstens sein Bild von den einfachen Leuten zurechtgerückt.

Seit König Rodric haben wir jedenfalls keinen König mehr gehabt, der ausschließlich am Hofe aufgewachsen wäre; nach Rodric bestieg König Lyam den Thron, und das war noch ehe ich geboren wurde. Das sind alles harte Kerle gewesen, die lange Zeit als Soldat gedient haben, und es wird schon einige Generationen dauern, bis in dieser Familie wieder jemand verweichlicht. Und ganz bestimmt nicht, solange der Hauptmann mit von der Partie ist.« In seiner Stimme schwang ein Unterton mit, der auf starke Gefühle hindeutete; Roo blickte den Feldwebel an und versuchte herauszubekommen, was das sein mochte, aber de Loungville hatte bereits wieder ein breites Grinsen aufgesetzt.

»Was denkst du?« wollte Erik von Roo wissen, dem besten Freund, den er seit seiner Kindheit gehabt hatte.

Roo erwiderte: »Nur, wie komisch Familien manchmal sein können.« Er zeigte auf die Gruppe am Kai, die Nicholas aufmerksam zuhörte.

»Guck dir mal den Hauptmann an«, bemerkte Erik.

Roo nickte. Calis, der elbenähnliche Mann, hielt von den anderen ein wenig Abstand, gerade so viel, daß er ihre Fragen gerade noch beantworten konnte.

Robert de Loungville erklärte: »Seit zwanzig Jahren ist er mein Freund. Damals hat er mich in den Diensten des Lords von Hochburg aufgetrieben. Wie er sagte, stammt sein Vater eigentlich aus Crydee; er behauptet, der wäre dort Küchenjunge gewesen. Nun ja, er redet allerdings nicht viel über seine Vergangenheit. Aber vor allem Calis ist es, der die Pläne für die Zukunft schmiedet, und er nimmt solche Kasernenratten wie euch beide und macht richtige Soldaten aus ihnen.« Bei den letzten Worten wurde sein Grinsen noch breiter, als wäre er nur ein einfacher Feldwebel, der einen Witz zum besten gibt, doch sowohl Erik als auch Roo hatten erfahren, welch hohen Rang er am Hofe einnahm, abgesehen von seinem militärischen. »Also fragt ihn nie etwas Persönliches. Er ist ein ziemlich direkter Kerl.« De Loungville senkte die Stimme, als könnte Calis das, was er gesagt hatte, noch am Kai hören, und seine Miene wurde ernst. »Er hat verdammt spitze Ohren. Immerhin, ich habe zuvor noch nie von einem solchen Wesen gehört, halb Mensch, halb Elb, und er ist zu Dingen in der Lage, die kein anderer, den ich kenne, vollbringen würde.« Er grinste abermals, als er hinzufügte: »Dabei hat er uns allen die Haut öfter gerettet, als wir zählen können, verdammt, was schert es einen da, woher er stammt? Der Platz, den man bei der Geburt einnimmt, bedeutet gar nichts. Das kann man nicht beeinflussen. Wichtig ist, wie man lebt.« Er klopfte den beiden jungen Männern auf die Schulter. »Ihr wart wertloses Hundefutter, als ich euch kennengelernt habe, gerade gut genug für die Krähen, kurz vorm Hungertod, aber seht euch jetzt mal an.«

Erik und Roo wechselten einen Blick und lachten. Beide trugen immer noch die gleiche Kleidung wie bei der Flucht aus Maharta, immer wieder geflickt und so schmutzig, daß man sie nie wieder sauberbekommen würde. Sie sahen kaum besser aus als Wegelagerer.

»Wir sehen aus wie zwei Männer, die unbedingt neue Kleider brauchen«, stellte Roo fest. »Abgesehen von Eriks Stiefeln sind unsere Sachen gerade noch gut genug für den Lumpensammler.«

Erik blickte an sich hinunter. »Und die Stiefel müssen auch neu besohlt werden.« Erik hatte die Hacken fast vollständig abgelaufen, und das Leder war von der Seeluft trocken und rissig geworden. Die Stiefel waren alles, was Erik vom Erbe des Barons von Finstermoor geblieben war. Das einzige, womit er Erik gegenüber seine Vaterschaft eingestanden hatte. Nun gut, er hatte Erik überdies nicht verboten, den Namen »von Finstermoor« zu tragen.

Sho Pi, ein Isalani aus dem Kaiserreich Groß-Kesh, kam von unten an Deck. Er trug seine Reisetasche. Hinter ihm folgte Nakor, ebenfalls ein Isalani, den Sho Pi zu seinem »Meister« auserkoren hatte. Nakor schien alt zu sein, bewegte sich jedoch noch so flink und rege wie ein junger Mann. Das hatten sowohl Erik als auch Roo am eigenen Leib erfahren. Schließlich hatte Nakor sie im Faustkampf ausgebildet, und Roo und Erik waren sich gewiß, daß dieser seltsame kleine Mann, ebenso wie Sho Pi, ohne Waffen genauso gefährlich war wie die meisten Männer, die welche benutzten. Und vermutlich hatten sie noch gar nicht miterlebt, wie schnell sich Nakor wirklich bewegen konnte, wenn es darauf ankam, dachte Roo. Er brannte auch nicht darauf, das gezeigt zu bekommen. Roo war ein begabter Schüler gewesen, was die Kampfkunst der Isalani betraf, und in Calis' Kompanie waren sicherlich nur Nakor und Sho Pi besser als er. Doch in keiner Weise reichte er an diese beiden heran, und er wußte, daß ihre Schläge sehr wohl tödlich sein konnten.

»Ich will auf keinen Fall, daß du dauernd hinter mir herläufst, Junge!« beschwerte sich der O-beinige Nakor und schrie über die Schulter: »Ich bin seit fast zwanzig Jahren nicht mehr in einer Stadt gewesen, die nicht in Schutt und Asche gelegt oder von Soldaten erobert worden wäre oder sonst irgendwie nicht gerade der Ort meiner Träume war, und ich will meine Ruhe haben, während ich mich amüsiere. Und dann gehe ich zurück zum Eiland des Zauberers.«

Sho Pi, der einen ganzen Kopf größer war als Nakor und dessen dunkles Haar im Gegensatz zu dem des O-beinigen Isalani noch keine Lücken zeigte, erschien ansonsten wie die jüngere Ausgabe des drahtigen kleinen Mannes. »Wie du sagst, Meister.«

»Nenn mich nicht Meister«, verlangte Nakor und warf sich seine Reisetasche über die Schulter. Er ging zur Reling und erkundigte sich bei Erik und Roo: »Erik, Roo! Wo werdet ihr hingehen?«

»Erst einmal trinken, dann zur Hure und dann neue Kleider, und zwar in dieser Reihenfolge«, gab Roo Auskunft.

»Und danach gehe ich nach Hause und besuche meine Mutter und meine Freunde«, ergänzte Erik.

»Was ist mit Euch?« fragte Roo.

»Ich werde euch begleiten«, erwiderte Nakor und rückte seine Tasche zurecht. »Bis auf das Nachhausegehen. Ich meine, ich werde zu meinem eigenen Zuhause gehen. Werd mir ein Boot mieten, das mich zum Eiland des Zauberers bringt.« Er sah den Steg hinunter und ignorierte seinen jüngeren Landsmann, der einen Schritt hinter ihm stand.

Erik warf Sho Pi einen Blick zu. »Wir müssen unsere Sachen noch von unten holen. Wir treffen euch dann auf dem Kai.«

Roo stieg vor seinem Freund nach unten, wo sie von den Seeleuten Abschied nahmen, mit denen sie sich angefreundet hatten. Dabei stießen sie auf Jadow Shati, ein weiteres Mitglied ihrer Truppe »verzweifelter Männer«, der gerade seine Habseligkeiten gepackt hatte.

»Was wirst du jetzt machen?« fragte Roo, indem er rasch seine Sachen zusammensuchte.

»Was trinken, denke ich.«

»Komm doch mit uns«, schlug Erik vor.

»Ich denke, das werde ich tun, sobald ich Mr. Robert de Loungville, dem alten Hund, gesagt habe, daß ich sein Angebot annehme und Korporal werde.«

Erik horchte auf. »Korporal? Den Posten hat er mir doch schon angeboten.«

Ehe die beiden Männer in Streit ausbrechen konnten, mischte sich Roo ein. »So, wie er sich angehört hat, braucht er mehr als einen Korporal.«

Die beiden großen Männer sahen sich an, dann mußten sie lachen. Jadow verzog den Mund zu einem Grinsen, wobei seine weißen Zähne einen krassen Kontrast zu seiner ebenholzfarbenen Haut bildeten. Roo mußte stets lächeln, wenn er diesen fröhlichen Gesichtsausdruck bei Jadow sah. Wie die anderen verzweifelten, zu allem bereiten Männer war Jadow wegen Mordes verurteilt worden. Sein ganzes Leben lang war er ein Verbrecher gewesen, doch in der Bruderschaft von Calis' Truppe hatte er Männer kennengelernt, für die er zu sterben bereit war, ebenso wie diese für ihn.

Was Roo allerdings nicht gern zugab, da er gern mit seiner Selbstsucht kokettierte, wenngleich er die Überlebenden dieser Truppe genausogern mochte wie Erik. Rauhe Kerle waren sie allesamt, gefährlich nach allen Maßstäben, hatten sie doch diese verdammte Prüfung gemeinsam über sich ergehen lassen müssen, und jeder wußte, daß er sich auf die anderen verlassen konnte.

Roo dachte an jene, die von dieser Reise nicht zurückgekehrt waren: Biggo, der große, immer fröhliche Kerl mit seiner eigentümlichen Frömmigkeit; Jerome Handy, ein Riese von einem Mann, ausgestattet mit einer brutalen Leidenschaftlichkeit, der eine Geschichte wie ein Schauspieler darbieten und mit seinen Händen ein Schattenspiel an die Wand werfen konnte, daß man glaubte, es wären lebendige Menschen; Billy Goodwin, ein ansonsten sanftmütiger junger Mann, der allerdings ebenfalls zum Jähzorn neigte und bei einem Unfall gestorben war, ehe er noch die Gelegenheit bekommen hatte, die Gesetze des Lebens zu begreifen, und Luis de Savona, ein rodesischer Halsabschneider, dessen Verstand so scharf war wie seine Zunge, der sich gleichermaßen im Saal eines Herzogs wie in einer dunklen Gasse richtig zu benehmen wußte; er war ebenfalls ein leidenschaftlicher Mann gewesen. Roo schnürte sein Bündel zusammen, drehte sich um und sah, daß Erik und Jadow ihm zuschauten.

»Was ist los?«

»Du hast einen Augenblick so gedankenverloren dagestanden«, erwiderte Erik.

»Ich habe an Biggo und die anderen gedacht …«

Erik nickte. »Verstehe.«

»Vielleicht kommen ja einige von ihnen noch mit der *Trenchards Rache* an«, äußerte Jadow ihrer aller schwache Hoffnung.

»Das wäre schön«, befand Roo. Er warf sich sein Bündel über die Schulter und fügte hinzu: »Aber Biggo und Billy wohl kaum.«

Erik nickte abermals. Er und Roo hatten daneben gestanden, als Biggo in Maharta gestorben war, und Billy war vor Eriks Augen vom Pferd gefallen und hatte sich dabei den Hals gebrochen.

Die drei Männer stiegen schweigend nach oben auf Deck und eilten über die Laufplanke zum Kai, wo sie Robert de Loungville mit Nakor und Sho Pi plaudernd vorfanden.

»Also dann, Ihr verruchter Kümmerling von einem Kerl!« verabschiedete sich Jadow ohne großes Aufheben von dem Mann, in dessen Händen nun fast drei Jahre lang sein Leben gelegen hatte.

De Loungville drehte sich um. »Mit wem redest du so, du Abschaum aus dem Tal der Träume?«

»Mit Euch, Bobby de Loungville, Feldwebel, Sir!« schnauzte Jadow zurück. Aber Erik entging der amüsierte Zug auf den Gesichtern der beiden Männer nicht. Er konnte jede Laune seiner

Gefährten einschätzen, mit denen er so oft in den Kampf gezogen war. Im Augenblick wurde nur Spaß gemacht. »Und wer seid Ihr, daß Ihr mich Abschaum nennt? Wir Männer aus dem Tal der Träume sind die besten Kämpfer der Welt, wißt Ihr das nicht? Und gewöhnlich treten wir unsere Stiefel an jemandem ab, der Euch nicht unähnlich sieht.« Er schnüffelte übertrieben herum und tat so, als wäre de Loungville die Quelle schlechten Geruchs. »Ja, genauso wie Ihr.«

De Loungville kniff Jadow in die Wange, wie es Mütter bei ihren Kindern taten. »Du bist so ein lieber Junge, ich würde dir am liebsten einen dicken Schmatz geben.« Er tätschelte ihm die Wange und fügte hinzu: »Aber nicht heute.«

An die Gruppe gewandt fragte de Loungville: »Und wo soll es nun hingehen?«

»Ins nächste Wirtshaus!« antwortete Nakor und grinste.

De Loungville verdrehte die Augen gen Himmel.

»Hauptsache, ihr bringt nicht wieder jemanden um.« Er blickte Jadow an. »Und, kommst du zurück?«

Jadow grinste. »Ich weiß zwar nicht, warum, aber ich werde kommen.«

De Loungvilles Lächeln erstarb, als er darauf antwortete: »Du weißt genau, warum.«

Augenblicklich war alle Heiterkeit vergangen. Alle Männer hatten das gleiche mitansehen müssen, und sie wußten, daß jenseits des Meeres ihr fürchterlicher Feind alle verfügbaren Kräfte sammelte. Egal, was sie in den vergangenen Monaten vollbracht hatten, die Sache hatte gerade erst angefangen. Vielleicht würde ein ganzes Jahrzehnt oder mehr verstreichen, bevor es zum Kampf mit den Armeen kommen würde, die sich unter dem Banner der Smaragdkönigin sammelten, doch am Ende würde jeder Mann des Königreichs entweder kämpfen oder sterben müssen.

Nachdem das Schweigen eine Weile lang gedauert hatte, scheuchte de Loungville sie davon. »Los, ab jetzt mit euch. Und treibt es nicht zu heftig mit dem Vergnügen.« Während die Männer davongingen, rief er ihnen nach: »Erik, du und Jadow, ihr seid morgen mittag zurück und holt euch eure Papiere. Falls ihr euch bis übermorgen nicht habt blicken lassen, betrachte ich euch als Fahnenflüchtige. Und ihr wißt, die lasse ich mit Wonne hängen!«

»Dieser Mann«, wunderte sich Jadow, während sie die Straße hinuntergingen und nach einem Wirtshaus Ausschau hielten, »kann seine Drohungen aber auch nie sein lassen. Er scheint das Hängen wirklich sehr zu mögen, was?«

Roo lachte, und die anderen fielen ein, und als wie durch Zauberei an der Ecke vor ihnen ein Wirtshaus auftauchte, besserte sich die Stimmung endgültig.

Roo erwachte mit dröhnendem Schädel und trockenem Mund. Seine Augen fühlten sich an, als hätte ihm jemand Sand hinter die Lider gestreut, und sein Atem roch, als wäre ihm etwas in den Mund gekrochen und dort gestorben. Er bewegte sich, woraufhin Erik laut stöhnte, also drehte er sich zur anderen Seite, wo Jadow lag.

Da er nun mal keine andere Wahl hatte, setzte er sich auf, wünschte sich aber sofort, er hätte es bleibenlassen. Er zwang sich, das, was auch immer in seinem Magen sein mochte, dort zu behalten, und er schaffte es schließlich, seine Augen nicht nur aufzubekommen, sondern sogar etwas erkennen zu können.

»Oh, wunderbar«, stöhnte er und bereute es augenblicklich, gesprochen zu haben. Der Klang seiner Stimme ließ seinen Schädel noch ärger dröhnen.

Sie lagen in einer Zelle. Und wenn Roo sich nicht sehr irrte, kannte er diese Zelle bereits. Es war ein langer Raum, an einer Seite zu einem Gang hin offen und vom Boden bis zur Decke mit Eisen vergittert. In dem Gitter war eine Tür, die ein dickes Eisenschloß besaß, und gegenüber, knapp über Kopfhöhe, ein Fenster, welches kaum zwei Fuß Höhe hatte und sich über die ganze

Länge der Zelle zog. Roo wußte, die Zelle lag fast vollständig unter der Erde und das Fenster nur knapp darüber, wodurch sich den Insassen allein der Anblick eines Galgens in dem davorliegenden Hof bot. Roo befand sich in der Todeszelle im Palast des Prinzen von Krondor.

Er stieß Erik an, der stöhnte, als würde er gefoltert. Roo schüttelte seinen Freund heftiger, und endlich wurde Erik wach. »Was ist denn?« fragte er und versuchte, das Gesicht von Roo klar zu erkennen. »Wo sind wir?«

»Zurück in der Todeszelle.«

Bei dieser Auskunft wurde Erik augenblicklich nüchtern. Er blickte sich um. Nakor hatte sich in der Ecke zusammengerollt und schnarchte; Sho Pi lag ganz in seiner Nähe.

Sie rüttelten die anderen wach und versuchten, sich darüber klarzuwerden, in welche Lage sie geraten waren. Einige von ihnen waren mit getrockneten Blutspritzern übersät, und alle konnten irgendwelche Schrammen, Beulen oder Schnitte vorweisen. »Was ist bloß passiert?« krächzte Roo. Seine Stimme klang, als hätte er Sand gegessen.

»Diese queganischen Seeleute, weißt du nicht mehr?« erinnerte ihn Jadow.

Sho Pi und Nakor, die von allen in der Gesellschaft noch am besten aussahen, wechselten einen Blick, und Nakor berichtete: »Einer von ihnen wollte dir eine junge Frau vom Schoß ziehen, Roo.«

Roo nickte und wünschte sich sodann, den Kopf nicht bewegt zu haben. »Jetzt dämmert's mir langsam.«

Jadow klagte: »Mir hat jemand einen Stuhl über den Schädel gezogen …«

»Vielleicht haben wir diese Queganer umgebracht«, mutmaßte Nakor.

Erik versuchte sich auf den Beinen zu halten, indem er sich an der Zellenwand abstützte. Seine Knie zitterten. »Das wäre genau die Art von schwarzem Humor, den die Götter so lieben. Nach allem, was wir durchgemacht haben, landen wir jetzt doch noch alle am Galgen.«

Roo fühlte sich vage schuldig, wie er das immer tat, wenn er in der vorhergehenden Nacht zuviel getrunken hatte. Er war von kleiner Statur, und es war dumm, mit solchen Riesen wie Erik oder Jadow mithalten zu wollen, wobei Erik eigentlich nie so sehr viel trank. »Wenn ich jemanden getötet habe, kann ich mich allerdings nicht mehr daran erinnern.«

»Bloß, was machen wir plötzlich alle wieder in der Todeszelle, Mann?« fragte Jadow aus der Ecke. Die Umstände seines Aufwachens schienen ihn richtiggehend erschüttert zu haben. »Ich bin doch nicht um die ganze Welt gesegelt, damit Bobby mich am Ende doch noch hängen kann.«

Während sie versuchten, aus ihrer Lage schlau zu werden, wurde die Tür zum Gang vor dem Gitter aufgestoßen und knallte laut gegen die Wand. Die Männer zuckten allesamt zusammen. De Loungville marschierte herein und brüllte: »Auf die Beine, ihr Schweinehunde.«

Ohne nachzudenken sprangen alle außer Nakor auf, woraufhin jeder Mann sofort zu stöhnen begann. Jadow Shati drehte sich zur Seite und übergab sich in den Abtritt der Zelle. Die anderen standen auf wackligen Beinen da. Erik mußte sich am Gitter festhalten, damit er nicht umfiel.

Grinsend spottete de Loungville: »Was haben wir denn da für einen liebenswerten Haufen.«

»Warum sind wir hier in der Zelle, Feldwebel?« fragte Nakor.

De Loungville ging zur Zellentür und zog sie auf. Sie war nicht verschlossen gewesen. »Wir wußten nicht, wo wir euch sonst unterbringen sollten. Ein ganzer Trupp der Stadtwache und noch dazu ein Trupp Leibwachen aus dem Palast waren notwendig, um euch zu verhaften.« Er strahlte wie ein stolzer Vater. »War eine ganz schöne Prügelei. Und ihr habt gut daran getan, niemanden umzubringen, obwohl vermutlich nicht viel gefehlt hat.«

Mit einer Geste bedeutete er ihnen, sie sollten ihm folgen. »Prinz Patrick und seine Onkel wollten euch lieber für den Rest der Nacht in der Nähe wissen«, teilte er ihnen mit, während er sie aus der Zelle führte.

Roo sah sich um und dachte an das letzte Mal zurück, als er in diesen Korridor geblickt hatte. Damals waren sie zu jener Scheinhinrichtung geführt worden, mit welcher sein Leben eine Wendung genommen hatte, die er bei seiner Flucht aus Ravensburg nie für möglich gehalten hatte. An jenem Morgen hatte er fast nichts wahrgenommen, weil seine Gedanken vollkommen von der fürchterlichen Angst vor dem Galgen beherrscht worden waren; und dieses Mal bekam er abermals kaum etwas von dem Gang mit, jedoch nur, weil er in der letzten Nacht zu tief ins Glas geschaut hatte.

Er und Erik waren aus ihrer Heimat geflohen, nachdem sie Eriks Halbbruder Stefan getötet hatten. Wären sie geblieben, um sich dem Gericht zu stellen, hätte man ihnen die Tat möglicherweise als Notwehr ausgelegt, doch ihre Flucht wog bei dem Verfahren gegen sie schwer, und so hatte man sie zum Tode verurteilt.

Sie erreichten die Treppe, die hinauf zum Hof führte, auf dem die Galgen standen, doch sie gingen daran vorbei. De Loungville, der Mann, von dem ihr Leben abhängig gewesen war von dem Augenblick an, als sie auf den Holzboden des Galgengerüstes gefallen waren, bis zum gestrigen Tage, als sie das Schiff verlassen hatten, verkündete: »Ihr seid ein vergammelter Haufen, also wollen wir uns mal noch ein bißchen saubermachen, bevor wir zur Audienz gehen.«

»Audienz?« fragte Erik, dem man die Folgen der letzten Nacht am deutlichsten ansehen konnte. Er war einer der kräftigsten Männer, die Roo je kennengelernt hatte – unbestritten der stärkste Junge in Ravensburg –, und er hatte einen Mann der Wache durch ein Fenster geworfen, ehe ein anderer einen Weinkrug auf seinem Schädel zertrümmert hatte. Roo hätte nicht sagen können, was seinem Freund mehr ausgemacht haben mochte, der Schlag oder die enorme Menge Wein, die er zuvor in sich hineingeschüttet hatte; denn Erik hatte nie viel Wein vertragen können.

»Einige sehr wichtige Leute wollen ein paar Worte mit euch wechseln. Es wäre nicht schön, wenn ihr ihnen in diesem Zustand unter die Augen tretet. Also« – de Loungville öffnete eine Tür –, »zieht euch aus.«

Zuber mit heißer Waschlauge warteten auf die Männer, die sofort taten, was von ihnen verlangt wurde. Nach zwei Jahren in der Gefolgschaft von de Loungville kamen sie jedem Befehl ohne zu zögern nach, eine Gewohnheit, die man nicht von einer Minute auf die andere ablegte. Bald saßen die fünf Männer in den Zubern und ließen sich von den Palastpagen abschrubben.

Krüge mit kaltem Wasser wurden gebracht, und die Männer tranken. Durch das heiße Wasser, in dem er saß, und das kalte, das er zu sich nahm, begann Roo, sich langsam wieder wie ein Mensch zu fühlen.

Als sie sauber waren, entdeckten sie, daß man ihre Kleidung fortgeschafft hatte. De Loungville zeigte auf zwei schwarze Hemden, die vorn geschlossen waren und dort ein ihnen vertrautes Wappen trugen. Erik nahm eins und betrachtete es. »Die Blutroten Adler.«

De Loungville nickte. »Nicholas fand es passend, und Calis hat nicht widersprochen. Das ist das Banner unserer neuen Armee, Erik. Du und Jadow, ihr seid meine ersten beiden Korporäle, also zieht sie an.« Er streckte die Hand aus und verkündete mit einer Spur Feierlichkeit in der Stimme: »Von jetzt an bin ich Bobby für euch, klar?«

Erik ergriff die hingehaltene Hand und schüttelte sie, und Jadow folgte seinem Beispiel. »Jawohl, Feldwebel de Loungvi–, äh, Bobby.«

De Loungville grinste und wandte sich an die anderen. »Dort drüben liegen saubere Sachen.«

Nakor und Sho Pi sahen in Hemd und Hose ein wenig seltsam

aus, denn für gewöhnlich trugen sie lange Roben. Aber Roo fand, daß er selbst sich mit der neuen Kleidung deutlich verbessert hatte. Vielleicht war das Hemd ein bißchen zu weit für ihn, aber mit Sicherheit war es der feinste Stoff, der je seine Haut berührt hatte, und die Hose paßte vorzüglich. Er war immer noch barfuß, nach Monaten auf See hatte er sich jedoch so sehr daran gewöhnt, daß es ihm kaum mehr auffiel.

Erik zog seine abgetragenen Stiefel an, während Jadow und die anderen wie Roo barfuß gehen mußten.

Nachdem sie sich angekleidet hatten, folgten die Männer de Loungville in einen Saal, den sie bereits kannten; hier hatten die Männer aus Calis' Truppe verzweifelter Männer vor dem Gericht des Prinzen von Krondor gestanden – der damals noch Nicholas gewesen war. Der Saal hat sich kaum verändert, dachte Roo, aber beim letzten Mal hatte er viel zuviel Angst gehabt, um sich eingehender mit der Einrichtung zu befassen.

Uralte Banner hingen von den Deckenbalken herab und warfen Schatten in den Saal, da sich die Fenster hoch oben in der gewölbten Decke befanden, und trotz der großen Fenster reichte das Tageslicht nicht aus, um den Raum zu erhellen. Aus diesem Grunde brannten an den Wänden zusätzlich Fackeln. Wenn er Prinz wäre, dachte Roo, würde er als erstes diese Banner entfernen lassen.

Entlang der Wände standen Höflinge und Pagen bereit, um jeden Befehl des Prinzen unverzüglich auszuführen, und ein förmlich gekleideter Zeremonienmeister pochte mit seinem metallbeschlagenen Amtsstab auf den Boden und verkündete die Ankunft von Robert de Loungville, Baron am Hofe und Sonderbeauftragter des Prinzen. Roo schüttelte leicht erheitert den Kopf, denn in der Truppe war de Loungville einfach der Feldwebel, und ihn sich als Baron am Hofe vorzustellen, war ein eigentümlicher Gedanke.

Die Mitglieder des Hofes blickten auf, als der Trupp hereinmarschiert kam und vor dem Thron stehenblieb. Roo versuchte auszurechnen, wieviel die vergoldeten Fackelhalterungen an den Wänden wohl wert sein mochten, und er kam zu dem Ergebnis, daß der Prinz seinen Reichtum besser würde einsetzen können, wenn er sie gegen solche aus Messing eintauschte – die waren gleichermaßen prächtig anzusehen, im Preis jedoch wesentlich günstiger, und den Gewinn würde man in ein lohnendes Geschäft investieren können. Dann fragte er sich, ob man ihm wohl gestatten würde, mit dem Prinzen ein Wörtchen über dieses Thema zu wechseln.

Bei diesem Gedanken kehrte Roos Aufmerksamkeit wieder zu dem Mann zurück, der einst ihr Todesurteil verkündet hatte. Nicholas, nun Admiral seines Neffen, stand an einer Seite des Throns neben dem Prinzen Patrick. Auf der anderen standen Calis und jener Mann, den Roo als James, Herzog von Krondor, kennengelernt hatte. Er unterhielt sich mit einem Mann, den Roo unten am Kai gesehen hatte, Patricks Onkel, Prinz Erland. Auf dem Thron selbst saß dessen Zwillingsbruder. Roo errötete plötzlich, als ihm bewußt wurde, daß er dem König selbst vorgestellt werden sollte!

»Seine Majestät, Eure Hoheiten«, grüßte de Loungville und verneigte sich nach Art des Hofes. »Ich habe die Ehre, Euch fünf Männer vorzustellen, die sich durch Tapferkeit und Treue ausgezeichnet haben.«

»Nur fünf haben überlebt?« erkundigte sich König Borric. Er und sein Bruder waren beide hochgewachsene Männer, doch der König hatte etwas an sich, eine Härte, die selbst über die beeindruckende Erscheinung seines Bruders hinausging. Roo wußte nicht, was ihn zu der Annahme brachte, aber der König war sicherlich ein gefährlicherer Gegner als Prinz Erland.

»Das sind nicht die einzigen«, klärte de Loungville den König auf, »und einige andere werde ich Seiner Majestät und dem Hofe heute nachmittag vorstellen – Soldaten aus verschiedenen Einheiten. Aber diese hier sind die zum Tode Verurteilten, die überlebt haben.«

Nakor ergänzte: »Von denen wir wissen.«

De Loungville drehte sich gereizt um und warf dem Isalani der Störung des Protokolls wegen einen Blick zu, doch auch Borric schien alle Förmlichkeiten zu vergessen und grinste nur. »Nakor, in welch einer Aufmachung steckst du denn?«

Nakor erwiderte das Lächeln des Königs und trat vor. »Ich bin's, Majestät. Ich war nämlich auch dabei, und ich bin ebenfalls zurückgekommen. Greylock ist auf dem anderen Schiff, und falls noch weitere Männer überlebt und es zur Stadt am Schlangenfluß geschafft haben, werden sie bei ihm sein.«

De Loungville schluckte seinen Ärger hinunter. Er würde Nakor später ordentlich den Marsch blasen. Offensichtlich kannte er den König. Nakor nickte Erland zu, der ebenfalls lächelte, als er den kleinen Isalani sah.

Der König wandte sich nun an die vier ehemaligen Insassen der Todeszelle: »Ihr werdet begnadigt, und Eure Urteile werden aufgehoben.« Mit einem Blick auf Erik und Jadow fügte er hinzu: »Wie ich sehe, seid Ihr in unsere Dienste getreten.«

Erik nickte nur, und Jadow stotterte: »J-jawohl, Majestät.«

Der König richtete den Blick auf Sho Pi und Roo. »Ihr hingegen nicht?«

Sho Pi neigte den Kopf. »Ich werde meinem Meister folgen, Majestät.«

Nakor protestierte augenblicklich. »Nenn mich nicht Meister!« Beim König beschwerte er sich: »Der Junge hält mich für so eine Art Weisen und rennt mir ständig hinterher.«

Prinz Erland versetzte: »Wie er wohl darauf kommen mag? Oder hast du wieder einmal deine ›Geheimnisvoller Weiser‹-Masche angewendet, Nakor?«

»Vielleicht hat er diesmal auch den ›Wandernder-Priester‹-Trick gewählt«, meinte der König.

Nakor grinste und rieb sich das Kinn. »Also, eigentlich habe ich den Trick schon eine ganze Weile lang nicht mehr versucht.« Dann verzog er verärgert das Gesicht. »Und ich hätte euch beiden auf dem Rückweg von Kesh niemals etwas davon erzählen dürfen.«

Der König ließ sich davon nicht beeindrucken. »Nun, wie dem auch sei, dann mußt du ihn eben mitnehmen. Du könntest doch unterwegs ein bißchen Beistand gebrauchen.«

»Unterwegs?« fragte Nakor. »Ich kehre zum Eiland des Zauberers zurück.«

»Zunächst noch nicht«, widersprach der König, »denn du mußt für uns nach Stardock gehen und im Interesse der Krone mit den Oberhäuptern der Akademie sprechen.«

Nakor setzte abermals eine verärgerte Miene auf. »Du weißt sehr wohl, daß ich mit Stardock fertig bin. Borric und du kennen, wenn ich mich nicht irre, auch den Grund.«

Wenn es dem König und seinem Bruder etwas ausmachte, so respektlos angesprochen zu werden, zeigten die beiden es jedenfalls nicht, im Gegenteil, zur Überraschung der vier ehemaligen Gefangenen hatte seine Majestät den Isalani in aller Öffentlichkeit sogar geduzt. »Wir wissen Bescheid, aber du hast die Ereignisse selbst miterlebt und kannst ihnen aus erster Hand berichten, welchen Bedrohungen wir bald gegenüberstehen werden. Und zudem warst du bereits zweimal in Novindus. Du mußt die Magier in Stardock davon überzeugen, welche Macht gegen uns ins Feld zieht. Wir brauchen deine Hilfe.«

»Findet doch Pug. Auf den werden sie hören«, schlug Nakor vor.

»Wenn wir ihn finden könnten, würden wir auf dich verzichten«, erwiderte der König, allein, um Nakor zu reizen. Er lehnte sich zurück und seufzte. »Er hat uns beizeiten Nachrichten zukommen lassen, aber wir haben ihn seit langem nicht selbst zu Gesicht bekommen.«

»Dann versuch es eben noch mal«, beharrte Nakor.

Borric lächelte. »Du, mein Freund, bist im Augenblick der beste, den wir haben. Also, wenn du nicht willst, daß wir in jeder Spelunke des Königreichs deine Kniffe beim Kartenspielen oder deine Tricks mit den Würfeln kundtun, wirst du einem alten Freund einen Gefallen erweisen müssen.«

Nakor schnitt ein angeekeltes Gesicht und tat die Bemerkung des Königs ab, als wüßte er nicht, wovon er geredet hatte. »Bah! Ich habe dich lieber gemocht, als du noch der Verrückte warst.« Er starrte einen Moment lang erbost vor sich hin, während Borric und Erland amüsiert Blicke wechselten.

Dann wandte der König seine Aufmerksamkeit Roo zu: »Und was ist mit Euch, Rupert Avery? Könnten wir uns nicht auf irgendeine Weise Eurer Dienste versichern?«

Als sich der König nun geradewegs an ihn persönlich wandte, verschlug es Roo im ersten Augenblick die Sprache; schließlich schluckte er heftig und erklärte: »Es tut mir leid, Euer Majestät. Aber für den Fall, daß ich zurückkomme, habe ich mir vorgenommen, unbedingt ein reicher Mann zu werden. So habe ich das geplant. Ich will ein Händler werden, und das wird in der Armee nicht möglich sein.«

Der König nickte. »Händler? Wir hoffen doch, Ihr werdet Euch ehrlichen Geschäften zuwenden.« Er unterließ eine Bemerkung über Roos Vergangenheit. »Dennoch, Ihr habt vieles gesehen, was nur wenige Männer je zu Gesicht bekommen, die nicht in unseren Diensten stehen. Wir zählen auf Eure Diskretion. Versteht mich richtig: Wir erwarten Eure Diskretion!«

Roo lächelte. »Ich habe vollkommen verstanden, Eure Majestät. Und ich kann Euch versprechen, daß ich Euch, wenn die Zeit kommt, so gut helfen werde, wie mir nur möglich ist. Falls diese Schlangen hierherkommen, werde ich auch kämpfen.« Dann zwinkerte er, grinste und fügte noch hinzu: »Außerdem wird der Tag kommen, an dem ich Euch auf andere Weise besser zu Diensten sein mag als mit dem Schwert in der Hand.«

»Vielleicht, vielleicht, Rupert Avery«, erwiderte König Borric. »Es mangelt Euch, wie mir scheint, jedenfalls nicht an Ehrgeiz.« Er wandte sich an Lord James. »Wenn es nicht unter Eurer Würde ist, würdet Ihr Mr. Averys Karriere ein wenig in Gang bringen? Vielleicht könntet Ihr ihm ein Empfehlungsschreiben mitgeben.« Dann winkte er einem Junker zu, der fünf Beutel trug, von welchen nun jedem Mann einer übergeben wurde. »Ein Dankeschön von Eurem König.«

Roo wog den Beutel in der Hand; wenn darin wirklich soviel Gold war, wie er annahm, dann wäre er dem Zeitplan, den er für seinen Aufstieg zum reichen Mann erstellt hatte, bereits um ein Jahr voraus. Dann bemerkte er, wie sich die anderen verbeugten und den Saal verließen, also verbeugte er sich ebenfalls ein wenig verlegen vor dem König und eilte hinter den anderen her.

Draußen versammelte de Loungville seine Leute um sich. »Nun, jetzt seid ihr also wieder freie Männer.« Er wandte sich an Erik und Jadow: »Und ihr haltet euch von jedem Ärger fern und seid am ersten Tag des nächsten Monats wieder hier.« Er ging weiter zu Nakor und Sho Pi. »Der König wird seine Botschaft an die Magier morgen fertig haben. Geht zu Herzog James' Schreiber, und er wird euch Pässe und Geld aushändigen.«

Schließlich richtete er seine Worte an Roo: »Du bist eine richtige Ratte, Avery, aber nach all der Zeit mag ich sogar dein verkniffenes Gesicht. Falls du deine Meinung änderst, ich kann jederzeit erfahrene Soldaten gebrauchen.«

Roo schüttelte den Kopf. »Danke, Feldwebel, doch ich muß einen Händler mit einer häßlichen Tochter aufsuchen, damit ich mich endlich dem Reichwerden widmen kann.«

Sodann wandte de Loungville sich wieder an alle. »Falls ihr euch der Fleischeslust hingeben wollt, bevor ihr nach Hause zurückkehrt, geht zum Schild des Weißen Flügels, in der Nähe des Tors der Händler. Das ist ein anständiges Freudenhaus, also tretet euch vorher die Schuhe ab. Sagt der Dame, die ihr da trefft, ich hätte euch geschickt. Sie wird es mir zwar niemals vergeben, doch ist sie mir einen Gefallen schuldig. Und macht dort keinen Aufruhr, denn ich will euch nicht schon wieder verhaften müssen.« Er blickte von Gesicht zu Gesicht. »So, wie die Dinge standen, habt ihr euch wacker geschlagen, Jungs.«

Niemand erwiderte etwas, bis Erik sich hören ließ: »Danke, Feldwebel.«

De Loungville zeigte auf Erik und Jadow. »Ihr beide meldet euch im Geschäftszimmer des Marschalls und holt euch eure Vollmachten ab. Ihr seid jetzt Männer des Prinzen, und von heute an werdet ihr nur noch Patrick, Calis und mir gehorchen.«

»Wo ist das Geschäftszimmer?« fragte Erik.

»Diesen Gang entlang und dann rechts, die zweite Tür links. Und jetzt raus mit euch, ehe ich meine Meinung ändere und euch wieder einsperren lasse, weil ihr ein Haufen grober Kerle seid.« Er klopfte Roo noch herzhaft an den Kopf, dann drehte er sich um und kümmerte sich um seine eigenen Angelegenheiten.

Die fünf Männer zogen den Gang hinunter, und Nakor vermeldete: »Ich habe Hunger.«

»Du hast doch immer Hunger, Mann«, konterte Jadow lachend. »Mein Kopf hat allerdings noch nicht vergessen, was gestern nacht los war. Und mein Magen ist mir auch noch ziemlich böse.« Er hielt inne und fügte dann hinzu: »Aber ich glaube, ich könnte auch was vertragen.«

Erik lachte. »Da sag ich nicht nein.«

»Dann laßt uns ein Wirtshaus suchen –« schlug Nakor vor.

»Ein ruhiges Wirtshaus«, unterbrach ihn Roo.

»– ein ruhiges Wirtshaus«, wiederholte Nakor, »und etwas zu Essen.«

»Und was dann, Meister?« wollte Sho Pi wissen.

Nakor schnitt eine Grimasse, erwiderte jedoch nur: »Und dann gehen wir zum Schild des Weißen Flügels, Junge.« Er schüttelte den Kopf und zeigte auf Sho Pi. »Der Knabe hat noch viel zu lernen.«

Das Schild des Weißen Flügels entsprach in nichts dem, was Roo erwartet hatte. Wobei er eigentlich gar nicht so genau wußte, was er erwartet hatte. Er hatte sich zwar schon früher mit Huren abgegeben, aber das war im Felde gewesen, wo man sich neben seinem Gefährten niederließ und wartete, bis die Hure mit ihm fertig war.

Aber dies war eine andere Welt. Die fünf leicht angetrunkenen Männer mußten mehrmals fragen, bis sie das Freudenhaus endlich gefunden hatten. Nach einigen Fehlversuchen entdeckten sie schließlich ein bescheidenes Haus in der Nähe des Händlerviertels. Das Schild draußen war kaum zu sehen, es war lediglich ein einfacher Flügel aus Metall, der weiß angestrichen war, während alle anderen Schilder in der Gegend kühner bemalt waren und eher von anständigen Gewerben kündeten.

Die Tür wurde von einem Diener geöffnet, der die fünf ohne ein Wort einließ und ihnen bedeutete, sie sollten in dem winzigen Vorzimmer warten, wo es keinerlei Möbel gab und dessen einziger Schmuck die unbeschreiblichen Wandteppiche an zweien der Wände darstellten. Gegenüber dem Eingang war eine weitere Tür aus einfachem, bemaltem Holz. Als sie aufging, trat eine gutgekleidete, fast matronenhafte Frau hindurch.

»Ja?« fragte sie.

Die Männer sahen sich gegenseitig an, und es war Nakor, der schließlich antwortete: »Uns wurde gesagt, wir sollten hierhergehen.«

»Von wem?« erkundigte sie sich und schien nicht ganz überzeugt.

»Robert de Loungville«, gab Erik leise Auskunft, als fürchte er, zu laut zu sprechen.

Im selben Augenblick verschwand der mißtrauische Gesichtsausdruck vom Gesicht der Frau und wandelte sich zu einem erfreuten Lächeln. »Bobby de Loungville! Bei den Göttern, wenn Ihr Freunde von Bobby seid, dann nur herein mit Euch.«

Sie klatschte in die Hände, und die Tür, durch die sie herausgeschlüpft war, öffnete sich weit und gab den Blick auf zwei große, bewaffnete Türwächter frei. Als diese nun zur Seite traten, wurde Roo klar, daß die beiden zum Schutz der Frau gewartet hatten.

»Ich bin Jamila, Eure Gastgeberin, und möchte mir erlauben, Euch nun ins Haus des Weißen Flügels zu führen«, stellte sie sich vor, während sie voranging und die nächste Tür öffnete.

Alle fünf schnappten nach Luft. Selbst Nakor, der schon am Hofe der Kaiser von Groß-Kesh Reichtümern aller Art begegnet war, stand ehrfürchtig staunend da. Das Zimmer war nicht unbedingt feudal eingerichtet; im Gegenteil. Eigentlich war es mehr das Fehlen jeglicher Protzigkeit, das sie so beeindruckte. Alles in dem Zimmer war mit Geschmack ausgewählt worden, obwohl Roo nicht hätte sagen können, weshalb die Einrichtung diesen Eindruck erweckte. Stühle und Diwane waren im Zimmer verteilt, so daß diejenigen, die darauf Platz nahmen, sich ansehen konnten, obgleich jede Sitzecke einen eigenen Bereich bildete. Dies wurde überdeutlich zum Ausdruck gebracht durch einen reich wirkenden Mann, der sich auf einem Diwan ausgebreitet hatte und Wein aus einem Kelch nippte, während zwei hübsche junge Frauen sich seiner angenommen hatten. Die eine hockte vor ihm auf dem Boden und gestattete ihm, ihre Schultern und ihren Hals zu streicheln, während die andere auf seinem Schoß saß und ihn mit Süßigkeiten von einem vergoldeten Tellerchen fütterte.

Wie von Zauberhand herbeigeholt, kamen hinter mehreren Vorhängen weitere junge Frauen hervor. Alle waren einfach gekleidet, so wie die beiden bei dem Mann auf dem Diwan, in weitfallende Kleider aus leichtem Stoff. Auch wenn die Kleider sie vom Hals bis zum Fuß bedeckten, die üppigen Formen der Mädchen verhüllten sie nicht. Mit großer Freundlichkeit begrüßten die jungen Damen ihre neuen Gäste.

Jeder Mann wurde von zwei Mädchen zu einem der Stühle oder Diwane geführt, je nachdem, ob er sitzen oder liegen wollte. Ehe er sich's noch versah, wurde Roo zu einem Diwan geschoben und sanft darauf gedrückt. Seine Füße wurden angehoben und auf die Liegefläche gelegt, und ihm wurde ein Kelch Wein gereicht; eines der Mädchen begann, seine Schultern fest zu massieren. Und das alles geschah, bevor er noch ein einziges Wort gesagt hatte.

Die Frau mit Namen Jamila erklärte: »Wenn Ihr bereit seid, werden Euch die Mädchen die Zimmer zeigen.«

Jadow umfaßte mit seinem starken Arm die Hüfte einer der jungen Damen, zog sie an sich, drückte ihr einen lauten Schmatz auf die Wange und jauchzte: »Männer und Götter, ich glaube, ich bin tot und im Paradies gelandet!«

Diese Bemerkung rief allgemeines Gelächter hervor, und Roo lehnte sich zurück. Die sanften Berührungen der Mädchen entspannten ihn auf eine Weise, wie er es seit Jahren nicht mehr erfahren hatte.

Zwei

Heimkehr

Roo gähnte.

Der Körper neben ihm bewegte sich unter den weißen Laken, und Roo wurde sich mit einem Mal darüber klar, wo er sich befand. Bei der Erinnerung an die vergangene Nacht verzog sich sein Mund zu einem breiten Grinsen. Er langte unter das Laken und strich über den Rücken der jungen Frau. Das Wort Hure als Bezeichnung für sie wollte ihm nicht gefallen; dieses Wort war gut genug für jene Frauen, die Soldaten in den Lagern hinterherliefen oder die sich von den Balkonen im Armenviertel Krondors herabbeugten und den Arbeitern und Seeleuten unten ihre lasterhaften Angebote zuriefen. Die Damen hier dagegen glichen in nichts dem, was er sich je hätte vorstellen können.

Sie waren ein wenig kokett, schienen gebildet zu sein, hatten tadellose Manieren, waren leidenschaftlich und steckten, wie Roo in der letzten Nacht erfahren hatte, voller Ideen. Die junge Frau neben ihm hatte Roo mehr Dinge darüber gelehrt, wie man das andere Geschlecht verwöhnen und es sich selbst gutgehen lassen konnte, als alle anderen, die er in seinem Leben gehabt hatte. Und sie hatte wunderbar geduftet, nach Blumen und Gewürzen. Er spürte, wie er abermals erregt wurde, und noch immer grinsend streichelte er den Körper neben sich weiter.

Das Mädchen erwachte. Falls sie ein Morgenmuffel war, verbarg sie dies mit unglaublichem Geschick vor ihm; tatsächlich wirkte sie erfreut, Roo neben sich zu entdecken.

»Guten Morgen«, begrüßte sie ihn und lächelte. Sie fuhr mit der Hand über seinen Bauch. »Wie schön, auf diese Weise den Tag zu beginnen.«

Während er das Mädchen in die Arme schloß, dachte Roo, wie glücklich er doch sei. Er machte sich keine Illusionen über sein Aussehen; er war einer der häßlichsten Jungen in Ravensburg gewesen, und doch hatte er schon mit zwei der dortigen Mädchen das Bett geteilt, bevor er und Erik hatten fliehen müssen. Er wußte, wenn er nur genug Zeit hatte, konnte er fast jedes Mädchen verführen, nur ließ er es zu selten auf einen Versuch ankommen. Doch jetzt, nachdem er dieses entsetzliche Abenteuer unten auf Novindus hinter sich gebracht hatte, trug er einen Beutel voller Gold am Gürtel und lag bei einer Frau im Bett, die ihm das Gefühl vermittelte, ein stattlicher Mann zu sein. Ein wunderschöner Tag nahm seinen Anfang.

Später verabschiedete er sich von dem Mädchen, wobei er sich nicht mehr erinnern konnte, ob ihr Name nun Mary oder Marie gewesen war. Erik wartete bereits angezogen im Vorzimmer und unterhielt sich mit einer hübschen Blonden.

Erik sah auf. »Fertig zum Aufbruch?«

Roo nickte. »Was ist mit den anderen?«

»Wir sehen sie wieder, wenn wir aus Ravensburg zurück sind. Zumindest ich.« Er erhob sich, ohne die Hand des Mädchens loszulassen.

Etwas an seinem Freund war anders als sonst, und als sie vor der Tür des Freudenhauses standen, fragte Roo: »Bist du diesem hübschen Ding vielleicht ein bißchen verfallen?«

Erik errötete. »Nein, nein. Sie ist ...«

Roo brachte seinen Satz zu Ende: »Eine Hure?«

Zu dieser Stunde des Morgens ging es in der Stadt schon geschäftig zu, und so mußten sie immer wieder anderen Passanten ausweichen. Erik erwiderte: »Ich nehme es wohl an. Obwohl, eigentlich ist sie eher eine Dame.«

Roo zuckte mit den Schultern, eine Geste, die Erik jedoch entging. »Sie werden gut bezahlt, soviel ist jedenfalls sicher.« Er dachte daran, um wieviel sein Geldbeutel leichter geworden war, und wog die Kosten gegen die Leistung ab. Er mußte mit seinem Kapital sorgsamer haushalten. Schließlich gab es auch weniger teure Huren.

»Wohin geht es als nächstes?« fragte Roo.

»Ich muß mit Sebastian Lender sprechen.«

Roos Gesicht hellte sich auf. Barrets Kaffeehaus würde er nur zu gern kennenlernen, und ein Höflichkeitsbesuch bei einem der Anwälte, welche dort ihren Geschäften nachgingen, war ein vorzüglicher Anlaß.

Sie machten sich in jenen Teil der Stadt auf, der als das Händlerviertel bekannt war, wobei diese Bezeichnung nicht daher rührte, daß es dort wesentlich mehr Läden als in der übrigen Stadt gegeben hätte. Was das Händlerviertel jedoch von anderen Gegenden unterschied, war die große Anzahl edelster und teuerster Wohnungen, die sich hinter oder über den Geschäften befanden, in denen Reichtum erwirtschaftet wurde. Es war die Adresse vieler Männer, die, obwohl sie nicht zum Adel gehörten, in der Stadt großen Einfluß hatten.

Handwerker hatten ihre Gilden – selbst die Diebe hatten eine: die Spötter –, und der Adel besaß von Geburt an seinen Rang, doch Männer, die ihr Vermögen durch Handel erwarben, besaßen nichts als ihren eigenen Scharfsinn. Während manche sich von Zeit zu Zeit zu Handelsgesellschaften zusammenschlossen, stellte sich die große Überzahl dem Kampf ums Überleben als unabhängige Geschäftsleute ohne Verbündete.

Und so hatten jene, die aus diesem Kampf erfolgreich hervorgingen, nur wenige Ebenbürtige, mit denen sie den Stolz auf ihre Leistung teilen, nur wenige Freunde, denen gegenüber sie mit ihrem Glück und ihrem Geschäftssinn prahlen konnten. Manche, wie der Händler Helmut Grindle, den Roo einst kennengelernt hatte, lebten trotz ihres Reichtums weiterhin in bescheidenen Verhältnissen, um nicht jene Art von Aufmerksamkeit auf sich zu ziehen, die leicht den Ruin bedeuten konnte. Andere hingegen verkündeten ihren Erfolg der Welt, indem sie riesige Häuser bauten, die an Pracht oft die Paläste des Adels übertrafen. Und so hatte sich über die Jahre der Charakter des Händlerviertels erheblich verändert.

Nachdem mehr und mehr reiche Kaufleute Grundstücke in diesem Teil der Stadt erworben hatten, waren die Preise so in die Höhe gestiegen, daß inzwischen nur noch wenige Geschäfte im Händlerviertel denen gehörten, die dort lebten. Wohnungen waren einfach zu teuer geworden. Noch immer gab es bescheidene Läden, von Vätern und Großvätern der jetzigen Betreiber gegründet, die gewöhnliche Waren und Dienste anboten – in einer Straße eine Bäckerei, ein Schuster in der nächsten –, aber nach und nach wichen sie Geschäften, die ausschließlich Luxusartikel führten: Juweliere, feinste Schneider und Händler seltener Waren. Und jene, die im Händlerviertel lebten, gehörten nun fast ausschließlich zur Schicht der wohlhabenden Geschäftsleute, deren weit ausgedehnte, auf Geld gegründete Imperien oft bis in die hinterste Provinz oder die fernste Stadt reichten. Bald würden auch die letzten der kleinen Ladenbesitzer ihr Eigentum verkauft haben, denn die Angebote waren zu gut, um sie auszuschlagen, und dann würden sich die einfachen Leute in den Vierteln der Vorstadt ansiedeln müssen, die sich vor den Stadtmauern immer weiter ausbreitete.

Barrets Kaffeehaus stand an der Ecke einer Straße, die heute Aruthaweg hieß, zu Ehren des früheren Prinzen von Krondor, Vater des jetzigen Königs – auch wenn viele die Straße immer noch Strandallee nannten. Der Aruthaweg kreuzte sich hier mit der Müllerstraße, die zur einstmals einzigen Mühle vor dem Tor der Bauern geführt hatte, welche aber längst abgerissen worden war. Barrets Kaffeehaus war ein hohes Gebäude mit drei Stockwerken und zwei Eingängen zu jeder der beiden Straßen. An jeder Tür stand ein Kellner in weißem Hemd, schwarzer Hose, schwarzen Stiefeln und blau-weißer Schürze.

An den anderen drei Ecken der Kreuzung fanden sich ein Wirtshaus, ein Schiffsreeder und, schräg gegenüber, ein leerstehendes Haus. Einst war es prachtvoll gewesen, vielleicht eins der schönsten von Krondor, doch ein Schicksalsschlag hatte es seinem Besitzer unmöglich gemacht, es zu halten. Lange bevor die Bewohner ausgezogen waren, hatte man es schon vernachlässigt, und jetzt wurde seine einstige Pracht von blätternder Farbe, vernagelten Fenstern, fehlenden Dachziegeln und Schmutz überdeckt.

Roo warf einen Blick auf das Haus. »Vielleicht kaufe ich es eines Tages und lasse es mir neu herrichten.«

Erik lächelte. »Daran will ich nicht zweifeln, Roo.«

Roo und Erik gingen an dem Kellner in der Tür zur Müllerstraße vorbei und traten ein. Die Außentür öffnete sich zu einem Empfangsbereich, der einige gutgepolsterte Sessel bot, doch ansonsten durch ein Holzgeländer vom Hauptraum des Kaffeehauses getrennt war. In dem Geländer gab es nur einen Durchlaß, vor welchem ein ähnlich wie die beiden Kellner draußen gekleideter Mann stand. Allerdings war seine Schürze schwarz.

Der Mann war groß, so groß wie Erik, und er blickte die beiden erwartungsvoll an. »Ja?«

Erik sagte: »Wir möchten zu Sebastian Lender.«

Der Mann nickte. »Wenn Ihr mir bitte folgen würdet.« Er drehte sich um und führte sie in den großen Schankraum des Kaffeehauses.

Roo und Erik folgten ihm durch einen Bereich mit kleinen Tischen, von denen einige von Männern besetzt waren, die Kaffee tranken. Von der Mitte aus führte zur Linken eine Treppenflucht zu einer Galerie hoch, die sich über die Hälfte des Raumes erstreckte. Über der anderen Hälfte wölbte sich eine hohe Decke. Mit einem Blick nach oben stellte Roo fest, daß es keinen dritten Stock gab, obwohl dort oben noch zwei hohe Fenster waren, die das Kaffeehaus zu einem lichtdurchfluteten hellen Raum machten. Sie erreichten ein weiteres hüfthohes Geländer, welches das hintere Drittel des Raums abteilte, und der Kellner sagte: »Wenn Ihr hier bitte warten würdet.«

Er ging durch die kleine Tür im Geländer und machte sich zu einem Tisch in der gegenüberliegenden Ecke auf. Roo zeigte nach oben, und Erik folgte seinem Finger mit dem Blick.

Über ihnen, auf der Galerie, saßen weitere Männer an Tischen. »Die Makler«, behauptete Roo.

»Woher weißt du das?«

»Hab ich irgendwo gehört«, meinte Roo.

Erik lachte und schüttelte den Kopf. Höchstwahrscheinlich hatte er es von Helmut Grindle gehört, dem Händler, mit dem sie seinerzeit nach Krondor gefahren waren. Roo und Grindle hatten sich viel übers Geschäftemachen unterhalten, und während Erik diese Gespräche manchmal ebenfalls interessiert hatten, war er gelegentlich jedoch dabei eingeschlafen.

Einen Augenblick später trat ein würdevoller Mann in schlichter, doch teurer Kleidung – Hemd, Weste und Krawatte – näher. Er betrachtete die beiden jungen Männer und wunderte sich: »Nicht möglich! Der junge von Finstermoor und Mr. Avery, wenn ich mich nicht irre.«

Roo nickte, und Erik erwiderte: »Doch, wir sind es wirklich, Mr. Lender. Wir sind begnadigt worden.«

»Höchst ungewöhnlich«, stellte Lender fest. Er machte dem Kellner ein Zeichen, ihm die Tür des Geländers aufzuhalten. »Hier sind leider nur Mitglieder zugelassen.« Mit einer ausladenden Geste winkte er Roo und Erik zu einem nahen Tisch.

Er wandte sich an den Kellner. »Dreimal Kaffee.« Er sah Roo und Erik an und fragte: »Habt Ihr schon gefrühstückt?« Als sie verneinten, ergänzte er seine Bestellung: »Ein paar Brötchen, etwas Marmelade und Honig, bitte. Und einen Teller mit Käse und Wurst.«

Während der Kellner davoneilte, fragte Lender: »Wenn Ihr begnadigt wurdet, dann braucht Ihr offensichtlich nicht meine Dienste als Rechtsanwalt, aber vielleicht die als Notar?«

»Nein, nein«, erklärte Erik den Grund ihres Besuchs. »Ich wollte Euch Euer Honorar zahlen.«

Lender wollte widersprechen, aber Erik blieb beharrlich. »Ich weiß, Ihr habt Euch schon damals gewehrt, Gold anzunehmen, doch obwohl wir das Verfahren verloren haben, sind wir hier und leben noch, und ich denke eben, Ihr habt Euch das Honorar verdient.« Er holte seinen klimpernden Geldbeutel hervor und legte ihn auf den Tisch.

Lender staunte. »Wie es scheint, ist bei Euch der Reichtum ausgebrochen.«

»Das ist der Sold für unseren Dienst beim Prinzen«, verriet ihm Roo.

Lender zuckte mit den Schultern, öffnete den Beutel und zählte fünfzehn Sovereigns ab, dann schloß er den Beutel wieder und schob ihn Erik zu. Die Münzen steckte er in die Tasche.

»Ist das genug?« erkundigte sich Erik.

»Wenn ich gewonnen hätte, hätte ich Euch fünfzig berechnet«, erwiderte Lender, derweil der Kaffee gebracht wurde.

Roo hatte sich nie viel aus Kaffee gemacht, daher nippte er nur daran und wollte die Tasse schon zur Seite stellen. Doch überrascht schmeckte er statt des bitteren Gebräus, welches er erwartet hatte, ein reiches Aroma. »Oh, der ist aber gut!« platzte er heraus.

Erik lachte und probierte ebenfalls. »Aber wirklich.«

»Aus Kesh«, erläuterte Lender. »Viel, viel besser als der, der im Königreich angebaut wird. Barrets Kaffeehaus ist das erste Lokal in Krondor, wo auserlesene Kaffeesorten angeboten werden, und der Gründer war so klug, es geradewegs in der Mitte des Händlerviertels zu eröffnen, und nicht drüben bei den Adligen.«

Roo wurde sofort hellhörig; für Erfolgsgeschichten war er immer und überall zu haben. »Aus welchem Grund?« wollte er wissen.

»Weil die Adligen schwer anzusprechen sind, immer Preisnachlässe erwarten und dann trotzdem nicht pünktlich zahlen.«

Lender fuhr fort: »Mr. Barret wußte, daß die hiesigen Geschäftsleute einen Ort brauchten, wo sie sich außerhalb ihrer Läden und Häuser zum Essen treffen und sich übers Geschäft unterhalten konnten, und im Schankraum eines gewöhnlichen Gasthauses ist es dafür zu unruhig und zu laut.«

Erik nickte abermals, denn er hatte als Kind oft bei Milo, dem Wirt, ausgeholfen.

»Und so wurde Barrets Kaffeehaus eröffnet, und von der ersten Woche an war es ein Erfolg. Zuerst hat man bescheiden angefangen, aber es existiert schon seit fünfundsiebzig Jahren, und seit sechzig in diesen Räumen.«

»Was ist mit den Maklern, den Gesellschaftern und … Euch?« fragte Roo.

Lender lächelte, während ein Tablett mit heißen Brötchen, Frühstücksfleisch, Käse und Früchten sowie Marmelade, Honig und Butter an den Tisch gebracht wurde.

Plötzlich hungrig, nahm Roo ein Brötchen und schmierte Butter und Honig darauf. Lender antwortete: »Einige besitzen kein eigenes Büro, um ihr Geschäft zu führen, und zu Barrets Freude kaufen sie hier den ganzen lieben langen Tag Kaffee, Tee und Speisen. Das gefällt ihm natürlich besser, als zwischen den Essenszeiten nur leere Tische zu haben, und daher reserviert er bestimmte Tische für die Geschäftsleute.

Als diese die ersten Gesellschaften und Maklerbünde gründeten, brauchten sie Vertretungen« – er legte die Hand auf die Brust und verbeugte sich leicht –, »daher wurden auch die Anwälte hier Stammgäste. Als es zu voll wurde, ist der Sohn des Gründers hierhingezogen, ließ die Decke zum dritten Stock herausreißen und schuf dieses auserlesene Lokal. Und seitdem ist es immer so weitergegangen.« Er deutete zum zweiten Geländer. »Einige Mitglieder mußten nach unten ziehen, deshalb das neue Geländer. Und jetzt muß man die Tische hier schon bezahlen, wenn man sie dauerhaft reservieren will.«

Er sah sich um und fügte hinzu: »Das hier ist das wichtigste Handelszentrum des Königreichs, zumindest des Westlichen, und nur Rillanon, Kesh und Queg sind von gleicher Bedeutung.«

»Wie wird man denn Makler?« wollte Roo wissen.

»Als erstes braucht man Geld«, erläuterte ihm der Anwalt, dem es keinesfalls unangenehm war, daß der junge Mann eine solche Frage stellte. »Viel Geld. Deshalb gibt es so viele Gesellschaften, denn die Geschäfte, welche hier bei Barret geplant werden oder von außen an uns herangetragen werden, bringen hohe Kosten mit sich.«

»Und wie fängt man an?« fragte Roo. »Ich meine, ich hab ein bißchen Geld, aber ich weiß noch nicht genau, ob ich hier investieren will oder es auf eigene Faust versuche.«

»Keine Gesellschaft wird einen Investor ohne guten Grund aufnehmen«, erwiderte Lender. Er nippte an seinem Kaffee und fuhr fort: »Über die Jahre hinweg haben sich komplizierte Regeln entwickelt. Oft kommen Adlige hierher und wollen Geld investieren oder leihen, und deswegen müssen die Interessen der Bürgerlichen streng geschützt werden. Also, um in einen Maklerbund einzutreten, braucht man schon sehr viel Geld – obwohl nicht so viel, als wollte man unabhängiger Makler werden –, und man braucht einen Fürsprecher.«

»Einen Fürsprecher?« fragte Roo.

»Einen, der bereits bei Barret Mitglied ist oder enge Beziehungen zu einem der Mitglieder hat und ein gutes Wort für Euch einlegen kann. Falls Ihr das Kapital habt, müßt Ihr immer noch vorgestellt werden.«

»Könntet Ihr das für mich tun?« fragte Roo, offensichtlich begierig darauf.

»Nein«, entgegnete Lender und lächelte ein wenig betrübt. »Trotz meines Einflusses und meiner Position, ich bin hier nur Gast. Seit fünfundzwanzig Jahren habe ich mein Büro hier, doch obwohl ich für fast dreißig verschiedene Makler und Gesellschaften arbeite, habe ich nie auch nur ein Kupferstück meines Kapitals für eines ihrer Angebote riskiert.«

»Was ist ein Angebot?« fragte Erik.

Lender hob die Hand. »Leider habe ich nicht die Zeit, all Eure

Fragen zu beantworten, von Finstermoor.« Er winkte einen der bereitstehenden Kellner herbei. »In meiner Ecke findet Ihr eine lange blaue Tasche aus Samt. Würdet Ihr sie mir bitte bringen?« Er wandte sich wieder Roo und Erik zu: »Ich genieße jede Unterbrechung des alltäglichen Einerleis, aber die Geschäfte erlauben es mir nicht, soviel Zeit für einen Vortrag über Barrets Kaffeehaus aufzuwenden.«

»Ich habe mir fest vorgenommen, Makler zu werden«, verkündete Roo.

»Wirklich?« fragte Lender und strahlte vor Entzücken. Spott war in seiner Miene nicht zu finden, aber offensichtlich fand er die Ankündigung erheiternd. »Und was ist das für eine Unternehmung, von der Ihr gesprochen habt?«

Roo lehnte sich zurück. »Es würde wohl zu lange dauern, wenn ich Euch meinen Plan in allen Einzelheiten erklären würde.«

Lender lachte, derweil Erik errötete, weil sein Freund Lender so kühn eine Abfuhr erteilte. »Gut gesagt«, antwortete Lender.

»Außerdem«, fügte Roo hinzu, »ist Diskretion doch nichts Schlimmes.«

»Das stimmt allerdings«, gestand ihm Lender zu. Der Kellner brachte die verlangte Tasche. Lender nahm die Samttasche, öffnete sie und holte einen Dolch heraus, eine wunderschöne Arbeit mit einer goldbesetzten Scheide aus Elfenbein, auf der ein kleiner Rubin prangte. Er reichte Erik den Dolch. »Das ist der andere Teil des Erbes von Eurem Vater.«

Erik nahm den Dolch und zog ihn aus der Scheide. »Beeindruckend. Ich bin sicherlich kein guter Waffenschmied und verstehe mich besser auf Hufeisen, aber dies ist eine Meisterarbeit.«

»Aus Rodez, glaube ich«, meinte Lender.

»Der beste Stahl des Königreichs«, stimmte Erik zu. In die Klinge war das Familienwappen der von Finstermoors eingeprägt. Der Dolch war gleichermaßen ein Schmuckstück wie eine tödliche Waffe. Der Griff war aus Horn geschnitzt, vielleicht aus dem Geweih eines Elchs, und mit Gold beschlagen, damit er zur Scheide paßte.

Lender schob seinen Stuhl zurück. »Meine jungen Herren, ich muß mich wieder ums Geschäft kümmern, aber bitte, bleibt bitte noch sitzen und erfrischt Euch, falls Ihr möchtet. Und wenn Ihr je einen Anwalt braucht, Ihr wißt, wo Ihr mich findet.« Er deutete vage auf die Stelle, wo sein Tisch stand, und fügte hinzu: »Dann wünsche ich Euch noch einen guten Tag. Es war schön, Euch gesund und munter wiedergesehen zu haben.«

Erik erhob sich, und Roo folgte seinem Beispiel, und sie verabschiedeten sich von ihrem Gastgeber, dann sahen sie sich an. Und wie das unter alten Freunden nun einmal so ist, wußten beide genau, was der andere dachte, und Roo sprach es aus: »Nach Hause.«

Sie gingen durch den nun belebteren Schankraum von Barrets Kaffeehaus und traten hinaus. Bei Roo hatte das Lokal sowohl einen eigentümlichen als auch einen aufregenden Eindruck hinterlassen. An der Tür wandte sich Erik an einen der Kellner und fragte: »Wo kann man hier ein gutes Pferd kaufen?«

»Und ein billiges!« ergänzte Roo.

Der Kellner zögerte nicht mit der Antwort. »Am Tor der Händler« – er zeigte den Aruthaweg hinunter – »findet Ihr etliche Händler. Die meisten sind Gauner, aber einem Mann namens Morgan könnt Ihr trauen. Sagt ihm, Jason von Barrets Kaffeehaus hätte Euch geschickt, und er wird Euch etwas Anständiges anbieten.«

Roo betrachtete das Gesicht des jungen Mannes. Er hatte braunes Haar und Grübchen. Roo warnte ihn: »Sollte er das nicht tun, werde ich mich an Euch erinnern.«

Der junge Mann runzelte die Stirn, allerdings nur leicht. »Er ist ehrlich, Sir.«

»Und wo können wir uns neue Kleidung kaufen?« erkundigte sich Erik als nächstes.

Jason antwortete: »Der Schneider Ecke Neue Torstraße und

Breite Straße ist ein Cousin von mir, Sir. Sagt ihm, ich hätte Euch geschickt, und er wird Euch für eine angemessene Summe ausstatten.«

Roo schien davon nicht überzeugt zu sein, doch Erik bedankte sich und führte seinen Freund davon. Sie schwiegen, während sie sich durch die bevölkerten Straßen der Stadt drängten. Fast eine Stunde brauchten sie, bis sie den Schneider erreicht hatten, und eine weitere, bis sie die Kleider für die Reise ausgesucht hatten. Erik wählte einen weiten Reitmantel, mit dem er seinen Wappenrock verdecken konnte, und Roo kaufte sich billig Hemd und Hose, einen Mantel und einen Schlapphut. Dann fanden sie einen Schuster, wo Erik sich ein Paar Stiefel aussuchte, derweil die, welche ihm seine Vater hinterlassen hatte, neu besohlt wurden. Roo hatte sich an Bord des Schiffes daran gewöhnt, barfuß zu gehen, doch zum Reiten kaufte er sich ebenfalls ein Paar Stiefel.

Kurz darauf kamen sie zum Tor der Händler und brauchten noch einmal eine Stunde, bis sie zwei Pferde erstanden hatten, wobei der Kellner recht behielt. Morgan war ein ehrlicher Pferdehändler. Erik suchte zwei kräftige Wallache aus, einen Braunen für sich und einen Grauen für Roo. Sie führten die Pferde zu einem Sattler einen halben Block weiter und versorgten sich dort mit allem, was sie sonst noch brauchten. Schließlich waren die Pferde gesattelt, und die beiden Jungen waren bereit zum Aufbruch.

Roo stieg auf und beschwerte sich: »Ich glaube, Reiten werde ich nie mögen.«

Erik lachte. »Dabei sitzt du längst besser im Sattel als die meisten Reiter, Roo, auch wenn du immer klagst. Und diesmal brauchen wir vermutlich nicht zu kämpfen, während wir auf dem Rücken der Tiere sitzen.«

Roos Miene verdüsterte sich.

Erik fragte: »Was ist denn?«

»Was soll dieses ›vermutlich‹?«

Erik lachte noch lauter. »Man weiß nie, was auf einen zukommt, mein Freund.« Mit diesen Worten trieb er sein Pferd an und ritt durch das Tor der Händler hinaus auf die Straße, die nach Osten führte. »Auf nach Ravensburg!« rief er.

Roo konnte über die Fröhlichkeit seines Freundes nur lachen, und rasch folgte er ihm, wobei er bald bemerkte, daß sein Pferd seinen Befehlen nicht ganz ohne Widerstreben nachkam. Er zog die Zügel straffer. Je eher er deutlich machte, wer der Herr war, desto besser. Roo gab dem Pferd die Hacken zu spüren und trieb es hinter Erik her. Bald hatten sie die Stadt hinter sich gelassen und befanden sich endlich auf dem Weg nach Hause.

Regen prasselte auf sie herab. Bald würde es Nacht sein, und auf der Straße waren nur wenige Leute unterwegs, Bauern und Händler, die es eilig hatten, nach Hause zu kommen. Ein mürrischer Fuhrmann hob kaum den Blick zu Roo und Erik und trieb seine Pferde weiter durch den Schlamm, während die beiden ihn passierten. Die Königsstraße mochte die Ader sein, durch die das Lebensblut des Handels von einer Grenze zur anderen strömte, doch wenn es in der Baronie von Finstermoor regnete, kam dieser Strom nahezu zum Erliegen.

Erik rief: »Lichter.«

Roo blickte unter der durchnäßten Krempe seines vormals ansehnlichen Schlapphuts hervor. »Wilhelmsburg?«

»Ich glaube«, stimmte Erik zu. »Morgen nachmittag sind wir zu Hause.«

»Ich schätze, ich kann dich dazu überreden, irgendwo in einer Scheune zu übernachten?« fragte Roo, der auf dieser Reise bereits mehr Geld ausgegeben hatte, als ihm lieb war.

»Nein«, antwortete Erik. »Ich will ein trockenes Bett und ein warmes Essen.«

Bei dieser Vorstellung überwand Roo rasch seinen Unwillen, noch die eine oder andere Münze springen zu lassen, und er folgte seinem Freund auf die Lichter der Stadt zu. Sie fanden ein einfaches Gasthaus, vor dem das Schild einer Pflugschar im Wind schwang, und ritten durch das Seitentor zum Stall. Erik rief nach Bedienung, und ein Stalljunge, des schlechten Wetters wegen warm angezogen, kam heraus und nahm ihnen die Pferde ab. Höflich hörte er Eriks Anweisungen zu und nickte, doch Erik glaubte, daß es nicht schaden könnte, nach dem Essen selbst noch einmal nach dem Rechten zu sehen.

Sie eilten in den Schankraum und schüttelten sich das Wasser von den Mänteln.

»Guten Abend, meine Herren«, begrüßte sie ein junges Mädchen, welches mit seinen braunen Haaren und braunen Augen hübsch anzusehen war. »Werdet Ihr Zimmer für die Nacht brauchen?«

»Ja«, erwiderte Roo, dem die Ausgabe schwerfiel, der aber jetzt, da die Wärme wieder in seinen Körper zurückkehrte, froh war, bei diesem Wetter nicht noch einmal nach draußen zu müssen.

»Wird einen ganz schönen Sturm geben heute nacht«, kündigte der Wirt an und nahm ihnen Mäntel und Hüte ab. »Wollt Ihr essen?« Er reichte Hüte und Mäntel dem Mädchen, das sie an einen warmen Ort brachte, wo sie trocknen konnten.

»Ja«, ließ sich Erik vernehmen. »Und was für einen Wein könnt Ihr anbieten?«

»Einen, der eines jeden Lords würdig wäre«, behauptete der Mann und lächelte.

»Habt Ihr Wein aus Ravensburg?« wollte Erik wissen, während er sich zu einem der leeren Tische aufmachte.

Außer einem Mann mit Schwert in der hintersten Ecke und zwei Händlern, die es sich vorm Kamin bequem gemacht hatten, war das Gasthaus leer. Der Wirt folgte ihnen. »Haben wir, Sir. Ravensburg liegt hier ganz in der Nähe.«

»Also sind wir in Wilhelmsburg«, erkundigte sich Roo.

»Ja«, erwiderte der Wirt. »Kennt Ihr Euch hier in der Gegend aus?«

»Wir sind aus Ravensburg«, antwortete Erik. »Aber wir sind

seit einer ganzen Weile nicht mehr dort gewesen, und in der Dunkelheit waren wir uns nicht sicher, welche Stadt dies ist.«

»Bringt uns Wein«, bestellte Roo, »und dann etwas zu essen.«

Das Essen machte satt, ansonsten gab es nicht viel darüber zu sagen, doch der Wein war besser als erwartet; er war von solcher Güte, wie Roo und Erik sie von zu Hause gewohnt waren. Es war ein Tafelwein aus Ravensburg, aber verglichen mit dem, den sie während des vergangenen Jahres hatten trinken müssen, schmeckte er fürstlich. Die beiden jungen Männer sprachen nicht viel, sondern versanken in erwartungsvolle Gedanken an den nächsten Tag, an dem sie nach Hause zurückkehren würden.

Für Roo gab es eigentlich wenig, auf das er sich freuen konnte. Seine ganze Familie bestand aus seinem Vater, Tom Avery, einem Trunkenbold und Fuhrmann, von dem Roo in seinem Leben nur zwei Dinge bekommen hatte: Prügel und das Wissen, wie man ein Gespann lenkt. Roo war daher begieriger darauf, einige der kleinen Weinhändler aufzusuchen. Der Weinhandel sollte den Grundstein des Vermögens bilden, das er sich in der Zukunft erwirtschaften wollte.

Erik hingegen mußte beim Besuch bei seiner Mutter seinen zerbrochenen Träumen gegenübertreten: einer Schmiede und einer Familie. Er hatte jahrelang dem alten Tyndal gedient, ehe der Schmied gestorben war, und dann hatte er noch länger als ein Jahr für Nathan gearbeitet, der ihm fast so etwas wie ein Vater gewesen war. Aber das Leben hatte seinen Lauf genommen, und nichts war so gekommen, wie er es sich erhofft hatte, als er noch ein Kind gewesen war.

»Woran denkst du?« fragte Roo. »Du schweigst schon so lange.«

»Du redest auch nicht gerade wie ein Wasserfall«, entgegnete Erik, und über sein Gesicht huschte ein Lächeln. »Hab nur an zu Hause gedacht, und wie es früher war.«

Er mußte nicht ausführen, was früher bedeutete. Roo wußte: »Früher« war vor dem Kampf mit Eriks Halbbruder Stefan, der damit geendet hatte, daß Roo Stefan den Dolch in die Brust gestoßen hatte. Danach waren sie aus Ravensburg geflohen, und niemanden von dort, weder Freunde noch Verwandte, hatten sie seitdem wiedergesehen.

»Ob ihnen wohl jemand berichtet hat, daß wir noch leben?« fragte Roo.

Erik lachte. »Falls nicht, wird es morgen eine ziemliche Überraschung geben.«

Die Tür ging auf, und als der Wind durch die Stube fegte, drehten sich die beiden Männer um. Vier Soldaten in der Uniform des Barons traten ein und verfluchten das scheußliche Wetter.

»Wirt!« rief der Korporal, während er seinen durchnäßten Umhang ablegte. »Warmes Essen und Glühwein!« Er sah sich im Schankraum um, und sein Blick blieb an Roo und Erik hängen. Dann riß er die Augen auf.

»Von Finstermoor!« platzte er heraus. Die anderen drei Soldaten verteilten sich augenblicklich im Raum, obwohl sie nicht wußten, weshalb der Korporal den Namen des Barons gebrüllt hatte. Der Unterton in seiner Stimme hatte sie jedoch alarmiert.

Erik und Roo standen auf, und auch die beiden Händler erhoben sich von ihren Stühlen vorm Kamin und drückten sich an die Wand. Die einzige andere Person im Schankraum, der Mann mit dem Schwert, sah neugierig auf, blieb jedoch sitzen.

Der Korporal zog das Schwert, und als Roo das seine ebenfalls ziehen wollte, machte Erik ihm ein Zeichen, er solle es in der Scheide lassen. »Wir wollen keinen Ärger, Korporal.«

»Wir haben gehört, ihr wärt gehängt worden«, wunderte sich der Korporal. »Ich weiß nicht, wie du und dein dürrer Freund der Gerechtigkeit entfliehen konntet, aber das werden wir sofort wieder in Ordnung bringen. Packt sie.«

Roo sagte: »Einen Augenblick –«

Die Männer waren schnell, aber Erik und Roo waren schneller, und die ersten beiden Soldaten, die nach ihnen greifen wollten, bekamen einen Hieb an den Kopf, von dem es ihnen in den Ohren klingelte. Die beiden Händler entdeckten einen Weg, wie sie sich an der heftigen Auseinandersetzung vorbeischmuggeln konnten, und rannten ohne Hut oder Mantel hinaus in den Regen. Der Mann am Tisch lachte. »Gut gemacht!« rief er.

Der Korporal hob das Schwert und stach zu, doch Erik trat einfach zur Seite und packte den Soldaten am Handgelenk, ehe der noch reagieren konnte. Erik war einer der stärksten Männer, die Roo je gesehen hatte, und zudem hatte er eine hervorragende Ausbildung im Faustkampf erhalten. Mit eisernem Griff drehte er dem Korporal das Schwert aus der Hand, während dieser vor Schmerz aufkeuchte.

Roo schlug mit der Hand zu, die Innenseite nach vorn, die Finger gestreckt, und traf den vierten Soldaten am Kinn, der augenblicklich zusammensackte.

»Wartet einen Augenblick«, rief Erik in dem Befehlston, den er sich angewöhnt hatte, seit Robert de Loungville ihn auf der Rückreise von Novindus zum Korporal gemacht hatte. Die beiden anderen Soldaten, die sich langsam erhoben, zögerten. Erik brüllte abermals: »Haltet ein!«

Er ließ das Handgelenk des Korporals los und trat mit dem Fuß das Schwert zur Seite, damit der Kerl es nicht wieder erreichen konnte, dann hielt er die Hände in die Höhe. »Ich habe Papiere.« Langsam griff er in seinen Wappenrock und holte ein Dokument hervor, welches ihm tags zuvor von einem Beamten des Marschalls von Krondor ausgestellt worden war. Er reichte es dem Korporal.

Der Mann nahm es und überflog es. »Trägt das Siegel von Krondor«, stellte er zerknirscht fest, während er noch immer auf dem Boden saß. Dann senkte er den Blick und gestand: »Ich kann nicht lesen.«

Der Mann mit dem Schwert erhob sich und trat zu ihnen. »Wenn ich Euch helfen kann, Korporal«, bot er sich an und streckte die Hand aus.

Der Korporal reichte ihm das Dokument, und der Mann las laut vor: »Wisset von meiner Hand und meinem Siegel, daß Erik von Finstermoor mir den Treueid geleistet hat und …« Sein Blick wanderte zum unteren Rand des Dokuments. »Und lauter so Geschwafel, Korporal. Also, im großen und ganzen steht da, daß Ihr gerade versucht habt, eine von Prinz Nicholas' Leibwachen zu verhaften. Und daß der Mann wie Ihr Korporal ist.«

»Tatsächlich?« fragte der Korporal und blickte den Mann groß an.

»Ja, und dieses Dokument ist nicht nur vom Marschall des Herzogs von Krondor unterzeichnet, sondern auch vom Prinzen persönlich.«

»Wirklich?« fragte der Korporal, indem er sich langsam auf die Beine erhob.

»Wirklich«, erwiderte der Fremde. »Und bei der Art, wie er Euch das Schwert abgenommen hat, braucht man sich nicht zu wundern, wieso er beim Prinzen in Diensten steht.«

Der Korporal rieb sich das Handgelenk. »Nun, vielleicht.« Er kniff die Augen zusammen. »Aber als ich Eriks Namen zum letzten Mal gehört habe, hieß es, man habe ihn wegen Mordes am jungen Baron gehängt.«

Erik seufzte. »Der Prinz hat uns begnadigt.«

»Das sagt Ihr«, gab der Korporal zurück. »Ich hingegen denke, ich werde mit meinen Jungs erst einmal nach Finstermoor reiten und mich bei Lord Manfred erkundigen, was er von dieser Sache hält.«

Er hob sein Schwert auf und gab seinen Männern das Zeichen zum Aufbruch. Einer von ihnen schüttelte mißmutig den Kopf, weil er nun auf das warme Essen verzichten mußte, und ein anderer warf Erik und Roo böse Blicke zu, während er dem Kameraden auf die Beine half, den Roo bewußtlos geschlagen hatte.

Letzterer war noch immer nicht wieder ganz zu sich gekommen. »Wir brechen schon auf? Haben wir schon gegessen? Ist es schon Morgen?«

Der andere fuhr ihn nur an: »Halt's Maul, Bluey. Im Regen draußen wirst du schon wieder wach werden.«

Die Soldaten verließen das Gasthaus, und Erik wandte sich an den Fremden. »Danke.«

Der Mann zuckte mit den Schultern. »Wenn ich es nicht gelesen hätte, dann hätte es eben der Wirt oder jemand anders getan.«

Erik streckte die Hand aus. »Erik von Finstermoor.«

Der Mann nahm die angebotene Hand. »Duncan Avery.«

Roo riß erstaunt die Augen auf. »Cousin Duncan.«

Der Mann, der sich als Avery vorgestellt hatte, betrachtete Roo eingehend. Schließlich ließ er sich vernehmen: »Rupert?«

Plötzlich lachten sie, und der Mann, den Rupert als Cousin bezeichnet hatte, nahm Roo in die Arme und drückte ihn herzlich. »Ich hab dich nicht mehr gesehen, seit du noch eine Kaulquappe warst, Junge.« Er trat zurück, und seine Miene verzog sich zu einem trockenen Lächeln.

Erik sah zwischen beiden hin und her und entdeckte nicht die mindeste Ähnlichkeit. Während Roo klein, drahtig und auffallend häßlich war, war Duncan Avery ein großer, schlanker, breitschultriger Mann. Zudem sah er auch noch gut aus. Angezogen war er wie ein Lebemann, wenn man von dem Schwert absah, welches oft benutzt zu werden schien und dennoch einen gepflegten Eindruck machte. Dem Mann wuchs auf der Oberlippe ein Schnurrbart, und sein Haar hing ihm, gleichmäßig geschnitten und nach innen gedreht, lang auf die Schultern.

Duncan zog sich einen Stuhl herbei und machte dem Mädchen ein Zeichen, es solle seinen Teller und seinen Krug herüberbringen.

»Ich habe gar nicht gewußt, daß du einen Cousin hast, Roo«, wunderte sich Erik.

Roo zwinkerte ihm zu. »Aber natürlich hast du das gewußt.«

Erik winkte ab. »Natürlich weiß ich, daß du einige Cousins in Salador hast und sonstwo im Süden, aber diesen Gentleman hast du mir gegenüber nie erwähnt.«

Duncan bedankte sich bei dem Mädchen und zwinkerte ihm zu, woraufhin es sich kichernd zurückzog. »Ich bin entsetzt, Rupert. Du hast deinem Freund nie von mir erzählt?«

Roo lehnte sich zurück und schüttelte den Kopf. »Wir sind nun ja auch nicht gerade die engsten Verwandten, Duncan. Wie oft haben wir uns getroffen? Dreimal vielleicht?«

Duncan lachte. »So in der Art. Hab mich im Fuhrgewerbe versucht, als ich noch ein Junge war«, sagte er zu Erik. »Bin mit Roos Vater von Ravensburg bis zu Malacs Kreuz gefahren, wo ich die Sache dann drangegeben habe. Damals war Roo noch keine fünf Jahre alt.« Er wurde ernst. »Da habe ich auch zum einzigen Mal seine Mutter gesehen.«

»Wann haben wir uns zuletzt gesehen?« fragte Roo.

Duncan rieb sich das Kinn. »Kann mich kaum noch dran erinnern, außer an das hübsche Mädchen am Brunnen: schlanke Taille und reichlich Busen ... wie hieß sie noch?«

»Gwen«, half ihm Roo. »Und das muß vor vier oder fünf Jahren gewesen sein.« Roo zeigte mit seiner Gabel auf Duncan. »Du warst ihr erster.« Dann grinste er. »Die Jungs in der Stadt haben dir einiges zu verdanken; du hast in Gwen ... nun ja, eine gewisse Begeisterung wachgerufen, in deren Genuß auch wir gekommen sind.«

Erik lachte. »Ich allerdings nicht.«

»Wahrscheinlich bist du der einzige in Ravensburg«, vermutete Roo.

»Wie seid ihr miteinander verwandt?« erkundigte sich Erik bei Duncan.

Duncan erklärte: »Mein Vater ist ein Cousin von Roos Vater, und keiner von diesen beiden ehrenwerten Herren kann mich gebrauchen.« An Roo gewandt, fragte er: »Wie geht's deinem Vater?«

Roo zuckte mit den Schultern. »War zwei Jahre nicht mehr zu Hause. Jetzt sind wir nach Ravensburg unterwegs. Und wo willst du hin?«

»Ich will in den Osten und wie üblich mein Glück versuchen. Wollte eigentlich ins Tal der Träume und mich als Söldner verdingen, aber die Arbeit ist mir zu gefährlich, und die Frauen sind mir ebenfalls zu gefährlich« – sowohl Erik wie Roo lachten bei dieser Bemerkung –, »und Geld gibt's auch nicht viel. Also dachte ich mir, ich mach mich zu den Adelshöfen im Osten auf, wo Klugheit genauso gefragt ist wie ein Schwert.«

»Ich könnte vielleicht auch jemanden mit ein bißchen Verstand gebrauchen«, meinte Roo.

»Was hast du denn vor?« fragte Duncan, plötzlich interessiert.

»Nichts Gewagtes. Ein ehrliches Geschäft, aber ich glaube, ich könnte jemanden gebrauchen, der weiß, wie man sich bestimmten Leuten gegenüber zu benehmen hat.«

Duncan zuckte mit den Schultern. »Also, ich reite mit dir nach Ravensburg, und dann können wir es unterwegs besprechen. Außerdem habt ihr beiden meine Neugier geweckt.«

»Wieso denn?« wollte Erik wissen.

»So wie ihr euch bewegt ... das war ein Anblick. Als ich Rupert zum letzten Mal gesehen habe, war er ein dürres Jüngelchen, das sich kaum aufrecht halten konnte, während es gepißt hat, und jetzt sah er lebensbedrohlich aus, als er diesen Soldaten niedergeschlagen hat. Wo hast du das gelernt?«

Roo und Erik wechselten einen Blick. Keiner von ihnen brauchte an die Spione der Smaragdkönigin erinnert zu werden, deren Netz sich über das ganze Königreich ausgebreitet hatte. Ein entfernter Cousin oder nicht, Roo machte sich keine Illusionen über die Ehrlichkeit der Menschen. »Hier und da«, gab Roo zur Antwort.

»Wenn das nicht die Kampfkunst der Isalani war, kannst du mich einen Esel nennen«, erwiderte Duncan.

»Wo hast du das schon gesehen?« fragte Erik.

»Wie gesagt, ich bin gerade aus dem Tal der Träume zurück. Da kann man immer wieder mal einen Isalani sehen, genauso wie andere Leute aus Kesh, die jede Menge Tricks kennen.« Er beugte sich vor und senkte die Stimme. »Ich habe gehört, man kann einem Mann sogar mit der Hand den Schädel spalten, wenn man weiß, wie.«

»Das ist doch leicht«, behauptete Erik. »Du mußt vorher nur einen Schmiedehammer in die Hand nehmen.«

Duncan starrte Erik einen Moment lang an, dann platzte er heraus. »Das ist gut, Kerl«, lachte er, während er mit der Gabel einen Bissen von seinem Teller aufspießte. »Ich fange an, dich zu mögen.«

So ging es weiter, während sie aßen, und danach ging Erik hinaus und sah nach den Pferden. Als er zurückkam, zogen sich die drei Männer für die Nacht in den Gemeinschaftsschlafraum im ersten Stock zurück, wollten sie am nächsten Morgen doch früh aufbrechen.

Die Stadt schien sich nicht verändert zu haben, allerdings kam sie ihnen auf einmal viel kleiner vor. Roo sagte: »Alles noch so wie früher.« Sie hatten die Pferde langsam gehen lassen, nachdem hinter einer Wegbiegung Ravensburg vor ihnen aufgetaucht war. An Bauernhöfen, an Weinbergen und an Feldern mit Hafer, Weizen und Mais vorbei ging es weiter, bis in der Ferne endlich die kleinen Häuser am Stadtrand in Sicht kamen.

Erik schwieg, doch Duncan befand: »Für mich sieht's kein bißchen anders aus, und ich war seit Jahren nicht mehr da.«

Während sie durch den Landstrich ritten, der ihnen so vertraut war, erwog Roo, daß sein Cousin keinesfalls recht hatte. Denn eigentlich war alles anders, oder zumindest hatte er selbst sich verändert, und daher glaubte er, die Dinge müßten sich ebenfalls verändert haben. Als sie das Gasthaus Zur Spießente erreichten, stellte Erik fest: »In Ravensburg scheint sich ja selten etwas zu verändern, aber wir haben uns gewandelt.« Und mit diesen Worten sprach er genau das aus, was Roo einen Augenblick zuvor durch den Kopf gegangen war.

»Das stimmt wohl, schätze ich«, bemerkte Duncan. Erik hatte

begonnen, den freundlichen Mann zu mögen, und das wiederum gefiel Roo, denn er mochte seinen Cousin gleichfalls, auch wenn er ihm nicht so recht traute; Duncan war ein Avery, und Roo war nur zu klar, was das bedeutete. Er hatte einmal einen entfernten Onkel gehabt, John, der in dem Ruf gestanden hatte, ein gefährlicher, grausamer Pirat zu sein. Was sich allerdings vor Roos Geburt ereignet hatte. Immerhin waren auch einige von Roos Onkeln und Cousins am Galgen geendet oder bei Raubüberfällen – auf der Seite der Räuber – getötet worden. Dennoch, etliche der Averys hatten sich ihren Lebensunterhalt auch mit ehrlicher Arbeit verdient, und also befand Roo, er selbst könnte es ebenfalls schaffen, ohne Raub und Mord zu einem reichen Mann zu werden.

Während sie abstiegen, kam ein Junge aus dem Stall angelaufen und fragte: »Soll ich mich um Eure Pferde kümmern, meine Herren?«

Erik fragte: »Wer bist du?«

»Gunther«, stellte sich der Junge vor. »Ich bin der Lehrling des Schmieds, Sir.«

Erik warf dem Jungen die Zügel zu. »Ist dein Meister da?« fragte Erik weiter.

»Er ist in der Küche beim Mittagessen, Sir. Soll ich ihn holen?«

»Laß nur, ich kenne den Weg«, erwiderte Erik. Der Junge nahm die Pferde und führte sie davon.

»Der Ersatz für dich?« vermutete Roo.

»Scheint so zu sein«, gab Erik zurück und schüttelte den Kopf. »Er kann kaum älter als zwölf sein.«

»Du warst noch jünger, als du angefangen hast, bei Tyndal in der Schmiede zu arbeiten«, erinnerte ihn Roo.

Er folgte Roo, der sich zur Hintertür aufmachte, jener Tür, die in die Küche führte. Erik öffnete sie und trat hinein.

Freida, seine Mutter, saß am Tisch und unterhielt sich mit Nathan, dem Schmied. Sie blickte auf, als Erik eintrat.

Alle Farbe wich aus ihrem Gesicht, während sie ihn ungläubig anstarrte. Halb erhob sie sich; dann verdrehte sie die Augen und wurde ohnmächtig. Der Schmied fing sie auf, ehe sie zu Boden fallen konnte.

»Verdammt«, fuhr Nathan auf. »Du? Bist du es wirklich?«

Erik eilte um den Tisch herum und ergriff die Hand seiner Mutter. »Bring etwas Wasser«, wies er Roo an.

Roo holte einen Krug und füllte ihn unter der Pumpe am Ausguß, dann nahm er ein Küchentuch, machte es naß und legte es Eriks Mutter auf die Stirn.

Erik sah über die noch immer reglose Gestalt seiner Mutter hinweg zu dem Mann, mit dem sie gerade gegessen hatte. Dem Schmied stand das Staunen offen ins Gesicht geschrieben, und seine Augen füllten sich mit Tränen. »Du lebst noch«, flüsterte er. »Das haben wir nicht gewußt.«

Erik fluchte. »Ich bin ein solcher Narr.«

Roo zog seinen Reisemantel aus und setzte sich. Er gab Duncan einen Wink, seinem Beispiel zu folgen. »Rosalyn!« rief er in Richtung Schankraum. »Bring uns Wein!«

Nathan schüttelte den Kopf. »Rosalyn ist nicht da. Ich werde uns eine Flasche holen.« Während er aufstand, meinte er: »Schließlich werden wir uns eine ganze Menge zu erzählen haben.«

Einen Augenblick später war er zurück, und Milo, der Gastwirt, folgte ihm in die Küche. Der Wirt staunte: »Bei den Göttern! Erik! Roo! Ihr lebt!«

Erik und Roo wechselten einen Blick, dann verkündete Roo: »Nun, es war ein Geheimnis.«

Nathan fragte: »Werdet ihr verfolgt?«

Roo platzte lachend heraus. »Nein, Meister Schmied. Wir sind freie Männer, vom König selbst begnadigt. Und wohlhabend sind wir dazu.« Er klingelte bedeutungsvoll mit seinem Geldbeutel.

Nathan zog den Korken aus der Weinflasche, die er geholt hatte, und schenkte jedem ein Glas ein. Währenddessen erwachte Freida aus ihrer Ohnmacht. Sie blinzelte und fragte: »Erik?«

»Ich bin's, Mutter.«

Sie warf ihm die Arme um den Hals und begann zu weinen. »Man hat uns gesagt, ihr wäret vor Gericht gestellt und zum Tode verurteilt worden.«

»Sind wir auch«, erwiderte Erik leise. »Aber wir wurden begnadigt und freigelassen.«

»Warum habt ihr uns keine Nachricht geschickt?« verlangte sie zu wissen, und in ihrer Stimme schwang die Spur eines Vorwurfes mit. Sie berührte Eriks Gesicht, als könnte sie es immer noch nicht glauben.

»Das durften wir nicht«, erklärte Erik. »Wir standen in den Diensten des Prinzen, und« – er blickte sich in der Küche um – »uns wurde nicht erlaubt, irgend jemanden etwas darüber wissen zu lassen. Aber das alles liegt jetzt hinter uns.«

Verwundert schüttelte sie nur leise den Kopf. Sie legte ihm die Hand auf die Wange, dann küßte sie ihn. Schließlich legte sie den Kopf an seine Schulter. »Also wurden meine Gebete erhört.«

Nathan nickte. »Und sie hat vielleicht gebetet, Junge.« Er wischte sich die Tränen aus den Augen. »Wir haben alle für dich gebetet.«

Roo bemerkte, wie Erik die Rührung überwältigen wollte. Doch sein Freund schluckte nur heftig; er hatte seine Gefühle nie offen gezeigt. Roo holte tief Luft und spürte plötzlich, daß auch ihm selbst das Wasser in die Augen stieg.

Erik fragte: »Wie geht es euch?«

Freida lehnte sich zurück und nahm Nathans Hand. »Es hat sich einiges verändert.«

Erik blickte von seiner Mutter zum Schmied. »Was, ihr beide?«

Nathan lächelte. »Wir haben letzten Sommer geheiratet.« Dann huschte ein Schatten über sein Gesicht. »Du wirst doch keine Einwände haben, wie ich hoffe?«

Erik jauchzte nur laut auf, beugte sich über den Tisch und umarmte seinen Stiefvater herzlich, wobei er fast den Wein umgestoßen hätte; nur Roos rasche Reflexe bewahrten das kostbare Naß davor, vergossen zu werden. »Einwände! Du bist der beste Mann, den ich kenne, Nathan, und wenn ich mir einen Vater hätte aussuchen können, dann wäre meine Wahl bestimmt auf dich gefallen.« Er lehnte sich zurück und blickte seine Mutter an, wobei ihm eine Träne über die Wange kullerte, derer er sich jedoch nicht schämte. Dann nahm er seine Mutter in den Arm. »Ich freu mich so für dich, Mutter!«

Freida errötete wie eine junge Braut. »Er ist zu mir gekommen, und er war so lieb, als du geflohen bist. Stets hat er sich um mich gekümmert, Erik.« Sie legte Nathan die Hand auf die Wange, mit einer Zärtlichkeit, die Erik noch nie bei ihr gesehen hatte, selbst ihm gegenüber nicht. »Er hat mir den Mut zum Leben zurückgegeben.«

Erik schlug mit der Hand auf den Tisch. »Na, dann wollen wir das mal richtig feiern!« Er wandte sich an Milo. »Ich möchte deine beste Flasche auf dem Tisch haben, und heute gibt's ein Essen, das selbst jenes am Hofe der Kaiserin von Kesh übertrifft!«

»Abgemacht!« stimmte Milo zu, und in seinen Augen glitzerten ebenfalls Tränen. »Und ich werde dir nur das auf die Rechnung setzen, was es mich selbst gekostet hat.«

Roo lachte. »Meister Wirt, Ihr habt Euch nicht im mindesten verändert.«

»Wo ist Rosalyn?« erkundigte sich Erik.

Milo und Nathan warfen sich einen Blick zu, und Nathan antwortete: »Sie ist bei ihrer Familie, Erik.«

Erik sah von einem zum anderen und schien nicht zu begreifen. »Familie? Du bist ihr Vater –«

Roo streckte die Hand aus und legte sie seinem Freund auf den Arm. »Sie wird wohl bei ihrem Ehemann sein, Erik.« Er blickte Milo an. »Das wollte Nathan doch wohl sagen, nicht, Milo?«

Milo nickte. »Ja, und Großvater bin ich auch geworden.«

Erik fuhr zurück. Unvermittelt befanden sich seine Gefühle in Aufruhr. »Sie hat ein Kind?«

Milo sah Erik an. »So ist es nun mal.«

Erik fragte: »Wer ist der Vater?«

Milos Blick schweifte durch die Küche. »Sie hat den jungen Rudolph geheiratet, den Bäckerlehrling, kennst du den?« Erik nickte. »Er ist jetzt Geselle, und bald wird er seine eigene Backstube haben. Sie lebt bei seiner Familie, drüben am Platz.«

Erik erhob sich. »Ich kenne das Haus. Ich möchte sie besuchen.«

Freida beschwichtigte ihn: »Übereil es nicht, Sohn. Sie glaubt, du wärst tot.«

Er beugte sich zu seiner Mutter vor und küßte sie. »Ich weiß. Ich werde sie schon nicht zu Tode erschrecken. Aber sie soll heute abend kommen.« Dann fügte er hinzu: »Mit Rudolph.«

»Ich komme mit«, meinte Roo.

Freida drückte Eriks Hand. »Bleibt nicht so lange, sonst glaube ich noch, ich hätte alles nur geträumt.«

Erik lachte. »Wohl kaum. Roos Cousin Duncan wird dich solange mit seinen unglaublichen und wundersamen Geschichten entzücken.«

Der Cousin lächelte. Nathan sah den gutaussehenden Duncan an: »Hoffentlich wird er sie nicht zu sehr entzücken.«

Erik lachte. »Wir sind bald zurück.«

Roo und Erik eilten aus der Küche durch den leeren Schankraum und traten durch die Vordertür auf die Straße. Sie liefen die Straße entlang und kamen zum Platz, wobei sie die wenigen Leute aus der Stadt, die stehenblieben, um sie mit offenem Erstaunen anzustarren, kaum bemerkten. Ein Mann ließ glatt einen Tonkrug mit Wein fallen, als er Rupert Avery und Erik von Finstermoor vorbeieilen sah. Alle hatten die beiden für tot gehalten. Ein oder zwei andere Leute wollten etwas sagen, doch Roo und Erik waren so schnell vorbei, daß es nicht einmal für einen Gruß reichte.

Sie gelangten zum Marktplatz und machten sich zur Bäckerei auf, in der Rudolph arbeitete. An der Vordertür bemerkte Roo, wie Erik zögerte. Roo wußte, daß Eriks Gefühle für Rosalyn stets schwierig gewesen waren. Sie waren wie Bruder und Schwester aufgewachsen, doch gleichzeitig war da noch etwas gewesen. Roo und alle anderen in der Stadt hatten gewußt, wie sehr Rosalyn in Erik verliebt gewesen war, nur Erik selbst hatte das nie wahrhaben wollen. Allerdings war ihm kurz vor seinem Aufbruch aus Ravensburg schließlich doch klargeworden, wieviel mehr als bloße Geschwisterliebe Rosalyn für ihn empfand. Er hatte darüber mit Roo gesprochen, und zwar mehr als einmal. Und Roo wußte, wie unsicher Erik noch immer war, was seine Gefühle Rosalyn gegenüber betraf.

Plötzlich verlegen, weil er es so eilig gehabt hatte, betrat Erik die Bäckerei. Rudolph stand hinter dem Tresen, und als er aufsah, fragte er: »Womit kann ich –« Er riß die Augen auf und fragte verwundert: »Erik? Roo?«

Erik lächelte freundlich. »Hallo, Rudolph.« Er streckte die Hand aus, während er den kleinen Raum zwischen Tür und Tresen durchquerte. Roo folgte ihm.

Rudolph war weder ein Freund von Roo noch von Erik gewesen, aber in einer Kleinstadt wie Ravensburg kannten sich alle Kinder gleichen Alters. »Ich habe euch für tot gehalten«, flüsterte Rudolph, als hätte er Angst, jemand anders könnte ihn hören.

»Da scheinst du ja nicht der einzige gewesen zu sein«, erwiderte Roo. »Allerdings sind wir vom König begnadigt worden.«

»Vom König?« fragte Rudolph, offensichtlich beeindruckt, derweil er zunächst Eriks und dann Roos dargebotene Hand ergriff und sie flüchtig schüttelte.

»Ja«, sagte Erik. »Und jetzt bin ich wieder da.« Als sich daraufhin Rudolphs Miene verdüsterte, fügte er rasch hinzu: »Nur für ein paar Tage. Ich stehe nun in den Diensten des Prinzen von Krondor.« Er deutete auf das Wappen seines Hemds. »Ich muß am Monatsende wieder in Krondor sein.«

Rudolph atmete sichtlich auf. »Nun, also, dann ist es schön, euch zu sehen.« Er betrachtete Erik von oben bis unten. »Vermutlich wolltest du Rosalyn besuchen?«

»Sie war schließlich so etwas wie eine Schwester für mich«, meinte Erik.

Rudolph nickte. »Sie ist hinten. Kommt mit.«

Erik und Roo gingen zum Ende des Tresens, wo Rudolph die Klappe hochhob, und traten dahinter. Sie folgten Rudolph durch die große Bäckerei, an großen Öfen vorbei, die jetzt abkühlten und erst nach Sonnenuntergang wieder angeheizt werden würden, da die Bäcker während der Nacht arbeiteten, damit es beim ersten Licht des neuen Tages frisches Brot gab. Große saubere Tische standen bereit, und die Bottiche, in denen nach dem Abendessen der Teig gerührt werden würde, waren noch leer. Backformen warteten darauf, gefüllt zu werden, und in der Ecke schliefen zwei Lehrjungen und ruhten sich vor der nächtlichen Arbeit aus.

Rudolph führte sie zu einer weiteren Tür, durch die man die Bäckerei wieder verließ, und sie durchquerten eine schmale Gasse und kamen zur Tür der Wohnung, welche, wie Roo wußte, Rudolphs Arbeitgeber gehörte. Rudolph bat sie: »Wartet hier«, und trat ein.

Einige Augenblicke später erschien Rosalyn an der Tür. Sie trug ein Kind im Arm. Während Rudolph hinter ihr stand, mußte sie sich am Türpfosten festhalten. »Erik?« fragte sie im Flüsterton. »Roo?«

Erik lächelte, und Rosalyn trat vor, legte ihm den rechten Arm um den Hals und drückte Erik fest. Er umarmte sie sanft und versuchte, auf das unruhige Kind achtzugeben. Und dann bemerkte er die Tränen in Rosalyns Augen.

»Also, nun«, begann er und schob sie ein Stück zurück. »So ist es. Mir geht's gut. Ich habe dem Prinzen von Krondor einen Dienst erwiesen und wurde aus diesem Grunde begnadigt.«

»Warum hast du mir keine Nachricht geschickt?« fragte sie schroff.

Roo überraschte die Gereiztheit in ihrer Stimme, doch Erik warf nur einen Blick auf Rudolph, der bei dieser Frage nickte.

»Wir durften nicht«, erläuterte er ihr. Er zeigte auf das Wappen, welches sein Hemd zierte. »Ich stehe jetzt in Diensten des Prinzen von Krondor und habe ihm Treue geschworen, und nachdem ich« – er wollte die Vergewaltigung und das Gerichtsverfahren in Krondor nicht zur Sprache bringen – »fortgegangen bin, durfte ich niemandem erzählen, daß ich noch lebe. Aber jetzt bin ich hier.«

Rosalyns Kind fing an zu strampeln und zu quengeln, und sie wandte sich dem Kleinen zu, um ihn zu beruhigen. »Psst, Gerd.«

»Gerd?« fragte Erik.

»So hieß mein Vater«, erklärte Rudolph.

Erik nickte, während er den kleinen Jungen betrachtete. Dann riß er bestürzt die Augen auf, und Roo sah, wie dem Freund die Knie zu zittern begannen. Roo stützte Erik am Arm, während dieser sich an den Türpfosten lehnte.

»Was ist denn?« fragte Roo und besah sich den kleinen Jungen ebenfalls. Die Erkenntnis traf ihn wie ein Schlag. Rudolph war ein stämmiger, kleiner Mann mit rotbraunen Haaren. Das kleine Kind ähnelte ihm in nichts. Aber als er die Größe des Kindes und sein Gesicht sah, wurde ihm augenblicklich bewußt, was sich hier abgespielt hatte, während er und Erik in der Fremde gewesen waren.

Leise fragte Roo, was Erik nicht auszusprechen wagte. »Es ist von Stefan?«

Rosalyn nickte. Ohne den Blick von dem Mann zu wenden, der ihr stets wie ein Bruder gewesen war, flüsterte sie: »Gerd ist dein Neffe, Erik.«

Drei

Käufe

Das Kind schrie.

Roo lachte, während Erik den Kleinen rasch wieder an Rosalyn übergab. Er hatte ihr angeboten, den Jungen zu halten, doch das strampelnde Kind hatte Erik binnen einer Minute zur Verzweiflung getrieben.

Die Stimmung war eher gedämpft, Glück und Sorge mischten sich. Alle freuten sich, daß Roo und Erik gesund und munter zurückgekehrt waren, doch alle im Schankraum der Spießente wußten auch, wie bald diese Nachricht Eriks Halbbruder zu Ohren kommen würde. Der Prinz von Krondor mochte Roo und Erik für ihr Verbrechen an Eriks Halbbruder Stefan begnadigt haben, doch der andere Halbbruder, Manfred, hatte ihnen vielleicht nicht verziehen. Und Stefans Mutter ganz bestimmt nicht. Und wenn man es mit rachsüchtigen Adligen zu tun hatte, waren verbriefte Rechte oft nicht das Papier wert, auf dem sie geschrieben standen.

Milo und Nathan winkten Roo zur Seite, und Nathan fragte den jungen Mann: »Wie lange wollt ihr eigentlich bleiben?«

Roo warf einen Blick auf Erik, der seinen Neffen nicht aus den Augen ließ und von dem kleinen Geschöpf ganz hingerissen war. »Erik wollte vor allem seine Mutter und Euch besuchen«, antwortete er. »Ich hingegen habe noch ein paar Geschäfte zu erledigen. Wir werden in etwa einer Woche wieder aufbrechen.«

Nathan flüsterte: »Je eher, desto besser, Roo.«

Roo nickte. »Ich weiß. Mathilda von Finstermoor.«

Milo strich sich mit dem Finger an der Nase entlang und nickte. Roo hatte verstanden, worauf sie hinauswollten.

»Aber Freida hat stets das Erbe von Mathildas Söhnen in Frage gestellt. Und ihr werdet doch wohl jedem sagen, daß das Kind von Rudolph stammt, oder?« fragte Roo.

»Ja, natürlich«, gab Nathan zurück.

»Andererseits kann man kaum übersehen, wessen Kind es ist, Roo«, warf Milo ein und blickte fürsorglich zu seinem Enkelsohn hinüber. »Und in dieser Stadt kann man nichts geheimhalten. Inzwischen wird der Baron wohl von der Existenz des Kindes erfahren haben.«

Roo zuckte mit den Schultern. »Vielleicht, aber ich habe gehört, wie Manfred mit Erik gesprochen hat –«

»Wann?« wollte Nathan besorgt wissen.

»In der Todeszelle. In der Nacht, bevor wir aufgehängt werden sollten. Er kam und sagte Erik, er würde ihm nichts übelnehmen. Stefan wäre ein Schweinehund gewesen.«

Nathan schüttelte den Kopf. »Einem Mann, der am nächsten Tag gehängt werden soll, erzählt man so einiges. Doch die Sache sieht ganz anders aus, wenn einem jemand den Baronstitel streitig macht.«

»Ich glaube, daran wird es nicht liegen«, meinte Roo. »Manfred hat behauptet, es gäbe noch andere uneheliche Söhne, nicht nur Erik. Der alte Baron scheint die Damen sehr geliebt zu haben.«

Milo nickte. »Das stimmt allerdings. Ich habe gehört, drüben in Wolfsheim gäbe es einen Jungen, der Erik aufs Haar gleicht.«

»Nun«, erwog Nathan, »kannst du nicht versuchen, Erik so schnell wie möglich von hier fortzuschaffen? Wir tun, was wir können, um den kleinen Gerd zu beschützen, aber falls Eriks Gegenwart unerwünschte Aufmerksamkeit auf den Jungen lenkt …«

»Ich sehe zu, was ich tun kann«, versprach Roo. »Ich muß nur meine Geschäfte erledigen, und je eher ich damit fertig bin, desto eher können wir aufbrechen.«

»Können wir dir irgendwie dabei helfen?« bot sich der Schmied an.

In Roos Augen trat ein berechnender Blick. »Also, wo Ihr es erwähnt, ich könnte einen vernünftigen Wagen gebrauchen – aber einen, der nicht zu teuer ist, wenn Ihr versteht.«

Milo verdrehte die Augen gen Himmel, und Nathan lachte, als er sah, worauf Roo hinauswollte. »Bei Gaston findest du vermutlich immer noch am ehesten das, was du suchst«, schlug der Schmied vor.

Erik blickte zu seinem Freund hinüber, der sich mit dem Schmied und dem Wirt unterhielt, und als Nathan über etwas lachte, das Roo gesagt hatte, mußte er lächeln. Roo lächelte ebenfalls, als wolle er sagen: »Wie schön, wieder zu Hause zu sein.«

Roo hatte nur einen leichten Kater und war schon beim ersten Tageslicht zum Stadtrand unterwegs.

»Gaston!« rief er, als er sein Ziel erreicht hatte. Das Haus war kaum mehr als eine verkommene Scheune, die zu einer Art Lagerhaus umgebaut worden war. Vorn hatte man eine kleine Hütte daran gesetzt. An ihr hing ein Schild mit grobgemalten Hämmern, die wie die Schwerter von Adligen gekreuzt waren.

Als Roo an der Tür des Ladens stehenblieb, steckte ein schmalgesichtiger Mann von unbestimmbarem Alter seinen Kopf heraus und blickte ihn an. »Avery?« rief er, halb erfreut, halb gereizt. »Dachte, sie hätten dich aufgehängt.«

Roo streckte ihm die Hand entgegen. »Haben sie aber nicht.«

»Scheint so«, erwiderte der Mann namens Gaston. Er sprach mit leichtem Akzent, wie man ihn aus den Provinzstädten von Bas-Tyra her kannte, war jedoch schon lange vor Roos Geburt nach Finstermoor gekommen. Er schüttelte Roos Hand und fragte: »Was brauchst du?«

»Habt Ihr einen Wagen?«

»Hinten steht einer zum Verkauf. Nicht gerade ein Prachtstück; man muß ein bißchen was dran machen, aber er fährt noch.«

Sie gingen ums Haus, einer Mischung aus Tischlerei, Gerberei und Kesselflickerwerkstatt. Gaston war in keinem dieser Handwerke Meister, aber er konnte alle möglichen Dinge reparieren, und zu seinen Kunden zählten jene Leute, die sich die hiesigen Schmiede und Zimmerleute nicht leisten konnten. Wenn ein armer Bauer eine Sense hatte, die zumindest die nächste Ernte noch durchhalten mußte, brachte er sie zu Gaston und nicht in die Schmiede, die jetzt Nathan gehörte. Erik hatte einmal gesagt, Gaston wäre zwar kein Schmied der Gilde, würde jedoch die Arbeiten, die er übernahm, anständig erledigen. Und Roos Vater hatte seinen Wagen stets zu ihm gebracht, wenn eine Reparatur anstand.

Sie gingen zu einem niedrigen Zaun, der aus Holzresten zusammengezimmert war, welche Gaston hier und da aufgetrieben hatte, und Gaston öffnete das wackelige Tor. Mit lautem Knarren schwang es auf, und Roo betrat den Hof, in dem Gaston den größten Teil seiner Besitztümer verwahrte. Roo blieb stehen und schüttelte den Kopf. Unzählige Male war er bereits in diesem Hof gewesen; und trotzdem war er jedes Mal erstaunt, wenn er die riesigen Haufen von Müll sah, die sich bei Gaston ansammelten: Eisenstücke, ein Schuppen voller alter Kleider und Lumpen, ein hoher Stapel Holz, und das alles in einer Weise geordnet, die wohl nur Gaston durchschauen konnte, was auch tatsächlich der Fall war. Wenn Gaston das hatte, was man brauchte, wußte er auch, wo es lag, und er war in der Lage, es augenblicklich aus dem scheinbaren Durcheinander herauszusuchen.

»Hab deinen Vater gesehen.«

»Wo steckt er denn?« erkundigte sich Roo, nicht sonderlich interessiert.

»Hat seinen Rausch ausgeschlafen. Er war gerade von einer Fahrt nach Salador zurück. Sechs oder sieben Wagen, ich weiß es nicht mehr genau, aber sie haben sie anständig abgeliefert und noch eine Prämie bekommen. Dann hat er seinen Wagen wieder vollgeladen und ist nach Ravensburg zurückgefahren. Gestern nacht ist er hier eingetroffen und hat sich erst einmal ordentlich einen umgehängt.«

Gaston deutete mit dem Daumen über die Schulter auf einige Bündel Lumpen, die unter einem der beiden Wagen an der Wetterseite der Scheune aufgestapelt waren. Roo ging hinüber und stellte fest, daß eines der Bündel schnarchte. Einer der beiden Wagen gehörte seinem Vater. Er erkannte ihn gleich wieder, denn er war ihm vertraut wie sein eigenes Bett. Und um die Wahrheit zu sagen, hatte er bestimmt genausooft auf dem Wagen geschlafen wie auf seiner Pritsche daheim. Wenn sein Vater wieder einmal betrunken nach Hause gekommen war und dann einen seiner Wutausbrüche gehabt hatte, war Roo nicht selten unter die Plane geschlüpft, um die Nacht dort zu verbringen. Auf diese Weise hatte er wenigstens den Prügeln entgehen können.

»Na, mal wieder zu betrunken, um die drei Straßen nach Hause zu schaffen?« fragte Roo, kniete sich nieder und zog den obersten Lumpen beiseite. Der Gestank, der ihm dabei entgegenschlug, ließ ihn wünschen, es unterlassen zu haben. Sein Vater hatte einige Zeit lang nicht gebadet, und außerdem traf sein Atem Roo wie ein Hammer.

Tom Avery schnarchte aus Leibeskräften weiter.

»Puh!« Roo trat zwei Schritte zurück.

Gaston kratzte sich am Kopf. »Wir haben ein paar gehoben, um die Wahrheit zu sagen. Tom hat die Zeche übernommen, und da wollte ich ihn nicht auf der Straße liegen lassen. Hab ich ihn also hier rübergeschleppt; wollte ihn schließlich nicht bis nach Hause tragen, verdammt.«

Roo schüttelte den Kopf. »Offensichtlich.« Er betrachtete seinen schnarchenden Vater. Der alte Mann schien kleiner geworden zu sein. Roo wunderte sich, aber er wußte, daß er ihm wieder groß genug vorkommen würde, wenn Roo ihn weckte, ehe er sich von selbst regte.

Dann mußte Roo lachen. Er war doch nicht mehr der kleine Junge von früher, und sein Vater überragte ihn schon seit Jahren nicht mehr. Ob er sich, wie damals als Kind, wieder ducken würde, falls sein Vater versuchte, ihn abermals zu schlagen? Oder würde er sich ohne nachzudenken wehren und ihm mit einem Hieb das Kinn brechen?

Er hatte keine Lust, es darauf ankommen zu lassen, daher meinte er lediglich: »Lassen wir ihn schlafen. Er hat mich vermutlich nicht vermißt, als ich verschwunden war, und so wird er sich nun wahrscheinlich auch nicht freuen, mich wiederzusehen.«

»So was solltest du nicht sagen, Roo«, widersprach Gaston. »Er hat sich richtig aufgeregt, als sie dich hängen wollten. Hat er mehr als einmal erzählt. Dreißig Jahre harte Arbeit, das hätte er gerecht gefunden, hat er gesagt.«

Roo schüttelte den Kopf und wechselte das Thema. »Der Wagen?«

»Da drüben«, sagte Gaston und zeigte auf das Gefährt neben dem von Roos Vater. Es sah brauchbar aus, auch wenn es nach Reparaturen und Farbe zu schreien schien.

Roo sah sich den Wagen genauer an und überprüfte die Achsen und Räder, die in gutem Zustand waren. »Die Beschläge der Deichsel müßten erneuert werden, aber es wird schon gehen. Wieviel?«

Gaston und Roo begannen zu feilschen, und einige Minuten später war der Handel unter Dach und Fach. Roo mußte zwar etwas mehr bezahlen, als er sich erhofft hatte, doch der Preis war gerechtfertigt, zumal er nach genau einem solchen Wagen gesucht hatte. Während er Gaston das Geld gab, fragte er: »Wie sieht es mit Pferden aus?«

»Wenn du gesunde suchst, dann ist Martin immer noch der billigste«, empfahl Gaston. »Dein Vater hat übrigens noch ein zweites Gespann, hat er im letzten Monat beim Würfeln gewonnen.«

Ein berechnender Zug machte sich auf Roos Gesicht breit. »Danke. Gut, das zu wissen.« Er blickte zu seinem schnarchenden Vater hinüber: »Wenn er aufwacht, ehe ich zurück bin, soll er hier warten. Ich muß mit ihm sprechen, bevor ich die Stadt verlasse.«

Roo machte sich zum Tor auf, und Gaston fragte: »Wo willst du denn jetzt hin?«

»Ins Haus der Winzer. Ich muß Wein kaufen.«

Er verließ den Hof und ging die Straße hinunter zur Stadt, die langsam zum Leben erwachte. Handwerker arbeiteten bereits in ihren Werkstätten, und Frauen waren unterwegs, um die Einkäufe für ihren Haushalt zu erledigen. Roo nickte ein paar bekannten Gesichtern zum Gruße zu, aber die meiste Zeit verlor er sich in Gedanken über den nächsten Schritt in seinem Plan, ein reicher Mann zu werden.

Als er den Platz vor dem Haus der Winzer erreichte, verkündete Hufschlag das Nahen von Reitern, die offensichtlich schnell näher kamen. Einen Augenblick später erschien an der Ecke des Gebäudes, zu dem Roo gerade unterwegs war, eine Schwadron berittener Soldaten. Fußgänger sprangen zur Seite, während die fünf Männer in den Farben des Barons von Finstermoor vorbeipreschten. In ihrem Anführer erkannte Roo jenen Korporal, dem sie schon in Wilhelmsburg begegnet waren. Und sofort wußte er, welches Ziel die Reiter hatten: Milos Gasthaus. Roo zögerte und entschloß sich, nicht sofort dort hinzugehen. Er hatte noch ein Geschäft zu tätigen, und er war ziemlich sicher, daß diese Sache nur Erik und seinen Halbbruder Manfred etwas anging. Falls der Baron mit Roo Avery sprechen wollte, konnte er ja nach ihm suchen, nachdem er Erik gefunden hatte. Roo betrat das Haus der Winzer.

Erik stand da und bewunderte die Schmiede. Nathan und sein Lehrling Gunther zeigten ihm die Neuerungen, die sie durchgeführt hatten, seit Erik von Ravensburg fortgegangen war.

Es waren nur kleine, aber Erik lobte die Arbeit des Jungen überschwenglich. Der schien Nathan abgöttisch zu lieben, und sicherlich hatte er das gleiche Verhältnis zu ihm wie seinerzeit Erik: das eines Jungen zu seinem Pflegevater. Nathans eigene Kinder waren in einem fast vergessenen Krieg gestorben, und so kümmerte er sich seitdem stets liebevoll um seine Lehrlinge.

»Du siehst gut aus«, stellte Nathan fest. »Gefällt es dir in der Armee?«

Erik erwiderte: »Manches mag ich überhaupt nicht, aber … Ja, ich glaube, ich mag die Ordnung, und daß man immer weiß, was von einem erwartet wird.«

Nathan nickte Gunther zu, er solle sich etwas zu tun suchen und die beiden ein wenig allein lassen. »Und das Töten?«

Erik zuckte mit den Schultern. »Nun ja. Manchmal ist es, als würde man Feuerholz hacken. Etwas, das erledigt werden muß. Manchmal kann ich gar nicht drüber nachdenken. Und meistens ist es … ich weiß nicht … häßlich.«

Nathan nickte. »Ich habe in meinem Leben mit vielen Soldaten gearbeitet, Erik. Hüte dich vor jenen, die das Töten genießen. Sie sind gut, wenn es hart auf hart geht, doch andererseits sind sie wie Wachhunde; es ist besser, sie die meiste Zeit an der kurzen Kette zu halten.«

Erik sah Nathan an, und die beiden blickten sich einen Augenblick lang tief in die Augen. Dann lächelte Erik. »Eins kann ich dir versprechen, mögen werde ich es niemals.«

»Das ist sehr gut«, befand Nathan und erwiderte Eriks Lächeln. »Obwohl an dir ohne Zweifel ein hervorragender Schmied verlorengegangen ist.«

»Das Schmiedehandwerk bereitet mir noch immer sehr viel Freude. Vielleicht kann ich dir ja beizeiten ein bißchen zur Hand gehen –«

In diesem Augenblick kam Roo in die Schmiede gelaufen. »Nathan! Erik!«

»Na, wie geht es mit deinen geheimnisvollen Einkäufen voran?« empfing ihn Erik.

»Ich habe so gut wie alles erledigt«, meinte Roo und grinste. »Zwei, drei Sachen noch, dann können wir aufbrechen.« Er verzog das Gesicht. »Doch mal ganz abgesehen davon, in der Stadt sind Reiter unterwegs und suchen nach dir.«

Hufschlag in der Einfahrt zum Hof des Gasthauses schnitt

Erik das Wort ab. Sie verließen die Schmiede und gingen um die Scheune herum. Gerade in dem Augenblick, als die fünf Wachen des Barons in den Hof ritten und abstiegen, kamen sie ebenfalls dort an.

Erik erkannte den Anführer wieder, den Korporal, dem sie vor zwei Tagen begegnet waren. »Ihr beide«, rief der Soldat und zeigte auf Roo und Erik. »Der Baron will euch sprechen.«

Roo verdrehte die Augen und klopfte sich auf die Tasche seines Hemds, um sich zu vergewissern, daß er seine Begnadigungsschreiben nicht verloren hatte. »Kann das nicht warten?«

»Nein! Aber ich lasse euch die Wahl: Ihr könnt eure eigenen Pferde nehmen, ansonsten würde ich mich glücklich schätzen, euch gefesselt hinter mir herzuschleppen.«

Roo erwiderte augenblicklich: »Ich hole mein Pferd.«

Ein paar Minuten später waren Roo und Erik aufgesessen und ritten an der Schwadron vorbei. Der Korporal schnauzte die beiden an: »Wartet mal! Was glaubt ihr, wo wir hinreiten?«

Sie verlangsamten das Tempo und ließen den Korporal passieren, dann erwiderte Erik: »Ihr seid im Galopp angekommen, und trotzdem sind eure Pferde nicht aus der Puste und keines von ihnen schwitzt. Also seid ihr wohl kaum mehr als eine Meile geritten. Demnach wird Manfred sein Lager auf der alten Schafsweide am Rande der Stadt aufgeschlagen haben.«

Der Korporal war allem Anschein nach verblüfft, und ehe er noch ein Wort zurückgeben konnte, hatte Erik seinem Pferd die Hacken in die Flanken gestoßen und es zum Kantergalopp angetrieben. Roo war gleich hinter ihm. Die Schwadron folgte dichtauf, und bald ritten die sieben Reiter durch die Stadt.

Wenig später hatten sie die Häuser der Stadt hinter sich gelassen, und wie Erik vorausgesagt hatte, stand Manfreds Zelt auf der alten Schafsweide, dort, wo sich die Straße des Königs mit der alten Straße nach Süden kreuzte.

Erik stieg ab und warf einer der Wachen, die am Eingang des Zeltes standen, die Zügel zu. Als die fünf Soldaten ebenfalls eingetroffen waren, blickte Erik dem Korporal ins Gesicht. »Wie heißt du?« fragte Erik.

»Alfred«, gab der Korporal zur Auskunft. »Wieso?«

Erik lächelte. »Wollte ich nur wissen. Paß auf die Pferde auf.« Roo und Erik gingen auf das Zelt zu, und als sie es erreichten, zog eine der Wachen die Klappe zur Seite.

Drinnen saß Eriks Halbbruder Manfred. »Ich muß gestehen, ich hätte nie geglaubt, euch beide noch einmal lebend wiederzusehen«, begrüßte sie der Baron und bedeutete ihnen, sich zu setzen, »wenn man die Umstände bedenkt, unter denen wir uns das letzte Mal getroffen haben.«

»Damals habe ich das gleiche gedacht«, konterte Erik.

Roo betrachtete die Halbbrüder. Manfred ähnelte Erik in keinerlei Weise. Erik glich seinem Vater wie ein Ei dem anderen, weshalb Manfreds Mutter vermutlich auch den Tod als Strafe für den Mord an Stefan, ihrem älteren Sohn, mit solcher Vehemenz gefordert hatte. Manfred hingegen kam ganz nach seiner Mutter. Er war dunkel, lebhaft und gutaussehend, auch wenn er etwas nervös wirkte. Sein Bart war sauber gestutzt, obwohl er, wie Roo fand, seinem Aussehen etwas Dümmliches verlieh. Das behielt Roo allerdings lieber für sich.

»Mein Lehnsherr, der Herzog von Salador, wie ihr vielleicht wißt, der Cousin des Königs, hat mir befohlen, eine Schwadron Männer nach Krondor zu senden, die dort für eine besondere Aufgabe benötigt werden. Allerdings hat er keine Einzelheiten darüber geäußert, was den Grund und die Dauer dieser Aufgabe anbelangt. Wißt ihr etwas darüber?«

Erik nickte. »Einiges schon.«

»Würdest du es mir bitte mitteilen?«

»Das kann ich nicht.«

»Kannst du nicht, oder willst du nicht?«

»Beides«, antwortete Erik. »Ich stehe in den Diensten des Prinzen, und er hat verfügt, daß ich nicht darüber sprechen darf.«

»Nun, wenn ihr nichts dagegen habt, würde ich sie gern mit euch nach Krondor reiten lassen.«

Erik lehnte sich zurück. »Als Eskorte?«

Manfred lächelte, und in diesem Gesichtsausdruck offenbarte sich nun das Erbe jenes Mannes, der beide Halbbrüder gezeugt hatte. »So könnte man es nennen. Da du in Diensten des Prinzen stehst, werde ich sie natürlich deinem Befehl unterstellen. Und solltest du tatsächlich ein pflichtbewußter Soldat sein, wirst du sie natürlich umgehend zu unserem edlen Prinzen bringen.«

Erik beugte sich vor. »Wenn ich dir etwas verraten könnte, würde ich es tun, Manfred. Du wirst dir vermutlich kaum vorstellen können, wieviel es mir bedeutet, daß du damals in die Todeszelle gekommen bist. Das war ein sehr edler Zug von dir. Und es hat unser Verhältnis verändert. Aber wenn du eines Tages erfährst, warum der Prinz zur Zeit Soldaten aushebt, wirst du auch verstehen, wieso ich hier und jetzt nicht darüber sprechen darf. Und dann wirst du zudem die Wichtigkeit des Ganzen erkennen.«

Manfred seufzte. »Gut, sehr gut. Ich vertraue darauf, daß du und dein Freund nicht lange in Ravensburg bleibt, ja?«

Erik zog eine Augenbraue hoch. »Ich werde am Ende des Monats wieder in Krondor erwartet, aber Roo ist ein freier Mann, und er kann wählen, ob er bleiben will.«

Manfred lächelte. »Nun, dein Freund kann sich entscheiden, wie er will, aber wenn er weise ist, wird er bald aufbrechen.« Er blickte Roo an. »Meine Mutter hat keinem von euch beiden vergeben, und während ich nichts gegen euch im Schilde führe, kann ich euch vor ihren Leuten nicht schützen. Falls euch daran liegt, in Frieden alt zu werden, solltet ihr das lieber an einem anderen Ort als Ravensburg versuchen.« Er beugte sich zu Erik vor und senkte die Stimme. »Dieses Wappen, welches du trägst, gibt dir einigen Schutz, Erik. Selbst hier im verschlafenen Finstermoor hat man vom Adler von Krondor gehört; zudem stehst du in den Diensten des Prinzen. Aber dein Freund Rupert hat keine so hochgestellten Gönner und nur wenige Freunde. Es wäre besser für alle Beteiligten, wenn du ihn mit dir nimmst.«

»Ich werde nur noch Fracht aufnehmen und dann in zwei Tagen mit meinem Cousin aufbrechen«, sagte Roo.

Manfred erhob sich. »Genau das möchte ich dir auch geraten haben. Besser, ihr seid nicht mehr in der Stadt, wenn Mutter erfährt, daß ihr beide noch am Leben und zudem in greifbarer Nähe seid.« Er blickte von einem zum anderen und fügte hinzu: »Und selbst in Krondor würde ich sehr gut aufpassen.«

»Was ist mit dem Kind?« wollte Erik wissen.

»Meine Mutter weiß noch immer nichts von seiner Existenz, und das soll auch so lange wie möglich so bleiben.« Manfred wirkte besorgt. »Die Geschichte sieht schon ein bißchen anders aus als die mit dir, Erik. Der Junge ist das Kind von Stefan, und nicht das ihres schürzenjagenden Gatten; er ist ihr eigener Enkelsohn. Ein unehelicher Enkelsohn zwar, da meine Heirat jedoch noch aussteht ...«

»Verstanden.«

»Deine Gegenwart in Ravensburg könnte sie gegen das Kind aufbringen. Hast du darüber schon einmal nachgedacht?«

Erik zuckte mit den Schultern. »So habe ich die Dinge noch nicht betrachtet. Um die Wahrheit zu sagen, Manfred, habe ich in den letzten zwei Jahren überhaupt nicht besonders viel über irgendwas nachgedacht. Ich hatte zuviel zu tun. Und zuwenig Zeit zum Grübeln.«

Manfred schüttelte den Kopf. »Du hast dich verändert. Als wir uns kennengelernt haben, warst du ein Junge, wenn auch der stärkste Junge in der Stadt, doch jetzt ... jetzt bist du ein richtiger Mann geworden, Erik.«

Erik blickte seinem Bruder forschend ins Gesicht. »Ich glaube, das trifft auf uns beide gleichermaßen zu.«

»Ich habe Mutter gesagt, ich würde auf die Jagd gehen, und daher sollte ich zumindest die eine oder andere Beute vorweisen können, wenn ich heute abend zur Burg zurückkehre. Erledige deine Angelegenheiten, und erwarte die Soldaten morgen vor diesem Gasthaus, welches du dein Zuhause nennst.«

Erik folgte dem Baron nach draußen. »Vielleicht werden wir uns eines Tages unter günstigeren Umständen wiedersehen.«

Manfred lachte, und erneut zeigte sich eine gewisse Ähnlichkeit zwischen den beiden. »Das bezweifle ich. Unsere Schicksale sind sehr unterschiedlich, Bruder. Solange du lebst und ich keine Kinder habe, sieht Mutter dich als Bedrohung ihrer Linie. So einfach ist das.«

Roo warf trocken ein: »Dann heirate doch endlich und mache welche.«

Manfred erwiderte daraufhin: »Wenn es nur so einfach wäre. Ich diene dem König und muß jeder Laune des Herzogs von Salador Folge leisten. Und diese beiden müssen entscheiden, welche adlige Tochter sich meiner als Gemahlin würdig erweist.« Er stieß einen leisen Seufzer aus, der Erik nicht entging. »Und, um die Wahrheit zu sagen, habe ich sie auch noch zu keiner Entscheidung gedrängt. Ich finde die Gesellschaft von Frauen … schwierig.«

»Gibt es denn eine?« erkundigte sich Erik, als er plötzlich bei seinem Halbbruder, der für ihn eigentlich ein Fremder war, Kummer verspürte.

Manfred ließ sich keine weitere Gefühlsregung anmerken. »Keine, über die ich gern reden möchte.«

Erik fiel daraufhin nichts mehr zu sagen ein, und sein Bruder bot ihm auch nicht die Hand. Erik salutierte daher einfach und ging zu seinem Pferd. Roo folgte seinem Freund. Unvermittelt blieb Erik jedoch stehen und drehte sich noch einmal um. »Dieser Korporal Alfred.«

»Was ist mit ihm?«

»Schick ihn mit.«

Manfred schüttelte den Kopf und lächelte schwach. »Hast du etwas Besonderes mit ihm vor?«

»So könnte man das nennen«, erwiderte Erik.

Manfred zuckte mit den Schultern. »Für den Mann spricht wenig. Er ist ein Raufbold. Er wird es nicht zum Feldwebel bringen.«

»Wir können Raufbolde gebrauchen«, bemerkte Erik. »Wenn man sie erst einmal gebrochen hat, sind es genau die Männer, die wir suchen.«

»Du kannst ihn haben.«

Roo und Erik gingen zu den Pferden und stiegen auf. Erik sah Alfred von oben herab an: »Mach's gut, Korporal.«

»Wir werden uns noch wiedersehen, Bastard«, drohte Alfred und blickte Erik unheilverkündend an.

»Oh, darauf kannst du dich verlassen.« Erik hielt dem finsteren Blick des Soldaten stand.

Und Roo fügte mit gemeinem Grinsen hinzu: »Und zwar eher, als du denkst.«

Sie gaben den Tieren die Sporen, ließen die Soldaten hinter sich und kehrten nach Ravensburg zurück.

»Und ich sag dir: Wenn du nur noch ein Teil auf den Wagen lädst, bricht dir die Achse!« brüllte Tom Avery.

Roo stand seinem Vater Auge in Auge gegenüber. Sein Vater war nur wenig größer als er, und einen Moment später gab Roo nach. »Du hast recht.«

Tom zwinkerte, dann nickte er und fügte hinzu: »Natürlich habe ich recht.«

Die beiden Wagen standen im Hof hinter Gastons Werkstatt und waren mit kleinen Weinfässern beladen. Duncan überprüfte die Seile, mit denen die Fracht befestigt war, nun schon zum dritten oder vierten Mal und fragte sich, ob bei dieser Menge Fässer wohl alle unversehrt ihr Ziel erreichen würden.

Roo hatte den ganzen Tag über Geschäfte getätigt und sein ganzes Geld und dazu jenes, das er sich von Erik geliehen hatte, in Wein von bescheidener Güte umgesetzt. Zurück in Krondor hoffte er damit große Gewinne machen zu können.

Obwohl Roo nicht gerade ein Fachmann war, was Wein anging, stammte er doch aus Ravensburg und wußte mehr darüber als die meisten Händler in Krondor. Der hohe Preis, der in der Stadt des Prinzen verlangt wurde, kam hauptsächlich durch die teure Beförderung per Schiff zustande, da er flaschenweise verfrachtet wurde. Nur die billigen Weine wurden in großen Fässern befördert. Die kleineren Fässer mit Wein von besserer Qualität, wie er hier in der Gegend in allen Gasthäusern ausgeschenkt wurde, fanden ihren Weg höchstens bis in die Nachbarstadt, weil dieser Wein wenig Gewinn versprach. Doch selbst wenn er nicht so gut war wie die Weine höchster Güte, welche die Adligen bevorzugten, übertraf er doch jeden Wein in den Schenken Krondors. Klugerweise hatte sich Roo entschlossen, einen Wein zu kaufen, der jene in der Stadt des Prinzen an Qualität um ein oder zwei Klassen übertraf. Wenn er die Wirte jener Gasthäuser und Schenken, welche häufig von den Geschäftsleuten aus dem Händlerviertel besucht wurden, überzeugen konnte, diesen Wein zu kaufen, würde er den dreifachen Preis erzielen können, die Kosten für Pferde und Wagen eingeschlossen.

»Bist du sicher, daß du weißt, wie man mit diesem Ding fahren kann?« wollte Duncan von Roo wissen.

Tom drehte sich um und warf seinem Neffen einen abschätzigen Blick zu. »Roo ist ein erstklassiger Fuhrmann, und wenn du nicht diesem Mädchen hinterhergelaufen wärst, dieser –«

Duncan lächelte, als er sich an sie erinnerte. »Alice«, ergänzte er. »Das hat leider nicht lange gedauert. Außerdem« – er legte die Hand auf den Knauf seines Schwertes – »habe ich hiermit in den letzten fünfzehn Jahren meinen Lebensunterhalt verdient.«

»Nun, das können wir sicherlich auch gut gebrauchen«, gestand Tom ihm zu und rieb sich das Kinn. Dorthin hatte ihn Roo geschlagen, als der alte Mann wach geworden war und seinen Sohn hatte verprügeln wollen. Dreimal hatte er Hand an den Jungen legen wollen, und dreimal hatte er sich im Staub liegend wiedergefunden. Beim letzten Mal war Roo ziemlich ungeduldig geworden und hatte den Streit mit einem harten Kinnhaken ein für allemal aus der Welt geschafft. Seitdem betrachtete Tom Avery seinen Sohn mit anderen, vor allem respektvolleren Augen. Er wandte sich an seinen Sohn. »Bist du sicher, daß du diesen Weg findest, von dem du mir erzählt hast?«

Roo nickte. Es handelte sich um eine Straße durch das Hinterland, stellenweise kaum mehr als ein schmaler Weg. Dort waren er und Erik seinerzeit Helmut Grindle, einem Händler aus Krondor, begegnet. Dieser hatte Roo auch die Straße gezeigt, die man benutzen konnte, ohne Zoll bezahlen zu müssen wie auf der Straße des Königs. Erik war mit Papieren vom Prinzen ausgestattet, und deshalb hatten sie auf der Reise nach Ravensburg keine Wegezölle entrichten müssen, doch Erik war mit der Truppe Soldaten aus Finstermoor bereits heute morgen nach Krondor aufgebrochen, und sie würden die Stadt des Prinzen eine Woche eher erreichen als die langsamen Wagen.

Roo wußte, daß die Wagen bis zur äußersten Grenze beladen waren, und wenn einer von ihnen zusammenbrach, würde die Hälfte seiner Fracht in den Wäldern zwischen Finstermoor und der Küste festsitzen. Doch falls alles nach Plan lief, würde er genug Kapital haben, um sich an ein kühneres Unternehmen wagen zu können. Mit dieser einen Reise würde er seinen Aufstieg zum reichen Mann weit vorantreiben.

»Nun«, befand Roo, »es gibt keinen Grund, warum wir noch warten sollten. Je eher wir aufbrechen, desto eher sind wir da.« Er sagte nichts über Manfreds Warnung, was die Rachegelüste von dessen Mutter betraf. Denn er würde sich nicht mehr auf Duncan verlassen können, falls dieser erfuhr, daß eine Adlige ihnen Männer mit dunklen Absichten hinterherschickte. Seinem Vater konnte Roo hingegen vertrauen. Der würde seinen Wagen fahren, komme was da wolle. Was auch immer man an Tom Avery auszusetzen haben mochte, wenn er nüchtern auf dem Kutschbock saß, war er ein guter Fuhrmann. In einem Kampf wäre er nicht zu gebrauchen, egal, wie prahlerisch er tönen mochte, wenn er betrunken war. »Du fährst bei mir«, meinte Roo zu seinem Cousin. »Dann kannst du dich wieder daran gewöhnen, wie man ein Gespann lenkt.«

Duncan verdrehte die Augen gen Himmel, kletterte jedoch auf den Kutschbock. Er hatte sein Pferd zu einem niedrigen Preis verkauft und sich mit dem Erlös an Roos Unternehmen beteiligt, und jetzt war er Miteigentümer des einen Wagens mit seinen vier Pferden und einer großen Ladung Wein. Roos Vater hatte seinen üblichen Preis verlangt, keine Münze mehr und keine weniger, was Roo gefiel. Denn sein Vater behandelte ihn wie jeden anderen Händler auch.

Gaston winkte ihnen zum Abschied hinterher, als sie durch das Tor zum Hof hinausfuhren und auf die gepflasterte Straße nach Ravensburg einbogen. Die Wagen ächzten und stöhnten unter der Last, und die Pferde schnaubten, als sie zur Arbeit angetrieben wurden, doch endlich waren sie unterwegs. Erwartungsvoll und aufgeregt blickte Roo dem entgegen, was auf ihn zukommen mochte.

»Laßt euch nicht überfallen«, rief Gaston ihnen noch nach, während er das Tor zumachte.

Roo duckte sich hinter den Wagen, als ein weiterer Pfeil genau dort einschlug, wo er gerade noch gestanden hatte. Der erste hatte seinen Kopf nur um wenige Zoll verfehlt. Roo rief seinem Vater und Duncan eine Warnung zu, während er unter den Wagen kroch und versuchte, herauszubekommen, von wo der Pfeil abgeschossen worden war. Er zog sein Schwert. Ein dritter Pfeil kam aus der abendlichen Dämmerung angeflogen, und Roo schätzte die Stelle ab, an der der Schütze vermutlich stehen mußte. Er machte Duncan ein Zeichen, daß er zwischen den Wagen hindurchkriechen und die Angreifer umrunden würde. Duncan winkte zurück. Er habe verstanden, und Roo solle auf mögliche weitere Angreifer achten.

Sie waren seit fast einer Woche unterwegs und hatten die Straße des Königs gleich westlich von Ravensburg verlassen und sich durch das offene Land auf der kleinen Straße nach Westen geschlagen. Diesen Weg entlang waren Roo und Erik vor zwei Jahren geflohen.

Die Reise war bisher ohne Zwischenfälle verlaufen; die Wagen hatten sich als robust und die Pferde als gesund erwiesen, was Roos Zuversicht jeden Tag hatte wachsen lassen. Falls sein Vater ihn für einen Narren hielt, weil er mit einer so großen Fracht allein und ohne Wächter durchs Land fuhr, hatte er seine Meinung für sich behalten. Er war ein alter Fuhrmann und hatte schon seltsamere Frachten als diese kleinen Weinfässer durchs Land gefahren.

Jeden Abend bei Sonnenuntergang hatten sie das Lager aufgeschlagen und die Pferde angepflockt grasen lassen. Zudem hatten sie den Pferden etwas Getreide, vermischt mit Honig und Nüssen, zu fressen gegeben, wodurch sie bei Gesundheit und kräftig blieben. Morgens untersuchte Roo die Pferde, so gut er es konnte. Mehr als einmal hatte er sich gewünscht, Erik mit seinem Wissen über Pferde bei sich zu haben, denn der hätte sicherlich das entdeckt, was Roo übersah. Doch zu seinem Erstaunen hatte Roo herausgefunden, daß sein Vater genausoviel über Pferde wußte wie Erik, zumindest, was Zugtiere betraf, und der alte Mann hatte seinen Sohn bei der morgendlichen Untersuchung stets begleitet. Und bisher hatte keines der Tiere Blessuren aufgewiesen, die die Weiterfahrt gefährdet hätten.

Jetzt krabbelte Roo auf Ellbogen und Knien zwischen den Wagen entlang. Als er die Wagen zwischen sich und die Quelle der Pfeile gebracht hatte, erhob er sich und rannte zwischen die Bäume. Lediglich die zwei Jahre fortwährenden Drills retteten ihm das Leben, denn ein zweiter Bandit hatte sich auf dieser Seite versteckt und hätte Roo fast mit der Schwertspitze aufgespießt. Doch nun mußte der Mann ohne ein letztes Wort sterben; Roo blieb kaum stehen, während er dem Mann die Klinge in den Leib rammte und sich im dunklen Wald duckte, für den Fall, daß sich hier ein weiterer Räuber verborgen hielt.

Doch alles blieb still. Roo dachte nach, was er als nächstes tun sollte. Derweil sich sein keuchender Atem beruhigte, blickte Roo sich um. Die Sonne war vor weniger als einer Stunde untergegangen, und der Himmel im Westen glühte noch rot, doch hier unter den Bäumen war es bereits finstere Nacht. Roo lauschte. Im nächsten Augenblick hörte er wieder einen Pfeil durch die Luft zischen, und sofort machte er sich auf.

So leise es ging schlich er durch die Dunkelheit und erreichte rasch die Stelle, wo er den Schützen vermutete. Zu diesem Zeitpunkt war er sich bereits sicher, sie würden von zwei armen Banditen belagert, die glaubten, die beiden Wachen rasch erledigen und danach die Fracht, was auch immer auf dieser kleinen Straße fern des königlichen Schutzes befördert werden mochte, plündern zu können.

Roo wartete. Nach einigen Augenblicken der Stille hörte er, wie sich in dem Gebüsch vor ihm jemand bewegte, und ohne zu zögern handelte er. So schnell wie eine Katze, die eine Maus packt, sprang er durch das Gebüsch und griff den zweiten Banditen an. Der Kampf war schnell vorüber. Der Mann wollte den Bogen fallen lassen und sein Messer ziehen, als er Roos Nahen bemerkte.

Doch er starb, ehe er noch die Waffe aus dem Gürtel hatte.

»Es ist vorbei«, rief Roo.

Einen Moment später tauchten Duncan und Tom auf, deren Gesichter im Dämmerlicht leichenblaß schimmerten. »Waren es nur die beiden?« fragte Duncan.

»Falls sich noch einer hier rumtreiben sollte, ist er längst über alle Berge und schon halb in Krondor«, beruhigte ihn Tom. Roos Vater war hart zu Boden gegangen und von oben bis unten auf der linken Seite mit Dreck besudelt, und auf der linken Wange hatte er eine Schramme davongetragen. Er hielt den rechten Arm über die Brust, umklammerte mit der Hand den linken Oberarmmuskel und ballte die Finger der Linken zur Faust.

»Was ist los?« erkundigte sich Roo.

»Bin verdammt hart auf den Arm gefallen, glaube ich«, antwortete sein Vater. Er keuchte atemlos. Mit einem langen Seufzer fügte er hinzu: »Das war ja wirklich aufregend. Hab es doch tatsächlich ein bißchen mit der Angst zu tun bekommen.«

Duncan kniete sich hin und rollte den Banditen auf den Rükken. »Der sieht aus wie ein Lumpensammler«, stellte er fest.

»Nur wenige ehrliche Händler wagen sich auf diese Straße, und die unehrlichen auch nur selten«, befand Tom. »Die Vogelfreien hier sind noch nie reich gewesen.« Er schüttelte die Hand, als wäre sie eingeschlafen.

Duncan erhob sich und hielt einen Geldbeutel in die Höhe. »Er war vielleicht nicht reich, aber ein paar Münzen hat er schon gehabt.« Er öffnete den Geldbeutel und fand einige Kupfermünzen und einen Edelstein. Sie gingen zurück ins Licht des Lagerfeuers, wo Duncan sich hinhockte und den Stein betrachtete. »Nichts Schönes, aber die eine oder andere Münze wird man schon dafür bekommen.«

»Ich sehe besser nach, ob der andere auch tot ist«, sagte Roo.

Er fand den ersten Mann mit dem Gesicht auf der Erde liegend, und als er ihn herumdrehte, sah er, daß er noch ein Junge gewesen war. Angeekelt schüttelte er den Kopf. Er durchsuchte die Leiche, doch der Tote hatte nicht einmal einen Geldbeutel besessen.

Er kehrte zu den Wagen zurück, als Duncan gerade den Bogen ablegte, den er dem Banditen abgenommen hatte. »Ziemlich armselig«, sagte er, als er die Waffe zur Seite warf. »Dem sind die Pfeile ausgegangen.« Roo setzte sich mit hörbarem Seufzer.

»Was wollten die bloß mit dem ganzen Wein anfangen?« fragte Duncan.

»Vermutlich wollten sie ihn trinken«, erwiderte Tom. »Aber bestimmt hatten sie es mehr auf die Pferde und unser Geld abgesehen, auf eure Schwerter und alles, was man in klingende Münze umsetzen kann.«

»Sollen wir sie beerdigen?« wollte Duncan wissen.

Roo schüttelte den Kopf. »Das hätten sie für uns auch nicht

getan. Außerdem haben wir keine Schaufel. Und ich werde ihnen kein Grab mit der Hand buddeln.« Er seufzte. »Wenn sie richtige Banditen gewesen wären, würden die Krähen sich morgen über uns hermachen anstatt über sie. Wir sollten besser wachsam bleiben.«

»Dann werd ich mich schon mal hinhauen«, erwiderte Duncan.

Tom und Roo setzten sich ans Feuer. Seines Alters wegen gestanden Roo und Duncan Tom die erste Wache zu. Denjenigen, der die zweite Wache übernehmen mußte, traf es am härtesten, denn er würde mitten in der Nacht aus dem Schlaf gerissen werden. Die gefährlichste Zeit für einen Angriff war jedoch, wie Roo wußte, die Dämmerung, da die Wachen dann am schläfrigsten und am wenigsten aufmerksam waren. Jeder, der einen Überfall plante, würde bis kurz vor Sonnenaufgang warten. Und falls Tom die dritte Wache übernähme, wäre einem möglichen Angreifer der Erfolg sicher, denn Tom würde bestimmt einschlafen.

»Ich hatte auch mal so einen Stein wie Duncan jetzt«, erzählte Tom.

Roo sagte nichts. Sein Vater sprach selten mit ihm, eine Angewohnheit, die er noch aus seiner Kindheit kannte. Rupert war als Junge oft mit seinem Vater gefahren und hatte dabei das Handwerk des Fuhrmanns erlernt, doch selbst auf der längsten dieser Fahrten, von Ravensburg nach Salador, hatte der alte Mann kaum zehn Sätze für seinen Sohn übrig gehabt. Wenn er zu Hause war, trank Tom bis zum Umfallen, und wenn er arbeitete, blieb er nüchtern, aber wortkarg.

»Ich hatte ihn für deine Mutter gekauft«, erzählte Tom leise weiter.

Roo horchte gebannt auf. Und wenn Tom ohnehin nicht besonders viel von sich gab, die Mutter erwähnte er nie, ob nun nüchtern oder betrunken. Alles, was Roo über seine Mutter wußte, hatte er von anderen in der Stadt erfahren, denn sie war gestorben, als er noch ein Kind gewesen war.

»Sie war eine winzige Person«, erinnerte sich Tom. Roo wußte, daß sein eigener kleiner Wuchs das Erbteil seiner Mutter war. Eriks Mutter hatte das mehr als einmal erwähnt. »Aber kräftig war sie«, fügte Tom hinzu.

Das überraschte Roo. »Sie konnte so richtig die Zähne zusammenbeißen«, fuhr Tom fort. Seine Augen glänzten im Licht des Feuers. »Du siehst genau aus wie sie, weißt du.« Er hielt immer noch seinen linken Arm und massierte ihn geistesabwesend. Dabei starrte er ins Feuer, als würde er in den tanzenden Flammen nach etwas suchen.

Roo nickte und getraute sich kein Wort zu sagen. Seit er seinen Vater niedergeschlagen hatte, behandelte ihn der alte Mann mit einem Respekt, den Roo von ihm nicht kannte. Tom seufzte. »Sie wollte dich, Junge. Der Priesterheiler hat ihr gesagt, es könnte gefährlich werden, weil sie so klein war.« Er wischte sich mit der rechten Hand übers Gesicht, dann betrachtete er seine Hände, die groß, vernarbt und voller Schwielen waren. »Ich hatte Angst, sie anzupacken, weißt du, wo sie doch so klein war und ich nun nicht gerade ein zärtlicher Kerl bin. Ich hatte Angst, ich könnte sie zerbrechen. Aber sie war viel zäher, als sie aussah.«

Roo mußte schlucken und brachte noch immer kein Wort heraus. Schließlich flüsterte er: »Du hast nie von ihr gesprochen.«

Tom nickte. »Ich habe in diesem Leben wenig Freude gehabt, Junge. Und sie war alles, was ich hatte. Ich habe sie beim Mittsommerfest kennengelernt, und sie sah aus wie ein scheuer Vogel, stand am Rand der Menge. Ich war gerade aus Salador zurück, hatte einen Wagen für meinen Onkel gefahren. Halb betrunken war ich, und nur mit mir selbst beschäftigt, da stand sie plötzlich vor mir, strahlte wie poliertes Messing und sagte: ›Tanz mit mir.‹« Er seufzte. »Und da hab ich mit ihr getanzt.«

Eine Weile lang schwieg er, schlang die Arme um den Leib und atmete angestrengt. Ehe er fortfuhr, mußte er den dicken Kloß in seinem Hals hinunterschlucken. »Sie hat genauso ausgesehen wie du, nicht gerade umwerfend, mit ihrem schmalen Gesicht und ihren schiefen Zähnen. Nur wenn sie lächelte – dann strahlte ihr Gesicht, und sie wurde glatt zur Schönheit. Ich habe ihr diesen Stein da, von dem ich dir erzählt habe, zur Hochzeit gekauft. Ließ ihn für sie in einen Ring setzen.«

»Wie ein Adliger«, meinte Roo und mußte sich alle Mühe geben, damit der traurige Unterton in seiner Stimme nicht allzu deutlich herauszuhören war.

»Wie für die Königin selbst«, erwiderte Tom und lächelte schwach. Er mußte erneut schlucken. »Sie sagte, ich wäre verrückt und sollte ihn gegen einen neuen Wagen tauschen, aber ich habe darauf bestanden, daß sie ihn behält.«

»Das hast du mir nie erzählt«, beschwerte sich Roo leise.

Tom zuckte mit den Schultern und verfiel in Schweigen. Er holte tief Luft und fuhr schließlich fort: »Jetzt bist du ein Mann. Hast du mir gezeigt, als ich in Gastons Hof aufgewacht bin und du über mir standest. Hab nie gewußt, ob was aus dir werden würde, aber du bist ausgekocht, und wenn einer dem Henker des Königs entkommt und sich von mir nicht verprügeln läßt, warum sollte dann nicht doch was Anständiges aus ihm werden.« Tom lächelte schwach. »Auch in dieser Hinsicht bist du wie sie: viel zäher, als du aussiehst.«

Roo saß schweigend einen Moment da und wußte nicht, was er sagen sollte. Endlich schlug er vor: »Warum legst du dich nicht hin, Vater. Ich muß noch ein bißchen nachdenken.«

Tom nickte. »Ich glaube, das werde ich tun. Mein Nacken tut ziemlich weh.« Er bewegte die linke Schulter, als wolle er die Muskeln lockern. »Muß ganz schön auf den Boden gekracht sein, als diese Kerle auf uns geschossen haben. Merke den Schmerz vom Handgelenk bis zum Kinn.« Er wischte sich den Schweiß aus der Stirn. »Ich habe richtig angefangen zu schwitzen.« Er holte tief Luft und seufzte, als wäre es schon eine Anstrengung gewesen aufzustehen. »Werde langsam wohl zu alt für diese Sachen. Wenn du erst mal reich bist, dann wirst du dich doch an deinen alten Vater erinnern, hörst du, Roo?«

Roo lächelte und wollte etwas darauf antworten, doch sein Vater verdrehte die Augen, sackte zusammen und fiel geradewegs ins Feuer. Roo schrie: »Duncan!«, und mit einer einzigen Bewegung riß er seinen Vater aus den Flammen.

Duncan war einen Augenblick später zur Stelle, und als er Toms wachsbleiches Gesicht sah, die weißen Augen und die rauchenden Brandwunden an Wange und Hals, kniete er sich neben Roo hin und stellte fest: »Er ist tot.«

Roo blieb erstarrt hocken, während er den Mann betrachtete, der sein Vater und doch selbst im Tode noch ein Fremder für ihn gewesen war.

Vier

Rückschlag

Roo machte ein Zeichen.

Duncan zügelte die Pferde und brachte seinen Wagen hinter dem ersten zum Stehen. Roo drehte sich um, stand auf und rief: »Krondor!«

Auf diese Weise waren sie hintereinander gefahren, seit sie Tom in einem Grab beerdigt hatten, das Roo mit bloßen Händen hatte ausheben müssen. Die Leiche hatten sie dann mit Steinen bedeckt, um Aasfresser fernzuhalten.

Duncan hatte sich als brauchbarer Fuhrmann erwiesen. Er konnte sich noch an einiges erinnern, was er als Junge von Tom gelernt hatte, und Roo hatte ihm noch das eine oder andere beigebracht, bis er sich nicht mehr ständig Sorgen um seinen Wagen und die Fracht darauf machen mußte.

Der Tod seines Vaters machte Roo noch immer zu schaffen. Es ging ihm nicht aus dem Sinn, mit wieviel Gefühl Tom über die Mutter gesprochen hatte. Roo wußte, vieles in seinem Leben hatte Tom selbst nicht verstanden. Nüchtern war sein Vater stets abweisend gewesen, betrunken hingegen brutal, und teilweise begriff Roo nun die Gründe dafür: Jedes Mal, wenn Tom Avery seinen Sohn angesehen hatte, hatte dieser ihn an seine Frau erinnert, die er über alles geliebt und die er bald nach Roos Geburt verloren hatte.

Aber das war noch nicht alles gewesen, und mittlerweile tauchten in Roos Kopf Dutzende von Fragen auf, von denen sein Vater ihm keine mehr beantworten konnte. Roo schwor sich, eines Tages nach Ravensburg zurückzukehren und die wenigen Leute in der Stadt aufzusuchen, die Freunde von Tom gewesen waren. Ihnen würde er dann diese Fragen stellen. Vielleicht würde er auch nach Salador reisen, zu dem Zweig der Familie, dem Duncan angehörte. Er wollte Antworten. Plötzlich war Roo bewußt geworden, daß er überhaupt keine rechte Ahnung davon hatte, wer er eigentlich war. Er schob den Gedanken beiseite. Es war nicht wichtig, wer man war, sondern was aus einem wurde. Und er würde ein reicher, geachteter Mann werden.

Duncan band die Zügel fest, sprang vom Wagen und ging hinüber zu Roo. Roo hatte seinen Cousin liebgewonnen, obwohl dieser immer noch diesen gaunerhaften Zug zeigte, und Duncan gehörte auch bestimmt nicht zu der Sorte Mann, der man rückhaltlos vertrauen konnte wie Erik oder den anderen Kameraden, mit denen zusammen Roo unter Calis gedient hatte. Dennoch mochte er Duncan, und er dachte, er könnte sich noch als nützlich erweisen, da er im Umgang mit Adligen einige Erfahrung besaß und Roo deshalb in deren Manieren und Gepflogenheiten unterweisen konnte.

Duncan kletterte zu ihm auf den Kutschbock und betrachtete die ferne Stadt. »Werden wir heute nacht noch in die Stadt fahren?« fragte er.

Roo sah zur untergehenden Sonne. »Ich glaube nicht. Ich muß erst einen Stall finden, wo ich den Wein lagern kann. Und wir sind noch eine Stunde von den Toren der Stadt entfernt. Laß uns das Lager hier aufschlagen, und morgen früh beim ersten Licht fahren wir hinein und versuchen, einige Fässer zu verkaufen, ehe es in den Gasthäusern zu lebhaft zugeht.«

Sie schlugen das Lager auf und aßen kaltes Fleisch an einem kleinen Feuer, während die Pferde am Straßenrand grasten. Roo hatte ihnen das letzte Getreide gegeben, und sie hatten es ihm mit einem zufriedenen Schnauben gedankt. »Was willst du mit den Wagen machen?« fragte Duncan.

»Verkaufen, denke ich.« Roo war sich nicht sicher, ob er sich zukünftig auf fremde Fuhrleute verlassen wollte, doch auf keinen Fall wollte er ständig mit seinen Wagen zwischen Krondor und Ravensburg unterwegs sein. »Oder vielleicht stelle ich einen Fuhrmann ein und schicke dich mit ihm los, um die nächste Ladung zu holen, wenn wir diese verkauft haben.«

Duncan zuckte mit den Schultern. »War nicht besonders aufregend, die Fahrt, wenn man von diesen beiden unglückseligen jungen Banditen absieht.«

»Einer dieser jungen Banditen hat mir fast einen Pfeil in den Kopf geschossen« – Roo tippte sich an die Schläfe –, »falls ich dich daran erinnern darf.«

»Schon.« Duncan seufzte. »Ich habe ja auch eher Weiber und Wein gemeint.«

»Das wird sich morgen abend schon ändern.« Roo blickte sich um. »Leg dich hin. Ich übernehme die erste Wache.«

Duncan gähnte. »Nichts dagegen.«

Roo saß am Feuer, während sich sein Cousin eine Decke holte und sich unter einen der Wagen legte, wo er vor dem Tau geschützt war. Denn so nah am Meer würde der sich in den frühen Morgenstunden bestimmt über sie senken, und es war nicht gerade die angenehmste Art, einen Tag zu beginnen, wenn man durchnäßt aufwachte.

Roo machte sich Gedanken darüber, was er morgen als erstes tun würde, und er legte sich schon die Worte zurecht, mit denen er die Wirte der Gasthäuser und Schenken von seinem Wein überzeugen wollte. In seiner Jugend war er nie ein ausgesprochener Grübler gewesen, doch nun merkte er kaum, wie die Zeit verstrich, bis er sah, daß das Feuer niedergebrannt war. Er dachte daran, Duncan zu wecken, entschied sich jedoch dafür, sich seine Strategien für die anstehenden Verkäufe noch einmal durch den Kopf gehen zu lassen, und legte Holz nach.

Schließlich graute der Morgen, und das Holz des Feuers glomm nur noch schwach. Die ganze Nacht hatte er halb dämmernd, halb träumend dagesessen und kein Auge zugetan, so aufgeregt brannte er darauf, sein neues Leben zu beginnen, und Duncan würde sich wegen der zusätzlichen Stunden Schlaf nicht beschweren.

Mit von der kühlen Nachtluft steifen Gliedern erhob sich Roo. Sein Haar war feucht, und der Tau glänzte auf seinem Mantel.

»Duncan!« rief er und weckte seinen Cousin. »Wir haben eine Menge Wein zu verkaufen!«

Die Wagen klapperten über das Pflaster von Krondors Straßen. Schließlich bedeutete Roo Duncan, er möge hinter ihm anhalten, und zwar so dicht am Rand, daß der übrige Verkehr in der engen Straße noch vorbeifahren konnte. Hier, in einem bescheidenen Gasthaus mit Namen Zum Glücklichen Springer, an der Grenze des Händlerviertels, würde er sein Glück zum ersten Mal versuchen. Das Zeichen zeigte zwei Kinder, die für ein drittes, das in der Mitte schwebte, das Seil schwangen.

Roo schob die Tür auf und betrat einen stillen Schankraum. Hinter dem Tresen stand ein großer Mann und putzte Gläser. »Mein Herr?« fragte der Wirt.

»Seid Ihr der Besitzer?« fragte Roo zurück.

»Alistair Rivers, zu Euren Diensten. Was kann ich für Euch tun?« Der Mann war wohlbeleibt, aber neben dem Fett schien er auch eine Reihe Muskeln zu besitzen – als Wirt mußte man manchmal schon hart durchgreifen können, wenn man die Ordnung in seinem Gasthaus wahren wollte. Da er nicht wußte, welches Geschäft ihm hier vorgeschlagen werden sollte, begegnete der Mann Roo zwar höflich, aber unverbindlich.

»Rupert Avery«, stellte sich Roo vor und streckte ihm die Hand entgegen. »Weinhändler, gerade zurück aus Ravensburg.«

Der Mann schüttelte die dargebotene Hand flüchtig. »Braucht Ihr ein Zimmer?«

»Nein, ich habe Wein zu verkaufen.«

Auf der Miene des Wirtes ließ sich beim besten Willen keinerlei Begeisterung feststellen. »Ich habe alles an Wein, was ich brauche, danke.«

»Aber von welcher Güte und welchem Charakter?« setzte Roo nach.

Der Mann blickte Roo von oben herab an. »Also los, dann sagt mal Euer Sprüchlein auf.«

»Ich wurde in Ravensburg geboren, mein Herr«, begann Roo. Und er ließ sich über Weine aus, wie sie von den Winzern in kleinen Städten angebaut wurden, und über die Weine, die in Krondors einfachen Wirtshäusern ausgeschenkt wurden.

Und endlich schloß er seinen Vortrag ab: »In Krondor bekommt man nur große Fässer mit Wein für den einfachen Mann oder unglaublich teuren Flaschenwein für die Adligen. Nichts jedoch, was der Händler einem, sagen wir, etwas gehobenen Kundenstamm anbieten könnte. Zumindest bis jetzt nicht. Ich könnte Euch allerdings einen Wein gehobener Qualität zu Faßpreisen bieten, weil ich keine Flaschen befördere.«

Der Mann schwieg einen Augenblick lang. »Könnte ich mal etwas davon probieren?« fragte er schließlich.

»Sofort, sofort«, beeilte sich Roo zu sagen und eilte nach draußen, um das Probefäßchen hereinzuholen, welches er gefüllt hatte, ehe sie aus Ravensburg aufgebrochen waren. Als er wieder hereinkam, standen auf dem Tresen bereits zwei Gläser bereit. Roo zog den Korken heraus und schenkte beiden etwas ein. »Er wurde ein bißchen durchgeschüttelt, und wir sind erst heute morgen in der Stadt angekommen, aber wenn er eine Woche oder zwei ruhen kann, ehe Ihr ihn ausschenkt, werdet Ihr bald mehr Gäste haben als alle anderen Wirtshäuser in der Umgebung.«

Der Mann war nicht überzeugt, aber er kostete. Er rollte den Wein im Gaumen hin und her, dann spuckte er ihn in einen Eimer, und Roo folgte seinem Beispiel. Alistair schwieg abermals, meinte dann jedoch endlich: »Nicht schlecht. Ein bißchen durchgeschüttelt, wahrlich, aber er hat Charakter, und es ist eine gute Traube. Die meisten meiner Kunden würden ihn nicht von dem billigen Zeug unterscheiden können, aber es gibt ein paar Geschäftsleute, die mein Lokal häufig besuchen, und sie würden ihn vermutlich begrüßen. Ein halbes Dutzend Fässer würde ich Euch wohl abnehmen. Was soll der Wein kosten?«

Roo zögerte und schlug einen Preis vor, der dreimal höher war, als ihn der Wirt akzeptieren würde, nur fünfzehn Prozent unter dem Preis, den man mit dem edelsten Wein aus Ravensburg erzielen konnte. Alistair blinzelte heftig und erwiderte: »Bei Euren Preisen muß ein Wirt ja vor die Hunde gehen. Warum steckt Ihr mein Gasthaus nicht gleich in Brand, dann geht es schneller.« Er bot einen Preis an, der nur wenige Kupferstücke über dem lag, den Roo in Ravensburg bezahlt hatte.

Und damit nahm das Feilschen seinen Anfang.

Sie warteten auf Roo, als er eine Stunde nach Mittag aus dem dritten Wirtshaus kam. Die beiden ersten Verkaufsbesuche waren erfolgreich verlaufen und hatten ihm mehr eingebracht als erwartet. Der Preis, den er bei Alistair Rivers herausgeschlagen hatte, lag um zehn Prozent höher als erhofft, und daher war das Feilschen im Gasthaus Zu den vielen Sternen zäher vonstatten gegangen. Und der Preis, den er dort erzielt hatte, unterschied sich nur um wenige Kupferstücke von dem, was Alistair gezahlt hatte, und also würde er diesen auch im Gasthaus Zum Hund und Fuchs erzielen. Er trat hinaus auf die Straße und rief: »Duncan! Fünf Fässer.«

Dann zögerte er. Duncan deutete mit dem Kopf auf den Mann, der neben ihm auf dem Kutschbock saß und ihm eine Dolchspitze an die Rippen hielt, wobei man genau hinsehen mußte, um sie zu entdecken. Jemandem, der einfach nur vorbeiging, mußte es vorkommen, als würden die beiden sich leise unterhalten.

Ein zweiter Mann trat vor und wandte sich an Roo: »Bist du der Besitzer dieser Wagen?«

Roo nickte und betrachtete den Mann. Er war hager, hatte lange Gliedmaßen, und seine Bewegungen kündeten von Schnelligkeit und Gefahr. Roo sah keine Waffe in seinen Händen, aber bestimmt trug er verborgen eine bei sich, die leicht zu erreichen war. Sein schmales Gesicht war von einem zwei oder drei Tage alten Bart bedeckt, und sein von Grau durchzogenes, schlechtgeschnittenes Haar hing ihm in die Stirn und in den Nacken.

»Wir haben gesehen, wie ihr rumgefahren seid und Waren ausgeliefert habt. Fragten uns, ob ihr vielleicht neu in Krondor seid.«

Roo blickte vom Gesicht des Mannes zu dem Burschen neben Duncan, dann sah er sich um, ob die beiden allein waren. Zwei weitere Kerle lungerten nicht weit vom Wagen entfernt herum, Männer, die in Windeseile bei ihren Kumpanen sein konnten, ohne besondere Aufmerksamkeit auf sich zu ziehen. Roo antwortete: »War schon einmal hier und bin gerade heute morgen wieder reingekommen.«

»Ach!« entfuhr es dem Mann, dessen Stimme für seine so dünne Gestalt überraschend tief klang. »Also dann kanntet ihr euch wohl mit den bisherigen Genehmigungen und Zöllen noch nicht aus, wie?«

Roo kniff die Augen zusammen. »Wir haben unsere Wagen am Tor beim Magistrat des Prinzen deklariert, und da hat man uns von Genehmigungen und Zöllen nichts gesagt.«

»Nun, es geht hier nicht um die Genehmigungen und Zölle des Prinzen, sozusagen.« Der Mann senkte die Stimme, damit niemand sonst hören konnte, was er sagte. »Es gibt hier in der Stadt die eine Art, Geschäfte zu erledigen, und die andere, wenn du verstehst, worauf ich hinauswill. Wir können dafür sorgen, daß du in Krondor keine Schwierigkeiten haben wirst, falls du mir folgen kannst.«

Roo lehnte sich an den Wagen und versuchte, ein unschuldiges Gesicht zu machen, während er sich überlegte, wie schnell er diesen Mann töten konnte, falls es sein mußte, und welche Chance Duncan hatte, den Mann, der ihn mit dem Dolch bedrohte, zu entwaffnen. Was das erste betraf, war er zuversichtlich; er konnte diesen Mann töten, ehe seine Kumpane noch zwei Schritte gemacht hatten. Duncan hingegen war keinesfalls so kampferprobt wie Roo und würde, obwohl er durchaus mit dem Schwert umgehen konnte, womöglich mit dem Leben bezahlen müssen. Roo stellte sich dumm. »Ich bin heute nicht so schnell von Begriff. Stell dir vor, ich wüßte überhaupt nichts, und erklär mir alles von Anfang an.«

Der Mann begann: »Also, wir sind diejenigen, denen sehr daran gelegen ist, daß der tägliche Handel in dieser Stadt nicht gestört wird. Und keinesfalls möchten wir, daß es unziemliche Preiskriege und ein Mißverhältnis zwischen Angebot und Nachfrage gibt. Und aus diesem Grund kümmern wir uns darum, daß alle Waren, die in die Stadt kommen, einen angemessenen Gewinn abwerfen, damit niemand einen zu großen Vorteil hat, verstehst du? Dann bleibt alles in ordentlichen Bahnen. Außerdem halten wir Raufbolde davon ab, Händler zu belästigen oder Eigentum zu beschädigen, damit jeder Mann des Nachts ohne Angst in seinem Bett schlafen kann, verstanden? Allerdings erwarten wir natürlich eine gewisse Entschädigung für unsere Arbeit.«

»Das kann ich wohl verstehen. Wieviel?«

»Für deine Fracht wären es zwanzig Sovereigns« – Roo riß die Augen auf – »für jeden Wagen.«

Das war mindestens der halbe Gewinn, den Roo aus dem Verkauf erhoffte. Unfähig, seinen Groll zurückzuhalten, fauchte er den Mann an: »Bist du verrückt? Zwanzig Sovereigns!« Und indem er einen Schritt zurückwich, knirschte er: »Ich glaube, so läuft der Hase nicht!«

Wie Roo erwartet hatte, trat der Mann einen Schritt auf Roo zu. »Wenn du möchtest, daß deinem Freund auf dem Kutschbock nichts geschieht –«

Plötzlich hatte Roo sein Schwert gezogen und es dem Mann an die Kehle gesetzt, ehe der noch einen Mucks machen konnte. Der Kerl war allerdings schnell und wollte zurückweichen, doch Roo folgte ihm, die Spitze der Klinge stets an seiner Kehle.

»Aber, aber!« warnte ihn Roo. »Beweg dich nicht zu schnell; ich könnte abrutschen, und dann wirst du wohl über und über mit Blut besudelt werden. Falls dein Freundchen da oben nicht bald seinen Dolch von meinem Cousin nimmt oder falls die beiden Jungs da drüben es wagen, hier rüberzukommen, kannst du durch ein neues Loch atmen.«

»Warte! Warte!« drängte der Mann, warf, ohne den Kopf zu bewegen, einen Blick zur Seite und rief: »Bert! Komm runter!«

Der Mann neben Duncan stieg wortlos vom Wagen. Der Hagere, dem Roo noch immer die Klinge an die Kehle gesetzt hielt, stellte trocken fest: »Du machst einen großen Fehler.«

»Und wenn schon, das wäre nicht mein erster«, gab Roo zurück.

»Wenn du dem Klugen in die Quere kommst, war es jedenfalls dein letzter«, drohte der Möchtegern-Erpresser.

»Der Kluge?« fragte Roo. »Wer soll das sein?«

»Ein wichtiger Mann in dieser Stadt«, antwortete der Hagere. »Wir werden dir das hier als Mißverständnis auslegen, damit das klar ist. Aber wenn wir morgen wiederkommen, erwarte ich ein höflicheres Benehmen.«

Er machte seinen Gefährten ein Zeichen, und sie verschwanden daraufhin rasch im mittäglichen Gedränge. Einige Passanten waren beim Anblick eines Mannes, der einem anderen die Klinge an die Kehle hielt, stehengeblieben, und offensichtlich behagte dem hageren Mann die Aufmerksamkeit nicht, die sie auf sich zogen. Ein Händler trat aus seinem Laden und rief nach den Stadtwachen.

Der Hagere faßte Roo scharf ins Auge. »Wenn du mich jetzt noch der Stadtwache übergibst, machst du alles noch schlimmer, als es schon ist.« Er fuhr sich nervös mit der Zunge über die Lippen. Eine Straße weiter war eine schrille Pfeife zu hören, und Roo senkte das Schwert. Der Mann machte sich davon und tauchte in der Menge unter.

»Was hatte das zu bedeuten?« fragte Duncan.

»Erpressung.«

Duncan meinte nur: »Spötter.«

»Spötter?«

»Die Gilde der Diebe«, erklärte Duncan, während er rasch untersuchte, ob seine Rippen noch heil waren.

»Das läßt das Ganze allerdings in einem anderen Lichte erscheinen. Er hat jemanden erwähnt, der der Kluge heißt.«

»Dann sind's ohne Zweifel die Spötter. In einer Stadt wie Krondor kann man kein einziges Geschäft abwickeln, ohne Schutzgeld zu bezahlen.«

Roo kletterte auf den Wagen und erwiderte: »Ich will verflucht sein, wenn ich das tue.«

Falls Duncan darauf etwas antwortete, dann hörte Roo es jedenfalls nicht, während er sich daranmachte, die Seile loszumachen, mit denen die Fässer befestigt waren, und die Ladeklappe herunterließ. Ein Schrei ertönte, und Männer liefen die Straße hinunter. Roo drehte sich um und sah, wie der Händler, der gerade nach den Wachen gerufen hatte, auf ihn zeigte. Und bei dem Mann standen zwei Stadtwachen in blauen Uniformröcken, die in seine Richtung blickten.

Roo fluchte. Eine der Wachen kam näher: »Dieser Herr behauptet, Ihr hättet Euch auf der Straße duelliert.«

Roo warf Duncan ein Seil zu. »Duelliert? Ich? Tut mir leid, aber da muß ein Irrtum vorliegen. Ich lade nur Wein für das Wirtshaus hier ab.« Er deutete mit dem Kinn auf das Wirtshaus, während Duncan herunterkam und ihm half, die Fässer vom Wagen zu laden.

»Also dann«, erwiderte der Wachtmeister, der offensichtlich nicht darauf aus war, nach irgendwelchen Schwierigkeiten zu suchen, wenn dafür keine unbedingte Notwendigkeit bestand, »sorgt dafür, daß es so bleibt.« Er winkte seinem Kollegen zu, und die beiden verschwanden in der Richtung, aus der sie gekommen waren.

»Manche Dinge ändern sich nie«, meinte Duncan. »Ich wette,

die beiden sitzen schon wieder in der gleichen Bäckerei, aus der sie gekommen sind, als jemand in die Pfeife geblasen hat.«

Roo lachte. Sie setzten die fünf Fässer auf die Straße, und Roo brachte den Wirt dazu, jemanden zu schicken, der Duncan half, die Fässer hineinzubringen, derweil Roo bei den Wagen blieb und sie bewachte. Nachdem sie die verbliebene Fracht wieder festgezurrt hatten, ging es weiter zum nächsten Wirtshaus.

Bei Sonnenuntergang hatten sie schon fast ein Drittel des Weins verkauft. Und zudem hatten sie schon fast das gesamte Gold wieder heraus, welches Roo investiert hatte. Wenn die Geschäfte in den nächsten Tagen weiterhin genausogut liefen, würde Roo sein Anfangskapital bald verdreifacht haben.

»Wo sollen wir denn übernachten?« erkundigte sich Duncan. »Und wann gibt es endlich was zu essen? Ich sterbe vor Hunger.«

»Wir müssen ein Gasthaus mit einem großen Hof finden, damit wir den Wein vor unseren Freunden bewachen können«, gab Roo zurück.

Duncan nickte. Er wußte, wen Roo meinte. Sie befanden sich in einem Teil der Stadt, der Duncan unbekannt war. Und er war über die Jahre hinweg schon oft in Krondor gewesen. Den Waren nach, die in den Schaufenstern der Läden feilgeboten wurden, war dieses Viertel nicht gerade das reichste der Stadt. Roo schlug vor: »Laß uns hier um die Ecke biegen und in die Richtung zurückfahren, aus der wir gekommen sind. Wenn wir auf dieser Straße weiterfahren, lassen wir den Wohlstand hinter uns.«

Duncan nickte und sah zu, wie Roo sich mit seinem Gespann wieder in den Verkehr auf der Straße einfädelte. Die Straße war voller Leute, die nach der Arbeit des Tages auf dem Weg nach Hause, in eine Wirtsstube oder einen Laden waren. Einige Läden wurden bereits geschlossen, derweil in anderen Laternen angezündet wurden, womit der Besitzer kundtat, daß er auch nach Einbruch der Dunkelheit noch für jene Leute geöffnet haben würde, die ihre Einkäufe nur abends erledigen konnten.

Langsam fuhren sie durch die belebten Straßen, und Roo bog schließlich nach rechts ab. Duncan folgte ihm. Fast eine Stunde brauchten sie, bis sie ein Gasthaus gefunden hatten, in dessen Stall sie ihre Wagen hinter verschlossenen Toren unterbringen konnten. Roo traf seine Abmachungen mit dem Stalljungen, nahm sein Probierfäßchen und trat zusammen mit Duncan ein.

Das Wirtshaus hieß Zu den Sieben Blumen, ein bescheidenes Lokal, zu dessen Gästen gleichermaßen Händler wie Arbeitsleute gehörten. Roo entdeckte in der Nähe des Tresens einen leeren Tisch und bedeutete Duncan, dort Platz zu nehmen. Dann wandte er sich an ein offensichtlich neugieriges Serviermädchen mit länglichem Gesicht, das dafür jedoch an Po und Busen reichlich zu bieten hatte: »Bring uns doch bitte einen Krug Bier und Essen.« Er zeigte auf den Tisch, an dem Duncan saß. Die Frau schaute kurz zu dem gutaussehenden Duncan hinüber, und ihr Lächeln enthielt ein ungewisses Versprechen. Roo konnte den Blick nicht vom Busen der Frau abwenden, der sich gegen den Stoff ihres Kleides drückte. »Und wenn du ein bißchen Zeit hast, kannst du dich ja zu uns gesellen«, fügte er hinzu und gab dabei sein Bestes, verführerisch zu wirken, doch seine Bemerkung löste nur eine gelangweilte Miene und ein unverbindliches Schnauben aus. »Wo ist der Besitzer?« fragte Roo sodann, wieder ganz der Geschäftsmann.

Sie zeigte auf einen wohlbeleibten Mann am anderen Ende des Tresens, und Roo drängte sich durch ein halbes Dutzend Gäste und begann sein Verkaufsgespräch. Nachdem er den Wirt hatte probieren lassen und sich mit ihm auf einen Preis geeinigt hatte, in dem die Übernachtung und das Essen inbegriffen waren, kehrte er an den Tisch zurück.

Das Essen war nichts Herausragendes, doch reichlich, und nach Wochen unterwegs schmeckte es wunderbar. Das Bier war ebenso durchschnittlich, jedoch wenigstens kühl, und es gab ebenfalls reichlich davon. Nach dem Essen, als sich die Schankstube etwas geleert hatte, versuchte Duncan seine Verführungskünste an einem der Serviermädchen, einer Frau in mittleren Jahren, die Jean hieß. Ein zweites Serviermädchen namens Betsy gesellte sich ebenfalls zu ihnen und landete schließlich auf Roos Schoß. Entweder erzählte Duncan seine Geschichten so lustig, oder das Bier trug seinen Teil dazu bei, jedenfalls schüttelten sich alle immer wieder vor Lachen. Zweimal kam der Wirt an den Tisch und scheuchte seine Mädchen zurück an die Arbeit, doch im Laufe des Abends fanden sie sich immer wieder bei Roo und Duncan ein und leisteten ihnen Gesellschaft.

Es war deutlich, welche Paare sich bilden würden. Zwar zog Duncan die Aufmerksamkeit beider Frauen auf sich, doch Jean, die hübschere der beiden, hatte von vornherein ihr Recht auf ihn angemeldet, während Betsy sich mit den Liebkosungen Roos zufriedengab. Roo war sich keinesfalls darüber im klaren, ob das Mädchen ihn wirklich mochte oder ob es Lohn erwartete, aber er verschwendete auch nicht einen einzigen Gedanken an diese Frage. Die sanfte Wärme ihres Fleisches, die er durch den Stoff spürte, hatte ihn erregt, und nach einer Weile schlug er vor: »Wollen wir nicht nach oben gehen?«

Das Mädchen erwiderte nichts darauf, sondern erhob sich einfach, nahm seine Hand und führte ihn die Treppe hinauf. In seinem betrunkenen Zustand hörte er Duncan und Jean nicht, die nach ihnen das Zimmer betraten, und bald hatte er sich in den Gefühlen, dem Geruch, dem Geschmack und der Hitze des Beisammenseins mit einer Frau verloren.

Vage wurde ihm bewußt, daß auf der Pritsche neben der, die er mit Betsy teilte, Duncan und Jean lagen, aber es machte ihm nichts aus. Im Soldatenlager war er manchmal kaum eine Handbreit neben seinen Gefährten mit einer Frau zusammengewesen. Was war schon dabei?

Rasch war er aus den Kleidern und half Betsy bei den ihren, und dann verlor er sich in Leidenschaft, bis er einen Schrei von draußen hörte und danach lautes Splittern von Holz. Zuerst nahm er es gar nicht wahr, doch dann krachte es abermals, und plötzlich, noch ehe er einen klaren Gedanken gefaßt hatte, war er schon auf die Füße gesprungen, hatte das Schwert aus der Scheide gerissen und »Duncan!« geschrien.

Nackt, wie er war, lief Roo die Treppe hinunter in den Schankraum. Der lag verlassen und dunkel da. Roo rannte los, ohne auf die Einrichtung achtzugeben, und warf mehrere Stühle und Tische um. Duncans Flüche verrieten ihm, daß er nicht der einzige war, der im Dunkeln mit den Auswirkungen eines Übermaßes an Bier zu kämpfen hatte.

Roo fand die Tür, riß sie auf und eilte auf den Stall zu, wo die Pferde und die Wagen standen. Unter den Füßen spürte er Nässe, und ein vertrauter Geruch drang ihm in die Nase: Wein.

Vorsichtig betrat er die dunkle Scheune. Mit einem Schlag war sein Rausch vergangen, während er sich innerlich auf einen Kampf einstellte. Duncan wollte an ihm vorbeilaufen, doch Roo packte ihn am Arm und machte ihm in der Dunkelheit ein Zeichen, auf die andere Seite der Scheune zu gehen. Da stimmte etwas nicht, auch wenn Roo im ersten Moment nicht hätte sagen können, was es war. Doch dann entdeckte er das erste Pferd. Das Tier lag auf dem Boden, und aus dem Hals rann Blut. Rasch blickte sich Roo um: Alle vier Tiere waren getötet worden. Allen war auf die gleiche Weise die Kehle durchgeschnitten worden, und alle waren verblutet.

»Oh, verdammt!« fluchte Duncan, und Roo eilte weiter, bis er den Stalljungen fand, der wie die Pferde in seinem Blute lag.

Sie rannten zu den Wagen. Jedes einzelne Faß war entweder zerschlagen worden, oder man hatte den Korken herausgezogen. Der Wein hatte den Hof richtiggehend überflutet. Und außerdem hatte jemand mit einem großen Hammer sämtliche Speichen der Räder zertrümmert. Das war das laute Krachen gewesen, welches Roo von oben gehört hatte. Die Wagen waren nicht mehr zu gebrauchen, solange man sie nicht für teures Geld reparieren ließ.

Der Gastwirt eilte über den Hof und entdeckte die beiden nackten Männer mit ihren Schwertern.

»Was ist los?« fragte er und blieb stehen, als hätte er Angst, sich den beiden seltsamen Erscheinungen weiter zu nähern. Augenscheinlich hatte er bereits geschlafen, denn er stand im Nachthemd vor ihnen.

»Jemand hat Euren Stalljungen umgebracht und meine Pferde dazu, und außerdem meine Wagen und meine Ladung zerstört«, verkündete ihm Roo.

Ein entsetzlicher Schrei gellte durch die Nacht, und ehe Duncan oder der Wirt noch reagieren konnten, rannte Roo an ihnen vorbei. Roo flog durch die Tür des Gasthauses, stieß im Schankraum gegen einen Tisch, achtete nicht darauf und nahm auf dem Weg nach oben je zwei Stufen auf einmal. Er erreichte das Zimmer, welches er und Duncan mit den Frauen geteilt hatten, und stolperte mit gezücktem Schwert hinein.

Er stockte, derweil Duncan hinter ihm die Treppe hochgelaufen kam. Duncan blickte seinem kleineren Cousin über die Schulter und fluchte abermals. »Verdammt!«

Jean und Betsy lagen nackt auf den beiden Pritschen, und ihr leerer Blick verriet den beiden Männern, daß sie tot waren, ehe sie noch die dunklen Flecken bemerkten, die sich um ihre Kehlen herum ausbreiteten. Wer auch immer durch das Fenster eingestiegen war, er hatte die Frauen von hinten gepackt, schnell getötet und sie dann wieder auf die Matratzen gelegt. Roo bemerkte plötzlich etwas Klebriges und Warmes an seinen Füßen. Die Frauen, dachte er, waren vermutlich an die Tür gekommen, als er und Roo nach unten gerannt waren, und ihr Leben hatte ein Ende gefunden, bevor sie denjenigen bemerkt hatten, der sich von hinten angeschlichen hatte.

Dann entdeckte Roo, daß seine Kleider im ganzen Zimmer verteilt waren. Rasch durchsuchte er sie, und als der Gastwirt eintraf, war Roo damit fertig und blickte seinen Cousin an. »Sie haben das Gold gestohlen.«

Duncan sank in sich zusammen und mußte sich am Türrahmen festhalten. »Verdammt!« fluchte er ein drittes Mal.

Der Wachtmeister der Stadtwache wollte die Untersuchung so schnell wie möglich hinter sich bringen. Er warf einen Blick auf die toten Pferde und den toten Stalljungen, und dann ging er ins Gasthaus und betrachtete die toten Mädchen. Anschließend stellte er Roo und Duncan einige Fragen. Und genauso offensichtlich, wie er die Sache schnell hinter sich bringen wollte, wußte er auch, daß hier die Spötter im Spiel waren. In seinen Bericht würde das Ganze wahrscheinlich als »ungeklärtes Verbrechen« eingehen. Solange niemand auf frischer Tat ertappt wurde, war es in einer Stadt von der Größe der Hauptstadt des Westlichen Reiches eine Seltenheit, wenn Verbrecher gefaßt wurden und ihnen noch dazu ihre Schuld bewiesen werden konnte. Als der Wachtmeister sie schließlich verließ, wies er sie an, alles, was der Aufklärung des Verbrechens dienen könnte, dem Amt der Stadtwache im Palast zu melden.

Den Gastwirt hatte der Tod seiner drei Bediensteten niedergeschmettert, und vor Angst jammernd, ihm könnte das gleiche Schicksal widerfahren, warf er Roo und Duncan beim ersten Licht des Tages aus dem Gasthaus und verbarrikadierte sich in seinem Zimmer.

Und so traten Roo und Duncan noch in der Dämmerung vom Hof des Gasthauses Zu den Sieben Blumen hinaus auf die Straße. Dort herrschte noch wenig Betriebsamkeit, die ersten Leute waren jedoch schon auf dem Weg zur Arbeit. »Und was machen wir jetzt?« wollte Duncan wissen.

Roo erwiderte: »Ich weiß es auch nicht –« Er holte tief Luft, als er auf der anderen Seite der Straße eine bekannte Gestalt entdeckte. Da lümmelte doch tatsächlich der Hagere von gestern herum. Roo eilte hinüber, wobei er beinahe einen vorbeigehenden Arbeitsmann umgerissen hätte, und als er den Mann erreichte, hörte er diesen sagen: »Benimm dich lieber friedlich, Fremder, sonst werden dich meine Freunde erschießen müssen.«

Duncan holte Roo rechtzeitig ein, um diese Worte ebenfalls mit anzuhören, und er fuhr herum und suchte nach den Bogenschützen. Auf einem der Dächer entdeckte er einen, der die Sehne seines Bogens bis zur Wange gezogen hatte und auf sie zielte. Der dünne Mann sprach weiter: »Ich denke, nun weißt du, vor welcher Art Schwierigkeiten wir dich beschützen können, nicht wahr?«

»Wenn ich damit nicht das Leben meines Cousins aufs Spiel setzen würde«, versetzte Roo, kaum in der Lage, den in ihm aufgestauten Zorn zurückzuhalten, »würde ich dir jetzt gleich, an Ort und Stelle, die Leber aus dem Leibe schneiden.«

»Das würde ich gern sehen«, konterte der Hagere. »Gestern hattest du den Vorteil der Überraschung, aber das wird sich nicht wiederholen.« Dann lächelte er, ein Lächeln allerdings, in dem keinerlei Freundlichkeit zu entdecken war. »Abgesehen davon ist das alles nicht persönlich gemeint, Kerl. Es geht nur ums Geschäft. Wenn du das nächste Mal in Krondor etwas verkaufen willst, läßt du dir von denen, die dir helfen wollen … eben helfen.«

»Warum hast du den Jungen und die beiden Frauen getötet?« verlangte Roo zu wissen.

»Getötet? Ich? Ich weiß gar nicht, wovon du sprichst«, gab sich der Mann unschuldig. »Kannst jeden fragen, und alle werden sie dir sagen, daß Sam Tannerson bei Mutter Jamila im Armenviertel Pokiir gespielt hat, die ganze Nacht. Hat vielleicht jemand jemanden getötet?« Er machte seinen versteckten Leuten ein Zeichen und wandte sich zum Gehen, indem er Roo noch den Rat gab: »Wenn du es noch einmal mit Geschäften versuchen willst, dann frag nach Sam Tannerson. Ich bin leicht zu finden. Und ich bin immer bereit zu helfen, wo ich nur kann.« Und damit machte er sich von dannen.

Und als er verschwunden war, stellte Roo die Frage erneut: »Warum haben sie den Jungen und die beiden Frauen getötet?«

»Ich befürchte, weil du zu stur warst, ihnen das zu bezahlen, was sie verlangten, machen sie auf diese Weise allen klar, was passiert, wenn sie Geschäfte mit dir machen«, erklärte ihm Duncan.

»Erst ein einziges Mal in meinem Leben«, meinte Roo, »habe ich mich hilfloser gefühlt als jetzt, und das war, als ich gehängt werden sollte.«

Natürlich kannte Duncan die Geschichte, wie Roo und sein Freund Erik nach der Scheinhinrichtung am Galgen begnadigt worden waren. »Nun, du bist vielleicht nicht tot, aber was sollen wir jetzt tun?«

»Von vorn beginnen. Was gäbe es sonst für uns zu tun? Aber zuerst gehen wir zum Palast ins Amt der Stadtwache.«

»Wieso?«

»Um ihnen mitzuteilen, daß ein Mann namens Sam Tannerson hinter der Sache steckt.«

»Glaubst du, er heißt wirklich so?«

»Vermutlich nicht«, räumte Roo ein, während er sich in die Richtung des Palastes wandte. »Aber er benutzt den Namen, und das sollte doch eigentlich schon genügen, nicht wahr?«

Duncan zuckte lediglich mit den Schultern. »Ich weiß nicht, wozu das nütze sein soll, aber da ich auch keinen besseren Vorschlag habe, wieso nicht?« Er gesellte sich zu seinem Cousin, und sie machten sich zum Palast des Prinzen von Krondor auf.

Erik blickte hinaus auf den Hof, wo die jüngst ausgehobenen Rekruten gedrillt wurden. Mit schuldbewußter Schadenfreude betrachtete er Alfred, den Korporal aus Finstermoor, der nun zum einfachen Gefreiten in der neuen Armee des Prinzen degradiert worden war. Erst nachdem Erik ihn zum dritten Mal auf dem Kasernenhof niedergeschlagen hatte, war der Mann zur Einsicht gekommen und hatte endlich sein vorlautes Maul gehalten. Nun tat er immer schön das, was man von ihm verlangte. Falls der Mann sein aufbrausendes Temperament im Zaum hielte, konnte er sich leicht zu einem überdurchschnittlichen Soldaten entwikkeln.

»Was hältst du davon?« fragte Robert de Loungville von hinten.

Ohne sich umzudrehen, antwortete Erik: »Ich wüßte besser, was ich davon zu halten habe, wenn ich eine Ahnung hätte, was du, der Herzog, der Prinz und all die anderen, mit denen du dich ständig triffst, im Sinn haben.«

»Du bist doch auch mit da unten gewesen. Du weißt, was auf uns zukommt«, erwiderte de Loungville trocken.

»Ich glaube, wir haben hier nur wenige Männer, die gut genug sind«, stellte Erik fest. »Das hier sind alles erfahrene Soldaten, und trotzdem sind die meisten so gut wie wertlos für unsere Zwecke.«

»Wieso?« wollte Robert wissen.

Erik drehte sich um und blickte de Loungville ins Gesicht. »Einige von ihnen sind bloße Kasernenratten, die zu nichts anderem als einfachem Dienst und drei Mahlzeiten am Tag taugen. Ich glaube, ihre alten Herren wollten sie loswerden, damit sie sie nicht mehr durchfüttern müssen. Andere wiederum sind zu ...« Er suchte den passenden Ausdruck. »Ich weiß nicht, eben wie ein Pferd, dem man ein Kunststück beigebracht hat und dem man dann ein zweites beibringen will. Man muß erst die alten Gewohnheiten brechen.«

Robert nickte. »Und weiter?«

»Einige dieser Männer können einfach nicht selbständig denken. Wenn man in der Schlacht steht und ihnen Befehle gibt, gut, aber sobald sie auf sich selbst gestellt sind ...« Erik zuckte mit den Schultern.

»Die Burgratten und die, die nicht selbständig denken können«, wies ihn Bobby an, »musterst du nach dem Mittagessen aus. Wir schicken sie ihren Herren zurück. Und die anderen sollen eine Stunde, nachdem der andere Haufen abgezogen ist, auf dem Hof antreten. Diese Truppe muß richtig ausgebildet sein, ehe wir ernsthaft daran denken können, Soldaten zu rekrutieren.«

»Ernsthaft?«

»Zerbrich dir darüber nicht den Kopf. Ich erzähl dir alles, wenn es soweit ist.«

Erik salutierte und wollte gerade gehen, als eine Wache aus der Burg heraneilte, salutierte und meldete: »Feldwebel, der Marschall wünscht Euch und den Korporal sofort bei der Stadtwache zu sprechen.«

De Loungville grinste. »Was denkst du? Wollen wir wetten, daß es wieder einer von uns ist?«

Erik zuckte mit den Schultern. »Die Wette würde ich vermutlich verlieren.«

Erik folgte ihm durch das Labyrinth der Flure des Prinzenpalastes. Der ursprüngliche Burgfried war vor Jahrhunderten erbaut worden, um den Hafen gegen die Überfälle queganischer Piraten zu sichern. Doch im Laufe der Zeit waren mehr und mehr Gebäude hinzugefügt worden, und die Außenmauern zogen sich nun um den ganzen Berg herum. Der alte Burgfried bildete jedoch nach wie vor den höchsten Punkt.

Erik begann langsam, sich in diesem Labyrinth zurechtzufinden, und damit fühlte er sich hier auch etwas behaglicher, aber es gab immer noch viele Dinge, die er nicht verstand. Dinge, die im Palast vor sich gingen. Seit ihrer Rückkehr hatte er Bobby kaum mehr zu Gesicht bekommen. Ihm und Jadow waren über hundert Mann anvertraut worden, und Bobbys Befehl hatte nur gelautet: »Laßt sie zeigen, was sie können, und habt ein Auge auf sie.« Erik wußte nicht recht, was er damit anfangen sollte, aber er und der andere Korporal hatten sie auf gleiche Weise gedrillt wie de Loungville, nachdem er sie damals unter seine Fittiche genommen hatte. Bereits nach einer Woche konnte Erik recht gut sagen, wer von ihnen in die Armee paßte, die Calis aufstellte, und wer nicht.

Calis hatte sich nicht mehr sehen lassen, seit Erik aus Ravensburg zurückgekehrt war, und als er nach dem Hauptmann gefragt hatte, hatte de Loungville lediglich mit einem Schulterzukken geantwortet. Das beunruhigte Erik, genauso wie die Tatsache, daß er nicht recht wußte, welchen Platz er in dem großen Plan einnahm. Die regulären Wachen des Palastes mieden ihn oder behandelten ihn mit für einen Korporal ungewohntem Respekt. Manche Feldwebel der Wache sprachen ihn mit »Sir« an, aber wenn er Fragen stellte, bekam er dennoch schroffe, fast unhöfliche Antworten. Die Vorbehalte gegen Calis' neue Armee waren offenkundig.

Als sie die Amtsstube des Befehlshabers der Wache erreichten, trat Roo, sein alter Freund, gerade rückwärts mit gezogenem Schwert aus dem Zimmer. Augenblicklich zückte auch Erik die Klinge.

Ein Ruf aus dem Zimmer erscholl: »Er wird Euch nichts tun! Steckt das Schwert weg!« Erik erkannte die Stimme von William, Marschall von Krondor.

Doch Roo schien der Versicherung des Marschalls nicht so recht zu trauen, wobei Erik allerdings nicht entdecken konnte, was seinen Freund in Kampfbereitschaft versetzt hatte. Dann stolperte er fast, so erschrak er über den Anblick, der sich seinen Augen als nächstes bot. Aus der Amtsstube des Befehlshabers der Wache kam eine grüngeschuppte Schlange mit großen roten Augen und einem alligatorähnlichen Kopf auf einem langen gewundenen Hals. Dann sah Erik den Körper dieses Wesens: Es hatte Flügel und Beine. Ein kleiner Drache!

Ehe Erik noch in irgendeiner Weise handeln konnte, beruhigte ihn Robert: »Nur keine Panik!« Er drängte sich an Erik vorbei. »Fantus! Du alter Dieb!« Indem er sich neben der Kreatur hinkniete, legte er ihr den Arm um den Hals und drückte sie an sich wie einen Schoßhund. »Das ist das Haustier unseres Lords William, und ihr werdet doch den Cousin des Königs nicht verärgern, indem ihr den armen Fantus umbringt, nicht?«

Plötzlich hörte Erik aus der Amtsstube Williams Lachen und dann seine Stimme: »Er hat gesagt, er würde gern sehen, wie sie es versuchen.«

Bobby kraulte dem Wesen den Kopf. »Bist doch immer noch ein zäher alter Stiefel, was?«

Erik neigte dazu, Roberts Worten zu glauben. Allerdings,

wenn dies hier ein Haustier war, so handelte es sich um das eigentümlichste, das man sich vorstellen konnte. Das Geschöpf musterte ihn von oben bis unten, und plötzlich glaubte Erik in seinen Augen so etwas wie Intelligenz aufflackern zu sehen.

Erik trat zu Roo, der immer noch mit dem Rücken an der Wand stand, und blickte über die Kreatur hinweg in die Amtsstube. Drinnen stand der Befehlshaber der Wache, während Marschall William hinter dem Schreibtisch saß. Lord William war ein kleiner Mann, kaum so groß wie Bobby, doch für sein Alter – er mußte schon weit in den Fünfzigern sein – wirkte er noch ausgesprochen kräftig. Seinem Ruf zufolge war er einer der scharfsinnigsten Strategen des Königreichs. In den letzten Jahren von Prinz Aruthas Herrschaft, so sagte man, hatte er sich jeden Tag mit dem alten Prinzen unterhalten, um alles zu lernen, was nur möglich war. Aruthas Taten waren teils verbriefte Historie, teils mußte man sie der Legende zuschreiben, was jedoch nichts daran änderte, daß er für den besten General in den Annalen des Königreichs gehalten wurde.

William wandte sich an Robert. »Lord James wird jeden Moment hier sein.« Und an Roo und Erik gerichtet, fügte er hinzu: »Würdet Ihr bitte etwas Wasser holen? Euer Freund ist in Ohnmacht gefallen.«

Eriks Blick schweifte zum Boden, wo Duncans Füße in den Türrahmen ragten. Augenscheinlich war er als erster in das Zimmer eingetreten und dem kleinen Drachen begegnet.

»Ich geh schon«, erwiderte Erik und machte sich auf. Unterwegs murmelte er in sich hinein: »Und das gerade jetzt, als ich dachte, die Dinge könnten nicht mehr verrückter werden.«

Fünf

Neuling

Roo gähnte.

Die Besprechung dauerte bereits Stunden. Roos Gedanken schweiften umher, und als man ihm eine Frage stellte, mußte er sich entschuldigen: »Wie bitte, mein Lord? Es tut mir leid, aber ich habe nicht mitbekommen, was Ihr gesagt habt.«

Lord James, Herzog von Krondor, befand: »Robert, ich denke, unsere jungen Freunde brauchen eine Erfrischung. Nimm ihn und seinen Cousin doch mit in die Messe, während ich mich mit William bespreche.«

Das Gespräch hatte bald begonnen, nachdem Roo hier in der Amtsstube des Befehlshabers der Wachen angekommen war, und bis Lord James Erfrischungen und die Messe erwähnt hatte, war Roo kein Gedanke daran gekommen, daß er und Duncan noch nicht gefrühstückt hatten. De Loungville winkte Roo und Duncan zu, ihm zu folgen.

Während sie den Gang hinuntergingen, fragte Roo: »Feldwebel, was geht hier eigentlich vor sich? Ich habe fast keine Hoffnung, mein Geld jemals wiederzusehen, aber diesem Bastard Sam Tannerson sollte man die Eingeweide rausreißen.«

Robert grinste. »Immer noch die boshafte kleine Ratte, was, Avery? Ich bewundere das an einem Mann.«

Während sie durch die Burg gingen, fuhr Robert fort: »Die Sache stellt sich nicht so dar, als könnte man die Wache einfach losschicken, um diesen Tannerson zu holen und ihn aufzuhängen.«

»Keine Zeugen«, meinte Duncan.

»Genau. Und dann stellt sich die Frage, wozu diese Morde nötig waren.«

»Ja, wozu?« fragte Roo. »Es hätte doch gereicht, meinen Wein zu vernichten.«

Robert führte die beiden durch eine Tür in die Messe der Soldaten. »Nun, genau das fragen sich der Herzog und der Marschall jetzt vermutlich auch, darauf möchte ich wetten.«

Roo sah Erik und Jadow in einer Ecke der Messe stehen, während ein Haufen Soldaten in grauen Hemden und Hosen an den Tischen saß und aß. Er winkte, und Erik kam herüber. »Feldwebel?« fragte er, um zu erfahren, ob es neue Befehle gab.

»Sag Jadow, er solle ein Auge auf die Rekruten haben, und gesell dich zu uns.«

Erik tat wie befohlen, und nachdem er sich zu ihnen gesetzt hatte, brachten die Dienstboten eilends Essen und Bier. Robert langte kräftig zu und verkündete zwischen zwei Bissen: »Ich schätze, wir werden heute nacht ein bißchen Spaß haben.«

»Spaß?« fragte Roo.

»Nun, so wie ich den Herzog beurteile«, erklärte de Loungville, »wird er zu dem Schluß kommen, daß da in letzter Zeit ein wenig zuviel gemordet wird und daß man dagegen etwas tun sollte.«

»Und was?« fragte Duncan. »Die Spötter haben bestimmte Viertel der Stadt schon unter ihrer Kontrolle, seit ... schon vor meiner Geburt, jedenfalls soviel ich weiß.«

»Das ist wohl wahr«, stimmte Robert zu, »aber es hat auch noch nie einen Herzog von Krondor wie Lord James gegeben, und das ist ebenfalls eine Tatsache.« Er lächelte und biß in seine kalte Hammelkeule. Mit vollem Mund sprach er weiter. »Ihr solltet euch lieber ordentlich stärken, Jungs. Ich schätze, vor uns liegt eine lange Nacht.«

»Vor uns?« fragte Roo erstaunt.

»Du wirst doch wohl mit uns kommen, Avery?« gab Robert zurück. »Schließlich geht es um dein Gold, oder? Und außerdem hast du sowieso nichts Besseres vor.«

Roo seufzte. »Nun, eigentlich nicht.«

»Heute nachmittag kannst du auf einer unserer Pritschen deinen Schönheitsschlaf halten«, fuhr de Loungville fort. »Ich schätze, wir werden den größten Teil der Nacht auf den Beinen sein.«

Roo zuckte mit den Schultern. »Falls es nur die geringste Chance gibt, daß ich mein Gold zurückbekomme, werde ich sie beim Schopf packen. Es ist ungefähr so viel wie das, womit ich angefangen habe, und dann hätte ich keinen Verlust – abgesehen von der Zeit.« Er blickte Erik an. »Das Gold, das du mir gegeben hast, war leider auch dabei.«

Erik zuckte mit den Schultern. »Wenn man Geld in ein Geschäft investiert, muß man damit rechnen, es zu verlieren. Das habe ich schließlich gewußt.«

»Ich werde es schon irgendwie wieder auftreiben«, versprach Roo. Er wandte seine Aufmerksamkeit den Männern auf der anderen Seite des Saals zu. »Ist das Eure neue Truppe von ›verzweifelten, zu allem bereiten Männern‹, Feldwebel?«

De Loungville lächelte. »Die sind nicht verzweifelt genug, aber wir haben auch noch nicht richtig mit ihnen angefangen. Im Augenblick sieben wir erst einmal die aus, denen es am Notwendigsten fehlt, nicht wahr, Erik?«

»Richtig, Feldwebel«, stimmte Erik zu. »Aber ich weiß immer noch nicht, was wir letztendlich vorhaben.«

»Das werden wir beizeiten erfahren«, redete Robert sich unverbindlich heraus. »Mit etwas Glück sollte die *Trenchards Rache* in den nächsten Tagen einlaufen, und vielleicht werden noch einige von unseren Jungs an Bord sein.«

Duncan zog fragend eine Augenbraue hoch, aber niemand gab ihm freiwillig Einzelheiten preis.

»Wo ist der Hauptmann?« erkundigte sich Roo.

Robert zuckte mit den Schultern. »Er ist mit Nakor nach Stardock aufgebrochen. Wird wohl erst in einigen Wochen zurück sein.«

»Ich frage mich, was er wohl vorhat«, sinnierte Roo. Robert de

Loungvilles Miene veränderte sich zu einer, die Roo nur zu gut kannte, und augenblicklich bereute Roo seine Worte. Jeder am Tisch – außer Duncan – war verpflichtet, jene Geheimnisse zu wahren, und mit einem solchen Schnitzer wie diesem konnte sich Roo mehr Ärger einhandeln, als ihm lieb war.

Erik sah Roo an. Sie waren alte Freunde, und dieser eine Blick genügte, um Roo wissen zu lassen, was Erik meinte: Halt bloß den Mund!

Roo räusperte sich. »Ich glaube, ich könnte wirklich noch ein Nickerchen vertragen, wenn wir die ganze Nacht auf den Beinen sein werden.«

Robert nickte, und Erik lächelte, und Duncan schien von ihrem stillen Gedankenaustausch nichts mitbekommen zu haben. Und so wandte sich das Gespräch am Tisch wieder alltäglicheren Dingen zu.

Calis blickte über die Reling und fragte: »Siehst du das?«

Nakor blinzelte in die spätnachmittägliche Sonne. »Eine keshianische Patrouille.«

Calis und seine Gefährten waren auf einem Flußboot unterwegs, welches sich dicht an der Küste des Sees der Träume hielt. Von Shamata waren sie nur noch wenige Meilen entfernt. »Sie haben sich ein gutes Stück auf die falsche Seite der Grenze gewagt, falls ich das von hier aus richtig beurteile«, stellte Calis fest.

Nakor zuckte mit den Schultern. »Königreich und Kesh, die streiten sich doch schon seit Urzeiten um dieses Gebiet. Gutes Ackerland, reiche Handelsrouten, aber wegen der Grenzbanditen kann niemand die Ernte einbringen, und niemand wagt es, eine Karawane durchs Tal der Träume zu schicken. Und so liegt das Land einfach brach, wie ein alter Mann, der zu krank zum Leben und noch nicht bereit zum Sterben ist.« Er blickte seinen Gefährten an. »Sag es doch dem Befehlshaber der Garnison von Shamata, dann schickt er eine Patrouille raus, die die Keshianer nach Süden jagt«, fügte er mit einem Grinsen hinzu.

Calis schüttelte den Kopf. »Irgendwer wird es ihm schon berichten.« Er lächelte schief. »Ich sollte es ihm besser nicht sagen, sonst bricht er noch einen Krieg vom Zaun, nur um beim Gesandten des Prinzen von Krondor Eindruck zu schinden.«

Calis hielt seinen Blick noch auf den Horizont gerichtet, nachdem die keshianische Patrouille schon lange außer Sicht war. Port Shamata war südöstlich in der Ferne zu erkennen, doch es würde wohl noch eine Stunde dauern, bis sie dort ankämen, bei dem lauen Mittagswind, der wehte.

»Was gibt's da draußen zu sehen?« fragte Nakor, in dessen Stimme eine Spur Sorge mitschwang. »Du bist schon die ganze Zeit so verdrossen, seit wir zurück sind.«

Calis brauchte Nakor die Sorgen, die ihm auf der Seele lagen, nicht zu erklären, denn der O-beinige Mann verstand vermutlich mehr von pantathianischen Schlangenpriestern und ihrer dunklen Magie als jeder andere lebende Mann. Aber Calis wußte, daß Nakor diesmal nicht die ferne Bedrohung des Königreichs meinte. Es war eine persönliche Angelegenheit, um die seine Gedanken kreisten.

»Ich habe nur gerade an jemanden gedacht.«

Nakor grinste und blickte über die Schulter hinweg zu Sho Pi, dem ehemaligen Mönch der Dala, der auf Nakors Drängen hin nun auf einem der Ballen Baumwolle döste. »Und, wer ist sie?«

»Ich habe sie schon einmal erwähnt. Miranda.«

»Miranda?« fragte Nakor. »Über die habe ich schon verschiedene Männer sprechen hören. Eine sehr geheimnisvolle Frau, wenn man den Berichten glaubt.«

Calis nickte. »Ja, sie ist schon eine eigenartige Frau.«

»Aber wunderschön«, fügte Nakor hinzu, »jedenfalls den Berichten nach.«

»Das auch. Doch ich weiß nur wenig über sie, wenngleich ich ihr vertraue.«

»Und du vermißt sie.«

Calis zuckte mit den Schultern. »Meine Natur ist nicht von gewöhnlicher Art –«

»Einzigartig«, ergänzte Nakor.

»– und tiefere Beziehungen verwirren mich sehr«, führte Calis seinen Satz zu Ende.

»Verständlich«, bemerkte Nakor. »Ich war schon zweimal verheiratet. Beim ersten Mal war es … du weißt schon, wer.«

Calis nickte. Die Frau, die Nakor einst als Jorna kennengelernt hatte, hatte sich in Lady Clovis verwandelt, eine Spionin der Pantathianer, der sie vor zwanzig Jahren auf ihrer ersten Reise nach Novindus begegnet waren. Jetzt war sie die Smaragdkönigin, die lebende Verkörperung von Alma-Lodaka, der Valheru-Kriegerin, die die Pantathianer erschaffen hatte. Die Smaragdkönigin war der führende Kopf der Armee jenseits des Meeres, die eines Tages das Königreich angreifen würde.

»Die zweite Frau war sehr nett. Sie hieß Sharmia. Aber sie ist alt geworden und gestorben. Ich bin immer noch ganz verwirrt, wenn ich eine Frau anziehend finde, und ich bin immerhin schon sechsmal so alt wie du.« Nakor zuckte mit den Schultern. »Wenn du schon eine Frau lieben mußt, dann wenigstens eine, die ein hohes Alter erreicht.«

»Ich weiß gar nicht recht, was Liebe ist, Nakor«, gestand Calis ein und lächelte kläglich. »Meine Eltern sind etwas Einzigartiges in der Geschichte, und ihre Heirat war von Magie umgeben.«

Nakor nickte. Calis' Vater, Tomas, was als Kind ein Mensch gewesen, der durch eine uralte Magie in etwas weder ganz Menschliches noch in einen richtigen Drachenlord – so nannten die Menschen die Valheru – verwandelt worden war. Und eben dieses uralte Erbe des Valheru hatte Aglaranna, die Elbenkönigin von Elvandar, zur Ehe mit Tomas bewogen.

Calis fuhr fort: »Ich habe zwar immer mal wieder ein bißchen getändelt, aber keine Frau hat mich wirklich fesseln können –«

»Bis auf Miranda«, führte Nakor den Satz zu Ende, und Calis nickte. »Vielleicht zieht dich nur das Geheimnisvolle um ihre

Person an. Oder die Tatsache, daß man sie so selten zu sehen bekommt.« Nakor zeigte auf Calis. »Hast du mit ihr ...«

Calis lachte. »Natürlich. Und das ist einer der schwerwiegenderen Gründe, weshalb ich mich so zu ihr hingezogen fühle.«

Nakor verzog das Gesicht. »Ich frage mich, ob es irgendwo auf dieser Welt einen Mann gibt, der nicht wenigstens einmal fest davon überzeugt ist, er sei verliebt, während er mit der Frau im Bett liegt.«

»Was meinst du damit?« fragte Calis.

Nakor erwiderte: »Ich habe nur gerade vergessen, daß du erst fünfzig Jahre alt und nach den Maßstäben deines Volkes noch ein Jüngling bist.«

»Ein Kind«, verbesserte ihn Calis. »Das immer noch lernen muß, wie man sich als richtiger Eledhel zu benehmen hat.« Er benutzte den Namen, den das Volk seiner Mutter für sich selbst benutzte. Menschen nannten sie Elben.

Nakor schüttelte den Kopf. »Manchmal glaube ich, diese Priester, die Keuschheit geloben, haben einfach begriffen, was für ein Kraftaufwand es ist, sich ständig Gedanken darüber machen zu müssen, mit wem man als nächstes das Bett teilt.«

»Das Volk meiner Mutter ist da ganz anders«, widersprach Calis. »Sie spüren, wie sich zwischen zwei von ihnen etwas entwickelt, und irgendwann ... wissen sie es einfach.«

Calis blickte abermals hinüber zur Küste, wo ein Boot auf die Hafeneinfahrt von Port Shamata zuhielt. »Ich glaube, deshalb fühlte ich mich auch mehr zu meinem menschlichen Erbe hingezogen, Nakor. Der gemächliche Wandel der Jahreszeiten in Elvandar hat etwas Gleichförmiges, das auf mich jedoch nur wenig beruhigend wirkt. Das Durcheinander der menschlichen Gesellschaft ... es lockt mich mehr als die magischen Lichtungen meiner Heimat.«

Nakor zuckte mit den Schultern. »Wer soll wissen, was das richtige ist? Du bist anders als jedes Wesen auf dieser Welt, aber wie alle Männer oder Frauen, die in diese Welt hineingeboren werden, egal in welchen Rang, mußt du ganz allein entscheiden, wer du sein willst. Wenn du deine ›Kindheit‹ hinter dir hast, wirst du vielleicht eine Weile lang bei deiner Mutter leben wollen. Dann denk dran, was dir ein alter Mann gesagt hat, auch wenn der selbst nicht gerne Ratschläge von anderen Leuten annimmt: jede Person, der du begegnest, mit der du sprichst, kann dich etwas lehren. Manchmal dauert es Jahre, bis du begreifst, was dir jemand gezeigt hat.« Mit abermaligem Schulterzucken beendete er das Gespräch und wandte seine Aufmerksamkeit der Szene vor ihnen zu.

Während das Boot nun auf die schilfgesäumte Küste zuhielt, konnten sie kleinere Boote erkennen, von denen aus Enten und andere Wasservögel gejagt wurden. Fischer holten ihre Netze ein. Das Flußboot schob sich leise durch das Wasser, und für den Rest der Fahrt schwiegen Nakor und Calis.

Sho Pi erwachte, als die Geräusche der Stadt stärker zu hören waren. Während das Boot im Hafen anlegte, gesellte er sich zu seinem »Meister« und Calis. Da Calis der Gesandte des Prinzen war, hätte er als erster von Bord gehen können, doch ließ er den anderen Passagieren den Vortritt.

Als sie schließlich die Laufplanke betraten, betrachtete Calis das Ufer und die Stadt Port Shamata, die ursprünglich nur der Hafen von Shamata gewesen war. Die eigentliche Stadt Shamata lag, jenseits der Äcker und Obstgärten, achtzig Meilen vom Hafen entfernt. Im Anfang als Garnison zur Befestigung der südlichen Grenze gegen Groß-Kesh gegründet, hatte sich Shamata zur größten Stadt in diesem Teil des Königreichs entwickelt.

Am Kai stand ein Trupp Soldaten. Doch die drei Reisenden würden nicht nach Shamata reiten, sondern an der Küste entlang zu einem Fluß, der vom Großen Sternensee kam. An diesem Fluß entlang würde die Fahrt bis zum See und der an seinem Ufer gelegenen Stadt Stardockstedt gehen, welche an der Südküste des Sees jener Insel Stardock gegenüberlag, der Gemeinschaft der Magier.

Am Anleger fand sich die übliche Ansammlung von Bettlern, Gaunern, Arbeitern und fliegenden Händlern, denn wenn ein Boot vor der Küste anlegte, bot sich immer eine Gelegenheit: manchmal im Rahmen der Gesetze, manchmal auch nicht. Nakor grinste und gab Sho Pi den Ratschlag: »Paß auf deinen Geldbeutel auf.«

»Ich habe keinen, Meister.«

Nakor hatte es schließlich aufgegeben. Es hatte keinen Sinn, dem jungen Mann immer wieder zu sagen, er solle ihn nicht Meister nennen, und daher beachtete Nakor den Titel fortan einfach nicht mehr.

Auf dem Kai wurden sie von einem Feldwebel im Wappenrock der Garnison von Shamata begrüßt. Wie die Grenzbarone des Nordens war der Befehlshaber von Shamata geradewegs dem König unterstellt, und daher galt im Tal der Träume eine nicht ganz so strenge Etikette. Calis war das nur recht, weil er damit auch von der Notwendigkeit vieler Höflichkeitsbesuche bei hiesigen Adligen entbunden war. Er nahm den Salut des Mannes entgegen und fragte: »Euer Name?«

»Feldwebel Aziz, mein Lord.«

»Mein Rang ist der eines Hauptmanns«, erwiderte Calis. »Wir brauchen drei Pferde und eine Eskorte zum Großen Sternensee.«

»Die Tauben haben die Nachricht schon vor einigen Tagen gebracht, Hauptmann«, meldete der Feldwebel. »Wir haben eine Kaserne hier am Hafen, und dort gibt es ausreichend Pferde und genug Soldaten. Mein Hauptmann läßt Euch zudem seine herzliche Einladung zum Essen heute abend überbringen, Hauptmann.«

Calis warf einen Blick zum Himmel. »Ich fürchte, diese Einladung muß ich leider ablehnen. Wir können noch vier Stunden reiten, und meine Mission drängt. Überbringt Eurem Hauptmann mein Bedauern, wenn Ihr die Tiere und den Proviant holt.« Er sah sich um und zeigte dann auf ein wenig Vertrauen einflößendes Gasthaus auf der anderen Seite der Straße, die vom Hafen fortführte. »Wir werden dort warten.«

»Sehr wohl«, ließ sich der Feldwebel vernehmen und gab dem Soldaten neben sich Befehle, der daraufhin salutierte und sein Pferd davontrieb.

»Es dürfte nicht länger als eine Stunde dauern, Hauptmann. Eure Eskorte, Pferde und Proviant werden sich rasch hier einfinden.«

»Gut«, befand Calis und winkte Sho Pi und Nakor mit sich zu dem Gasthaus.

Das Gasthaus gehörte weder zu den schlechtesten noch zu den besten seiner Art. Es war genau das, was man an einem Hafen vermutete: Hier würde man einen kurzen Zwischenaufenthalt verbringen, jedoch nicht länger als notwendig verweilen. Calis bestellte eine Runde Bier, um die Wartezeit besser zu vertreiben.

Nachdem sie ihr zweites Bier halb ausgetrunken hatten, lenkte Lärm von draußen Nakors Aufmerksamkeit auf sich. Es waren ein Schrei und eine Reihe affenähnlicher Laute, denen Gelächter und der Jubel einer Menschenmenge folgten. Nakor erhob sich und blickte aus dem Fenster. »Ich kann nichts sehen. Laßt uns rausgehen.«

»Nein«, widersprach Calis, doch Nakor war schon durch die Tür. Sho Pi zuckte mit den Schultern und folgte seinem Meister.

Calis stand auf und ging hinter den beiden her. Besser, man behielt Nakor im Auge, bevor er sich in irgendwelche Schwierigkeiten verstrickte.

Draußen hatte sich die Menge um einen Mann versammelt, der auf dem Hosenboden saß und an einem Hammelknochen nagte. Er war bestimmt der dreckigste Mann, den Calis je zu Gesicht bekommen hatte. Er sah aus, als hätte er seit Jahren nicht mehr gebadet, und er roch auch so. Wenn man lange draußen im Felde lebte, war die Nase nicht mehr so empfindlich wie die der Adligen am Hofe des Prinzen, aber selbst unter den einfachen Hafenarbeitern und armen Reisenden stach dieser Mann wie eine Jauchegrube heraus.

Sein Haar war schwarz, schulterlang, mit grauen Strähnen

durchsetzt, und vor allem schmierig, zudem mit Schmutz und Essensresten verfilzt. Seine Gesichtshaut oberhalb des gleichfalls verfilzten Bartes starrte vor Schmutz. An manchen Stellen, wo die Haut noch zu sehen war, schien sie sonnengebräunt zu sein. Der Mann trug eine zerrissene, zerlumpte Robe, die mehr Löcher als Stoff aufzuweisen hatte; und was auch immer einst die Farbe dieser Robe gewesen sein mochte, heute war sie nicht mehr zu erkennen, fleckenübersät, wie das Kleidungsstück war.

Nach Jahren schlechten Essens war der Mann abgemagert, als hätte er eine Hungersnot hinter sich, und an Armen und Beinen blühte der Soor.

»Tanze für uns!« rief einer der Arbeiter.

Der hockende Mann knurrte wie ein wildes Tier, doch als immer mehr Leute das gleiche verlangten, legte er den fast zur Gänze abgenagten Hammelknochen beiseite und streckte die Hand aus. »Bitte«, flehte er in einem überraschend traurigen Tonfall, wie ein bettelndes Kind. In seiner seltsamen Aussprache klang das Wort wie: »Biiitää«.

Jemand aus der Menge rief: »Zuerst mußt du tanzen.«

Der zerlumpte Bettler erhob sich nun und drehte sich plötzlich furios im Kreis. Calis blieb hinter Nakor stehen, welcher den Blick nicht von dem Bettler wandte. Etwas an den Bewegungen kam Calis entfernt bekannt vor, als würde es sich in dem wilden Wirbeln verbergen. »Was ist er?« fragte er.

Nakor antwortete, ohne sich umzublicken: »Etwas sehr Faszinierendes.«

Der Mann kam mit seinem Tanz zum Ende, stand zitternd vor Schwäche da und streckte die Hand aus. Jemand aus der Menge warf ihm ein halbverzehrtes Stück Brot zu, welches zu Füßen des Bettlers landete. Sofort bückte der Wilde sich und hob es auf.

Ein Aufseher rief: »Leute, jetzt geht wieder an die Arbeit«, und die meisten Hafenarbeiter machten sich davon. Einige blieben noch einen Augenblick lang stehen und betrachteten den Bettler; schließlich tummelten auch sie sich.

Calis wandte sich an einen Mann, der ein Einheimischer zu sein schien, und fragte ihn: »Wer ist das?«

»Ein Verrückter«, gab der Fremde Auskunft. »Ist vor ein paar Monaten hier aufgetaucht und schlüpft immer irgendwo unter. Er tanzt für das Essen.«

»Wo ist er hergekommen?« fragte Nakor.

»Niemand weiß es«, erwiderte der Mann und setzte seinen Weg fort.

Nakor trat zu dem zerlumpten Mann, kniete sich vor ihm hin und betrachtete sein Gesicht. Der Mann fauchte wie ein Tier und wandte sich halb ab, um seinen fleischlosen Knochen und den Kanten Brot zu beschützen.

Nakor griff in seinen Rucksack und holte eine Orange heraus. Er stach mit dem Daumen hinein und pellte sie, dann hielt er dem Bettler ein Stück hin. Der Bettler betrachtete die Frucht vorsichtig, dann schnappte er zu und riß sie aus Nakors Hand. Er stopfte sich das ganze Stück auf einmal in den Mund, wobei ihm der Saft in den Bart lief.

Sho Pi und Calis traten zu Nakor, und Calis fragte: »Was ist mit ihm?«

»Ich weiß es nicht«, antwortete Nakor. Er stand auf. »Aber wir müssen ihn mitnehmen.«

»Warum?« fragte Calis.

Nakor sah auf den grunzenden Bettler hinab. »Ich weiß es nicht. Aber irgend etwas an ihm kommt mir vertraut vor.«

»Was? Kennst du ihn?«

Nakor kratzte sich am Kinn. »Vom Aussehen her nicht, aber bei all dem Dreck, wer kann da schon was sagen. Nein, ich glaube, ich kenne ihn nicht. Aber er könnte wichtig werden.«

»Wie das?«

Nakor grinste. »Ich weiß es nicht. Ich habe nur so eine leise Ahnung.«

Calis wirkte nicht überzeugt, doch über die Jahre hinweg hatten sich Nakors Ahnungen mehr als einmal als wichtig herausgestellt, manchmal waren sie von entscheidender Bedeutung gewesen, und daher nickte er nur. Hufschlag verkündete die Ankunft der Eskorte. Calis stichelte: »Jetzt mußt du ihn nur noch davon überzeugen, auf ein Pferd zu steigen.«

Nakor erhob sich und kratzte sich am Kopf. »Nun, das wäre schon ein Trick.«

»Und vorher sollte man ihn vielleicht zu einem Bad bewegen«, schlug Calis vor.

Nakor grinste. »Das wäre ein noch besserer Trick.«

Calis erwiderte das Grinsen. »Dann überleg dir mal, wie. Falls es sein muß, werfen ihn die Wachen eben ins Meer.«

Nakor wandte sich ab und dachte darüber nach, wie er die Sache am günstigsten bewerkstelligen könnte. Derweil erreichten die Reiter Calis.

Sie versammelten sich in einem bescheidenen Gasthaus im Händlerviertel, nur wenige Straßen vom Armenviertel entfernt. Das Gasthaus wurde vom Prinzen von Krondor kontrolliert, obwohl sich die wenigsten seiner Gäste dieser Tatsache bewußt waren. Ein Hinterzimmer diente als Treffpunkt. Robert de Loungville hatte die Führung übernommen.

»Duncan, du und William« – er zeigte auf einen Mann, den Roo bisher nicht beachtet hatte –, »ihr werdet euch zu dem kleinen Laden an der Ecke Kerzenmacherstraße und Dulanische Straße durchschlagen. Der Mann, der dort Schals und Hüte verkauft, ist ein Spion der Spötter. Ihr kümmert euch darum, daß er keinen Alarm schlagen kann. Schlagt ihn bewußtlos, wenn es sein muß.«

Roo blickte Erik an, doch der zuckte nur mit den Schultern. Ein Dutzend Männer, von denen ihnen keiner bekannt war, hatte sich in dem kleinen Zimmer mit de Loungville und jenen, die früher am Tag zusammen zu Mittag gegessen hatten, versammelt. Jetzt war es eine Stunde nach dem Abendbrot, und die meisten Geschäfte hatten entweder bereits geschlossen oder bedienten die letzten abendlichen Kunden. Erik und Roo sollten mit Jadow und de Loungville zu einem Laden gehen und ihm gegenüber auf der Straße warten. Robert hatte sie beeindruckt, als er meinte, sie müßten gegebenenfalls so schnell wie menschenmöglich in den Laden eindringen. Er hatte es ihnen zweimal gesagt, daher wußte Roo, daß de Loungville diese Aufgabe als die entscheidende ihrer nächtlichen Mission betrachtete.

»Ihr, ihr und ihr« – Robert zeigte auf die drei Gruppen, die die Spione der Spötter ausschalten sollten –, »zur Hintertür hinaus.«

Er schwieg eine Weile, dann zeigte er auf Duncan und den Mann namens William. »Und jetzt ihr, aber vorne heraus.«

Die beiden brachen auf, und während der folgenden zehn Minuten wurden die restlichen Leute auf den Weg geschickt. Als nur noch die vier geblieben waren, fragte Roo: »Wer waren diese anderen Männer?«

»Sagen wir mal, der Prinz braucht in der Stadt jede Menge Augen und Ohren«, antwortete de Loungville.

»Geheime Polizei«, erklärte Jadow.

»So etwas in der Art«, meinte de Loungville. »Avery, du bist der schnellste von uns. Du bleibst gleich hinter mir. Erik, du und Jadow, ihr seid zu groß, um nicht aufzufallen, also haltet die Stellung, wo ich euch postiere, und rührt euch nicht. Nachdem wir das Gasthaus verlassen haben, wird nicht mehr gesprochen. Noch Fragen?«

Niemand hatte eine, und de Loungville führte die Männer hinten aus dem Gasthaus hinaus. Sie eilten durch die Straßen und gaben sich alle Mühe, wie vier ganz gewöhnliche Bürger auszusehen, die etwas zu erledigen hatten, das vielleicht eilig, aber ansonsten nicht der Rede wert war.

An der Ecke, wo das Armenviertel begann, passierten sie einen Laden und sahen Duncan und den Mann namens William darin, die sich angelegentlich in ein Gespräch mit dem Händler verstrickt hatten. Duncan hielt dem Mann die Schwertspitze an die Rippen, wie Roo bemerkte, allerdings auf solche Weise, daß man es von draußen nicht gleich sehen konnte. William hingegen stand bereit, jeden, der eintreten mochte, abzufangen.

Sie bogen in eine kurze Gasse ein, erreichten die nächste größere Straße, die parallel zur ersten verlief, und gingen um die Ekke. Mit einem Wink gab de Loungville Jadow und Erik zu verstehen, sie sollten sich in einem der dunklen Hauseingänge verbergen, derweil er mit Roo rasch die Straße überquerte. Mit einem Handzeichen wies er Roo an, er solle sich an die Wand zwischen Eingang und Fenster stellen. De Loungville blieb an der Ecke des Gebäudes stehen, zwischen dem Eingang und einem kleinen Gäßchen. Von drinnen hörte Roo Geräusche, als würde ein Händler seine Waren hin und her tragen. Er widerstand dem Drang, durch das Fenster hineinzuspähen, und versuchte sich den Anschein eines Mannes zu geben, der einen Augenblick lang ohne besonderes Vorhaben herumsteht. Doch währenddessen schweiften seine Blicke von rechts nach links und wieder zurück, und er hielt Ausschau nach allem, was Ärger bedeuten könnte.

Aus der Dunkelheit tauchte eine Gestalt auf, die in einen weiten Mantel gehüllt war. Hinter ihr schienen weitere Gestalten mit der Dunkelheit zu verschmelzen, und Roo fühlte die Männer, die in der Nähe ihren Posten einnahmen, mehr, als daß er sie sehen konnte.

Der Mann im Mantel ging zielstrebig an Roo vorbei und stieg die drei Stufen zu dem Laden hoch. Roo warf ihm einen Blick zu und machte große Augen. Der Mann betrat den Laden und schloß die Tür hinter sich. Roo hörte eine Stimme sagen: »Kann ich Euch weiterhelfen –«

»Guten Abend«, unterbrach den Händler eine vertraute Stimme.

Langes Schweigen folgte, bis die erste Stimme wieder erklang: »James?«

»Ist schon eine ganze Weile her«, antwortete Lord James, Herzog von Krondor. »Gut vierzig Jahre, nicht?«

»Länger.« Wieder stellte sich Schweigen ein, bis der Händler fragte: »Ich denke, du hast deine Männer draußen?«

»Genug, um dafür zu sorgen, daß unser kleines Gespräch nicht unterbrochen wird und dann endet, wann ich es will.«

Abermals folgte Schweigen. Man hörte nur, wie zwei Männer umhergingen. Dann wurden scheinbar Stühle geschoben, und schließlich meinte James: »Danke.«

»Ich fürchte, es würde nichts ändern, wenn ich behauptete, ich wäre seit langer Zeit ein anständiger Mann und nur noch ein einfacher Händler.«

»Du magst behaupten, was du willst, Brian«, hielt James dagegen. »Vor dreißig Jahren, als ich gehört habe, ein Händler namens Lysle Rigger wäre in Krondor aufgetaucht, habe ich Prinz Arutha gebeten, seine Spione auf dich anzusetzen wie Hunde auf eine Fährte. Und selbst während ich in den letzten zwanzig Jahren in Rillanon regiert habe, habe ich regelmäßig Berichte über dich erhalten.«

»Rigger. Den Namen habe ich seit Jahren nicht mehr benutzt. Wie lange ist es her … wann haben wir uns noch zum letzten Mal getroffen?«

»Wir haben uns in Lyton getroffen«, erwiderte James.

»Ach ja, jetzt erinnere ich mich«, kam als Antwort. »Seitdem habe ich mich nur noch selten so genannt.«

»Macht nichts.« James seufzte hörbar. »Die Männer des Prinzen haben ein paar Jahre gebraucht, bis sie jedes deiner Schlupflöcher ausfindig gemacht und alle deine Boten entlarvt hatten, aber danach war es leicht, dich im Auge zu behalten.«

»Du hast bessere Männer, als wir dachten. Wir haben ständig nach Spionen der Krone Ausschau gehalten.«

»Wir haben lange Zeit nicht eingegriffen und euch nur beobachtet, bis heute nacht. Du weißt doch, auch ich war einst Mitglied bei den Spöttern. Und ein paar Leute können sich immer noch an Jimmy die Hand erinnern.«

»Also, was führt dich zu mir?«

»Nun, du wirst vermutlich erneut den Namen wechseln und dein Äußeres verändern müssen. Falls nicht, werden sich die Bettler und Diebe wohl für einen neuen Anführer entscheiden.«

Roo hörte ein leises Lachen, und er mußte die Ohren spitzen, um alles genau mitzubekommen. »Du weißt, das geht alles auf dieses Geschäft mit dem Kriecher zurück. Hätte er nicht ausschließlich daran gedacht, die Gilde in seine Hände zu bringen, wäre der Wechsel wesentlich friedlicher vonstatten gegangen als damals beim Antritt des Rechtschaffenen. Und das war ein ziemliches Durcheinander.«

»Davon habe ich auch gehört«, meinte James. »Aber das steht heute nicht an. Weswegen ich dich heute abend aufgesucht habe, Lysle, oder Brian, wenn's dir lieber ist, ist folgendes: In der letzten Zeit hast du die Kontrolle über die Gilde verloren. Zu viele miese kleine Halsabschneider laufen in meiner Stadt herum und bringen meine gesetzestreuen, steuerzahlenden Bürger um. Ein paar Diebstähle und gelegentlich ein Raub wären für eine Stadt wie Krondor nicht ungewöhnlich, aber letzte Nacht hat einer deiner Schlachter einen Stalljungen, zwei Kellnerinnen und vier Pferde nur einfach so als Warnung für einen jungen Weinhändler ermordet, damit dieser ihm Schutzgeld zahlt.«

»Das ist allerdings mehr als übertrieben«, stimmte der Mann namens Brian zu.

»Und genauso übertrieben war auch die Schutzgeldforderung«, setzte James hinzu.

»Wer war der Mann? Ich kümmere mich um die Sache.«

»Nein, darum kümmere ich mich persönlich. Falls du deinen Hals aus der Schlinge halten willst, oder besser: falls du nicht willst, daß sich deine Leute einen anderen Anführer suchen, noch ehe deine Leiche erkaltet ist, hör mir gut zu.

Für die nächsten Jahre möchte ich in Krondor ausgesprochene Ruhe haben. Und keinen Ärger. Ich muß nämlich sehr wohlhabend und reich werden. Die Gründe dafür gehen dich nichts an, aber du kannst mir vertrauen: Auf lange Sicht wirst du davon profitieren, und jeder in deiner zerlumpten Bande von Gesetzlosen dazu, genauso wie alle Bürger der Stadt. Und aus diesem Grund werde ich mir Sam Tannerson und seine Helfershelfer schnappen und öffentlich hängen lassen. Und du wirst mir ein paar glaubwürdige Zeugen besorgen, die beschwören, sie hätten ihn aus dem Gasthaus Zu den Sieben Blumen kommen sehen, und zwar mit einem blutigen Messer in der Hand. Du suchst mir irgendein Straßenkind, ja, am besten ein Mädchen. Jemand, der die Richter davon überzeugen wird, daß Tannerson und seine Kumpane nicht das Seil wert sind, an dem man sie aufknüpfen wird.

Und dann wirst du deinem hübschen Haufen von Dieben erzählen, der Boden wäre zu heiß geworden, um sich weiterhin solche Sachen erlauben zu können. Wer dagegen aufbegehrt, wird nicht mehr lange genug leben, um den Galgen zu sehen. Und ich meine es ernst, Brian: Falls einer deiner Mordgesellen aus der Reihe tanzt, solltest du ihn besser selbst aufhängen, bevor ich dir deinen ganzen Laden ein für allemal dichtmache.«

»Das hat man schon früher versucht«, kam als Antwort. »Aber die Spötter sind immer noch im Geschäft.«

Es folgte langes Schweigen, ehe James dagegenhielt: »Ich kenne den Weg zu Mutter Jamila noch immer. Falls ich schreie, bevor du deinen versteckten Dolch aus dem Stiefel hast, stirbst du, und innerhalb einer Stunde wird dein Nachtmeister verhaftet sein, und dein Tagmeister wird aus dem Bett gezerrt und ebenfalls in Gewahrsam genommen werden. Und noch ehe die Sonne aufgeht, habe ich Mutter Jamila umzingelt und eingenommen. Ich werde jeden Dieb, der meinen Agenten bekannt ist, aufgreifen lassen, und wenn ich sie auch nicht alle erwische, oder gar nur die Hälfte, ich werde schon genug zu fassen kriegen. Es wird zwar immer noch Diebe und Bettler in Krondor geben, aber keine Spötter mehr.«

»Und warum hast du das nicht längst getan?«

»Es war für mich von Vorteil, euch lediglich beobachten zu lassen. Aber, wie ich gesagt habe, brauche ich jetzt eine verläßliche Lage. Und während ich in diesem Laden sitze und mich mit dir unterhalte, ist uns beiden doch eins klar: Wenn ich dich töte, brauche ich vielleicht Jahre, um herauszufinden, wer der nächste Anführer der Gilde der Diebe sein wird.«

Wieder herrschte einen Augenblick lang Schweigen; dann nahm James das Gespräch wieder auf: »Es ist seltsam, aber soll ich dir den Grund verraten, weshalb ich all die Jahre wußte, daß du wieder in der Stadt bist? Weil wir uns so ähnlich sind.«

Als Antwort folgte nur ein langer Seufzer. »Eins habe ich mich schon oft gefragt. Glaubst du, wir sind miteinander verwandt?«

»Ich habe mir ebenfalls meine Gedanken gemacht«, erwiderte James, gab jedoch keine Einzelheiten preis. »Jetzt tu uns beiden einfach den Gefallen und halt deine Tiere kürzer an der Kette. Ein paar Raube von bescheidenem Ausmaß, ein paar Diebstähle hier und da. Du magst ein paar Waren vom Hafen hereinschmuggeln oder die Zollbeamten dann und wann betrügen. Vielleicht kann ich dir sogar selbst Arbeit anbieten, um dir und deiner zerlumpten Bruderschaft zu Gewinnen zu verhelfen – aber mit diesen ausufernden Verbrechen muß Schluß sein, und die Morde müssen augenblicklich, heute noch, aufhören; selbst wenn ich deshalb einen Krieg gegen dich anzetteln müßte. Verstanden?«

»Ich bin zwar immer noch nicht überzeugt, aber ich denke darüber nach.«

James lachte, und Roo spürte die Bitterkeit in seinem Tonfall. »Darüber nachdenken? Nein, nein. Du stimmst entweder sofort zu, oder du wirst nicht mehr lebend hier herauskommen.«

»Dann bleibt mir wohl keine große Wahl«, kam als Antwort. Der Stimme nach konnte der Mann seine Wut kaum mehr im Zaume halten.

Roo sah sich um. Das Gespräch hatte nicht länger als ein paar Minuten gedauert, aber er hatte das Gefühl, schon seit Stunden gelauscht zu haben. Auf der Straße machte alles den Eindruck, wie immer zu sein, obwohl Roo wußte, daß sich ein ganzer Haufen Männer des Prinzen nur wenig entfernt verborgen hielt.

»Du mußt eins begreifen lernen«, warnte James, »wenn ich sage, ich brauche eine ruhige und wohlhabende Stadt, dann will ich nicht ein paar Händler noch reicher machen und mir dadurch mehr Steuern verschaffen – nein, dann hängt die Sicherheit meiner Stadt davon ab. Ich werde jetzt nicht mehr dazu sagen. Nur eins: Ich werde dich frohen Mutes vernichten, wenn ich muß. Haben wir uns jetzt verstanden?«

»Haben wir«, gab der Händler zurück. In seiner Stimme mischten sich Wut und Resignation.

»Dann werde ich dir noch ein paar gute Neuigkeiten mitteilen«, fuhr James fort. Offensichtlich schob er seinen Stuhl zurück. »In den nächsten zehn Minuten, nachdem ich gegangen bin, wird dein Schlupfloch hier – ich weiß, es gibt einen geheimen Fluchtweg im Keller – nicht gestürmt werden. Und ich weiß ebenfalls genau, wer du bist, aber ich bin der einzige. Du kannst eine neue Identität annehmen, und nachdem sich die Dinge etwas abgekühlt haben und du über das, was ich dir gesagt habe, nachgedacht hast, schickst du mir eine Nachricht. Wenn du mich verstanden hast, läßt du auf den Straßen durchsickern, der Kluge wäre geflohen und der Aufrechte wäre zurückgekehrt. Du kannst deinem Tagmeister und deinem Nachtmeister ja erzählen, das wäre nur, um der Stadtwache vorzumachen, sie hätte dich erfolgreich vertrieben. Falls ich das jedoch nicht bis morgen abend um diese Zeit gehört habe, weiß ich Bescheid. Entweder bist du dann von deinen eigenen Leuten verraten worden, oder du hast meine Warnung nicht ernst genommen. In beiden Fällen sollten sich die Spötter dann auf einen Krieg vorbereiten.«

Das darauf folgende Schweigen war Antwort genug. Schließlich fuhr James fort: »Gut. An deiner Stelle hätte ich auch kurz darüber nachgedacht, ob ich den Dolch schnell genug heraushabe, ich hätte mich aber wie du dagegen entschieden. Jemand, der dumm ist, schafft es nicht bis an die Spitze der Spötter.«

»Ich war nah dran.«

»Du hättest es nicht überlebt, glaub mir. Nun, wie ich gesagt habe, du hast zehn Minuten zur Flucht. Geh zu Mutter Jamila und besorg dir alles, was du für dein neues Leben brauchst. Diejenigen meiner Spione, die dein Aussehen kennen, wissen nicht, wer du wirklich bist. Sie halten dich lediglich für einen Händler, den ich überwachen lasse. Manche glauben vermutlich, du wärst ein Spion von Groß-Kesh oder irgendein politischer Gegner. Und die, die dich nur dem Namen nach kennen, haben keine Ahnung, wie du aussiehst. Im Herzen bin ich immer noch genug Spötter, um dir dies zuzugestehen.

Aber ich werde dich immer zu finden wissen. Daran darfst du keine Sekunde lang zweifeln, Lysle.«

»Das werde ich nicht tun, Jimmy die Hand. Eine Sache noch.«

»Was?«

»War das alles wahr, was sie über dich erzählt haben?«

James lachte dreckig. »Es war nicht die Hälfte der Wahrheit, Lysle. Nicht die Hälfte. Ich war ein besserer Dieb, als ich selbst glaubte, aber nicht halb so gut, wie ich behauptet habe, und dennoch habe ich Dinge getan, von denen kein anderer Spötter je geträumt hat, geschweige denn Erfolg damit hatte.«

»Götter, das stimmt wirklich«, kam knurrend die Antwort. »Das kann kein Mann bestreiten. Nie ist je ein Dieb in den Rang eines verdammten Herzogs aufgestiegen, und eines der mächtigsten Männer des Königreichs dazu.«

»Also, wo steckt Tannerson?«

»Du findest ihn wahrscheinlich in Sabellas Freudenhaus –«

Roo hörte de Loungville zischen: »Sabella!« Er drehte sich um und sah eine Gestalt in der Dunkelheit verschwinden.

»Ich weiß, wo das ist. Morgen früh schickst du mir als erstes eine Zeugin.«

»Die wird bald tot sein, das weißt du. Wenn sie Tannerson und die anderen beschuldigt, werde ich sie mit dem Todesmal markieren müssen; du kennst das Gesetz der Spötter.«

»Schick mir ein junges Mädchen«, bestimmte James. »Wenn sie hübsch und klug ist, werde ich in einer fernen Stadt ein neues

Zuhause für sie finden; vielleicht entgeht sie dadurch sogar dem Freudenhaus und wird bei einer adligen Familie Kindermädchen. Weiß man ja nie. Aber sie sollte jung genug sein und den Weg des Verbrechens noch nicht allzuweit eingeschlagen haben.« Er machte eine kurze Pause und fügte dann hinzu: »Ich war vierzehn, als ich Arutha begegnet bin, und ich habe nichts von meinem früheren Leben je vergessen.«

»Das ist, bei den Göttern, wahr, Jimmy«, sagte Lysle, »nur zu wahr.«

Plötzlich ging die Tür auf, und Lord James, immer noch von Kopf bis Fuß in den weiten Mantel gehüllt, rauschte die Stufen hinunter. Er blieb kurz neben Robert de Loungville stehen und erkundigte sich: »Hast du alles mitbekommen?«

»Ja. Ich habe es weitergegeben«, antwortete de Loungville, und dann verschwand der Herzog von Krondor in der Finsternis. Im Dunkeln konnte Roo gerade noch erkennen, wie andere ihm folgten, und einen Augenblick später war die Straße wieder leer.

Roo blickte de Loungville an, der die Hand hochhielt und so den Männern das Zeichen gab, noch zu warten. Zäh strichen die nächsten zehn Minuten dahin; dann steckte de Loungville zwei Finger in den Mund und stieß einen schrillen Pfiff aus. Aus einer Seitenstraße kam eine Schwadron Soldaten angelaufen, und Jadow und Erik eilten von der gegenüberliegenden Seite herüber. De Loungville befahl den Soldaten: »Ihr geht rein und verhaftet jeden, den ihr findet. Alle Schriftstücke werden beschlagnahmt, und laßt niemanden in das Gebäude hinein oder heraus, nachdem ihr es abgeriegelt habt.« Er wandte sich an Jadow, Erik und Roo. »Ihr kommt mit mir.«

Roo fragte: »Sabellas Freudenhaus?«

»Ja. Mit ein bißchen Glück ist dein Freund Tannerson bereits verhaftet.«

»Mann, wie fröhlich sich der Feldwebel bei diesen Worten anhört«, frohlockte Jadow.

De Loungville gab darauf nur zurück: »Hab schon lange keinen guten Vorwand mehr gehabt, um jemanden zu töten, Jadow.«

Schweigend eilten sie tiefer ins Armenviertel hinein.

Roo folgte de Loungville dicht auf den Fersen, und nach kurzer Zeit erreichten sie die Straße, in der Sabellas Freudenhaus lag. Es nahm ein Drittel des kleinen Häuserblocks ein.

De Loungville fragte einen Mann an der Ecke im Flüsterton: »Sind die Männer auf ihren Posten?«

»Sie warten nur noch auf Euch«, kam als Antwort. »Dachte, ich hätte vor ein paar Minuten etwas oben auf dem Dach gesehen, aber das kann auch eine Katze gewesen sein. Ansonsten war alles ruhig.«

De Loungville nickte, was man in der Dunkelheit nur schemenhaft erkennen konnte, und gab dann den Befehl: »Auf geht's!«

Sie drangen in das Freudenhaus wie in ein feindliches Lager ein. Jadow versetzte einem Rausschmeißer einen Hieb, der ihn auf die Knie warf und ihm die Ohren klingeln ließ, bevor er irgendwen davon abhalten konnte, den Raum zu betreten. Und während der Mann auf den Knien dahockte, bedachte ihn Erik noch mit einem weiteren Schlag, der ihn vollends außer Gefecht setzte.

Roo rannte an de Loungville vorbei, und zwei Mädchen, von der offenen Gewalt entsetzt, konnten nicht mehr dagegen tun, als vor Überraschung den Mund aufzusperren. Roo erreichte die Treppe, wo eine große Frau mittleren Alters gerade nachschauen wollte, was los war, als sie Roos Dolch an der Kehle spürte. »Tannerson?« fragte er leise.

Sie erbleichte und gab flüsternd zurück: »Ganz oben, erste Tür rechts.«

Roo drohte: »Wenn du gelogen hast, bist du eine tote Frau.«

Die Frau blickte die Treppe hinunter und sah Jadow und Erik auf sich zukommen, deren riesenhafte Gestalten offensichtlich genau den richtigen Eindruck auf sie machten. »Nein, wartet, ich habe mich wohl doch geirrt. Es war die erste Tür links!«

Roo rannte los, und de Loungville folgte ihm auf dem Fuße. Der Feldwebel drehte sich um und machte Erik und Jadow ein Zeichen, unten an der Treppe zu warten. Dann blickte er wieder nach vorn. Roo erreichte gerade das Ende der Treppe. Der junge Händler, Opfer eines brutalen Raubes, zögerte, winkte de Loungville zu, er solle die Tür eintreten, und duckte sich.

De Loungville trat die Tür ein, und Roo sprang mit gezücktem Schwert in das Zimmer dahinter. Jegliche Waffe war jedoch überflüssig. Sam Tannerson, den leeren Blick an die Decke gerichtet, lag reglos auf dem Bett. Aus einer klaffenden Wunde an seinem Hals tropfte Blut.

»Was ist das?« fragte de Loungville, als er die Szene vor sich erfaßt hatte.

Roo eilte zum offenen Fenster und blickte hinaus. Alles erweckte den Anschein, als hätte jemand das Zimmer nur Augenblicke, bevor sie eingetreten waren, durch das Fenster verlassen. Roo drehte sich um und begann zu lachen.

»Was ist denn so lustig?« verlangte Erik zu wissen, als er das obere Ende der Treppe erreichte und hereinsah.

Roo zeigte auf die Leiche. »Irgendeine Hure hat Tannerson umgebracht, und ich wette, daß sie außerdem mit meinem Gold durchgebrannt ist.«

De Loungville untersuchte die Kleider des Mannes. »Nirgendwo ein Geldbeutel oder Münzen.«

Roo fluchte. »Verdammt! Jetzt hat diese Hure mein ganzes Gold.«

De Loungville betrachtete die Leiche. »Vielleicht. Aber wir sollten hier besser verschwinden und uns woanders darüber unterhalten.«

Roo nickte, steckte sein Schwert zurück in die Scheide und folgte de Loungville aus dem Zimmer.

Von der gegenüberliegenden Straßenseite aus sah das Mädchen zu, wie jene Männer, die Tannerson hatten verhaften wollen, die Pokiir-Spieler unten aus dem Haus zerrten. Weitere Männer schlichen durch die Straße und vergewisserten sich, ob sie beobachtet wurden. Sie konnte nicht ausschließen, daß man sie gesehen hatte, als sie aus dem Fenster von Tannersons Zimmer gestiegen war. Das Mädchen warf einen Blick auf seine Hände, doch zitterten diese nicht wie erwartet, sondern lagen ruhig auf dem Dachgesims, auf welchem sie hockte und sich außer Sicht der Männer unten hielt. Das Mädchen hatte noch nie jemanden getötet, allerdings hatte auch noch nie jemand ihre Schwester ermordet. Die kalte Wut, die sie zu dieser Rachetat veranlaßt hatte, war nicht erloschen, obwohl sie sich das erhofft hatte. Keinesfalls hatte sie das Gefühl, die Rechnung wäre beglichen. Innerlich schäumte sie noch immer, denn nichts, auch Tannersons Tod nicht, würde ihr die Schwester zurückbringen.

Die Neugier verscheuchte alle sonstigen Sorgen, und das Mädchen fragte sich, wer diese Männer wohl gewesen waren. Sie war kaum aus dem Zimmer herausgewesen, als sie die Stimmen gehört hatte, die sich unten auf der Straße erhoben hatten. Ihre Arbeitskleider hatte sie ausgezogen und in einem Beutel hinter einem Schornstein auf dem Dach gegenüber dem Freudenhaus versteckt. Dort hatte sie frische Kleider bereitgehalten, für den Fall, daß sie sich nach ihrer blutigen Tat würde umziehen müssen. In dem Freudenhaus hatte Tannerson sein Hauptquartier gehabt. Nachdem sie entschieden hatte, Betsy zu rächen, hatte sie geschworen, daß entweder sie oder Tannerson heute nacht in diesem Zimmer ihr Leben verlieren würden.

Es war nicht leicht gewesen, in Sabellas Freudenhaus zu gelangen. Doch sie hatte die Hure bestochen, Tannerson zu sagen, in dem Zimmer würde etwas ganz Besonderes auf ihn warten. Die Einfalt des Mädchens hatte Sabella das Geld annehmen lassen, ohne Hintergedanken zu hegen. Und nun würde sie aus Angst schweigen.

In den ersten Augenblicken ihrer Flucht hatte die Angst dem Mädchen fast den Verstand geraubt. Fünf Minuten hatte sie auf dem Dach gesessen, ohne sich rühren zu können. Vom Kinn bis zum Bauch war sie mit Tannersons Blut besudelt gewesen, bis sie sich schließlich wenigstens hatte umziehen können. Dann hatte sie die Männer unten auf der Straße gehört, und aus Angst hatte sie es nicht gewagt, ihr Versteck zu verlassen. Während sie wartete, machte sich Erschöpfung in ihr breit, und sie dämmerte fast ein – eine Minute oder eine Stunde lang, sie wußte es nicht –, und dann hatte der Überfall sie geweckt. Jetzt hatte die Angst jegliche Erschöpfung verscheucht; wenn die Männer dort unten vom Nachtmeister geschickt worden waren, könnte sie gesehen und erkannt werden. Von der Polizei des Prinzen gejagt zu werden war eine Sache, von den Spöttern jedoch eine ganz andere. Ihre einzige Hoffnung bestand darin, aus der Stadt zu fliehen, so weit wie nur möglich, hoch nach LaMut oder hinunter ins Kaiserreich Kesh.

Sie kroch über das Dach zu der Stelle, wo sie ihr Seil zurückgelassen hatte. Damit band sie die kleine Tasche, in der sie sonst nur ihre Hose, ihr Hemd, ihre Weste, ihren Dolch und ihre Stiefel aufbewahrte – jetzt befanden sich ein blutiges Messer, ein blutgetränktes Hemd und eine ebensolche Hose darin –, fest und blickte über die Kante des Daches nach unten.

In der Straße eilten zwei Männer durch die Dunkelheit, und das Mädchen krabbelte zu einer anderen Ecke des Dachs. Als sie dort hinunter blickte, sah sie weitere Männer, die das Freudenhaus gerade verlassen hatten, in die gleiche Richtung gehen. Das Mädchen hockte sich auf die Fersen und dachte nach. Keiner dieser Männer kam ihr irgendwie bekannt vor, und dabei hätte sie wenigstens einen von den Spöttern her kennen müssen. Wer auch immer in Sabellas Freudenhaus eingedrungen war, es waren offensichtlich die Männer des Prinzen gewesen, kein Zweifel, denn niemand sonst in der Stadt konnte einen solchen Überfall bewerkstelligen, vor allem nicht mit Männern, die aus der Dunkelheit auftauchten und wieder in ihr verschwanden wie die Besten in der Gilde der Diebe. Es mußten die Agenten des Herzogs von Krondor sein, die Geheime Polizei.

Aber was hatten sie mit Tannerson und seiner Bande von Mördern vorgehabt? fragte sich das Mädchen. Sie war vielleicht nicht welterfahren, dafür aber klug, intelligent und neugierig. Sie maß die Entfernung zum nächsten Dach mit den Augen ab, trat einen Schritt zurück, nahm Anlauf, sprang hinüber und setzte ihren Weg auf der »Straße der Diebe« fort, immer den Männern unten hinterher. Einen Block weiter fiel sie zurück, fand jedoch eine Regenrinne, an der sie hinunterklettern konnte.

Zu dieser Stunde waren die Straßen düster und leer, und das Mädchen hielt sich in den Schatten, wo sie hoffte, nicht entdeckt zu werden. Zweimal sah sie Wachen, die aufgestellt worden waren, um eine mögliche Verfolgung zu verhindern. Dann wartete sie und schlüpfte erst vorbei, wenn sie schließlich weitergingen.

Eine Stunde vor der Morgendämmerung verlor sie schließlich den letzten Mann aus den Augen, aber mittlerweile war sie sich ganz sicher, welches Ziel die Truppe hatte: den Palast des Prinzen.

Die Männer hatten große Umwege gemacht und sich alle Mühe gegeben, damit ihnen niemand folgen konnte, doch sie hatte gut aufgepaßt und sich nie gezeigt. Jetzt erkannte sie, daß die Männer tatsächlich geradewegs auf den Palast zugingen.

Sie blieb stehen und sah sich um. Soweit sie feststellen konnte, waren die Straßen verlassen, doch das Gefühl in ihrem Bauch sagte ihr, daß sie besser nicht so neugierig hätte sein sollen. Die Erschöpfung drohte sie abermals zu überwältigen, und sie mußte dem Tagmeister in weniger als zwei Stunden Bericht erstatten. Sie hatte Angst, sich schlafen zu legen; wenn sie das tat, würde sie bestimmt nicht zur rechten Zeit aufwachen. Gewöhnlich würde es ihr nur ein paar scharfe Worte oder vielleicht eine Ohrfeige einbringen, wenn sie einen Tag bei ihrer Arbeit als Taschendieb auf dem Markt fehlte, doch nicht am Morgen nach Tannersons Ermordung. Sie durfte nichts tun, das zuviel Aufmerksamkeit auf sie lenkte.

Tannerson war ein Rohling gewesen, der zudem kaum Freunde besaß, aber er hatte viele Verbündete, und er hatte sich in jener Abteilung der Spötter hochgearbeitet, die man gemeinhin die Schläger nannte – bewaffneter Raubüberfall, Erpressung und Schutzgeld waren ihr Geschäft. Die Bettler hingegen waren harmlos: Sie verdienten ihr Brot hauptsächlich mit kleinen Diebstählen. Der Kluge und seine Leutnants, der Tagmeister und der Nachtmeister, hielten Leute wie Tannerson nur widerwillig im Zaum, denn diese erzielten die besten Einnahmen, und man konnte über das Schwein sagen, was man wollte, Tannerson hatte wirklich viel Geld in die Kassen gebracht. Sein einfaches Vorgehen, die Händler in der Nähe des Hafens und im Armenviertel in Angst und Schrecken zu versetzen, hatte die Einkünfte aus Schutzgeldern während der letzten Jahre verdoppelt.

Aber wenn sie jetzt Bericht darüber erstattete, daß eine Anzahl Männer durch die nächtlichen Straßen zum Palast gezogen waren, würde sie den Verdacht von sich ablenken. Dann wäre der Kluge mehr mit der Geheimen Polizei des Prinzen als mit einer kleinen Taschendiebin beschäftigt. Sie könnte ja sogar mutmaßen, die Männer des Prinzen hätten Tannerson die Kehle durchgeschnitten.

Die Träumereien des Mädchens, halb aus Erschöpfung, halb wegen der Gefühle, die beim Töten des Mörders ihrer Schwester frei geworden waren, hatten ihren Verstand betäubt. Sie merkte kaum, wie sich ihr jemand näherte, und als sie fliehen wollte, war es zu spät.

Eine Hand packte ihren Unterarm und hielt ihn mit eisernem Griff fest, während sie den Dolch zog und sich verteidigen wollte. Doch eine zweite Hand verhinderte dies, und plötzlich blickte sie in die blauen Augen des Mannes auf, zu dem die Hände gehörten. Er war bestimmt der Stärkste, dem sie je begegnet war, denn wie sehr sie sich wand, er ließ nicht locker. Und schnell war er außerdem; als sie versuchte, einen Tritt in seinem Schritt zu landen, drehte er sich rasch zur Seite, wodurch ihr Fuß an seinem Oberschenkel abprallte, der so hart wie Eichenholz war.

Weitere Männer kamen hinzu, und im ersten, schwachen Licht des neuen Tages konnte das Mädchen ausmachen, daß es umstellt wurde. Ein kurzer, wenig anziehender Kerl mit Halbglatze betrachtete sie von oben bis unten und fragte: »Was haben wir denn da?« Er nahm ihr den Dolch aus der Hand.

Ein zweiter Mann, dessen Gesichtszüge im Schatten lagen, meinte: »Das ist die, die uns die ganze Zeit gefolgt ist.«

Robert de Loungville fragte: »Wer bist du, Mädchen?«

Der große Mann, der sie festhielt, bemerkte: »Ich glaube, sie hat Blut an den Händen.«

Eine abgeblendete Laterne wurde heller gemacht, und nun konnte das Mädchen die Gesichter der Männer um sich herum erkennen. Der, der sie gepackt hatte, war selbst nur wenig älter als sie selbst. Seine Arme mochten so stark wie ihre Oberschenkel sein, aber sein Gesicht war dennoch weich und jungenhaft, obwohl sich darin ein Zug fand, der sie aufmerken ließ.

Der kleine Mann, der den Befehl zu haben schien, stellte fest: »Erik, du hast wirklich scharfe Augen. Sie hat versucht, das Blut abzuwischen, hatte aber anscheinend kein Wasser.« Er wandte sich an einen Mann, der in der zweiten Reihe stand. »Geh doch mal zu Sabella und überprüfe die Dächer und die Gäßchen; ich schätze, du wirst die Waffe finden, mit der sie Tannerson getötet hat. Sie kann sie nicht am Hafen ins Wasser geworfen und gleichzeitig mit uns Schritt gehalten haben.«

Ein weiterer Mann, noch kleiner als der Anführer und genauso jung wie der Kerl mit dem eisernen Griff, nur viel dünner, fast hager, schob sich vor und baute sich vor dem Mädchen auf.

»Wo hast du mein Gold gelassen?« wollte er wissen.

Das Mädchen spuckte ihm ins Gesicht, und de Loungville mußte ihn zurückhalten, damit er ihr keine Ohrfeige versetzte. »Es wird hell, und hier kann man uns zu gut beobachten«, fuhr ihn der Feldwebel in scharfem Flüsterton an. »Bring sie in den Palast, Erik. Wir werden sie dort verhören.«

Das Mädchen entschied, es wäre an der Zeit, endlich etwas zu tun, und kreischte aus Leibeskräften, wodurch sie hoffte, den jungen Kerl zu veranlassen, seinen Griff ein wenig zu lockern, damit sie sich losreißen konnte. Doch ihr wurde nur eine fleischige Hand über den Mund gelegt, und der kleine Anführer drohte: »Wenn du deine Klappe noch mal aufreißt, Mädchen, werde ich ihm sagen, er soll dich prügeln, bis du Ruhe gibst. Es gibt keinen Grund, weshalb ich schonend mit dir umgehen sollte.«

Sie wußte, daß es keine leere Drohung war. Doch oben in einem der Häuser ging ein Fensterladen auf, und zwei Straßenjungen spähten aus einer Gasse hervor. Sie wußte, daß sie erreicht hatte, was sie wollte. Ehe sie noch den Palast erreicht hätten, würde der Tagmeister darüber Bescheid wissen, daß eine kleine Diebin namens Kitty von Leuten des Prinzen verhaftet worden war, und zumindest hatte sie damit eine Ausrede, weshalb sie nicht wie gewohnt bei Mutter Jamila zum Morgenbericht erschienen war.

Während der junge Mann namens Erik sie durch die frühmorgendlichen Straßen halb schleifte und halb führte, ergänzte das Mädchen diesen letzten Gedanken noch: Falls sie jemals wieder zu Mutter Jamila kommen würde.

Sobald sie den Palast erreichten, besserte sich die Laune der Männer, die die Gefangene eskortierten, außer Roos, der immer noch darauf brannte zu erfahren, wo sein Gold geblieben war. Innerlich schäumend vor Wut ließ er das Mädchen keinen Moment aus den Augen.

Sie betraten den Palast durch ein kleines Tor und gingen an zwei aufmerksamen Wachen vorbei, die jedoch nichts sagten. Sie zogen schweigend einen langen Korridor hinunter, der von Fackeln in Wandhaltern erleuchtet wurde, bis sie eine große Treppe erreichten, die weiter nach unten in die Tiefen des Palastes führte. Einige der Männer trennten sich hier von ihnen, und das Mädchen blieb allein im Gewahrsam von de Loungville, Erik, Roo, Duncan und Jadow.

Erik ließ den Arm des Mädchens los und stieß es in die Verhörzelle. An den Wänden hingen Ketten, und falls das Mädchen sich die Zeit genommen hätte, sie richtig zu betrachten, hätte sie gesehen, daß das Eisen längst verrostet war, da es seit langem nicht mehr benutzt wurde. Doch sie wich nur zurück und duckte sich wie ein Tier, welches einen Angriff erwartet.

»Ein zäher Brocken, nicht?« fragte de Loungville.

»Was ist mit meinem Gold?« wollte Roo wissen.

»Welches Gold?« fragte das Mädchen.

De Loungville trat vor. »Genug!« Er sah das Mädchen scharf an und fragte: »Du hast nicht zufällig auch einen Namen?«

»Was interessiert Euch schon mein Name«, schnappte sie zurück.

»Du hast uns einen Haufen Schwierigkeiten bereitet, Mädchen«, meinte er. Er machte Jadow ein Zeichen, und der brachte ihm einen kleinen Holzhocker, auf den sich de Loungville setzte. »Ich bin müde. Es war eine lange Nacht, voller Ereignisse, auf die ich nicht versessen war. Was mich jedoch am meisten stört, ist, daß du den Mann getötet hast, den ich morgen aufknüpfen wollte. Ich weiß nicht, was du mit Tannerson abzurechnen hattest, Kind, aber ich habe ihn gebraucht, um ihn in aller Öffentlichkeit an den Galgen zu hängen.« Er warf den anderen Männern, die sich an die Wände der Zelle gelehnt hatten, einen Blick zu und fuhr fort: »Wir brauchen jemanden, den wir hängen können.«

»Wenn wir sie vielleicht in Männerkleider stecken und ihr das Haar schneiden, vielleicht würde sie genügen«, schlug Jadow vor.

Falls die Drohung bei dem Mädchen Eindruck machte, ließ sie es sich jedenfalls nicht anmerken. Sie sah die Männer nur einen nach dem anderen an, als wollte sie sich ihre Gesichter einprägen, um sich später an ihnen rächen zu können. Schließlich brachte sie hervor: »Er hat meine Schwester umgebracht.«

»Wer war deine Schwester?« verlangte de Loungville zu wissen.

»Sie hat in einem Gasthaus bedient … und als Hure gearbeitet. In den Sieben Blumen. Sie hieß Betsy.«

Roo errötete. Plötzlich fiel ihm die Ähnlichkeit auf, wenngleich dieses Mädchen viel hübscher war als die tote Schwester. Aber Roo war mit Betsy im Bett gewesen, und seine Reaktion auf diese Enthüllung war überraschend. Er fühlte sich verlegen. Auf keinen Fall sollte dieses Mädchen erfahren, daß er der letzte Mann gewesen war, der mit ihrer Schwester zusammengewesen war.

»Wie heißt du?« fragte de Loungville abermals.

»Katherine«, antwortete eine Stimme hinter ihnen, und Roo drehte sich um. Lord James stand in der Zellentür. »Taschendiebin.« Er ging um de Loungville herum und betrachtete das Mädchens. »Sie nennen dich Kitty, nicht wahr?«

Das Mädchen nickte. Vor den anderen hatte sie Angst gehabt, denn das waren harte Kerle, auch wenn sie ganz gewöhnlich gekleidet waren. Dieser Mann hingegen war wie ein Adliger angezogen, und seine Stimme verlangte nach Gehorsam. Er studierte ihr Gesicht und meinte dann: »Ich habe deine Großmutter gekannt.«

Kitty blickte ihn einen Moment lang verwirrt an, dann riß sie die Augen auf und wurde bleich. »Götter und Dämonen, Ihr seid der verdammte Herzog, wie?«

James nickte und fragte de Loungville: »Wie hast du diesen Fisch an Land gezogen?«

De Loungville erklärte, daß ein Mann der Nachhut sie erspäht hatte, als sie eine Regenrinne heruntergeklettert war, und daß er ihnen ein Signal gegeben hatte, sie würden verfolgt, und wie sie dem Mädchen schließlich die Falle gestellt hatten. »Ich hab Erik einfach im Dunkeln warten lassen, damit er sie sich schnappen konnte, als sie vorbeiging«, beendete er seinen Bericht. Er stand auf und bot dem Herzog seinen Hocker an.

James setzte sich und wandte sich mit ruhiger Stimme wieder an das Mädchen: »Am besten erzählst du mir ganz genau, was vorgefallen ist, Kitty.«

Sie erzählte ihm, wie sie Tannerson und seine Schläger als Mörder ihrer Schwester ausgemacht und wie sie ihn in das Zimmer gelockt hatte. Sie hatte die Lampe gedämpft und auf dem Bett gelegen, und als Tannerson eingetreten war, hatte der Mann sich nichtsahnend über sie gebeugt. Da hatte sie mit dem Dolch zugestoßen und die Kehle getroffen.

Sie hatte sich unter seiner fallenden Leiche hervorgezwängt und versucht, soviel Blut wie möglich abzuwischen, ehe sie durchs Fenster geflohen war.

Roo unterbrach sie. »Hast du ihm irgendwelches Gold abgenommen?«

»Er hatte keinen Geldbeutel«, behauptete sie. »Zumindest glaube ich das. Aber ich habe auch nicht danach gesucht.«

Roo fluchte. »Jemand hat gehört, wie du geflohen bist, hat hineingesehen, das Blut entdeckt und das Gold gestohlen.«

»Und wieso war die Tür dann verschlossen?« fragte de Loungville.

Es war der Herzog, der auf diese Frage die Antwort kannte: »Wenn man Bescheid weiß, bekommt man diese Riegel sehr schnell auf. Vermutlich hat ein Angestellter des Gasthauses dein Gold, Roo. Sie wußten, wie sie den Riegel stellen mußten, damit er zufiel, sobald die Tür geschlossen wurde. Wenn ihr fünf Minuten eher dagewesen wäret, hätte ihr den Dieb auf frischer Tat ertappt. Jetzt werden wir ihn uns hart vornehmen müssen und trotzdem nicht herausbekommen, wo das Gold ist.«

Roo fluchte abermals.

James lehnte sich zurück. »Du hast da jetzt ein Problem, Kitty. Ich hatte gerade eine Abmachung mit dem Klugen getroffen, was Tannerson und seine Kumpane betrifft, und du hast das alles ordentlich durcheinandergebracht.« Er rieb sich das Kinn. »Ich denke, deine Zeit bei den Spöttern ist vorbei.«

»Was werdet Ihr tun?« fragte sie mit furchtsam gepreßter Stimme.

»Dir Arbeit geben«, erwiderte er und erhob sich. Er sah de Loungville an. »Wir brauchen weibliche Spione, Bobby. Aber halt sie eine Weile an der kurzen Leine. Falls sie sich nicht als vertrauenswürdig erweist, können wir sie immer noch töten.«

Er verließ die Zelle, und de Loungville machte den anderen ein Zeichen, ihm zu folgen. Er selbst baute sich vor Kitty auf und nahm ihr Kinn in die Hand. »Unter dem ganzen Schmutz hast du ein ganz hübsches Gesichtchen«, befand er.

»Sucht Ihr Vergnügen, wie?« fragte sie, und in ihren Augen glitzerte Verachtung.

»Und wenn?« gab er leise in scharfem Ton zurück. Er hob ihr Gesicht an und gab ihr einen flüchtigen Kuß, doch seine Augen blieben dabei wachsam und beobachteten sie aufmerksam.

Sie drückte sich von ihm fort. »Nun, Ihr wärt nicht der erste Mann, der Hand an mich legt«, stellte sie ohne jegliches Gefühl in der Stimme fest. »Ich wurde schon als junges Mädchen genommen, und es macht mir nichts aus. Von dem einen gestoßen zu werden ist genauso gut wie von einem anderen.« Sie trat zurück und zog ihre Weste aus. Dann knöpfte sie das Hemd auf, legte es ab und zog sich Stiefel und Hose aus.

De Loungville wandte sich zur Tür, wo Erik und Roo auf ihn warteten, und verscheuchte sie mit einer Handbewegung. Er betrachtete das Mädchen einen Augenblick lang. Sie hatte einen geschmeidigen Körper, kleine Brüste, schlanke Hüften. Ihr Hals war lang, ihre Augen groß, und de Loungville sagte schließlich: »Ja, du bist hübsch genug.« Sich abwendend wies er sie an: »So, jetzt zieh dich wieder an. Ich werde dir Essen schicken lassen. Ruh dich ein bißchen aus, und wir unterhalten uns später weiter. Und merk dir eins: Du arbeitest jetzt für mich, und falls es notwendig sein sollte, werde ich dir mit Freuden die Kehle durchschneiden.«

Er warf keinen Blick zurück, als er die Zelle verließ und die Tür hinter sich verschloß. Dann trat er zu Erik, Jadow, Roo und Duncan, die auf ihn warteten. »Erik und Jadow, ihr geht in eure Quartiere und schlaft ein bißchen. Ich brauche euch in ein paar Stunden wieder. Jetzt, wo der Kluge geflohen ist und Tannerson ermordet wurde, wird in der Stadt einiger Aufruhr losbrechen.«

Während die beiden sich aufmachten, wandte er sich an Duncan und Roo. »Was ist jetzt mit euch beiden?«

Roo blickte Duncan an, der nur mit den Schultern zuckte. »Ich denke, wir werden uns Arbeit suchen müssen«, stöhnte Roo.

»Du kannst immer noch für mich arbeiten«, schlug de Loungville ihm vor.

»Danke, aber wenn ich mich von diesem einen Rückschlag abschrecken lasse, was für ein Kaufmann wäre ich dann?«

»Da hast du auch wieder recht«, stimmte Robert zu. »Nun, du wirst den Weg nach draußen finden. Falls ihr beide wollt, holt euch in der Messe noch etwas zu essen; auf Kosten des Prinzen natürlich.«

Er ging davon und rief ihnen noch über die Schulter zu: »Wenn du deine Meinung änderst, dann weißt du, wo du mich finden kannst.«

Duncan wartete, bis de Loungville außer Hörweite war, dann fragte er: »Und was machen wir jetzt?«

Roo seufzte lang und ausgiebig. »Ich habe keine Ahnung.« Er schlug den Weg zur Messe der einfachen Soldaten ein. »Aber wenn wir uns auf die Suche nach Arbeit machen, können wir das wenigstens mit vollem Bauch tun.«

Sechs

Kaffeehaus

Roo fuhr zusammen.

Der Kellner, der durch die Tür kam, machte einen gekonnten Schlenker und wich Roo aus, der gerade die Küche von Barrets Kaffeehaus betrat. Roo stellte sein Tablett ab und rief die Bestellungen aus. Das Durcheinander in der Küche stand in vollkommenem Gegensatz zu der Ruhe im Schankraum und den privaten Nischen im ersten Stock. Die große, zweiflügelige Eichentür hielt jeglichen Lärm von den Händlern und Geschäftsleuten fern, die im Kaffeehaus mit gedämpften Stimmen verhandelten.

Roo hatte fast eine Woche lang nach Arbeit gesucht, bevor ihm Barrets Kaffeehaus eingefallen war. Verschiedene Handelsgesellschaften hatten die Ersuche des ärmlich gekleideten früheren Soldaten ohne große Umschweife abgelehnt. Einen solchen Mann würden sie nur als Partner akzeptieren, wenn er eine große Summe Kapital mit einbrachte. Mochte Roo ihnen auch harte Arbeit, Fleiß, Scharfsinn und Treue versprechen, für diese Männer zählte nur eins: Gold.

Die meisten Händler nahmen ihre Söhne als Lehrlinge, und nur die wenigsten hatten Stellen als Wachen oder Domestiken zu vergeben. Roo wollte sich schon sein Scheitern eingestehen, als ihm der junge Kellner in Barrets Kaffeehaus einfiel. Jason hatte Roo und Erik seinerzeit gesagt, wo sie einen ehrlichen Pferdehändler finden konnten.

Also war Roo zum Kaffeehaus gegangen, hatte den zuständigen Mann ausfindig gemacht, und nachdem dieser bei Sebastian Lender Erkundigungen eingeholt hatte, wurde Roo vom Geschäftsführer, einem Mann namens Hoen, probeweise eingestellt.

Roo hatte von Jason, der ihm alles gezeigt hatte, schnell gelernt, wie die Arbeit vonstatten ging. Er mochte Jason, den jüngsten Sohn eines Händlers aus einem anderen Stadtviertel. McKeller, der Oberkellner, hatte Jason gesagt, er solle »dem neuen Jungen zeigen, wo der Hase langläuft«. Es paßte Roo überhaupt nicht, als »Junge« bezeichnet zu werden, aber angesichts von McKellers Alter war eine solche Titulierung verständlich. Selbst Herzog James würde neben McKeller wie ein Junge dastehen.

Jason hatte sich als angenehmer Lehrer erwiesen, der Roo nicht gleich als Dummkopf betrachtete, nur weil er sich mit der Arbeit im Kaffeehaus nicht auf Anhieb auskannte. Dabei half es Roo sehr, daß er sich in seiner Jugend viel bei Erik und somit im Gasthaus Zur Spießente herumgetrieben hatte, denn auf diese Weise wußte er zumindest ungefähr, welche Aufgaben ihn erwarteten.

Dennoch, vieles war neu für Roo. Zunächst hatte er einen Eid schwören müssen – und zwar auf eine Reliquie aus dem Tempel der Sung, Göttin der Reinheit –, alles für sich zu behalten, was er bei der Arbeit an den Tischen zufällig mit anhören würde. Dann bekam er die gleiche Tracht, die auch die anderen Kellner trugen – Hemd, Hose, Schürze und Stiefel –, und ihm wurde mitgeteilt, daß diese Kleidung von seinem Lohn abgezogen werden würde. Anschließend hatte man ihn in die Küche geführt und ihm die verschiedenen Sorten von Kaffee und Tee, Backwaren, Frühstück, Mittagessen und Abendessen erklärt.

Roo hatte sich soviel wie möglich gemerkt und war zuversichtlich, den Rest zu lernen, wenn es an der Zeit wäre. Das geordnete Durcheinander zu den betriebsamsten Zeiten im Kaffeehaus erinnerte Roo in vielerlei Hinsicht an das Getümmel einer Schlacht. Jeder Kellner mußte sich die Bestellung eines jeden seiner Gäste merken. Meistens wurde Kaffee verlangt, manchmal süßes Gebäck, aber oft auch ein vollständiges Frühstück oder Mittagessen. Abendessen wurde nur selten verlangt, da die meisten Geschäftsleute es vorzogen, zu Hause mit ihren Familien zu speisen, doch manchmal zog sich der späte Nachmittag lang in den Abend hinein, und die Kellner und Köche arbeiteten dann bis zwei oder drei Stunden nach Sonnenuntergang, bevor der letzte Gast gegangen war und die Türen geschlossen wurden. Es war Sitte, die Türen immer so lange offenzuhalten, wie sich noch ein Gast im Kaffeehaus aufhielt, und ein paar Mal, während der großen Finanzkrisen im Königreich, war das Kaffeehaus sogar rund um die Uhr geöffnet geblieben. Und auch dann mußte das Personal jederzeit aufmerksam und adrett bereitstehen, um auf den Ruf eines aufgeregten Geschäftsmannes oder Adligen hin eine Bestellung aufzunehmen.

»Deine Sachen sind fertig«, teilte der Koch Roo mit.

Roo nahm sein Tablett vom Tresen, überprüfte die Bestellung zweimal und machte sich zur Tür auf. Er zögerte, um sich zu vergewissern, daß das leichte Schwingen der Tür von dem Kellner herrührte, der als letzter hinausgegangen war, und nicht von irgendeinem Trottel, der die Eingangstür mit dem Ausgang der Küche verwechselte – immer schön rechts halten, war ihm eingeschärft worden. Jason hatte ihm erzählt, das Schlimmste seien Gäste, die gelegentlich irrtümlich auf der Suche nach dem Ausgang oder dem Abort hier hereinstolperten. Ein Zusammenstoß in der Schwingtür machte einen fürchterlichen Lärm und zog meistens eine unschöne Bescherung nach sich.

An der Tür drehte Roo sich um und ging rückwärts hindurch, als würde er das schon seit Jahren tun, und mit einer gewissen Anmut betrat er das Lokal. Nur seine schlachterprobten Reflexe verhinderten einen Zusammenstoß mit einem Gast, der, ohne sich umzusehen, Roo einfach in den Weg trat. »Entschuldigung, Sir«, meinte Roo höflich, aber betont, und am liebsten hätte er geflucht: »Paß doch auf, du Fischkopf, wo du hintrittst!« Er rang sich ein Lächeln ab.

Obwohl der Lohn von Barret selbst eher bescheiden ausfiel, konnten die Kellner mit Trinkgeldern eine Menge hinzuverdienen. Wenn man flott, höflich und immer freundlich servierte, nahm man oft an einem einzigen Tag einen ganzen Wochenlohn zusätzlich ein. Manchmal reichte es sogar, um in eins der Geschäfte, die hier getätigt wurden, zu investieren.

Roo hatte als Neuling die am wenigsten lukrative Ecke des Lokals zugewiesen bekommen, aus welchem Grund auch immer. Sehnsuchtsvoll blickte er hinauf zur Galerie, wo die Gesellschaften und Makler ihren Sitz hatten. Unter ihnen gab es eine ganze Reihe junger Männer, die ihr Berufsleben hier unten als Kellner begonnen hatten. Vielleicht ging der Aufstieg nicht ganz so rasch vonstatten, wie wenn man in fernen Ländern nach Schätzen suchte, aber er konnte genauso aufregend werden.

Roo stellte die Bestellung fachmännisch, wie man es ihm gezeigt hatte, vor den Geschäftsleuten ab, wurde dabei aber nicht weiter beachtet. Das Gespräch am Tisch wurde nicht unterbrochen. Offenbar drehte es sich um die außerehelichen Abenteuer der Gemahlin eines Geschäftsmannes, und von daher schenkte Roo der Unterhaltung keine Aufmerksamkeit. Er bekam ein einziges Kupferstück mehr, als der Kaffee und die Backwaren gekostet hatten, und zog sich mit einem Nicken von dem Tisch zurück.

Er ging von Tisch zu Tisch und fragte höflich nach Wünschen, und nachdem er seine Runde gedreht und keine neuen Bestellungen aufgetragen bekommen hatte, plazierte er sich so, daß er jederzeit herangewinkt werden konnte, falls ein Gast etwas bestellen wollte.

Ein paar Minuten hatte er Zeit für sich selbst, und so sah er sich im Raum um und merkte sich Gesichter und Namen, in dem festen Glauben, dieses Wissen könnte ihm eines Tages von Nutzen sein. Von der anderen Seite winkte ihm jemand zu, ein anderer Kellner, Kurt. Er war ein großer, reizbarer Kerl, der die jüngeren Kellner gern schikanierte. Zudem war er ein Speichellecker vor den Göttern, der sowohl Hoen als auch McKeller davon überzeugt hatte, ein guter und gefälliger Kellner zu sein, während ihm in Wirklichkeit beide Eigenschaften abgingen. Stets gelang es ihm, die unangenehme Arbeit jüngeren Kellnern zuzuschieben und sich selbst davor zu drücken. Roo fragte sich, wie ein solcher Kerl bei Barret etwas hatte werden können.

Roo beachtete das Winken nicht, und schließlich kam Kurt zu ihm herüber. Während der andere Kellner sich näherte, zwang er sich ein Lächeln für die Gäste auf die Lippen. Der Kerl hätte ein gutaussehender Mann sein können, dachte Roo, wenn er nur nicht so ein verkniffenes Gesicht hätte.

»Ich habe dir doch ein Zeichen gemacht«, zischte er durch die zusammengebissenen Zähne.

»Hab ich wohl bemerkt«, antwortete Roo, ohne ihn anzusehen. Er behielt die Gäste seiner Ecke im Auge.

»Warum bist du dann nicht gekommen?« fragte Kurt und gab sich alle Mühe, drohend zu klingen.

»Beim letzten Mal hast du mich um mein Trinkgeld betrogen«, antwortete Roo und ging hinüber zu dem Gast, der ihm gerade das Kupferstück als Trinkgeld gegeben hatte. Ohne ein Wort zu sagen füllte er dessen Tasse mit Kaffee nach. Die beiden Geschäftsmänner beachteten ihn nicht.

Kurt legte Roo die Hand auf den Arm, als dieser sich wieder umdrehte. Roo sah auf die Hand und fauchte: »Ich gebe dir einen guten Rat: Pack mich nicht noch einmal an.«

Kurt knurrte in leisem Ton zurück: »Und wenn doch?«

»Das solltest du besser nicht herausfinden wollen«, erwiderte Roo leise.

»Ich habe es schon größeren Männern als dir ganz ordentlich besorgt«, drohte Kurt.

»Daran will ich gar nicht zweifeln«, konterte Roo. »Aber dein Liebesleben interessiert mich nicht.« Er senkte die Stimme. »Und jetzt nimm deine Hand von meinem Arm.«

Kurt zog sie zurück. »Du bist mir den Aufstand während der Arbeit nicht wert. Aber das vergesse ich dir bestimmt nicht, verlaß dich drauf.«

»Ich bin jeden Tag hier und kann dich dran erinnern, falls du es doch vergißt«, meinte Roo. »Also, wieso bist du eigentlich herübergekommen?«

»Schichtwechsel. Du mußt an die Tür.«

Roo warf einen Blick auf die Uhr, die von der Decke herunterhing. Es war eine Wasseruhr aus Kesh, und sie zeigte Stunden und Minuten durch steigende Säulen blauen Wassers an, das in die durchsichtigen Röhren tropfte. Es gehörte zu seinen Aufgaben als jüngster Kellner, bei Sonnenaufgang hier zu sein und das Ventil aufzumachen, durch welches die Flüssigkeit in das Vorratsgefäß gepumpt wurde, während es aus einem zweiten Vorratsgefäß zu tropfen begann. Roo war sich bisher nicht sicher gewesen, wieso die genaue Zeit für die Geschäftsleute so wichtig war, aber der Mechanismus faszinierte ihn. Denn mit einem einzigen Blick konnte man stets ablesen, wie spät es war.

»Warum sollen wir wechseln?« fragte er, indem er sich zur Küche aufmachte. Kurt folgte einen Schritt hinter ihm. »Der Wechsel ist erst in einer Stunde fällig.«

»Es regnet«, antwortete Kurt und grinste finster, während er sich das schwarze Haar aus der Stirn strich und sein eigenes Tablett aufnahm. »Und der neueste Junge muß immer den Schlamm wegwischen.«

»Hört sich gerecht an«, meinte Roo dazu. Allerdings fand er es mitnichten gerecht, wollte Kurt jedoch seinen Ärger nicht zeigen. Mit diesem Vergnügen sollte der Mann nicht noch zusätzlich belohnt werden. Er stellte sein Tablett in ein Regal, das man ihm zugewiesen hatte, trat durch die Küchentür hinaus und durchquerte den Raum zum Vordereingang.

Dort wartete Jason bereits auf ihn, und Roo sah, daß von Kesh her über das Bittere Meer ein tropischer Sturm herangezogen war und nun eine Flut warmen Regens über Krondor ausschüttete.

In einer Ecke lagen feuchte Putzlumpen bereit, und Jason erklärte Roo: »Wir versuchen, den Eingangsbereich so sauber wie möglich zu halten, damit wir heute abend nicht das ganze Lokal wischen müssen.«

Roo nickte. Jason warf ihm einen Lumpen zu, kniete sich hin und wischte den Dreck auf, den der Regen hereinspritzen ließ. Roo tat das gleiche am Eingang auf der anderen Seite. Es würde ein langer, trauriger Morgen werden.

Nachdem er alles zum vierten Mal geputzt hatte, bog eine große Kutsche mit hoher Geschwindigkeit um die Ecke und fuhr nur wenige Fuß vor dem Eingang des Kaffeehauses vorbei. Das Schmutzwasser spritzte Roo geradewegs vor die Füße. Er kniete sich sofort hin und wischte den Holzboden mit dem Putzlumpen so sauber wie möglich. Der trommelnde Regen ließ nicht nach, und ständig spritzte weiteres Schmutzwasser auf den Fußboden, doch der größte Teil des Eingangsbereiches blieb sauber.

Jason warf Roo einen frischen Lumpen zu. »Hier!«

»Danke«, antwortete Roo und fing ihn auf. »Ein bißchen sinnlos, diese Arbeit«, fügte er hinzu und deutete mit dem Kopf auf den Regen, der noch stärker wurde. Es war einer der typischen Frühlingsstürme am Bitteren Meer, und es konnte noch tagelang ohne Unterlaß regnen. Die Straßen würden sich in Schlammbäche verwandeln, und jeder neue Gast im Kaffeehaus würde braune Spuren im Eingang hinterlassen.

»Überleg dir nur mal, wie es drinnen aussehen würde, wenn wir das hier nicht machen würden«, wiegelte Jason ab.

»Und was machen wir sonst noch, außer gegen den Schlamm anzukämpfen?« wollte Roo wissen.

»Wir helfen den Gästen aus den Kutschen«, erwiderte Jason. »Wenn eine hält, guckst du zuerst, ob hinten ein Lakai mitfährt. Wenn nicht, öffnest du die Tür. Wenn die Kutsche diese neuen Klappstufen hat, machst du sie runter. Und wenn nicht, holst du die Kiste da drüben und trägst sie zur Kutsche.« Er zeigte auf eine kleine Holzkiste, die zu diesem Zweck in einer Ecke des Eingangsbereichs stand. Daneben wurden die schmutzigen Tücher in einer großen Eisenwanne aufbewahrt.

Eine Kutsche fuhr vor, und Roo blickte Jason an. Der nickte; es fuhr kein Lakai mit, da es sich um eine Mietkutsche handelte, und Roo konnte auch keines von diesen ausklappbaren Trittbrettern erkennen. Er nahm die Kiste und stellte sie, ohne den Regen zu beachten, unter die Tür der Kutsche, die er dann wie angewiesen aufmachte. Vor der offenen Tür wartete er. Ein älterer Herr stieg eilig aus und machte zwei Schritte, bis er im Schutz des Eingangs stand.

Roo hob die Kiste wieder hoch und war kaum einen Schritt gegangen, als die Kutsche wieder anfuhr. Er erreichte den Eingang, als McKeller den neuen Gast gerade begrüßte: »Guten Morgen, Mr. Esterbrook.«

Jason war bereits dabei, den Schmutz von Mr. Esterbrooks Stiefeln abzuputzen, derweil Roo die Kiste in die Wanne stellte, wo das Schmutzwasser abtropfen konnte. Dann griff er nach einem Putzlappen, und als er ihn in der Hand hatte, war der Gast schon ins Allerheiligste des Kaffeehauses abgezogen.

»Das war Jacob Esterbrook?« fragte Roo.

Jason nickte. »Kennst du ihn?«

»Ich kenne seine Kutschen. Sie fahren immer durch Ravensburg.«

»Er ist einer der reichsten Männer von Krondor«, vertraute Jason ihm an, während sie den Boden putzten. »Und zudem hat er eine ganz außergewöhnliche Tochter.«

»Inwiefern außergewöhnlich?« wollte Roo wissen und legte den schmutzigen Lappen zur Seite.

Jason war ein Mann mittlerer Größe, mit sommersprossiger, heller Haut und braunem Haar. Eigentlich war er ein eher unscheinbarer Kerl, doch jetzt begannen seine Augen hell zu leuchten. »Was soll ich sagen? Sie ist das schönste Mädchen, das ich je gesehen habe.«

Roo grinste. »Und du bist in sie verliebt?«

Jason errötete, was Roo belustigte, obschon er das nicht zeigte. »Nein. Ich meine, wenn ich eine Frau fände, die so aussieht und mich nicht gleich links liegenläßt, würde ich Ruthia« – der Göttin des Schicksals – »auf ewig dankbar sein. Sie wird sicherlich eines Tages einen sehr reichen Mann oder einen Adligen heiraten. Nur …«

»Man kann schließlich für sie schwärmen«, ergänzte Roo.

Jason zuckte mit den Schultern und legte seinen Putzlumpen beiseite. Dann blickte er auf Roos Füße. »Deine Stiefel.«

Roo sah nach unten: Er machte mit seinen Stiefeln den Boden wieder schmutzig, den sie gerade gesäubert hatten. Also holte er sich einen Lappen aus der Schale, putzte sich die Stiefel ab und wischte den Dreck vom Boden auf. »Man denkt gar nicht dran, wenn man sein ganzes Leben lang barfuß gelaufen ist.«

Jason nickte. »Kann ich mir vorstellen.«

»Nun, was diese wunderbare …«

»Sylvia. Sylvia Esterbrook.«

»Gut. Was diese Sylvia betrifft: Wann hast du sie gesehen?«

»Manchmal kommt sie mit ihrem Vater hierher, wenn sie in der Stadt einkaufen geht. Sie leben am Stadtrand, in der Nähe der Prinzenstraße, auf einem großen Anwesen.«

Roo zuckte mit den Schultern. Er wußte, daß man die Königsstraße in Krondor oft Prinzenstraße nannte, und er war dort entlanggekommen, als er sich mit Erik zum ersten Mal nach Krondor aufgemacht hatte, doch damals hatten sie die Hauptstraße weit vor der Stadt verlassen und waren durch die Wiesen und Felder gezogen. Die spätere Fahrt zum Ausbildungslager, wo er das Kriegshandwerk erlernt hatte, hatte in Richtung Süden geführt, daher hatte er das Anwesen, welches Jason meinte, nie zu Gesicht bekommen.

»Und, wie sieht sie aus?«

»Sie hat die schönsten blauen Augen der Welt und blondes Haar, das fast wie Gold glänzt.«

»Blau, und nicht grün? Und blondes Haar?« fragte Roo nach.

»Blaue Augen, blondes Haar«, antwortete Jason. »Wieso?«

»Wollte es nur wissen. Ich habe mal eine Frau kennengelernt, die mich schlichtweg umgehauen hat. Aber sie hatte grüne Augen und dunkles Haar. Egal, erzähl weiter.«

»Sonst gibt's kaum noch was zu sagen. Sie kommt mit ihrem Vater und geht, nachdem er gegangen ist. Aber sie lächelt mich an, und sie hat sogar schon einmal mit mir gesprochen.«

Roo lachte. »Das ist immerhin etwas, nicht?«

Ein Ruf und das Gerumpel eines großen Wagens unterbrachen ihre Unterhaltung. Um die Ecke schleppte sich ein Pferd, und einen Augenblick lang sah es fast so aus, als wollte es ins Kaffeehaus laufen. Es war die älteste und erschöpfteste Mähre, die Roo je zu Gesicht bekommen hatte. Ein lautes Knirschen von Holz auf Holz wurde von einem derben Fluch begleitet, dann knallte eine Peitsche, der Wagen schob sich halb um die Ecke, und man konnte den Fuhrmann sehen.

Roo genügte ein einziger Blick, um zu wissen, daß diesem Mann selbst die einfachsten Regeln des Fahrens abgingen. Er hatte die Kurve zu scharf genommen und war mit dem Wagen fast in die Seite des Hauses gekracht.

Roo ignorierte den prasselnden Regen, lief vor das Pferd, schnappte sich den Zaum des Tieres und schrie: »Hu!«

Das Tier gehorchte, da es sich sowieso kaum mehr bewegen konnte, weil der Wagen zum einen an der Hausecke festklemmte, zum anderen der tiefe Schlamm ein Fortkommen fast unmöglich machte. »Was soll das?« herrschte der Fahrer Roo an.

Roo sah zu dem jungen Mann auf, der nur wenig älter als er selbst war. Von dünner Gestalt, war er offensichtlich bis auf die Haut durchnäßt. Zudem mußte er ein Seemann sein, da er barfuß und sonnenverbrannt und betrunken war.

»Pack mit an, Kamerad«, rief Roo, »bevor du auf Grund läufst.«

Der junge Seemann gab sich alle Mühe, bedrohlich auszusehen, und rief dann kampflustig: »Geh aus dem Weg. Du machst meine Takelage schmutzig.«

Roo trat um das Tier herum, dessen Flanken sich von der Anstrengung hoben und senkten. »Du hast die Kurve zu scharf genommen, und jetzt sitzt du fest. Weißt du vielleicht, wie du das Pferd zurücktreiben kannst?«

Ganz offenbar wußte der Seemann es nicht. Er fluchte und sprang vom Kutschbock, verlor das Gleichgewicht, landete der Länge nach im Schlamm und rutschte abermals aus, als er aufzustehen versuchte. Schließlich kam er wieder auf die Beine und sagte: »Verflucht sei der Tag, an dem ich meinem Freund einen Gefallen versprochen habe.«

Roo betrachtete den überladenen Wagen, der nun bis zur Radnabe im Schlamm steckte. Mit Öltuch abgedeckte Kisten waren hinten auf der Pritsche hochgestapelt. »Dein Freund hat dir jedenfalls keinen Gefallen getan. Für diese Last braucht man zwei Tiere, am besten vier.«

In dem Moment rief Jason: »Was hat das alles hier zu bedeuten?«

Und ehe Roo etwas antworten konnte, hörte er Kurts Stimme: »Ja, Avery, was soll das?«

»Kann doch ein Blinder sehen, daß dieser Wagen vorm Eingang festsitzt, Kurt«, gab er zurück.

Als Erwiderung kam nur ein unverständliches Knurren. Dann schnitt McKellers Stimme durch den prasselnden Regen. »Was ist hier los?«

Roo ließ den schlammbedeckten Seemann stehen und duckte sich unter dem Hals des noch immer schnaufenden Tieres hindurch. Ohne noch mehr Dreck im Eingang zu verteilen, spähte er in das Kaffeehaus. McKeller und einige der anderen Kellner standen dort und beobachteten das Spektakel vor dem Eingang. »Der Fahrer ist betrunken, Sir«, erklärte Roo.

»Betrunken oder nüchtern, er soll das Tier hier fortschaffen«, verlangte der alte Oberkellner.

Roo sah, wie Kurt bei diesem Befehl verschlagen grinste.

Roo drehte sich um. Der Seemann wollte sich dem Anschein nach einfach davonmachen. Roo ging mit drei eiligen Schritten – so eilig man das im knöcheltiefen Schlamm bewerkstelligen konnte – auf den Mann zu. »Einen Augenblick mal, Kamerad!«

Der Seemann trotzte: »Du bist nicht mein Kamerad, Freundchen, aber ich werd dich dennoch nicht verprügeln. Kommst du mit, einen trinken?«

»Du hast doch schon genug intus«, entgegnete Roo, »aber betrunken oder nicht, du mußt den Wagen aus dem Eingang fahren.«

Der Seemann wirkte halb amüsiert und halb gereizt. Er nahm jene Haltung ein, von der Betrunkene immer glauben, sie würde sie nüchtern erscheinen lassen. »Ich erklär es dir noch mal, ganz langsam. Ein Freund von mir namens Tim Jacoby – wir kennen uns schon, seit wir noch Kinder waren – hat mich überredet, es wäre besser, als Fuhrmann bei seinem Vater zu arbeiten, als wieder zur See zu fahren.«

Roo blickte hinüber zum Pferd, welches sich gerade hinknien wollte, was wegen des Zuggurtes jedoch unmöglich war. »O Götter!« rief er, packte den Seemann am Arm und zog ihn zurück zum Wagen. »Es hat die Koliken.«

»Wart mal!« schrie der Seemann und riß sich los. »Ich bin noch nicht fertig.«

»Nein, aber das Pferd«, fuhr Roo den Mann an und packte abermals seinen Arm.

»Ich wollte sagen«, fuhr der Seemann fort, »daß ich diesen Wagen zu Jacoby und Söhne, Fuhrleute, bringen und dann bezahlt werden soll.«

Das Pferd gab ein krankhaftes, pfeifendes Geräusch von sich, derweil McKellers Stimme im Eingang ertönte: »Avery, mach voran, wird's bald? Die Gäste fühlen sich belästigt.«

Roo trieb den Seemann zurück zum Wagen. Das Pferd war mittlerweile vorn eingeknickt, während die Hinterbeine heftig zitterten. Roo holte sein Messer hervor und schnitt die Zuggurte durch, und als das Pferd merkte, daß es befreit war, kämpfte es sich auf die Beine, stolperte vorwärts und brach dann im Schlamm zusammen. Mit einem Seufzer, der große Erleichterung kundtat, starb es.

»Verdammt noch mal«, fluchte der Seemann. »Was soll man jetzt davon halten?«

»Was schon?« meinte Roo. Immerhin war das Pferd noch um die Ecke gekommen. Und so war der andere Eingang ebenfalls halb versperrt. Die Gäste konnten sich nun aussuchen, auf welcher Seite sie im Regen naß und schmutzig werden und ob sie über den Wagen oder über das tote Pferd klettern wollten.

»Jason, du und die anderen Jungen, ihr zieht das Tier und diesen Wagen da fort«, gab McKeller Anweisung.

Roo rief: »Nein!«

McKeller wandte sich ihm zu. »Was hast du gesagt?«

»Ich wollte sagen, das würde ich nicht vorschlagen, Sir«, erwiderte Roo.

Er konnte sehen, wie McKeller aus dem Eingang an dem Wagen vorbeispähte. »Und warum nicht?«

Roo deutete mit dem Daumen über die Schulter auf das Pferd. »Das Tier war zwar alt und krank, aber es war ein Zugpferd. Es wiegt bestimmt vierzehnhundert Pfund. Das ganze Personal zusammen würde es nicht von der Stelle bewegen können, nicht bei diesem Schlamm. Und der Wagen war schon für das Tier zu schwer, also werden wir ihn erst recht nicht wegziehen können.«

»Und, hast du einen anderen Vorschlag?« rief McKeller dem nun bis auf die Haut nassen Roo zu.

Roo kniff die Augen zusammen, und über sein Gesicht huschte ein schwaches Lächeln. »Ich glaube schon.« Er wandte sich an den Seemann. »Geh zu deinem Freund und sag ihm, wenn er seine Fracht haben will, soll er hierherkommen und sie sich holen.«

»Ich glaub, ich fahr lieber wieder zur See«, ließ sich der Seemann daraufhin vernehmen. Er griff in sein Hemd und holte eine lederne Brieftasche hervor, die von Dokumenten überquoll. »Hier, kannst du haben«, fügte er mit einer betrunkenen Verneigung hinzu.

»Wenn du jetzt wegläufst, werde ich dich eigenhändig umbringen«, fuhr Roo ihn an. Er nahm die Brieftasche. »Geh und sag dem Vater deines Freundes, seine Fracht wäre hier bei Barrets Kaffeehaus und er solle nach Roo Avery fragen. Und danach kannst du dich in Bier ertränken oder was immer du willst.«

Der Seemann erwiderte nichts, als Roo ihn davonschob, doch er ging in die Richtung los, in die er vorhin gedeutet hatte, als er von Jacoby und Söhne gesprochen hatte, und nicht in Richtung Hafen.

»Jason!«

»Ja, Roo?«

»Lauf und such einen Abdecker – nein, warte!« unterbrach er sich. Ein Abdecker würde Geld verlangen, um den Kadaver fortzuschaffen. »Lauf ins Armenviertel und such einen Metzger. Berichte ihm, was hier liegt und daß er nur zu kommen braucht, um es holen. Die Abdecker würden das Fleisch sowieso an die Metzger verkaufen; warum sollen wir also einen Mittelsmann bezahlen?«

Jason fragte McKeller um Erlaubnis, und als dieser zustimmte, rannte er hinaus in den Regen und verschwand rasch in Richtung Armenviertel.

Roo untersuchte den Wagen. Er würde sich nicht bewegen lassen, bevor man ihn entladen hatte. »Ich werde ein paar Träger holen«, rief er McKeller zu. »Wir müssen die Fracht abladen, ehe wir den Karren aus dem Dreck ziehen können.«

McKeller nickte. »Sehr gut, Avery. Aber so schnell wie möglich.«

Roo eilte die Straße hinunter, bog in eine andere ein, lief sie entlang, bis er die Schreibstube der Gilde der Träger fand. Er trat ein. Um den Ofen herum saß ein Dutzend stämmiger Männer und wartete auf Arbeit. Er ging zum Schreibtisch, an dem der Beamte der Gilde saß, und sprach ihn an. »Ich brauche acht Männer.«

»Und wer bist du?« fragte der übereifrige kleine Kerl, der hinter dem Schreibtisch auf einem Hocker saß.

»Ich komme von Barrets Kaffeehaus, und davor ist ein Wagen im Schlamm steckengeblieben. Er muß abgeladen werden, ehe man ihn bewegen kann.«

Als Roo das Kaffeehaus erwähnte, legte der Mann seine übereifrige Haltung ab und fragte: »Wie viele Männer, hast du gesagt?«

Ohne zu zögern antwortete Roo: »Acht, aber kräftig müssen sie sein.«

Der Beamte suchte rasch acht Männer aus und verkündete ihnen: »Es gibt eine Zulage wegen des Wetters.«

Roo kniff die Augen zusammen und ließ seine Stimme drohend klingen. »Wie bitte? Die sind doch wohl nicht aus Zucker, daß sie von dem bißchen Regen gleich schmelzen? Du willst dir scheinbar noch ein wenig nebenbei verdienen, was? Aber nicht mit mir. Ich werd den Gildenmeistern stecken, was du hier für Geschäfte tätigst. Ich habe Wagen abgeladen, seit ich an die Deichsel reichen kann, also erzähl mir nichts über Vorschriften der Gilde.«

Roo hatte eigentlich keine Ahnung, wovon er redete, aber er hatte ein untrügliches Gespür dafür, wenn ihn jemand über den Tisch ziehen wollte. Der Mann errötete, räusperte sich und meinte: »Nun ja, gewöhnlich gilt das auch nur für Schnee und Eis, wenn ich es recht betrachte. Tut mir leid, war nur ein Mißverständnis.«

Roo führte die acht Männer durch den Sturm zu dem Wagen. Er ließ die Heckklappe herunter und machte das Öltuch los. »O verdammt«, fluchte er. Die Fracht bestand aus verschiedensten Dingen, aber genau vor seiner Nase lag ein Ballen feinster Seide, der mehr wert war als sein Lohn in diesem Jahr und im nächsten Jahr dazu. Wenn dieser Stoff schmutzig und naß würde, könnte man beim Verkauf allerhöchstens noch den Preis von grobem Leinen erzielen.

Er wandte sich an den Anführer der Träger: »Wartet hier.« Dann ging er um den Wagen herum und trat zu McKeller, der mit verschiedenen Gästen und Kellnern immer noch im Eingang stand und die Vorstellung belustigt mit verfolgte.

»Ich brauche eine große Tischdecke, Sir.«

»Wofür?«

»Einige Teile der Fracht dürfen auf keinen Fall naß werden, und ...« Er blickte sich um. Als er das leerstehende Gebäude schräg gegenüber sah, fuhr er fort: »Und wir können die Sachen vielleicht für den Nachmittag dort unterbringen. Jedenfalls wird uns das weniger Ärger bescheren, als wenn die Waren naß werden. Der Besitzer könnte behaupten, wir würden die Schuld am Schaden tragen und hätten sie besser an Ort und Stelle lassen sollen, bis er gekommen wäre.«

Dieser Einwand hätte vermutlich keinen anderen Wirt von der Notwendigkeit überzeugt, eine teure Tischdecke zu ruinieren, doch im Kaffeehaus verkehrten genug Fuhrunternehmen, so daß McKeller schlicht nickte. Da ein Dutzend Anwälte zu Barrets Kundenstamm gehörten, wollte er lieber keine aufsehenerregende Verhandlung vor dem Magistrat riskieren. »Hol mal eine große Tischdecke«, wies McKeller Kurt an.

Kurt setzte eine schmerzliche Miene auf, mußte er doch Roo helfen. Er ging zwischen den Gästen hindurch und kam einige Augenblicke später mit einer großen Tischdecke zurück.

Roo nahm sie vor die Brust und beugte sich darüber, um sie so trocken wie möglich zu halten, während er zurück zum Wagen lief. Er schob sie unter die Plane, dann löste er die beiden Seile, mit denen diese festgemacht war. Mit einer Hand hielt er die Plane hoch und kletterte auf die Ladefläche, wobei er sich alle Mühe gab, die teure Seide nicht zu berühren. Er wandte sich an den Träger, der ihm am nächsten stand. »Klettere hoch, aber sei vorsichtig und fasse nichts an. Wenn an diesen Stoff Schmutz kommt, kannst du gleich wieder verschwinden, und zwar ohne auch nur ein Kupferstück Lohn.«

Ohne Frage war diesem Jungen das Fuhrgeschäft nicht fremd, das hatte der Träger sehr bald begriffen. Und schließlich gab es die Gilde der Träger nur, damit Waren ohne Schaden auf- und abgeladen werden konnten. Ganz behutsam kletterte der Mann also zu Roo hinauf.

»Halte die Plane, damit das hier trocken bleibt«, wies ihn Roo an und deutete auf die Seide. Roo versuchte abzuschätzen, wie sicher die Ladung gestapelt war, was im trüben Licht dieses stürmischen Nachmittags allerdings nicht so einfach war. Dann faltete er die Tischdecke auseinander und versicherte sich, daß sie innen sauber war. Er brauchte fast zehn Minuten, bis er den Ballen eingeschlagen hatte, doch als er schließlich soweit war, befahl er: »So, und jetzt macht die Plane ganz los.«

Rasch taten die anderen Träger wie angewiesen, während Roo heruntersprang und sich zu dem Gebäude gegenüber aufmachte. »Bringt die Sachen hierher!« rief er den Trägern zu.

Er erreichte die Tür des leerstehenden Hauses. Sie war mit einem kleinen Schloß gesichert. Roo untersuchte es und rüttelte daran. Da er nicht wußte, wie er das Schloß aufbekommen sollte, seufzte er nur, hob den Fuß und trat, so hart er konnte, zu. Das Schloß blieb unversehrt, doch die vier Schrauben der Haspe rissen aus, und die Tür schwang nach innen auf.

Roo trat in das verlassene Gebäude. Die verblichene Grandeur des Eingangsbereichs war beeindruckend. Eine große Treppe wand sich von der Halle aus zu einem von einem Geländer begrenzten Balkon hoch, und von der gewölbten Decke hing ein riesiger Kristallüster herunter, der im schwachen Licht des Nachmittags funkelte.

Gleich hinter ihm kamen die Träger herein, so mußte sich Roo die Erkundung des ersten Stocks zunächst versagen. Er durchquerte die Halle und öffnete eine große Schiebetür. Unter dem Balkon lag ein Zimmer, das vormals als Wohnzimmer gedient haben mochte, in dem jedoch jetzt keine Möbel mehr standen. Immerhin war es trocken, und die beiden großen Fenster des Raums waren nicht zerbrochen.

Roo wies die Träger an: »Bringt das hier herein und stellt es an die Wand.« Er zeigte auf die Wand gegenüber den Fenstern. Die Träger legten den Ballen ab, und Roo fuhr fort: »Bringt den Rest der Fracht herein und legt ihn dort drüben hin.«

Die acht Männer brauchten keine halbe Stunde, um den Wagen abzuladen. Roo hatte die Brieftasche aufgemacht und darin, wie er erwartet hatte, eine Ladeliste gefunden. Doch zu seinem Erstaunen war die Seide darauf nicht verzeichnet. Jede der Kisten trug einen Stempel des Zollamtes und besaß einen entsprechenden Frachtbrief, der ebenfalls mit Siegel und Unterschrift abgezeichnet war. Doch was die Seide anbetraf, existierte sie für das königliche Zollamt offensichtlich nicht.

Roo dachte darüber nach, und nachdem die letzte Ladung in das Haus gebracht worden war, ließ er die Arbeiter die Seide in einen anderen Raum tragen, eine kleine Vorratskammer unter der Treppe, in dem sich nur ein Mop und ein Blecheimer befanden.

Er führte die Männer nach draußen und sicherte die Tür, indem er einfach die Schrauben der Haspe wieder in die Löcher im Holz drückte. Jemand, der zufällig vorbeikam, würde das Schloß für intakt halten.

Zu diesem Zeitpunkt war Jason bereits mit einem Metzger und einem halben Dutzend von dessen Lehrlingen und Arbeitern zurückgekehrt. Es war mit Abstand der unangenehmste Haufen, den Roo seit seiner Rückkehr von Novindus zu sehen bekommen hatte. Er brachte die Träger zu Jason hinüber, der inzwischen genauso durchnäßt war wie Roo. »Du mußt mir unbedingt verraten, wo du diese Kerle aufgetrieben hast, damit ich da niemals Wurst kaufe.«

Jason verzog das Gesicht. »Das brauche ich dir nicht zu sagen. Wenn du den Laden betrittst, wirst du schon Bescheid wissen.« Mit Ekel beobachtete er, wie die Männer das Pferd mit großen Messern angingen. »Ich esse bestimmt nie wieder Wurst, und sollte sie vom Tisch des Königs stammen.«

In den Straßen von Krondor starben oft genug Hunde, Pferde und andere Tiere, und das blutige Schauspiel der Metzger, die das Pferd zerlegten, erregte bei den Passanten nur wenig Aufmerksamkeit. Jedenfalls wäre es für Barrets Kaffeehaus erheblich peinlicher gewesen, seine Gäste beim Eintreten und Verlassen des Lokals um den Kadaver herumschicken zu müssen. Der Metzger rief Roo über die Schulter zu: »Willst du die Hufe, die Haut und die Knochen?«

»Nehmt nur alles mit«, erwiderte Roo. In diesem Moment tippte ihm der Anführer der Träger auf die Schulter.

»Du schuldest uns acht Sovereigns«, forderte er.

Roo wußte, daß es keinen Zweck hatte zu feilschen. Der Beamte in der Gilde hatte vielleicht versucht, zusätzlich etwas herauszuschlagen, doch dieser Träger hielt sich an die Sätze, die die Gilde festgelegt hatte, und kein Händler des Königreichs würde auch nur ein Kupferstück Nachlaß bekommen.

Roo winkte ab. »Jetzt noch nicht.«

Er machte den Trägern ein Zeichen, sie sollten ihm zum Wagen folgen. »Zieht ihn hier raus und bringt ihn in den Hof des Hauses, wo wir die Waren gelagert haben.«

»Wir sind Träger, keine verdammten Zugtiere«, wandte der Mann ein.

Roo drehte sich um und warf dem Mann einen finsteren Blick zu. »Mir ist kalt, ich bin durch und durch naß, und ich habe keine Lust, mich zu streiten. Wenn ihr ihn nicht ziehen wollt, könnt ihr ihn auch tragen, wo ihr doch Träger seid, aber bringt ihn dort drüben hin!« schrie er.

Etwas im Benehmen dieses kleinen Mannes beeindruckte den Träger, und er stritt sich nicht weiter, sondern wies seine Männer an, mit der Arbeit zu beginnen. Vier packten die ruinierten Zuggurte, während die anderen vier nach hinten gingen. Sie schlossen die Klappe, und zwei machten sich zum Schieben bereit, derweil die beiden anderen versuchten, die Räder mit der Hand zu drehen.

Mit einiger Anstrengung und unter vielen Flüchen gelang es ihnen schließlich, den Wagen in Bewegung zu setzen, und so zogen und schoben die Männer ihn durch den Schlamm der Straße in die kleine Gasse, die zum Hof hinter dem verlassenen Haus führte.

»Woher wußtest du, daß da ein Hof hinter dem Haus ist?« fragte Jason.

Roo grinste. »Ich hab mal einem Freund von mir erzählt, eines Tages würde ich das Haus kaufen, und daher habe ich mich ein bißchen umgesehen. Die kleine Gasse da führt ganz herum, und die beiden Fenster des Wohnzimmers gehen auf den Hof hinaus. Wäre ein schöner Blumengarten für eine Dame.«

»Hast du vor, eine feine Dame zu heiraten?« fragte Jason spöttisch.

»Ich weiß noch nicht«, hielt sich Roo bedeckt. »Vielleicht heirate ich einmal diese Sylvia Esterbrook, von der du so geschwärmt hast.«

Bald hatten der Metzger und seine Gehilfen ihre blutige Arbeit erledigt und lediglich etwas Haut und Eingeweide zurückgelassen. »Der Regen wird das schon wegwaschen«, befand Roo.

Er führte Jason zurück in den Eingang. Dort angekommen, traten die Träger nach erledigter Arbeit abermals zu ihm. »Also!« rief der älteste Träger. »Wie sieht's mit dem Geld aus ...?«

Roo machte ihnen ein Zeichen zu folgen und brachte sie zum anderen Eingang, in dem noch immer McKeller stand. »Sir, diese Männer müßten bezahlt werden.«

»Bezahlt?« fragte der Oberkellner. Offensichtlich hatte der Oberkellner keinen Gedanken an die Kosten verschwendet, als er Roo losgeschickt hatte, um die Träger zu holen.

»Es sind Träger der Gilde, Sir.«

Bei der Erwähnung der Gilde zuckte McKeller leicht zusammen. Wie jeder andere Geschäftsmann in Krondor kannte er die vielen Gilden der Stadt, und kein Geschäft konnte lange überleben, wenn es sich mit ihnen anlegte. »Sehr gut. Wieviel?«

Ehe der Träger noch antworten konnte, meinte Roo: »Zehn Sovereigns, Sir.«

»Zehn!« fuhr McKeller auf. Das war mehr, als ein guter Handwerker in einer Woche verdiente.

»Sie sind zu acht, und es regnet, Sir.«

McKeller sagte darauf nichts mehr, sondern holte nur seine Geldbörse hervor, zählte die Münzen ab und reichte sie Roo.

Roo ging zu dem Träger und gab ihm neun. Der Mann runzelte die Stirn. »Du hast dem alten Sack doch gesagt –«

Roo flüsterte: »Ich weiß, was ich ihm gesagt habe. Ihr nehmt die neun und gebt acht eurem Gildenschreiber, und er gibt euch dafür euren Teil heraus. Von der neunten Münze weiß er nichts, also macht ihn die auch nicht heiß, und euch wiederum die zehnte nicht.«

Der Mann wirkte nicht besonders erfreut, aber unglücklich konnte man seinen Gesichtsausdruck auch nicht nennen. Die zusätzlichen Silberroyals waren eine nette kleine zusätzliche Belohnung. Er steckte das Geld ein. »Einverstanden. Und heute abend werden wir das Glas zu deinen Ehren heben.«

Roo wandte sich ab und ging wieder in den Eingang, wo Jason sich gerade abtrocknete. Roo merkte nun, wie schmutzig der Eingangsbereich geworden war. Der Wind nahm an Stärke zu, und McKeller meinte: »Besser, wir schließen die Läden und machen hier erst einmal richtig sauber.« Er winkte Kurt und einen anderen Kellner zu sich. »Ihr werdet hier putzen.« Er wandte sich wieder an Roo und Jason: »Geht hintenrum in die Küche. Ich will keine Schlammspuren auf dem Fußboden. Zieht euch um, und macht euch dann wieder an die Arbeit.«

Roo warf sein schmutziges nasses Tuch in die Wanne und bemerkte Kurts finsteren Blick, als sei Roo an der zusätzlichen Arbeit schuld und nicht das Wetter. Roo grinste ihn an, was Kurts Gereiztheit noch verstärkte.

Als er losging, rief ihm McKeller hinterher: »Avery?«

Roo wandte sich um. »Sir?«

»Du hast mitgedacht und rasch gehandelt. Gut gemacht.«

»Danke, Sir«, erwiderte Roo und trat mit Jason zusammen hinaus in den Sturm.

Sie liefen um das Kaffeehaus herum. »Das hört man selten«, meinte Jason.

»Was?«

»Na, ein Lob von McKeller. Manchmal sagt er uns, was wir tun sollen, meistens sagt er jedoch gar nichts. Er erwartet, daß wir einfach so das Richtige tun. Aber du mußt ihn ganz schön beeindruckt haben.«

Roo rieb sich die Nase. »Ich werde als letztes daran denken, bevor ich heute nacht an der Erkältung krepiere.«

Sie erreichten die kleine Gasse, die zum Hof hinter dem Kaffeehaus führte. Dort kletterten sie auf die Laderampe und gingen in die Küche. Nach der Kälte im Sturm war es hier angenehm warm. Sie holten sich trockene Kleider und zogen sich um.

Als Roo fertig war, kam Kurt in die Küche und trat zu ihm und Jason, während sich die beiden gerade die Schürzen umbanden. »Nun, ich mußte deinen Dreck wegmachen, Avery. Dafür bist du mir was schuldig.«

»Was denn?« fragte Roo und blickte ihn mit einer Mischung aus Belustigung und Wut an.

»Du hast mich schon verstanden. Ich habe sonst keinen Türdienst, und du hast vorn mehr Dreck gemacht, als ich dort je gesehen habe.«

»Ich habe keine Zeit für dein dummes Gerede«, tat Roo seine Vorwürfe ab und drängte sich an ihm vorbei.

Kurt legte ihm die Hand auf den Arm. Roo drehte sich um und benutzte einen Griff, den Sho Pi ihm auf der Überfahrt nach Novindus beigebracht hatte. Er bog Kurts Finger in einem äußerst unangenehmen Winkel zurück, gerade so weit, daß sie nicht brachen. Der Schmerz zeigte das gewünschte Ergebnis. Aus Kurts Gesicht wich alle Farbe, und seine Augen begannen zu tränen. Er fiel auf die Knie. »Ich hab dir gesagt, du sollst mich nicht anfassen«, zischte Roo ihn an. Er ließ Kurt noch einen Augenblick lang leiden, dann löste er den Griff. »Nächstes Mal breche ich dir die Hand, und dann kannst du sehen, wie du bedienen willst.«

Kurt flüsterte: »Du bist wahnsinnig!«

Roo sah die Angst in Kurts Blick. Wie alle Leute, die gern Schwächere schikanierten, hatte er keinen Widerstand erwartet, und daß dieser nun von einem so kleinen Mann wie Roo kam, schockierte ihn doppelt. »Äußerst wahnsinnig«, stimmte Roo zu. »Und ich kann einen sogar mit bloßen Händen umbringen. Merk dir das und halt den Mund, wenn ich in der Nähe bin, dann werden wir gut miteinander auskommen.«

Roo wartete die Antwort nicht ab und wollte auch dem Küchenpersonal, welches sich ihnen zugewandt hatte, als er Kurt auf die Knie gezwungen hatte, nichts erklären. Er wußte, er hatte jetzt einen Feind mehr, aber vor Kurt fürchtete er sich nicht. Denn alle Furcht hatte Roo vor langer Zeit verloren, und es bedurfte schon eines bedrohlicheren Kerls als dieses aufgeplusterten Gockels, damit Rupert Avery wieder lernte, was dieses Wort bedeutete.

Sieben

Gelegenheit

Roo lächelte.

Der Mann war am späten Vormittag erschienen und hatte nach ihm gesucht, und McKeller hatte Roo aus der Küche holen lassen, wo er zu Mr. Hoens Zufriedenheit gerade lernte, wie man Kaffee aufbrühte. Ohne sich vorzustellen, begrüßte ihn der Mann: »Bist du der Junge, der meinen Wagen gestohlen hat?«

Roo blieb stehen und betrachtete den Mann eingehend. Er war von mittlerer Größe, vielleicht einen Kopf größer als Roo, kräftig, und er hatte ein rundes Gesicht. Sein Haar war kurz geschnitten, doch mit Öl eingefettet, und Löckchen ringelten sich in seine Stirn. Er trug ein Hemd mit einem Kragen, der wegen des dicken Halses viel zu hoch für ihn war. Und außerdem war das Hemd vorn mit einem Übermaß an Seide besetzt. Eine kurze Jacke und eine enge Hose ergänzten das Ganze. Roo konnte sich über sein Aussehen nur wundern. Hinter ihm standen zwei weniger komische Leibwächter. Jeder der beiden trug ein langes Messer am Gürtel, sonst waren sie unbewaffnet. Roo hätte jedoch schwören können, daß die beiden schon den einen oder anderen umgebracht hatten – sie gehörten zu genau der Art Männer, mit denen er in Calis' Truppe gedient hatte.

Der Mann, der gesprochen hatte, mochte zwar vielleicht wie einer dieser jungen Lebemänner gekleidet sein, doch seine Wut und seine zusammengekniffenen Augen verrieten Roo eins: Holla, dieser Mann ist genauso gefährlich wie die beiden Männer in seinen Diensten. Roo fragte: »Und Ihr seid …?«

»Ich bin Timothy Jacoby.«

»Ach«, erwiderte Roo und wischte sich die Hände an der

Schürze ab, ehe er sie dem Mann entgegenstreckte. »Euer betrunkener Freund hat Euren Namen erwähnt. Ist er gestern abend noch bei Euch aufgetaucht?«

Augenblicklich verschwand die Gereiztheit, und Verwirrung trat an ihre Stelle. Gewiß hatte dieser Mann erwartet, Roo würde leugnen. Widerwillig nahm er die dargebotene Hand und schüttelte sie flüchtig, dann ließ er sie los. »Freund? Das war nicht mein Freund, das war bloß ein Seemann, dem ich ein paar Bier spendiert habe und der ... der mir einen Gefallen getan hat.«

»Nun, scheinbar hielt er es für besser, wieder zur See zu fahren, als Euch zu erzählen, daß er mit Eurem Wagen fast in Barrets Kaffeehaus gefahren ist.«

»Davon habe ich gehört«, gab Jacoby zurück. »Nun, wenn er davongelaufen ist, weiß ich jedenfalls wenigstens, warum ich von der ganzen Sache nur durch Hörensagen erfahren habe. Eine Frau hat mir berichtet, jemand hätte meinen Wagen vor Barrets Kaffeehaus abgeladen und die gesamte Ladung davongeschleppt. Ich dachte, der Seemann wäre von Räubern überfallen worden.«

Roo entgegnete darauf: »Nein, Eure Waren sind in Sicherheit.« Er griff in sein Hemd, holte die große Lederbrieftasche hervor und reichte sie Jacoby. »Hier sind die Zollpapiere. Die Fracht haben wir in dem Haus dort drüben untergebracht, wo sie sicher und trocken ist.«

»Wo sind das Pferd und der Wagen?« wollte Jacoby wissen.

»Das Pferd ist verreckt. Wir mußten es aus den Gurten schneiden, und die Abdecker haben es zerlegt und weggebracht.«

»Für die Abdecker werde ich keine einzige Kupfermünze zahlen!« ereiferte sich Jacoby. »Ich hätte das nie erlaubt. Vielmehr hätte ich ein zweites Gespann geschickt und das Pferd wegschleppen lassen.«

»Keine Sorge«, beruhigte ihn Roo. »Der Wagen war ruiniert« – er wußte, das war eine Lüge –, »und so habe ich ihn auch abholen lassen. Mit dem Erlös konnte ich die Kosten für die Träger und den Abdecker bezahlen. Womit wir dann quitt wären.«

Jacoby kniff die Augen zusammen. »Ruiniert, sagst du? Woran hast du das gesehen?«

»Mein Vater war Fuhrmann«, erklärte Roo, »und ich bin oft genug mit ihm gefahren, um zu wissen, daß Eurer nicht ordentlich instand gehalten war« – er wußte, diesmal log er nicht –, »und mit den zerschnittenen Gurten gab er nicht viel mehr her als eine Ladefläche mit vier Rädern« – was ebenfalls stimmte.

Jacoby schwieg einen Moment lang, und seine dunklen Augen ruhten auf Roo, während er nachdachte. »Wie viele Träger waren es?«

»Acht«, blieb Roo diesmal bei der Wahrheit. Jacoby konnte das nur allzuleicht bei der Gilde nachprüfen.

»Bring mich jetzt zu meinen Waren«, verlangte Jacoby.

Roo blickte hinüber zu McKeller. Der alte Mann nickte, und Roo machte sich auf. Der Sturm hatte spät in der letzten Nacht aufgehört, aber die Straßen waren immer noch verschlammt. Jacoby war in einer Kutsche angekommen, und Roo sah es mit stillem Vergnügen, daß der Matsch auf der Straße seine feinen Stiefel und seine Hose besudelte.

Als sie die Tür erreichten, begutachtete Jacoby das Schloß. »Woher hattest du den Schlüssel?«

»Hatte ich nicht«, entgegnete Roo und zog einfach die Haspe weg. Die Schrauben kamen heraus, und eine fiel zu Boden. Roo hob sie auf und steckte sie wieder durch das Loch in der Haspe. »Der Eigentümer dachte wohl, hier würde keiner mehr etwas stehlen können.«

Er schob die Tür auf und führte Jacoby dorthin, wo er die Waren untergebracht hatte. Jacoby machte kurz eine Bestandsaufnahme und fragte dann: »Wo ist der Rest?«

»Der Rest?« fragte Roo unschuldig.

»Da war noch etwas«, beharrte Jacoby, der seine Wut kaum mehr zurückhalten konnte.

Roo war nun klar, wie der Plan ausgesehen hatte. Die Seide war von Kesh in den Hafen Krondors geschmuggelt worden. Von dort aus hatte sie zu Jacoby und Söhne befördert werden sollen, wofür man dem Seemann etwas Gold gezahlt hatte. Falls die Zöllner des Prinzen den Seemann erwischten, konnte Jacoby behaupten, nichts von der Seide gewußt zu haben, und dem Seemann den Schmuggel in die Schuhe schieben. Jeder Gildenfuhrmann hätte die Fracht vor der Abfahrt deswegen überprüft, schon allein, damit er hinterher nicht beschuldigt werden konnte, etwas gestohlen zu haben, was gar nicht geladen war. Doch ein betrunkener Seemann, der kaum in der Lage war, den Wagen zu lenken, dachte natürlich gar nicht erst darüber nach, was hinter ihm auf der Pritsche liegen mochte.

Roo blickte den Mann an und blieb gelassen. »Wenn Ihr zur Stadtwache gehen und Euch beschweren wollt, bitte. Ich kann Euch gleich begleiten. Ich bin sicher, er wird genauso wie das Zollamt daran interessiert sein, was Euch da fehlt und was nicht auf der Ladeliste verzeichnet war.«

Jacoby bedachte Roo mit einem finsteren Blick, aber im gleichen Moment wußte er genausogut wie Roo, daß er nichts machen konnte. Beide Männer waren sich sehr wohl im klaren darüber, welches Spiel der andere spielte, aber an diesem Punkt hatte Jacoby nur zwei Möglichkeiten, und er wählte die nächstliegende.

Er nickte dem Mann zu seiner Rechten zu. Der zog einen Dolch aus seiner Jacke. Jacoby fuhr Roo an: »Sag mir jetzt endlich, was du mit der Seide gemacht hast, oder er schneidet dir das Herz heraus.«

Roo bewegte sich zur Mitte des Zimmers hin, wo er genug Platz hatte, um sich zu verteidigen. Er hatte selbst einen Dolch im Stiefel versteckt, doch er wartete zunächst noch ab. Jacobys Schläger waren vielleicht für einen einfachen Mann bei einer Wirtshausprügelei gefährlich, doch Roo kannte seine Fähigkeiten nur zu gut, und solange die Männer diejenigen nicht übertrafen, mit denen Roo trainiert hatte, würde er sich auch ohne Waffe verteidigen können.

»Steck das Ding lieber wieder weg, bevor du dich damit verletzt«, warnte Roo.

Was auch immer Jacoby erwartet hatte, das jedenfalls nicht. »Macht ihn fertig!« forderte er seine Leibwächter auf.

Der erste Schläger sprang vor, während der zweite das Messer aus dem Gürtel zog. Roo packte den ersten Angreifer am Handgelenk und verdrehte es so, daß dem Kerl der Schmerz bis hinauf in die Schulter schoß, woraufhin Roo ihm dann noch einen harten Stoß auf die besonders empfindlichen Nerven am Ellbogen verabreichte. Rasch wand er dem Mann sodann den Dolch aus der Hand, ließ ihn fallen und stieß die Waffe mit dem Fuß zur Seite. Danach setzte er den Kerl mit einem Tritt in die Weichteile außer Gefecht. Stöhnend ging der Mann zu Boden.

Der zweite Kerl war genauso schnell abgefertigt, und nun zog Jacoby das Messer. »Das hättest du besser nicht getan.« Roo schüttelte nur den Kopf.

Jacoby konnte seine Wut nicht mehr beherrschen, knurrte und ging auf Roo los. Roo trat ihm einfach aus dem Weg, packte seinen Arm, wie er das bei dem ersten Mann getan hatte, und fand die gleiche, schmerzempfindliche Stelle am Ellbogen. Jacoby schrie leise auf, während seine Knie nachgaben und ihm die Tränen in die Augen schossen. Dann wand ihm Roo den Dolch aus der Hand, der zu Boden fiel. Roo hob ihn in aller Ruhe auf.

Jacoby kniete und hielt sich den rechten Ellbogen. Roo reichte Jacoby den Dolch, Heft voran. »Das habt Ihr fallen gelassen.« Der erste Leibwächter versuchte inzwischen, wieder auf die Beine zu kommen. Er würde ein kaltes Bad brauchen, damit die Schwellung in der Leistengegend wieder zurückginge. Der zweite Kerl warf Jacoby einen Blick zu, und die Unsicherheit stand ihm ins Gesicht geschrieben.

Jacoby fragte: »Wer bist du?«

»Heiße Avery. Rupert Avery. Meine Freunde nennen mich Roo. Ihr könnt mich Mr. Avery nennen. Und nicht du, sondern Ihr, wenn ich bitten darf.« Er winkte mit dem Dolch.

Jacoby funkelte Roo nach dieser Bemerkung noch böser an, nahm den Dolch und starrte einen Augenblick lang darauf.

»Macht Euch keine Hoffnungen, ich kann ihn Euch jederzeit wieder abnehmen.«

Jacoby kam auf die Beine. »Was für eine Sorte Kellner seid Ihr eigentlich?«

»Einer von der Sorte, die früher Soldat war. Ich sag Euch das gleich, damit Ihr nicht auf die Idee kommt, mir heute nacht diese beiden Kasper mit einigen Freunden vorbeizuschicken, um mir eine ›Lektion‹ zu erteilen. Dann müßte ich sie nämlich töten. Und zudem müßte ich der Stadtwache erklären, warum Ihr mir eine Lektion erteilen wolltet.

Am besten geht Ihr jetzt zurück in Euer Büro, schickt einen Wagen und holt die Fracht hier ab. Der Besitzer des Hauses wird vielleicht Pacht von Euch verlangen, wenn er bemerkt, daß Ihr es als Lagerhaus benutzt.«

Jacoby machte seinen Leibwächtern ein Zeichen, sie sollten nach draußen gehen, und folgte ihnen zur Tür. Dort blieb er kurz stehen und warf Roo über die Schulter einen Blick zu, ehe er hinaustrat. Noch in der Tür fragte er: »Der Wagen?«

Roo fragte zurück: »Seht Ihr hier einen Wagen?«

Jacoby sagte einen langen Augenblick nichts, dann: »Ihr habt Euch einen Feind gemacht, *Mr.* Avery.«

Roo gab darauf nur zurück: »Da seid Ihr nicht der erste, Jacoby. Und jetzt verschwindet lieber, bevor ich anfange, mich über Euch zu ärgern, und dankt Ruthia« – er schickte einen Blick gen Himmel zur Göttin des Schicksals –, »daß nicht jemand Eure *ganze* Fracht genommen hat und damit verschwunden ist.«

Nachdem Jacoby gegangen war, schüttelte Roo den Kopf. »Diese Leute. Nicht einmal bedanken können sie sich.«

Er ging hinaus, verschloß die Tür und überquerte die Straße. McKeller wartete schon auf ihn. »Das hat aber lange gedauert.«

»Mr. Jacoby glaubte, bei seinen Waren würde etwas fehlen, und er wollte schon Barrets Kaffeehaus dafür verantwortlich machen.

Ich mußte ihm jeden Gegenstand auf der Frachtliste nachweisen, und schließlich war er zufrieden.«

Falls McKeller diese Erklärung nicht überzeugte, schien er doch bereit zu sein, die Lüge für bare Münze zu nehmen. Mit einem Nicken schickte er Roo wieder an die Arbeit. Roo ging zurück in die Küche, wo Jason an der Tür stand. »Machst du gerade Pause?«

Jason nickte.

»Kannst du mir einen Gefallen tun? Geh zum Haus der Söldner und sieh nach, ob mein Cousin Duncan noch in der Stadt ist.« Nach der Zerstörung der Ladung Wein und der Wagen hatte Duncan entschieden, daß aus Roos Plan, das schnelle Geld zu machen, wohl nichts werden würde, und deshalb sah er sich gegenwärtig nach einer Arbeit als Karawanenwächter um.

»Und wenn er noch da ist?« fragte Jason.

»Sag ihm, wir wären wieder im Geschäft.«

Falls Jacoby sich an Roo rächen wollte, so hatte er es jedenfalls nicht eilig damit. Die Nacht verging, und Roo lag in der Dachmansarde über der Küche des Kaffeehauses, die er für sich gemietet hatte. Duncan war mit Jason zurückgekommen und hatte sich beschwert, weil er gerade mit einer großen Karawane nach Kesh hätte aufbrechen können. Jetzt schlief er neben seinem Cousin.

Roo vermutete, Duncan habe gelogen, denn sein Cousin stellte eigene Unannehmlichkeiten gern groß heraus und tat die anderer Leute ab, aber Roo ärgerte sich deswegen nicht. Denn seine Gedanken waren mit der Seide beschäftigt, die er drüben in dem Haus versteckt hatte und die weitaus mehr wert war, als er zunächst geschätzt hatte. Andernfalls hätte Jacoby nicht mit solcher Vehemenz versucht, sie zurückzubekommen. Immerhin war es gut, Duncan bei sich zu wissen, denn Roo brauchte jemanden, auf den er sich verlassen konnte und der ihm den Rücken freihielt, wenn er seinen nächsten Vorstoß in die Welt des Handels wagte.

Die Stunden der Nacht strichen langsam dahin, und Roo fand keinen Schlaf. Einen Plan nach dem anderen heckte er aus und verwarf ihn wieder. Er wußte, mit der Seide würde er sich von dem Rückschlag seines Weinunternehmens erholen können. Doch obwohl er sich dieses Geschäft seinerzeit so schlau ausgedacht hatte, war es bei der Durchführung des Weinhandels offensichtlich geworden, wie unerfahren Roo als Geschäftsmann noch war.

Als es dämmerte, erhob sich Roo und zog sich an. Er ging hinaus in den frühen Morgen und lauschte den Geräuschen der Stadt. Er war in einer Kleinstadt in den Bergen aufgewachsen, und die fremden Geräusche von Krondor hatten eine anregende Wirkung auf ihn: das Kreischen der Möwen, die vom Hafen herüberflogen, das Klappern der Wagen, die über das Pflaster polterten und mit denen Bäcker, Milchmänner und Obsthändler ihre Auslieferungen tätigten. Gelegentlich sah er Handwerker, die sich in der Dunkelheit der Straßen auf den Weg zur Arbeit machten, doch von all diesen gelegentlichen Störungen abgesehen lag die Stadt noch wie verlassen da. Roo schlenderte hinüber zu dem alten Haus. Vom ersten Augenblick an hatte ihn dieses einst reich ausgestattete Domizil angezogen. Er sah sich an den großen Fenstern im ersten Stock stehen, wie er hinunter auf die belebte Kreuzung zwischen seinem Heim und dem Kaffeehaus blickte. Mehr und mehr war dieses Haus für Roo zu einem Symbol geworden, zu einem Ziel mit Hand und Fuß, mit dessen Erreichen er der Welt einst zeigen könnte, welch bedeutender Mann er geworden war.

Er betrat das dunkle Haus und sah sich um. Im fahlen Licht, das in die Eingangshalle fiel, konnte er gerade noch die Konturen der Treppe ausmachen, unter der er die Seide gelagert hatte. Plötzlich neugierig, wie es wohl oben aussähe, stieg er die Treppe hinauf.

Oben blieb er stehen. Die Treppe wand sich nach rechts, wo sie in einem Balkon endete, von dem aus man die Eingangshalle überblicken konnte. Er sah die dunkle Form des Kristallüsters und fragte sich, welchen Glanz er in vollem Kerzenlicht verbreiten mochte.

Er drehte sich um. Der Korridor führte in pechschwarze Dunkelheit. Er konnte kaum den Knauf der ersten Tür auf der rechten Seite erkennen, hinter der sich jenes Zimmer verbergen mußte, von dem aus man auf die Straße hinuntersehen konnte. Er öffnete die Tür. Das Zimmer lag still im dämmrigen Licht des grauen Morgens da.

Abgesehen von einigen Lumpen und ein paar Scherben zerbrochenen Geschirrs war es leer. Roo stellte sich ans Fenster und blickte hinaus. Der Eingang des Kaffeehauses gegenüber lag noch im Zwielicht. Ein Schauder rann ihm den Rücken hinunter, als er die Hand ausstreckte und die Wand berührte.

Reglos blieb er stehen, bis die Sonne im Osten aufging und sich die Straße unten mit Leuten füllte. Der Lärm der Menschen unten raubte ihm die heimliche Stille, die er wie sein persönliches Eigentum betrachtet hatte, und schwacher Ärger keimte in ihm auf.

Rasch strich er durch die anderen Zimmer, denn in seiner Neugier wollte er jeden Zoll des Hauses kennenlernen. Er entdeckte hinten eine große Zimmerflucht, verschiedene andere Gemächer, ein Ankleidezimmer und eine Hintertreppe für die Dienstboten. Ein weiteres Stockwerk schien zu gleichen Teilen als Arbeitsbereich der Bediensteten und als Lagerraum gedient zu haben. Zumindest ließen feine Stoffetzen und ein Fingerhut darauf schließen, daß hier die Herrin des Hauses einst ihre Schneiderin getroffen hatte.

Roo besichtigte das ganze Haus, und als er damit fertig war, verließ er es mit tiefem Bedauern. Er schloß die Tür hinter sich und gab sich das Versprechen, eines Tages als Besitzer zurückzukehren.

Als er nun wieder die Straße überquerte, fiel ihm der Fetzen Stoff auf, den er in der Hand hielt. Er betrachtete ihn nun genauer. Es war ein ausgeblichenes Stück einst feinster Seide, die nun von Schmutz fleckig und von den Jahren vergilbt war. Ohne eigentlich zu wissen, warum er es tat, steckte er den Fetzen in die Tasche seines Hemds und ging hinüber zum Kaffeehaus.

Die Türen schwangen auf, als er die kleine Gasse zum Hinterhof betrat, und er wußte, daß er zu spät war. Heute wäre es an ihm gewesen, das Kaffeehaus zu öffnen.

Roo kehrte in sein Zimmer zurück, band sich die Schürze um und eilte in die Küche, wo er sich, ohne aufzufallen, zu den anderen Kellnern gesellte. Duncan oben hatte sich nicht gerührt, und der Ballen Seide befand sich nach wie vor sicher verstaut unter der Treppe.

Roo wußte, ein langer Tag lag vor ihm, bis er am Abend endlich freihaben würde und darangehen konnte, sein Vermögen aufzubauen.

Während der Mittagspause kam Duncan zu ihm. Roo ging mit ihm in den Hinterhof des Kaffeehauses und fragte: »Was ist los?«

»Es ist nicht gerade sehr unterhaltsam, in der Mansarde oben herumzusitzen und zu warten, Cousin. Vielleicht könnte ich inzwischen einen Käufer für –«

Ein warnender Blick brachte ihn zum Schweigen. »Ich habe bereits Pläne gemacht. Aber falls du etwas tun willst, geh hinüber in den Hof des leeren Hauses und sieh dir den Wagen an. Dann kannst du mich wissen lassen, was wir brauchen, um die Zuggurte zu reparieren. Du bist zwar kein Fuhrmann, aber du bist oft genug mit Wagen gefahren, um ungefähr Bescheid zu wissen. Wenn wir neues Lederzeug kaufen müssen, sagst du mir das. Und wenn wir die alten Gurte reparieren können, um so besser.«

»Und dann?« bohrte Duncan weiter.

Roo griff in die Hemdtasche und holte das Goldstück heraus, das er McKeller abgenommen hatte. »Hol dir was zu essen, und dann kauf alles, was wir brauchen, um den Wagen wieder fahrtüchtig zu machen. Und zwar für ein Gespann mit zwei Pferden.«

»Warum?« wollte Duncan wissen. »Für das Geld bekommen wir vielleicht all das, was du mir aufgetragen hast, aber nicht auch noch zwei Pferde. Und was willst du eigentlich damit befördern?«

Roo erwiderte lediglich: »Ich habe eben einen Plan.«

Duncan schüttelte den Kopf. »Deine Pläne sind gewöhnlich nicht gerade von Erfolg gekrönt, Cousin.« Roos Miene umwölkte sich, und er wollte gerade wütend dagegenhalten, als Duncan fortfuhr: »Aber egal, es ist dein Gold, und ich habe sowieso nichts Besseres zu tun.« Sein Lächeln ließ Roos Ärger sich in Rauch auflösen, noch bevor er richtig hatte aufkommen können, und Roo mußte über Duncans spitzbübische Art grinsen.

»Also ab mit dir«, trieb ihn Roo an. »Und ich werde inzwischen das Geld verdienen, welches wir zum Leben brauchen.«

Roo kehrte in die Küche zurück. Seine Pause war zu Ende, und er bedauerte es, seine kargen freien Minuten mit Duncan verbracht anstatt etwas gegessen zu haben, wie es eigentlich vorgesehen war. Mit einem Mal spürte er das Loch in seinem hungrigen Magen, und so zog sich der Tag noch zäher dahin.

»Bist du sicher, daß du weißt, was du tust?« fragte Duncan.

»Nein!« gab Roo zurück. »Aber mir ist nichts anderes eingefallen.« Er faßte nach, damit ihm das Ende des Ballens Seide, welches er trug, nicht aus den Händen glitt.

Sie standen vor einem bescheidenen Haus, das an der äußersten Grenze des Händlerviertels lag. Duncan trug das andere Ende des langen Ballens, welcher noch immer in die Tischdecke aus Barrets Kaffeehaus eingewickelt war. Diese Ecke der Stadt gehörte zwar nicht zu den verkommensten Vierteln, aber ganz sicher konnte man sich hier dennoch nicht fühlen. Nur eine Straße weiter würde ein Reisender Häuser vorfinden, um die sich niemand kümmerte, die von Arbeiterfamilien bewohnt wurden und wo sich oft mehrere Familien, vier oder fünf Menschen je Zimmer, eine Wohnung teilten. Roo schüttelte den Kopf. Das

Haus von Helmut Grindle sah genauso aus, wie er es sich vorgestellt hatte.

Er klopfte an die Tür.

Nach einer Weile verlangte die Stimme einer Frau zu wissen: »Wer ist da?«

»Ich heiße Rupert Avery, und ich suche Helmut Grindle, einen Händler, mit dem ich befreundet bin.«

Ein gut verborgenes Guckloch in der Tür wurde geöffnet – Roo bemerkte es nur wegen des leichten Lichtscheins dahinter –, und einen Augenblick später ging die Tür auf.

Eine einfach aussehende junge Frau erschien, mollig, mit hellbraunem Haar, welches mit einem einfachen, dunklen Band zurückgebunden war. Sie hatte die blauen Augen mißtrauisch zusammengekniffen, bat sie jedoch herein. »Wenn Ihr bitte einen Augenblick warten würdet, Sir.«

Roo und Duncan traten ein. Das Mädchen drehte sich um, und Roo bemerkte, daß sie ein einfaches, doch sorgfältig geschneidertes und ebenso sorgfältig gepflegtes Kleid trug. Ein Gedanke schoß ihm durch den Kopf, und sein Gesicht umwölkte sich.

»Was ist?« fragte ihn Duncan im Flüsterton, als sie allein waren.

»Ich hoffe, das ist nur die Magd«, gab Roo seinem Argwohn Ausdruck.

Ein paar Minuten später trat ein schmalschultriger, gebeugter Mann ein, blickte Roo an und begrüßte ihn: »Avery! Ich habe gehört, sie hätten dich aufgehängt.«

»Begnadigt vom König höchstselbst«, erwiderte Roo, »und jeder, der es mir nicht glaubt, kann im Palast nachfragen. Soll sich an meinen guten Freund Herzog James wenden.«

Grindles Augen begannen zu strahlen. »Ich werde jemanden schicken.« Er winkte sie durch eine Vorhangtür. »Kommt herein.«

Sie verließen die einfache Eingangshalle und betraten einen

sehr fein ausgestatteten Salon. Die Einrichtung entsprach dem, was Rupert erwartet hatte, nach allem, was Grindle ihm vor Jahren auf der Fahrt nach Krondor erzählt hatte.

Grindle war ein Händler, der sich auf Luxuswaren spezialisiert hatte, denn diese waren klein und leicht zu befördern. In einfachen Wagen fuhr er kreuz und quer durch das Königreich und verpackte seine Waren stets so, als würde sich ihretwegen ein Überfall nicht lohnen, obwohl Grindle in Wirklichkeit stets größere Werte transportierte, als Roo sie während seines jungen Lebens je zu Gesicht bekommen hatte. Und Roo hatte schließlich schon eine ganze Anzahl Wagen be- und entladen.

Die junge Frau kehrte zurück, und Grindle trug ihr auf: »Karli, bring uns ein bißchen Wein.« Er bot den beiden Männern Platz an, und Duncan setzte sich. Roo stellte seinen Cousin dem Händler vor und fügte dann hinzu: »Ich hoffe, wir stören nicht.«

»Aber natürlich stört ihr«, antwortete Grindle taktlos. »Doch ich vermute, daß du etwas vorhast, das mich interessieren könnte, und diese Art von Unsinn finde ich meist sehr unterhaltsam.« Er blickte auf den Ballen, den Duncan und Roo abgelegt hatten. »Und bestimmt hat es etwas mit diesem großen Paket zu tun.«

Das Mädchen, welches – wie Roo zu seiner Erleichterung feststellte – tatsächlich das Dienstmädchen zu sein schien, brachte ein Tablett mit drei Silberbechern und einer Karaffe Wein. Roo nippte daran und lächelte. »Nicht der allerbeste, aber auch nicht der schlechteste, Meister Händler.«

Grindle lächelte ebenfalls. »Du kommst aus Finstermoor, jetzt fällt es mir wieder ein. Weinland. Nun denn, vielleicht kannst du mir einen Anlaß liefern, der es wert wäre, eine wirklich gute Flasche Wein zu entkorken. Was hast du für Pläne, und wieviel Gold brauchst du?«

Seine Stimme klang offen, aber Roo konnte das Mißtrauen in den Augen des Händlers lauern sehen. Dieser Mann war so scharfsinnig wie wenige, denen Roo bisher begegnet war, und er roch ein einträgliches Geschäft, ehe Roo noch davon träumen konnte. Wenn er versuchen würde, diesen Mann über den Tisch zu ziehen, würde er sich dabei vermutlich ins eigene Fleisch schneiden.

Roo nickte, und Duncan wickelte den Ballen aus. Als die Seide schließlich zum Vorschein kam, trat Duncan zurück.

Grindle kniete sich hin und begutachtete den Stoff. Vorsichtig nahm er ein Ende hoch und befühlte die Seide. Er hob den Ballen ein Stück in die Höhe und überschlug das Gewicht und danach die Länge. Von der Größe des Ballens her kannte er die Breite ja. »Weißt du, was du hier hast?« fragte er.

Roo zuckte mit den Schultern. »Aus Kesh, denke ich.«

»Ja«, bestätigte Grindle. »Vom Kaiserhof. Diese Seide war ursprünglich für das Plateau des Kaisers bestimmt. Dort werden kleine Röcke und andere Kleidungsstücke daraus gefertigt, die allein die keshianischen Reinblütigen tragen.« Ein berechnender Ausdruck trat auf sein Gesicht. »Wie ist das in deinen Besitz gekommen?«

»Nun ja, es war in gewisser Weise eine Bergung«, erklärte Roo. »Es gab niemanden, der hätte beweisen können, daß es ihm gehört –«

Grindle lachte, während er sich wieder auf seinem Stuhl niederließ. »Natürlich nicht. Es ist ein Staatsverbrechen, diese Seide aus dem Kaiserreich zu schmuggeln.« Er schüttelte den Kopf. »Es ist zwar nicht die beste der Welt, aber diese Reinblütigen legen einen seltsamen Eigensinn an den Tag, was Dinge betrifft, die mit ihrer Geschichte und ihrer Tradition verbunden sind. Sie mögen einfach den Gedanken nicht, jemand anderes als sie selbst könnte solche Sachen besitzen und tragen. Was sie natürlich für jene eitlen Adligen des Königreichs, für die dieser Stoff nicht bestimmt ist, noch wertvoller und anziehender macht.«

Roo erwiderte nichts. Er blickte Grindle nur an. Schließlich erkundigte sich der alte Mann: »Also, was hat dieses Stück Schmuggelware mit dem Plan zu tun, der in den Windungen deines Schädels kreist, Rupert?«

»Ich hatte eigentlich keinen rechten Plan«, mußte Roo passen. Er schilderte kurz, wie er versucht hatte, Wein aus Finstermoor nach Krondor zu bringen, und zu seiner Überraschung schmetterte Grindle diese Idee keinesfalls nieder. Als er über seine Auseinandersetzung mit den Spöttern und die tödliche Begegnung mit Sam Tannerson erzählte, gebot ihm Grindle mit einer Geste zu schweigen.

»Da triffst du die Sache im Kern, Junge.« Er nippte an seinem Wein. »Wenn du mit so etwas handelst« – er deutete auf die Seide –, »müssen du oder dein Handelspartner sich auf die Spötter einlassen.« Er tippte sich mit dem knochigen Zeigefinger ans Kinn. »Trotzdem gibt es einige Schneider, die viel dafür bezahlen würden.«

»Weshalb ist diese Seide so teuer, ich meine, abgesehen von diesem kaiserlichen Getue?« ließ Duncan seiner Neugier freien Lauf.

Grindle zuckte mit den Schultern. »Den Gerüchten nach stammen die Fäden von riesigen Würmern oder Spinnen oder ähnlich unglaublichen Geschöpfen, und nicht von gewöhnlichen Seidenraupen. Ich habe keine Ahnung, ob das stimmt, doch eins ist sicher: Diese Seide kann man jahrelang tragen, ohne daß sie den Glanz oder die Form verliert. Und das kann man von anderer Seide nicht behaupten.«

Wieder wurde es im Zimmer still. Schließlich stellte Grindle fest: »Du hast immer noch nicht verraten, was du eigentlich von mir willst, Roo.«

»Ihr habt mir schon einmal sehr geholfen, Meister Grindle«, setzte Roo an. »Um die Wahrheit zu sagen, ich habe einen Wagen, aber keine Pferde, und ich wollte das hier verkaufen. Ich dachte, Ihr wüßtet vielleicht einen Käufer und könntet mir zudem einen anständigen Preis nennen.«

Man konnte sehen, wie der Händler rechnete. »Könnte sein.« Er nickte einmal und fügte hinzu: »Ja, ich könnte dir wohl helfen.«

Duncan wickelte die Seide wieder ein, und Grindle rief: »Karli!« Das Mädchen erschien einen Augenblick später, und Helmut Grindle bat sie: »Mein Töchterlein, bring doch eine Flasche von dem Guten aus Oversbruk, welcher Jahrgang war das noch …?«

»Ich weiß schon, Vater.«

Roo sah von Vater zu Tochter und grinste. Und zwar aus zwei Gründen. Erstens war das Mädchen nicht die Magd, sondern die Tochter. Insgeheim seufzte er, wandte sich ihr zu und lächelte sie an. Der zweite Grund war die Wahl des Weines. Er wußte genau, was Grindle gleich anbieten würde: einen sehr süßen, advarianischen Wein, der im kalten Klima der Heimat von Grindles Vorfahren gedieh. Roo kannte sich mit süßen Weinen nicht besonders gut aus, und er hatte nur einmal einen getrunken: als er vom Wagen seines Vaters eine Beerenauslese gestohlen hatte. Und danach hatte er unter dem schlimmsten Kater seines jungen Lebens gelitten. Doch wollte er nichts mehr, als Grindle zu gefallen, und wenn der es verlangte, würde er eine ganze Flasche dieses kostbaren Weins herunterkippen. Und, indem er einen Blick auf das mollige und schlichte Mädchen warf, wußte er, er würde auch der Tochter gefallen wollen.

Sein unverwandter Blick ließ das Mädchen erröten, während es das Zimmer verließ. »Na, na, na, du junger Gauner«, entfuhr es Grindle.

Roo zwang sich ein Lächeln auf die Lippen. »Nun, wie soll man die Augen von diesem hübschen Mädchen wenden.«

Grindle platzte schallend heraus. »Ich habe dir doch schon einmal gesagt, Avery, dein schlimmster Fehler ist es, daß du glaubst, alle anderen Leute wären nur halb so schlau wie du.«

Roo hatte den Anstand, nun seinerseits zu erröten, und als das Mädchen mit dem süßen Weißwein zurückkam, sagte er nichts. Nachdem sie einen Trinkspruch gesprochen hatten, bei dem Duncan etwas Allgemeines über Glück und die Hoffnung auf ein günstiges Schicksal ausdrückte, meinte Roo: »Also werden wir wohl ins Geschäft kommen?«

Helmut Grindles Miene wechselte von freundlichem Lächeln zu steinerner Kühle. »Vielleicht.« Er beugte sich vor. »Ich kann in deinem Gesicht lesen wie in einer Bekanntmachung, die an einem Wirtshaus hängt, Roo Avery, und darum will ich einige Dinge gleich klarstellen.

Ich habe genug Zeit mit dir und deinem Freund Erik verbracht, um dich recht gut zu kennen. Du bist schlau, du bist scharfsinnig, und das ist nicht das gleiche; du bist von Natur aus gerissen, aber du bist ebenso bereit zu lernen.« Er senkte die Stimme. »Ich bin ein alter Mann mit einer ledigen Tochter, der niemand den Hof macht, ohne auf meine Geldbörse zu schielen.« Er wartete, und als Roo nichts sagte, nickte er und fuhr fort. »Aber ich werde auch nicht ewig leben, und wenn ich eines Tages tot bin, möchte ich an meinem Totenbett Enkelkinder sitzen haben, die mich betrauern. Falls der Preis für diese Eitelkeit darin besteht, meinen Schwiegersohn unter jenen suchen zu müssen, für die meine Geldbörse anziehender ist als meine Tochter, nun, dann soll es eben so sein. Aber ich werde ihr den Besten aussuchen. Ich will einen Mann, der sich anständig um meine Enkel und ihre Mutter sorgt.« Noch leiser sprach er: »Und zudem brauche ich jemanden, der mein Geschäft weiterführt. Ich weiß nicht, ob du dieser Mann bist, aber immerhin besteht die Möglichkeit.«

Roo blickte dem alten Mann geradewegs in die Augen, und er entdeckte in ihnen einen eisernen und unbeugsamen Willen, wie er ihn noch bei wenigen Männern gesehen hatte, von denen Bobby de Loungville jedoch einer war. Er antwortete nur: »Falls es so sein soll …«

»Also gut«, befand Grindle. »Damit wären die Karten also auf dem Tisch, wie die Spieler sagen.«

Duncan machte den Anschein, als könne er das, was hier besprochen wurde, unmöglich glauben, doch er lächelte einfach nur, ganz so, wie er gelächelt hätte, wenn sie nur über den Wein geplaudert hätten.

»Was soll ich denn mit der Seide anfangen?« fragte Grindle.

Roo dachte nach. »Ich brauche nur etwas Anfangskapital. Ihr nehmt die Seide und gebt mir Pferde, laßt meinen Wagen reparieren und gebt mir eine Fracht und ein Ziel. Dann werde ich Euch zeigen, was ich kann.«

Grindle rieb sich das Kinn. »Diese Seide wäre schon eine anständige Sicherheit.« Er fuchtelte in der Luft herum und schien im Kopf zu rechnen. »Eine Sache noch, ehe ich mich zu einem Ja durchringe. Wer wird sich wegen dieser Seide auf deine Fersen setzen?«

Roo blickte Duncan an, der zuckte mit den Schultern. Roo hatte ihm von dem Zwischenfall mit Jacoby erzählt, und Duncan schien nicht zu glauben, daß man es unbedingt geheimhalten sollte.

»Ich schätze«, klärte Roo Grindle auf, »Tim Jacoby hat die Seide von Kesh hereingeschmuggelt. Oder zumindest war er der Empfänger. In jedem Fall ist er nicht besonders über den Verlust erfreut.«

»Jacoby?« fragte Grindle und grinste. »Sein Vater und ich sind alte Feinde. Wir waren früher einmal Freunde, als Jungen. Ich habe gehört, sein Sohn Randolph wäre ein anständiger Kerl, aber Timothy schlägt wohl ein bißchen aus der Art, er ist ein regelrechter Schurke. Wenn ich dir helfe, mache ich mir also wenigstens keine neuen Feinde.«

»Demnach sind wir im Geschäft?« fragte Roo.

»Hat ganz den Anschein«, erwiderte Grindle. Er schenkte Wein nach. »Dann wollen wir darauf trinken.«

Sie tranken, und nach dem zweiten Glas erkundigte sich Duncan: »Ihr habt nicht noch eine zweite Tochter, oder? Eine hübsche vielleicht?«

Roo bedeckte die Augen, riß sie jedoch auf, als Grindle aus vollem Halse lachte. Der Händler war von der Frage überaus belustigt.

Sie tranken die Flasche leer und beredeten viele Dinge, doch im wesentlichen schmiedeten Helmut Grindle und Rupert Avery Pläne, besprachen Handelstaktiken, Waren und Routen, und nach einer Weile war Duncan eingeschlafen, ohne daß die beiden es gemerkt hätten. Und genausowenig hatten sie bemerkt, daß Karli Grindle die leere Flasche gegen eine volle ersetzt, die abgebrannte Kerze gegen eine frische ausgetauscht und sich schließlich zurückgezogen hatte.

Bis tief in die Nacht saßen die beiden Männer da und redeten.

»Paß auf!« meinte Roo.

Duncan nickte. »Hab sie gesehen.«

Sie fuhren mit einem Wagen die Küstenstraße entlang und befanden sich genau südlich von Sarth, dem nächsten sicheren Hafen nördlich der Stadt Krondor. Der Wagen war zu Roos Zufriedenheit repariert worden, und die Pferde waren gute Tiere. Grindle hatte ihm versichert, daß sein Teil der Gewinne aus dem Verkauf der Seide sich für eine Beteiligung an diesem Unternehmen als ausreichend erweisen würde.

Eine Gruppe bewaffneter Männer hatte sich in der Nähe der Straße versammelt und schien eine Besprechung abzuhalten. Während der Wagen näher kam, lenkte einer der Männer die Aufmerksamkeit der anderen darauf, und als Roo und Duncan sie erreicht hatten, hatten sich die Männer auf der Straße vor ihnen aufgebaut. Der vorderste hielt die Hand hoch.

»Wer verwehrt mir das Wegerecht auf der Straße des Königs?« wollte Roo wissen.

»Niemand«, gab der Anführer zurück, »aber die Zeiten sind hart, und wir müssen Euch fragen, ob Ihr bewaffnete Männer gesehen habt, die an Euch vorbei in Richtung Süden geritten sind.«

»Nein«, antwortete Duncan.

»Um wen handelt es sich?« erkundigte sich Roo.

»Um Banditen, die uns gestern abend angegriffen haben. Ungefähr zwanzig, vielleicht auch mehr«, erteilte ein anderer der Männer Auskunft.

Der Anführer warf dem Mann einen bösen Blick zu, dann wandte er sich wieder an Roo. »Banditen. Sie haben gestern abend zwei Händler überfallen, ihre Läden geplündert und dann zwei Gasthäuser in der Stadt ausgeraubt.«

Roo blickte Duncan an. Sein Cousin wirkte amüsiert. Der Nachmittag war halb vergangen, und in der Nähe stand ein Faß Bier. Roo war sicher, daß diese »Soldaten« seit dem Morgen nichts anderes getan hatten, als darüber zu reden, wie sie am besten vorgehen sollten.

»Seid ihr die Bürgerwehr der Stadt?« fragte Roo.

Der Anführer plusterte sich auf. »Jawohl, die sind wir! In den Diensten des Herzogs von Krondor, doch Freie, die ihre Stadt beschützen.«

»Also dann«, schlug Roo vor, während er die Pferde wieder vorantrieb, »solltet Ihr die Räuber besser sofort verfolgen.«

Der Mann, der gesprochen hatte, klagte: »Aber das ist ja gerade das Problem. Wir wissen nicht, in welche Richtung sie geflohen sind. Und daher sind wir nicht sicher, wohin wir reiten sollen.«

»Nach Norden«, verkündete Roo.

»Habe ich es nicht gesagt!« Der Mann, der sich vorher schon eingemischt hatte, meldete sich erneut zu Wort.

»Warum nach Norden?« verlangte der Anführer von Roo zu wissen.

»Weil wir auf dieser Straße sind, seit wir von Krondor aufgebrochen sind. Wenn die Banditen nach Süden geflohen wären, hätten wir sie gesehen. Aber seit dem Morgen haben wir niemanden mehr gesehen. Deshalb müssen sie wohl nach Norden, nach Falkenhöhle oder Questors Sicht aufgebrochen sein.« Roo kannte sich mit Geographie nicht besonders gut aus, aber die Handelswege waren ihm durchaus vertraut. Hinter der nordöstlichen Abzweigung, die hinauf zum Calastiusgebirge führte, gab es keine gut befahrbaren Wege nach Süden mehr.

Einer der betrunkeneren Soldaten fragte: »Und wieso nicht nach Westen oder Osten?«

Roo schüttelte den Kopf. Er wandte sich an den Anführer. »Feldwebel?« Der Mann nickte. »Feldwebel, falls sie nach Westen wollten, bräuchten sie Boote und keine Pferde, und im Osten liegt was?«

»Nur Berge und die Straße zur Abtei von Sarth.«

»Also sind sie nach Norden gezogen«, befand Roo. »Scheinbar wollen sie nach Ylith, denn wo sonst sollen sie das verscherbeln, was sie hier erbeutet haben?«

Das genügte dem Anführer. »Männer, wir reiten los!«

Die Abordnung der Bürgerwehr brach hastig auf, wobei einige der Verteidiger von Sarth Schwierigkeiten hatten, sich auf den Beinen zu halten.

Roo und Duncan fuhren weiter und sahen zu, wie die kleine Truppe ausschwärmte, um sich in der Stadt Pferde zu besorgen.

»Glaubst du, sie werden die Banditen finden?« fragte Duncan.

»Nur, wenn sie sehr viel Pech haben«, meinte Roo.

»Wo sind die Truppen des Prinzen?« fragte Duncan weiter.

»Kümmern sich vermutlich um die Geschäfte des Prinzen«, gab Roo zurück. Sarth war dem Prinzen direkt unterstellt, was bedeutete, daß es dort keinen eigenen Grafen, Baron, Herzog oder ähnliches gab, dem Frondienste geleistet werden mußten und der im Austausch dafür Schutz bot. Die Soldaten von Krondor ritten zwischen der Stadt selbst und den Grenzen des Herzogtums Yabon im Norden Patrouille. Doch für die örtlichen Angelegenheiten waren Bürgerwehren oder Wachtmeister zuständig. Sie mußten den Frieden sichern, bis wieder einmal eine solche Patrouille eintraf, oder sie mußten sie zur Hilfe anfordern.

Die Fahrt hatte für Roo und Duncan gut angefangen. Roo hatte in Barrets Kaffeehaus gekündigt und hatte mit Erstaunen zur Kenntnis genommen, daß McKeller darüber so etwas wie Bedauern geäußert hatte. Und Roo hatte Jason zum Abschied versprochen, er würde ihm, falls das Schicksal es gut mit ihm meinte, eines Tages eine Stelle anbieten können, die seinem scharfen Verstand mehr entspräche als die Kellnerei.

Helmut Grindle hatte Roo in sein Geschäft aufgenommen. Immer wieder hatte er gesagt, wie gut der Junge, so nannte Grindle Roo, zu seiner Tochter Karli paßte. Bei einigen seiner Bemerkungen war das Mädchen errötet, wenn sie sie zufällig mit anhörte, aber Grindle hatte sich zu keiner Zeit Sorgen darüber gemacht, was seine Tochter von dieser Angelegenheit halten mochte.

Roo hatte oft mit Erik darüber gescherzt, Helmut Grindles häßliche Tochter zu heiraten, und jetzt, wo ihm dies tatsächlich bevorstand, dachte er an diese Witzeleien zurück. Das Mädchen war keinesfalls häßlich, aber sie war auch nicht besonders attraktiv. Er wußte, wenn er erst reich genug war, konnte er sich hübsche Geliebte leisten, und seine vorrangige Verpflichtung Grindle gegenüber würde darin bestehen, seiner Tochter Kinder zu machen und die Enkel des alten Mannes zu nähren und zu versorgen. Roo wußte zudem, daß er, wenn er auf Grindles Besitz aufbauen konnte, den er ja irgendwann erben würde – nun, eigentlich würde Karli ihn erben, aber das war schließlich das gleiche –, ein hübsches Sümmchen zur Verfügung haben würde, und falls er damit arbeiten konnte, boten sich ihm für die Zukunft die besten Aussichten.

Roo hatte seine verschiedenen Pläne mit Duncan durchgesprochen, aber sein Cousin hatte nur ein flüchtiges Interesse an Geschäften – hauptsächlich galt dieses der Bezahlung und deren Höhe und dem Ort, an dem er die nächste Hure finden konnte. Unterwegs mit Duncan hatte Roo einiges aufgeschnappt, und mittlerweile verbrachte er die Nacht ebenfalls lieber in Gesellschaft der Dienstmagd eines Gasthauses denn allein, was Duncans Einfluß zu verdanken war. Immer wieder erstaunte es ihn jedoch, wie sehr Duncan nur eines im Sinn hatte: der hübschen Tochter eines Wirtes schöne Augen zu machen. Der Mann besaß eine Leidenschaft für Frauen, die über jedes normale Maß bei einem jungen Mann hinausging.

Duncan teilte auf der anderen Seite nicht im geringsten Roos

Leidenschaft für Reichtum. Er war weitgereist, hatte gekämpft, geliebt, getrunken und gut gespeist. Doch während er stets auf schnellverdientes Geld aus war, versuchte er harter Arbeit, soweit es irgendwie möglich war, aus dem Weg zu gehen.

Roo lenkte das Gespann durch das südliche Ende von Sarth. Als er eine aufgebrochene Tür sah, hielt er an. »Paß mal auf die Sachen auf!« wies er Duncan an und sprang vom Kutschbock.

Er betrat das Geschäft und erfaßte mit einem Blick, daß es vollkommen ausgeplündert worden war. »Guten Tag«, grüßte er den Händler, der ihn mit einer Mischung aus Gereiztheit und Hilflosigkeit ansah.

»Guten Tag, mein Herr«, erwiderte der Händler seinen Gruß. »Wie Ihr sehen könnt, kann ich Euch im Augenblick nicht wie gewohnt dienen.«

Roo betrachtete den Händler, einen Mann mittleren Alters, der um die Hüften in die Breite ging. »Davon habe ich gehört. Ich bin ebenfalls Händler, Rupert Avery.« Er streckte die Hand aus. »Ich bin unterwegs nach Ylith, aber vielleicht kann ich Euch irgendwie dienlich sein.«

Der Händler schüttelte die angebotene Hand verwirrt. »Ich bin John Vinci. Wie habt Ihr das gerade gemeint?«

»Wie gesagt, ich bin ebenfalls Händler, und ich könnte Euch vielleicht mit einigen Waren aushelfen, die Ihr ersetzen müßt.«

Augenblicklich veränderte sich die Haltung des Mannes, und er betrachtete Roo mit einem Gesichtsausdruck, als hätte er plötzlich jede Münze, die er besaß, auf eine Karte gesetzt. »Welche Art Waren?«

»Nur die feinsten, und ich wollte eigentlich nach Ylith, wo ich dann wieder Waren für Krondor einkaufen wollte, aber vielleicht könnte ich etwas für Euch tun, wenn Ihr mir im Gegenzug jene Waren besorgen könntet, die ich in Ylith kaufen wollte.«

Der Mann fragte abermals: »Welche Art Waren?«

»Waren, die man leicht in kleinen Mengen transportieren

kann, die jedoch trotzdem von solcher Güte sind, um mir einen reichen Gewinn zu bescheren.«

Der Händler betrachtete Roo einen Augenblick lang und nickte. »Ich verstehe. Ihr verkauft teures Spielzeug für die Adligen.«

»So könnte man es ausdrücken.«

»Nun, ich brauche wenig Kostbarkeiten hier, aber ich könnte schon ein paar Ballen kräftigen Leinens, einige Stahlnadeln und andere Waren gebrauchen, wie sie die Menschen in der Stadt eben verlangen.«

Roo nickte. »Ich könnte eine Liste mit nach Ylith nehmen und wäre in zwei Wochen wieder zurück. Was könnt Ihr mir denn anbieten?«

Der Händler zuckte mit den Schultern. »Ich hatte einen kleinen Batzen Gold angespart, aber die Schweinehunde haben ihn gleich gefunden.«

Roo lächelte. Der Händler hatte bestimmt nur eine kleine Kassette mit Gold an einem offensichtlichen Ort versteckt, damit die Banditen glaubten, sie hätten alle seine Schätze gefunden, doch mit Gewißheit hielt er irgendwo noch zahlreiche Münzen verborgen. »Habt Ihr denn sonst nicht irgend etwas von Wert?«

Der Händler zuckte mit den Schultern. »Ein paar Dinge, aber nichts Einzigartiges.«

»Einzigartiges ist nur für die wenigsten Kunden gut«, meinte Roo. Er rieb sich das Kinn und fragte: »Vielleicht etwas, das bei Euch schon lange auf seinen Käufer wartet, den es in Krondor schnell finden würde?«

Der Händler stand einen Moment lang reglos da, dann forderte er Roo auf: »Kommt mit.«

Er führte Roo durch das Hinterzimmer des Ladens und über einen kleinen Hof in sein Haus. Eine blasse Frau arbeitete in der Küche, während zwei kleine Kinder sich um ein Spielzeug stritten. Der Mann sagte: »Wartet hier«, ohne Roo seiner Frau vorzustellen, und stieg eine kleine Treppe hinauf. Kurz darauf kehrte er mit einem lederbezogenen Kästchen zurück.

Roo nahm das Kästchen und öffnete es. Darin lag ein einziges Schmuckstück, ein Smaragdhalsband. Es war zudem mit geschliffenen Diamanten besetzt, wenn auch winzigen, und die Goldarbeit war exzellent ausgeführt. Roo hatte keine Ahnung, wieviel es wert sein mochte, aber es war sicherlich gut genug, um auch den ältesten Juwelier zweimal hinschauen zu lassen.

»Was wollt Ihr dafür?«

»Ich habe es als Notgroschen aufbewahrt, falls wir einmal eine Katastrophe erleben«, erklärte der Händler, »und ich denke, gestern haben wir eine erlebt.« Er zuckte mit den Schultern. »Ich brauche dringend neue Waren. Mein Geschäft wird eingehen, wenn ich meine Kunden nicht bedienen kann.«

Roo schwieg einen Moment, dann schlug er vor: »Also, ich werde das Folgende tun: Ihr gebt mir eine Liste mit allem, was Ihr braucht, und die gehen wir zusammen durch. Falls wir uns über einen Preis einigen können, dann bringe ich Euch die Sachen von Ylith mit, ungefähr in zwei Wochen, vielleicht sogar schon in zehn Tagen, und dann seid Ihr wieder im Geschäft.«

Der Mann runzelte die Stirn. »Es gibt hier einen Lieferanten aus Queg, der ist in weniger als einer Woche fällig.«

»Ja, aber wer sagt Euch, daß er die Waren bei sich führt, die Ihr benötigt?« erwiderte Roo. »Was hilft es Euch, wenn er ein Sklavenhändler ist?«

Der Mann schüttelte den Kopf. »Natürlich nichts, aber in diese Gegend verirren sich nur selten Sklavenhändler.« Im Königreich war Sklaverei verboten, außer was verurteilte Schwerverbrecher anbetraf, und ebenso durfte man auch keine Sklaven aus Queg oder Kesh einführen.

»Ihr wißt schon, was ich meine«, beharrte Roo. »Für eine kleine Prämie kann ich Euch genau das bringen, was Ihr braucht.«

Der Mann zögerte, und Roo versuchte es auf andere Weise. »Die Kinder wollen auch weiterhin ihr Essen auf den Teller bekommen.«

Endlich war der Händler überredet. »Also gut. Geht in das

Gasthaus am Ende der Straße und nehmt Euch ein Zimmer. Ich werde zum Abendessen zu Euch kommen, und dann gehen wir gemeinsam die Liste durch.«

Roo und der Mann schüttelten sich erneut die Hände, und Roo eilte hinaus zu Duncan. Der döste vor sich hin, als Roo wieder auf den Wagen kletterte. »Was ist los?« fragte er verschlafen.

»Ins Gasthaus«, sagte Roo. »Wir nehmen uns ein Zimmer und machen ein Geschäft.«

Duncan zuckte mit den Schultern. »Wenn du es sagst.«

Roo grinste. »Ich sage es.«

Helmut Grindle blickte auf, als Roo sein Arbeitszimmer betrat. »Und, junger Rupert, wie ist es dir ergangen?«

Roo setzte sich und nickte Karli dankbar zu, als diese ihm ein Glas Wein brachte. Er nippte daran und verkündete: »Sehr gut, glaube ich.«

»Glaubst du?« fragte Grindle und lehnte sich in seinem Stuhl zurück. Er sah zum Fenster hinaus nach draußen, wo Duncan stand und den Wagen bewachte. »Ich kann gar keine Waren auf dem Wagen sehen, daher nehme ich an, du hast etwas Kleines, aber sehr Wertvolles aufgetrieben.«

»So in der Art«, bejahte Roo. »Ich habe unsere Waren nach Ylith gebracht, und nach drei Tagen hatte ich sie verkauft. Also kaufte ich wiederum Waren, die ich mit Gewinn zu verkaufen hoffte.«

Grindle kniff die Augen zusammen. »Was für Waren?«

Roo grinste. »Zwanzig Ballen feinstes Leinen, zwei Fäßchen Stahlnägel, zehn Dutzend Stahlnadeln, ein Dutzend Hämmer, fünf Sägen, ein Gros Spulen mit Garn –«

Grindle unterbrach ihn. »Wie bitte?« Er hielt die Hand hoch. »Du hast ganz gewöhnliche Waren gekauft? Wozu haben wir uns immer wieder darüber unterhalten, daß man wertvolle Stücke für die wohlhabenden Kunden kaufen muß?«

»Ich habe auch ein bißchen Gold verdient«, meinte Roo beiläufig.

Grindle lehnte sich in seinem Stuhl zurück und nestelte an seinem Hemd herum. »Du hältst doch etwas zurück. Was?«

»Ich habe diese Waren nach Sarth gebracht und verkauft, und zwar für dies hier.« Er hielt Grindle das lederbezogene Kästchen hin.

Der nahm es und machte es auf. Eine ganze Weile saß er schweigend da und betrachtete das Halsband. Dann befand er: »Das ist sehr schön.« Er rechnete. »Aber nicht soviel wert wie die Waren, mit denen ich dich in den Norden geschickt habe.«

Roo lachte, holte einen großen Geldbeutel hervor und warf ihn auf den Tisch, wo er klimpernd und mit einem satten Plumps landete. »Wie ich schon sagte, habe ich auch ein bißchen Gold verdient.«

Grindle machte den Beutel auf und zählte rasch nach. Er lehnte sich mit einem Lächeln zurück. »Das ist ein Gewinn, mit dem man sich sehen lassen kann.«

»Ich hatte Glück«, meinte Roo bescheiden.

»Glück ist, wenn der, der zum Handeln bereit ist, seinen Vorteil aus der sich bietenden Gelegenheit zieht«, antwortete Grindle.

Roo zuckte mit den Schultern und gab sich Mühe, bescheiden zu wirken.

Grindle wandte sich um und rief: »Karli!«

Einen Augenblick später erschien das Mädchen. »Ja, Vater?«

»Karli, ich habe dem jungen Avery hier die Erlaubnis gegeben, dir den Hof zu machen. Er wird am nächsten Sechstag mit dir ausgehen.«

Karli sah ihren Vater an, dann Roo, und sie schien unsicher zu sein. Sie zögerte und brachte schließlich hervor: »Ja, Vater.«

Sie blickte Roo an und nickte. »Am Sechstag dann, Sir.«

Roo saß peinlich berührt da und wußte nichts zu sagen. Dann nickte er. »Nach dem Mittagsmahl.«

Das Mädchen entfloh durch die Vorhänge im Hintergrund des Zimmers, und Roo fragte sich, ob er ihr nicht mit einer netten

Bemerkung hätte schmeicheln können, daß er sich freute oder daß sie in ihrem Kleid schön aussähe. Er schüttelte die Gereiztheit ab, die seine Unsicherheit hervorgerufen hatte, und nahm sich vor, seinen Cousin Duncan darüber auszuhorchen, welche Dinge man einem Mädchen sagen mußte, wenn man ihm gefallen wollte. Doch sogleich richtete er seine Gedanken wieder auf die geschäftlichen Angelegenheiten, die anstanden.

Grindle schenkte beiden süßen Wein nach und verlangte: »Jetzt berichte mir, Junge, wie du das angestellt hast. Und zwar in allen Einzelheiten.«

Roo lächelte und sonnte sich in der Anerkennung, mit der Grindle abwechselnd ihn und das Halsband anstrahlte.

Acht

Spieler

Roo zeigte hinaus.

»Ich sehe Greylock!« rief er.

Erik, Jadow, Herzog James, Robert de Loungville und Marschall William warteten am Kai des Prinzen, derweil die *Trenchards Rache* näher kam. Neugierig beäugten die Männer das ferne Schiff und suchten nach weiteren Männern von Calis' Truppe, die vielleicht irgendwie den Angriff der Smaragdkönigin auf die Stadt Maharta überlebt hatten.

»Mit seinen grauen Strähnen ist er leicht zu erkennen«, stellte Roo fest. Im letzten Monat, seit er Partner von Helmut Grindle geworden war, hatte er zuviel zu tun gehabt, um sich über seine früheren Gefährten Gedanken machen zu können, doch als Erik ihm die Nachricht geschickt hatte, das andere Schiff aus Novindus wäre gesichtet worden und würde bald in den Hafen einlaufen, hatte er Duncan die Aufsicht über das Beladen der Wagen für eine Fahrt nach Sarth übergeben und war hierher geeilt. Wie Erik betrauerte auch er den Verlust der Männer, die die Fährnisse der langen Reise über das Meer vor zwei Jahren nicht überlebt hatten. Dann entdeckte er neben Greylock eine bekannte Gestalt und rief: »Luis! Es ist Luis!«

Jadow stimmte zu: »Tatsächlich, Mann. Er ist dieser miese Schweinehund aus Rodez, oder ich bin ein Priester der Sung.«

Roo winkte, und Greylock und Luis winkten zurück. Dann verdüsterte sich Roos Stimmung. Außer ihnen waren keine weiteren Mitglieder ihrer Sechsergruppe auf Deck. Als könnte er die Gedanken seines Jugendfreundes lesen, versuchte Erik ihn zu trösten: »Vielleicht sind noch welche unter Deck.«

»Vielleicht«, meinte auch Roo, sein Tonfall verriet jedoch, daß er nur noch wenig Hoffnung hatte.

Die Zeit zog sich zäh dahin, während das Schiff sich dem Kai des Prinzen näherte. Anders als Admiral Nicholas schien sich der Kapitän der *Trenchards Rache* nicht den Anweisungen des Hafenmeisters und seiner Lotsen widersetzen zu wollen. Das Schiff verlangsamte die Fahrt und wurde von Beibooten zu seinem Anlegeplatz gezogen.

Sobald man die Laufplanke ausgefahren hatte, kamen Greylock und Luis an Land. Greylock salutierte vor Herzog James und Marschall William, während Luis, Jadow, Erik und Roo sich gegenseitig auf die Schulter klopften und vor Freude weinten.

Dann fiel Roo etwas an Luis auf. »Was ist mit deiner Hand?«

Luis trug eine langärmelige Jacke und schwarze Handschuhe. Der frühere rodesische Höfling, der später zu einem Mörder geworden war, zog den rechten Ärmel hoch. Die Hand war starr in einer greifenden Bewegung gefangen, die Finger bewegten sich nicht. In Luis' Augen flammte kurz Bedauern auf, doch zunächst rückte er nicht mit der Sprache heraus. »Wenn ihr mir einen ausgebt, erzähl ich euch alles.«

»Abgemacht!« begrüßte Erik den Vorschlag und wandte sich an de Loungville. »Falls du uns im Moment nicht brauchst.«

De Loungville nickte. »Aber betrinkt euch nicht. Ich brauche dich und Jadow morgen mit klarem Kopf. Und bringt Luis hinterher mit. Ich muß ihm noch die eine oder andere Frage stellen, und zudem steht seine offizielle Begnadigung noch aus.«

»Begnadigung?« fragte Luis. »Ich habe gehört, wie der Hauptmann so etwas gesagt hat, obwohl er bezweifelte, daß er das hinbekommen würde.«

»Komm mit«, forderte Roo ihn auf. »Wir werden dir die Geschichte erzählen und dich davor bewahren, von der Stadtwache vor morgen früh gehängt zu werden.«

»Meister Greylock, wie schön, Euch zu sehen«, begrüßte Erik seinen alten Freund.

»Ich werde erst einmal hierbleiben«, antwortete der frühere Schwertmeister des Barons von Finstermoor. »Wir können uns morgen unterhalten.« Ein Anflug von Traurigkeit huschte über sein Gesicht. »Wir haben viel zu besprechen.«

Erik nickte. Offensichtlich hatte er Neuigkeiten über diejenigen, die die Plünderung von Maharta oder die Reise zur Stadt am Schlangenfluß nicht überlebt hatten.

Die wiedervereinten Mitglieder von Calis' Truppe ließen den Anleger des Prinzen rasch hinter sich, und Erik führte sie zu einem Wirtshaus in der Nähe, welches oft von den Soldaten des Palastes besucht wurde. Erik vermutete, daß jeder Angestellte hier im Dienste des Prinzen stand; de Loungville hatte ihm nämlich eingebleut, daß er es gern sähe, wenn seine Leute in den Gebrochenen Schild gingen anstatt in die Wirtshäuser der eigentlichen Stadt. Und da die Getränke billig und die Frauen freundlich und willig waren und sich das Lokal zudem nahe am Palast befand, wollte Erik dem Wirt gern zu etwas Gewinn verhelfen.

Es war früher Nachmittag, und aus diesem Grund war noch nicht sehr viel los. Erik machte dem Wirt ein Zeichen, er solle eine Runde Bier bringen, und als sie sich gesetzt hatten, wollte Roo wissen: »Luis, was ist mit dir passiert? Wir dachten, wir hätten dich bei der Überquerung des Flusses verloren.«

Calis' Truppe hatte die Mündung der Vedra schwimmend überwinden müssen, um die Stadt Maharta zu erreichen. Jeder Mann war in voller Rüstung gewesen, und viele hatten das gegenüberliegende Ufer nicht erreicht. Luis rieb sich das Kinn mit seiner unversehrten Hand.

»Beinahe hättet ihr mich auch verloren«, sagte er, und sein rodesischer Akzent verlieh seinen Worten eine seltsame Melodie. »Nur wenige Meter vor dieser kleinen Insel, auf die ihr alle geklettert seid, habe ich einen Krampf bekommen. Und als ich meinen Kopf wieder über Wasser hatte, war ich nach Süden abgetrieben. Also versuchte ich, das andere Ufer zu erreichen, aber nach einer Weile bekam ich wieder einen Krampf.«

Er schüttelte den Kopf, und plötzlich fiel Roo auf, um wieviel älter der Mann wirkte. Er hatte die Mitte seiner Jahre noch nicht erreicht, doch seine Haare und sein Schnurrbart zeigten deutlich graue Strähnen. Luis seufzte tief, als der Wirt die Bierkrüge vor ihnen absetzte. Nachdem er einen ordentlichen Schluck genommen hatte, fuhr er fort: »Als ich den zweiten Krampf bekam, habe ich nicht mehr gewartet. Ich habe Schild und Schwert fallen lassen, habe mein Messer gezogen und die Lederriemen meines Harnischs durchgeschnitten. Als ich abermals den Kopf aus dem Wasser steckte, war ich halb ertrunken, und ich hatte keine Ahnung, wo ich mich befand.

Der Himmel war dunkel, und ich wußte nur eins: Ich hatte kaum noch eine Chance. Da sah ich ein Boot und schwamm darauf zu.« Er hielt seine ruinierte rechte Hand hoch. »Und dabei ist sie kaputtgegangen. Ich griff zum Schandeck und bekam es zu fassen, als ein Fischer mir die Hand mit einem Paddel zerschmetterte.«

Erik fuhr sichtlich zusammen, und Roo rief: »Götter!«

»Ich muß laut geschrien haben«, erzählte Luis weiter, »und wurde ohnmächtig. Eigentlich hätte ich ertrinken müssen, doch jemand hat mich aus dem Wasser gezogen, und ich kam auf einem Boot voller Flüchtlinge zu mir, das hinaus aufs offene Meer segelte.«

»Wie hast du es zur Stadt am Schlangenfluß geschafft?« fragte Roo.

Luis erzählte die Geschichte, wie das verzweifelte Fischervolk an den Kriegsschiffen vorbeigesegelt war, die jenen nachsetzten, die den eigentlichen Hafen hinter sich gebracht hatten, die aber die kleinen Boote nicht beachteten, die aus der Stadt flohen. »Dann nahmen wir plötzlich Wasser«, berichtete er und starrte ins Leere, während er sich erinnerte. »Wir landeten eine Tagesreise nordöstlich der Stadt, und diejenigen, die dem Boot nicht mehr trauten, gingen an Land. Die anderen haben das Boot repariert, denke ich, oder sie wurden von den Invasoren gefangengenommen. Ich bin nicht mehr lange genug bei ihnen geblieben, um das zu erfahren.«

Er seufzte. »Jemandem da unten war ich mein Leben schuldig, aber ich habe nicht herausgefunden, wer mich aus dem Wasser gezogen hat und warum. Wir waren im Elend einfach wie Brüder und Schwestern.« Er hob die Hand. »Außerdem begann die Hand zu pochen und zu schwellen, und dann wurde sie blau und schwarz.«

»Wie hast du sie heilen können?« fragte Roo.

»Hab ich nicht. Ich dachte schon darüber nach, sie zu amputieren, um die Wahrheit zu sagen. Am dritten Tag war der Schmerz nicht mehr auszuhalten, und ich hatte hohes Fieber. Ich versuchte Reiki, wie Nakor es uns beigebracht hatte, und es half gegen den Schmerz, aber den Brand konnte es nicht zurückdrängen. Doch am nächsten Tag entdeckte ich ein Lager, in dem es einen Priester von einem Orden gab, von dem ich nie zuvor gehört hatte. Er konnte zwar keine Magie anwenden, aber er badete die Hand und machte einen Umschlag aus Blättern und Kräutern darum. Und dann gab er mir etwas zu trinken, was das Fieber senkte.« Er schwieg einen Moment lang. »Er sagte, es würde einer sehr mächtigen Magie bedürfen, um die Hand zu heilen, eine, für die die Tempel so viel Gold verlangen, wie man es in seinem ganzen Leben verdiente, und er sagte mir dazu noch, daß es selbst dann eine ungewisse Sache wäre; es könnte auch fehlschlagen.« Luis zuckte mit den Schultern. »Aber da ich niemals so reich sein werde, werde ich es auch niemals erfahren.«

Er schob den leeren Bierkrug von sich. »Und so bin ich also hier, und wie ich verstanden habe, wird man mich begnadigen, und ich werde wieder ein freier Mann sein und muß mir Gedanken über die Zukunft machen.«

Erik winkte dem Wirt zu, er solle noch eine Runde Bier bringen. »So haben wir alle dagestanden.«

»Falls du noch keine Pläne hast«, äußerte sich Roo, »ich

könnte einen Mann gebrauchen, der nicht dumm ist und mit wichtigen Leuten umgehen kann.«

Luis fragte: »Wirklich?«

Erik lachte. »Unser Freund ist richtig ehrgeizig geworden, und gegenwärtig versucht er, die häßliche Tochter eines reichen Händlers zu heiraten.«

Jadow starrte Roo mit zusammengekniffenen Augen an. »Du nimmst dir doch bei diesem zarten Kinde keine Freiheiten heraus?«

Roo hob die Hände in scheinbarer Abwehr hoch. »Niemals.« Er schüttelte den Kopf. »Tatsache ist, sie gefällt mir immerhin ein bißchen besser als du, Jadow. Sie ist ein nettes kleines Mädchen. Sehr still. Nicht so häßlich, wie ich sie mir vorgestellt habe, wirklich, und wenn sie lächelt, ist sie sogar recht liebenswert, aber im Moment muß ich eben an zwei Fronten kämpfen.«

»Oh, das hört sich verzweifelt an«, bedauerte ihn Erik.

»Also, ich versuche, bei ihrem Vater einen möglichst guten Eindruck zu hinterlassen, aber das Mädchen weiß bereits, daß ich als ihr Mann ausgewählt wurde, und ich glaube, das macht sie nicht besonders glücklich.«

»Dann mach du sie glücklich«, riet ihm Luis.

»Wie?«

»Mach ihr den Hof, so wie du ihn ihrem Vater zu machen scheinst«, empfahl der Mann aus Rodez. »Mach ihr kleine Geschenke, und rede mit ihr über andere Dinge als übers Geschäft.«

Roo blinzelte, und für jeden am Tisch war sichtbar, daß ihm dieser Gedanke bislang noch nicht gekommen war. »Meinst du?«

Die anderen drei Männer lachten, und schließlich erkundigte sich Luis: »Wer hat es sonst noch geschafft?«

Eriks Lächeln erstarb, und Jadows Grinsen verwandelte sich in einen finsteren Blick.

»Nicht viele«, konstatierte Roo.

»Der Hauptmann und der Feldwebel. Nakor und Sho Pi«, zählte Erik auf. »Dazu wir hier, und ein paar andere noch. Doch von unserer ursprünglichen Sechsergruppe sind allein wir drei noch am Leben.« Er zeigte auf Roo, Luis und sich selbst.

»Immer noch besser als bei meiner Gruppe«, warf Jadow ein. Alle nickten. Jadows Sechsergruppe war als Nachhut bei einem Gefecht gegen die Saaur aufgerieben worden, während er selbst vorgeritten war und den Hauptmann gewarnt hatte.

»Erzähl ihm von Biggo«, drängte Roo Erik, und der erzählte Luis die Geschichte, wie der große Mann aus ihrer Gruppe gestorben war. Als er damit fertig war, mußten alle lachen.

»Ich schwöre, er hat überrascht ausgesehen. Nach dem ganzen Gerede über die Göttin des Todes und seine Frömmigkeit und so sah er aus als ...« Erik suchte nach Worten.

»Na, wie?« fragte Roo, der nicht dabeigewesen war, die Geschichte aber schon kannte.

»Als wollte er sagen« – Erik sprach mit tiefer Stimme weiter, die wie Biggos klingen sollte –: »›Ach, so geht das also!‹« Er riß die Augen auf und spielte Staunen.

Die anderen lachten. Nachdem die nächste Runde gebracht worden war, hob Luis seinen Bierkrug und brachte einen Trinkspruch aus. »Auf die Kameraden, die nicht bei uns sein können.«

Sie tranken und schwiegen einen Moment lang.

»Was macht ihr beide jetzt?« fragte Luis.

»Wir helfen dem Hauptmann, seine Armee aufzubauen«, erklärte Jadow. »Erik und ich sind beide Korporal geworden.«

Erik zog ein kleines Buch hervor. »Obwohl sie uns seltsame Dinge auftragen.«

Luis nahm das Buch und sah auf den Titel. »Keshianisch?« fragte er.

Erik nickte. »Wenn man die Buchstaben erst einmal entziffern kann, ist es leicht zu lesen. Aber es geht langsam voran. Ich habe nie soviel gelesen wie Roo, als wir noch Jungen waren.«

»Was ist das?« fragte Roo.

»Ein altes Buch über Kriegführung, aus Lord Williams Bibliothek«, erläuterte Jadow. »Ich habe es letzte Woche gelesen.

Diese Woche lese ich ein Buch, das *Der Aufbau leistungsfähiger Nachschublinien auf feindlichem Territorium* heißt. Hat irgendein queganischer Lord geschrieben oder so.«

Luis war beeindruckt. »Hört sich an, als wollten sie Generäle aus euch machen.«

»Keine Ahnung, aber der Inhalt stimmt in vielem mit dem überein, was Natombi uns auf dem Marsch durch Novindus erzählt hat«, bemerkte Erik.

Luis nickte. Natombi hatte ebenfalls zu Calis' Truppe gehört. Er hatte eigentlich aus Kesh gestammt und bei der Inneren Legion gedient, der besten Armee in der Geschichte von Groß-Kesh, derjenigen, die zwei Drittel des Kontinents Triagia erobert hatte. Er hatte sich stundenlang mit Erik über die Art und Weise unterhalten, wie die alten Legionen ihre Kräfte eingesetzt und viele Feldzüge siegreich beendet hatten. Und in dem engen Sechsmannzelt, in dem sie zusammen gewohnt hatten, hatten Luis und Roo natürlich jedes ihrer Gespräche mitbekommen, außer, wenn sie gerade Wache schoben.

»Wir bauen eine Armee auf, wie sie die Welt noch nicht gesehen hat«, berichtete Jadow. Er senkte die Stimme. »Und wißt ihr warum?«

Luis schüttelte halb lachend den Kopf. »Besser als du, glaube ich.« Er sah von Gesicht zu Gesicht. »Ich bin ihren vorrückenden Einheiten mehrmals in allerletzter Minute entwischt. Und ich konnte sehen, wie sie alle Flüchtlinge niedermetzelten.« Er schloß kurz die Augen. »Ich bin ein harter Kerl, zumindest habe ich das immer geglaubt, doch ich habe Dinge gesehen, die ich mir im Leben nicht vorgestellt hätte. In meinen Ohren hallen Geräusche wider, die nicht abklingen wollen, und in meiner Nase haben sich Gerüche festgesetzt, die nicht nachlassen, egal, welch scharfe Gewürze ich esse oder wieviel Wein ich trinke.«

Die Stimmung wurde nun ernst, und nachdem sie eine Minute geschwiegen hatten, stellte Roo fest: »Ja, wir wissen alle, was vor sich geht. Dennoch müssen wir auch unser eigenes Leben führen.

Und wo wir gerade beim Thema sind, willst du nicht bei mir arbeiten?«

Luis zuckte mit den Schultern. »Was hätte ich zu tun?«

»Ich brauche jemanden, der sich mit den Manieren der Adligen auskennt und Männern und Frauen von hoher Geburt Waren anpreisen kann. Und der gute Preise aushandeln kann.«

Luis zuckte mit den Schultern. »Im Feilschen war ich noch nie besonders gut, aber wenn du mir zeigst, was du von mir willst, warum sollte ich es nicht tun können?«

Das Gespräch wurde unterbrochen, als sich die Tür des Wirtshauses öffnete und Robert de Loungville in Begleitung eines schlanken Mädchens eintrat. Die vier Männer betrachteten das ungleiche Paar: den kleinen, stämmigen, kampflustigen Feldwebel und die fast zerbrechliche, doch hübsche junge Frau. Sie trug einfache Kleidung, ein selbstgenähtes Kleid und gewöhnliche Schuhe. Von ihrem kurzen Haar abgesehen, fiel ihre Erscheinung nicht weiter auf.

Aber Erik erkannte sie. »Kitty?« fragte er.

De Loungville hob die Hand. »Das ist meine Verlobte Katherine, und falls einer von euch Mörderpack sie auf eine Weise ansieht, die sie zum Erröten bringt, brat ich mir seine Leber an einem Stock.«

Er sagte dies beiläufig, aber sein Blick verriet allen: Hier ist etwas im Gange, das ihr nicht zu wissen braucht. Und bei de Loungville nahm man besser die leiseste Warnung ernst. Das Mädchen wirkte gereizt, da de Loungville es als seine Verlobte vorstellte, aber es sagte nichts.

Er führte das Mädchen zum Wirt und sprach mit ihm. Der nickte und schickte das Mädchen in die Küche. Kitty warf ihm einen letzten bösen Blick zu und ging.

De Loungville kam zu ihnen an den Tisch und zog sich einen Stuhl heran. »Sie wird hier arbeiten. Also, wenn einer von euch ihr irgendwelche Unannehmlichkeiten bereitet ...« Er ließ die Drohung unausgesprochen.

Roo zuckte mit den Schultern. »Ich bestimmt nicht. Ich habe selbst schon eine Verlobte.«

»Ach, tatsächlich?« fragte de Loungville, und in seinen Augen blitzte Boshaftigkeit auf. »Weiß sie denn, daß du schon am Galgen gehangen hast?«

Roo hatte den Anstand zu erröten. »So genau habe ich ihr das allerdings noch nicht erzählt.«

»Und er hat ihr auch noch keinen Antrag gemacht«, verriet Erik. »Er setzt ihr Einverständnis einfach voraus.«

»Also, das ist genau unser Rupert«, meinte de Loungville und winkte dem Wirt zu, er solle ein Bier bringen.

»Sie haben mir erzählt, daß nicht viele unserer Freunde zurückgekehrt sind«, wandte sich Luis an de Loungville.

Der nickte. »Nicht viele. Aber da muß man eben durch.« Seine Miene wurde düster, derweil der Wirt das Bier vor ihm abstellte. »Ich war jetzt zweimal auf diesem verdammten Kontinent, und ich habe fast zweitausend Männer hinter mir gelassen. Ihr könnt mir glauben, ich habe es satt.«

»Ist das der Grund, weshalb wir diese Sachen lesen sollen?« fragte Jadow und zeigte auf die Bücher.

De Loungville grinste, streckte die Hand aus und kniff Jadow in die Wange. »Nein, mein Lieber, es ist nur, damit ich sehen kann, wie du die Lippen bewegst. Das finde ich lustig.«

Erik lachte. »Nun denn, egal aus welchem Grund wir sie lesen sollen, jedenfalls sind sie interessant. Auch wenn ich nicht alles verstehe.«

»Dann rede mit dem Marschall«, empfahl ihm de Loungville. »Ich habe Befehl, jeden Korporal, der sich über diese Bücher unterhalten will, zu Lord William zu schicken.« De Loungville nahm einen langen Schluck und schmatzte zufrieden.

»Mit dem Marschall?« fragte Erik ungläubig. Bei diesem handelte es sich immerhin um den bedeutendsten Heerführer des Westens, wenn man vom Prinzen von Krondor absah. Einer der beiden trug zu Kriegszeiten jeweils den Titel Feldmarschall der

Armeen des Westens, und historisch gesehen hatte der Marschall diese Stellung so oft eingenommen wie der Prinz. Für jeden Soldaten war er eine Person, die man mit größter Ehrfurcht betrachtete. Und obwohl Erik schon ein halbes dutzendmal mit ihm gesprochen hatte, war es zwischen ihnen nie zu einer privaten Unterhaltung gekommen. Die Aussicht, sich mit diesem Mann über Dinge zu unterhalten, die Erik nicht recht verstand, bereitete ihm einiges Unbehagen.

»Mach dir keine Gedanken«, beruhigte ihn de Loungville. »Er versteht, was für Dummköpfe ihr alle seid, und er wird kein Wort darüber verlieren.«

Roo und Luis lachten, Erik erwiderte jedoch nichts. »Mir erscheint es nur komisch, daß du und der Hauptmann denken, wir müßten dies alles lernen, Feldwebel«, meinte Jadow.

De Loungville sah sich im Raum um. »Falls ihr es noch nicht selbst herausgefunden habt, dieses Gasthaus gehört dem Herzog. Jeder Mann und jede Frau, die hier arbeiten, sind Agenten von James.« Er deutete mit dem Daumen auf den Tresen. »Katherine ist hier, um uns vor Spöttern zu warnen, die hier herumschnüffeln könnten. Nach unserer Auseinandersetzung mit ihnen im letzten Monat versichern wir uns, daß sie uns nicht noch mehr Schwierigkeiten machen.

Ich will auf folgendes heraus: Dieses Wirtshaus ist der sicherste Ort außerhalb des Palastes, wo wir auch über die Vorkommnisse unserer letzten Reise sprechen können« – er senkte die Stimme –, »aber es gibt keinen Ort in dieser Stadt, wo wir wirklich vollkommen sicher wären.« Er machte eine Pause. »Ihr müßt soviel lernen, wie ihr könnt, weil wir eine Armee aufbauen, wie es sie in der Geschichte noch nie gegeben hat. Ihr müßt in der Lage sein, den Befehl über viele Männer zu übernehmen, viel mehr, als ihr gegenwärtig habt. Falls alle Männer, die in der Hierarchie über euch stehen, tot sind, müßt ihr Generäle werden. Und dann, wenn ihr plötzlich an der Spitze der Armee des Westens steht, liegt das Schicksal des Königreichs, ja das der ganzen Welt, in euren Händen, und dann dürft ihr die Sache nicht verpatzen.«

Erik und Jadow wechselten einen Blick, sagten jedoch nichts.

Roo schob seinen Stuhl zurück. »Glücklicherweise habe ich mich ins Handelsleben zurückgezogen«, warf er ein. »Es war wirklich sehr schön, aber ich muß mich um meine Wagen kümmern.« An De Loungville gerichtet fragte er: »Kann ich Luis jetzt mitnehmen?«

De Loungville nickte. »Komm morgen früh zu mir, dann lassen wir deine Begnadigung unterzeichnen«, wandte er sich an Luis.

Roo winkte Luis zu, er solle ihn begleiten. Von den anderen verabschiedete er sich.

Draußen fragte Luis: »Um deine Wagen?«

»Ich bin jetzt Händler, Luis, und ich kaufe und verkaufe Kostbarkeiten. Ich brauche jemanden, der mir beibringt, wie man mit Adeligen umzugehen hat.«

Luis zuckte mit den Schultern. Er hob die rechte Hand. »Ich schätze, die brauche ich nicht zum Reden.«

»Wie schlimm ist es?« fragte Roo, während sie sich einen Weg durch die belebten Straßen suchten.

»Ich hab immer noch ein bißchen Gefühl drin, aber meistens nur so viel, als würde ich dicke Handschuhe tragen. Und die Finger kann ich nicht mehr bewegen.«

Mit einer plötzlichen Bewegung hatte er einen Dolch in der linken Hand. »Aber diese ist auf jeden Fall noch zu gebrauchen.«

Roo lächelte. Er wußte, daß Luis zu den Besten gehörte, was den Umgang mit dem Dolch anbetraf. Obwohl er vielleicht kein Soldat mehr sein konnte, war er doch noch lange nicht hilflos.

Während sie sich zu Helmut Grindle aufmachten, fragte Luis: »Wo sind denn eigentlich Sho Pi und Nakor?«

»Beim Hauptmann.«

»Und wo ist der Hauptmann?«

Roo zuckte mit den Schultern. »Macht irgendeinen Botengang

für den König. Habe gehört, sie wären in Richtung Kesh aufgebrochen. Vielleicht auch nach Stardock.«

Sie setzten ihren Weg fort.

»Ihr könnt da nicht hineingehen«, fuhr der Schüler auf.

Calis schob sich an der Türwache vorbei. Nakor und Sho Pi folgten ihm. Calis trat die große Tür zur inneren Kammer des Rates der Magier, der Körperschaft, die in der Akademie der Magier in Stardock regierte, mit dem Fuß auf.

Fünf Magier sahen hoch, und einer erhob sich halb. »Was soll das?« fragte er.

»Kalied«, begrüßte ihn Calis mit kalter, ruhiger Stimme. »Ich bin geduldig gewesen. Ich habe Wochen darauf gewartet, ob dieser Rat mir ein Zeichen gibt, daß er die Probleme, vor denen wir stehen, verstanden hat und uns helfen will.«

Ein anderer Magier, ein älterer Mann mit fast weißem Haupt- und Barthaar, ergriff das Wort. »Lord Calis –«

»Hauptmann«, berichtigte ihn der Halbelb.

»Hauptmann Calis also«, setzte der alte Magier, der Chalmes hieß, aufs neue an, »wir haben das Gewicht Eurer Warnung verstanden und haben über die Bitte Eures Königs nachgedacht –«

»Meines Königs?« fragte Calis erstaunt. »Er ist genauso Euer König, daran muß ich Euch doch nicht erst erinnern?«

Kalied hob die Hand. »Die Akademie hat lange über ihre Beziehung zum Königreich nachgedacht, die mit Pugs Verschwinden beendet wurde –«

»Davon hat jedoch niemand das Königreich in Kenntnis gesetzt«, mischte sich Nakor ein.

Die fünf am Tisch sahen ihn mit einer Mischung aus Gereiztheit und Unbehagen an. Nakor hatte einst an dem gleichen Tisch gesessen, als jene, die die Akademie jetzt anführten, noch Schüler gewesen waren oder sich um den Lehrbetrieb gekümmert hatten. Von den jetzigen Mitgliedern des Rates war aus dieser Zeit nur noch Chalmes dabei.

Calis hob die Hand und schnitt so jeden weiteren Kommentar ab. »Um es genauer zu sagen, niemand hat Seine Majestät davon in Kenntnis gesetzt.« Er blickte von Gesicht zu Gesicht. Die Ratskammer war ein runder Raum mit einer hohen Decke und wurde von flackernden Fackeln schwach beleuchtet. Die Gesichter konnte man jedoch nur erkennen, weil über dem Tisch zusätzlich ein Kerzenleuchter hing.

Aber Calis' Augen waren denen von Menschen überlegen, und er konnte das verräterische Zucken um ihre Augen und die raschen Seitenblicke sehen. Kalied hatte vielleicht als erster gesprochen, doch Chalmes war der Anführer dieses Rates. Nakor hatte Calis während der vergangenen Wochen, in denen sie auf einen Beschluß der Akademie von Stardock gewartet hatten, über alle fünf ausgiebig aufgeklärt. Chalmes war Schüler von Korsh gewesen, einem der beiden Magier aus Kesh, die mit Nakor zusammen die kleine Inselgemeinschaft fünf Jahre lang geführt hatten, nachdem Pug verschwunden war. Als Korshs Gefolgsmann war Chalmes nach dessen Tod in den Rat aufgenommen worden und hatte sich als genauso konservativ und unbeweglich wie sein Vorgänger erwiesen. Die anderen hatte Nakor noch als Lehrer kennengelernt, ehe er sich voller Abscheu von den provinziellen Machenschaften auf der Insel abgewandt hatte.

Calis donnerte: »Ich will das jetzt einmal klarstellen, damit wir uns nicht mißverstehen. Ihr mögt Eure Bindungen zum Königreich abgebrochen haben. Und obwohl Ihr aus allen möglichen Ländern stammt, gehört dieses Land« – er zeigte auf den Boden, um seine Worte zu bekräftigen – »dem Königreich. Es ist ein Herzogtum des Königs, und solange Pug lebt, wird das auch so bleiben. Trotz seiner Abwesenheit ist er durch Adoption immer noch ein Prinz des Königreichs und Herzog am fürstlichen Hofe. Und falls Pug stirbt, wird dieses Lehen an seinen Sohn, den Marschall von Krondor, weitergehen. Oder an denjenigen, den der König auswählt und der sich als dieses Titels würdig erweist.«

Er beugte sich vor und stützte sich mit den Knöcheln auf den Tisch. »Euch wurde das Recht zugestanden, frei über Eure Belange zu entscheiden, doch dies bedeutet keinesfalls, daß Ihr Euch vom Königreich unabhängig erklären könnt.

Habt Ihr das verstanden, oder muß ich erst die Soldaten aus Shamata holen, damit sie diese Insel erobern, derweil sich der König überlegt, wen von Euch Verrätern er als ersten hängt?«

Naglek, der jüngste und heißblütigste Magier, sprang auf: »Das könnt Ihr nicht ernst meinen! Ihr dringt in unsere Ratskammer ein und droht uns?«

Nakor grinste. »Er sagt euch nur, wie die Dinge stehen.« Er bedeutete Naglek mit einer Geste, er solle sich wieder setzen. »Und glaubt ja nicht, ihr könntet uns mit eurer Magie hinwegfegen. Es gibt auch noch andere Magier, die das Königreich freudig dabei unterstützen würden, die Kontrolle über diese Insel zu erlangen.«

Er ging um den Tisch herum und stellte sich neben Naglek. »Du warst doch einer meiner besseren Schüler. Eine Weile lang warst du sogar Anführer der Blauen Reiter. Was ist jetzt los mit dir?«

Der Mann errötete, wobei seine helle Haut fast die gleiche Farbe annahm wie seine rötlichbraunen Augenbrauen. »Die Dinge wandeln sich. Jetzt bin ich älter, Nakor. Die Blauen Reiter wurden –«

»Ihre Treffen wurden verboten«, fuhr Chalmes dazwischen. »Eure eher … ungewöhnlichen Ansichten haben die Schüler in zwei Lager gespalten.«

Nakor winkte Naglek zu, und der trat zur Seite. Nakor setzte sich und bedeutete Sho Pi, er möge zu ihm kommen. »So, was haben wir also beschlossen?« wollte er wissen.

Chalmes räumte ein: »Hauptmann Calis, sicherlich haben uns die Berichte über Eure Reisen über das Meer alarmiert. Wir stimmen zu, daß eine schwierige Lage entstehen könnte, falls die Smaragdkönigin, von der Ihr gesprochen habt, das Meer überquert und das Königreich angreift. Und sollten diese Ereignisse eintreffen, werden wir den Bitten Seiner Majestät entsprechen.«

Calis schwieg einen Augenblick lang. Dann blickte er Nakor an.

»Ich hab dir doch gesagt, es würde so kommen«, meinte Nakor.

Calis nickte. »Ich sollte ihnen ihren Zweifel zugute halten.«

Nakor zuckte mit den Schultern. »Wir haben hier fast einen Monat verschwendet.«

Calis nickte. »Du hast recht.« Er wandte sich an die Magier. »Ich werde Nakor als Repräsentanten der Krone hier zurücklassen. Er wird während meiner Abwesenheit als herzoglicher Regent die Führung übernehmen.«

»Das könnt Ihr nicht allen Ernstes sagen«, wandte Kalied ein.

»Höchst ernsthaft sogar«, meinte Nakor.

»Dazu habt Ihr nicht die Befugnis«, begehrte ein Magier namens Salind auf.

Nakor grinste. »Er ist der Adler von Krondor. Er ist der persönliche Abgesandte des Königs. Er besitzt den Rang eines Herzogs am Hofe des Königs, und außerdem den Rang eines Hauptmanns der Armeen des Westens. Er kann euch alle wegen Verrates hängen lassen.«

»Ich werde nach Krondor zurückkehren«, verkündete Calis, »und dem Prinzen Bericht erstatten. Er wird mir Anweisungen erteilen, wie wir mit Euch zu verfahren haben, wenn Pug zurückkehrt.«

»Zurückkehrt?« fragte Chalmes. »Es ist fast zwanzig Jahre her, seit wir ihn zum letzten Mal gesehen haben. Wieso glaubt Ihr, er würde zurückkehren?«

Nakor schüttelte den Kopf. »Weil wir ihn brauchen. Bist du noch immer so engstirnig –« Er unterbrach sich. »Törichte Frage. Pug wird zurückkommen. Und bis dahin werde ich mir überlegen, was hier unbedingt verändert werden muß.«

Nakor hatte, wie es seine Gewohnheit war, seit dem Tag seiner

Ankunft herumgeschnüffelt, und jeder im Raum wußte, daß er eine lange Liste mit Dingen hatte, die er zu gerne ändern würde. Die Magier blickten einander an; dann erhoben sich Chalmes und die anderen. »Sehr wohl«, wandte sich Chalmes warnend an Calis. »Falls Ihr glaubt, daß Euer Verhalten die gewünschten Ergebnisse bringt, dann täuscht Ihr Euch, fürchte ich, aber wir werden Euch nicht in den Weg treten. Aber wenn Ihr diesem ... diesem Spieler den Befehl übertragt, dann soll er sich auch um alles kümmern.« Und mit diesen Worten führte er die anderen vier Magier aus der Kammer.

Calis sah zu, wie sie hinausgingen. »Werdet ihr beide das hinbekommen?« fragte er Nakor und Sho Pi.

»Ich werde meinen Meister beschützen«, erwiderte Sho Pi.

Nakor machte eine abwehrende Geste. »Pah. Ich brauche keinen Schutz vor diesem Haufen alter Weiber.« Er stand auf. »Wann brichst du auf?« fragte er Calis.

»Sobald mein Pferd gesattelt ist. Der Tag ist erst halb vergangen.«

»Ich habe Hunger. Laßt uns essen gehen«, schlug Nakor vor.

Die drei gingen einen langen Flur hinunter, an der nun vollends verwirrten Türwache vorbei, und am Ende des Ganges blieben sie stehen. Calis wollte nach draußen, um die Soldaten, die er mit auf die Insel gebracht hatte, antreten zu lassen und mit ihnen zur Stadt überzusetzen. Nakor und Sho Pi wollten in die andere Richtung, dorthin, wo die Küche lag.

»Paßt gut auf«, ermahnte Calis sie. »Sie haben zu leicht nachgegeben.«

Nakor lächelte. »Oh, im Augenblick sitzen sie bestimmt alle in Chalmes' Zimmer und schmieden Ränke, kein Zweifel.« Er zuckte mit den Schultern. »Ich lebe schon wesentlich länger als jeder von ihnen, und bestimmt nicht deshalb, weil ich sorglos war. Ich lasse mich nicht gern überraschen.« Dann wurde er wieder ernst. »Ich hatte genug Zeit, um mich hier umzusehen. Und eines weiß ich jedenfalls: Sag dem Prinzen, es gäbe hier nur einige wenige, die

die Fähigkeiten und das Temperament besitzen, um uns hilfreich sein zu können. Der Rest ist bei kleineren Aufgaben vielleicht von Nutzen, wenn Nachrichten überbracht werden müssen oder so etwas in der Art, aber wirklich Begabte gibt es nur wenige.« Er seufzte. »Ich dachte, nach zwanzig Jahren hätten sie Dutzende fähiger Magier ausgebildet, aber scheinbar verlassen die Begabteren die Akademie, sobald es ihnen nur möglich ist.«

»Nun, wir brauchen jeden, den wir bekommen können.«

»Wir brauchen Pug«, widersprach Nakor.

»Können wir ihn denn finden?« wollte Calis wissen.

»Er wird uns finden.« Er blickte sich um. »Und er wird uns hier finden, glaube ich.«

»Woher wird er erfahren, wann wir seine Hilfe brauchen?« fragte Calis. »Der Prinz hat es schon mit dem magischen Gegenstand versucht, den Pug einst Nicholas geschenkt hat, aber Pug hat nicht geantwortet.«

»Pug wird es wissen«, gab sich Nakor weiterhin zuversichtlich. Er blickte sich abermals um und fügte hinzu: »Vielleicht weiß er schon Bescheid.«

Calis stand einen Augenblick schweigend da, nickte, drehte sich um und ging ohne ein weiteres Wort den Gang hinunter.

Nakor legte Sho Pi die Hand auf den Arm. »Komm, wir wollen etwas essen.«

»Ja, Meister.«

»Und nenn mich nicht Meister«, beschwerte sich Nakor.

»Wie du wünschst, Meister.«

Nakor seufzte, und sie folgten dem Gang in die andere Richtung.

»Was siehst du?« fragte Miranda.

Pug lachte. »Nakor benutzt wieder seine alten Tricks. Ich kann nicht hören, was sie sagen, aber ich habe gesehen, wie Chalmes und der Rest von ihnen aus der Ratskammer ausgezogen sind. Ich vermute, Calis hat Nakor den Befehl übergeben.«

Miranda schüttelte den Kopf, und ein Regen feiner Tröpfchen ging um Pugs Kopf und Schultern nieder und fiel in das ruhige Wasser des Tümpels, den er benutzt hatte, um die Szene in Stardock zu beobachten. Das schwache Bild der fernen Kammer verschwand in den kleinen Wellen.

»Mann!« Pug täuschte Verärgerung vor.

Miranda lachte und schüttelte den Kopf noch heftiger, wodurch weitere Tröpfchen durch die Luft flogen. Sie hatte gerade im warmen Meer gebadet und Pug dabei überrascht, wie er die Ereignisse in Stardock in einem stillen Tümpel ausspionierte.

Pug wandte sich um und langte nach ihr, doch sie tänzelte davon und wich ihm aus. Pug fiel in ihr Lachen ein, während sie sich umdrehte und den Strand hinunter auf die Wellen zulief.

Pug stockte für eine Sekunde der Atem, als er ihren schlanken, doch muskulösen, vom Wasser glänzenden Körper sah. Nach einem Jahr auf dieser Insel waren sie beide tiefbraun gebrannt.

Sie war die bessere Schwimmerin, er jedoch der schnellere Läufer. Er erreichte sie am Rand des Wassers, und sie fielen in den Sand. Sein Lachen vermischte sich mit ihrem vorgetäuscht wütenden Kreischen. »Du Ungeheuer!« rief sie, während er sie herumdrehte und ihr verspielt in den Hals biß.

»Du hast damit angefangen«, meinte er.

Sie ließen sich von den sanften Wellen überspülen. Miranda betrachtete Pugs Gesicht. In dem Jahr, das sie zusammen verbracht hatten, waren sie Geliebte und Vertraute geworden, aber dennoch gab es weiterhin Geheimnisse zwischen ihnen. Pug wußte fast nichts über ihre Vergangenheit, da sie auf seine Fragen allenfalls ausweichend antwortete. Als er verstanden hatte, daß sie ihm nichts über ihr Leben vor seiner Zeit erzählen wollte, hatte er es unterlassen, weiter in sie zu dringen. Im Gegenzug hielt Pug allerdings auch seinerseits einiges über sich selbst zurück, und so war das Verhältnis ausgeglichen.

»Was ist los?« fragte er. »Du schaust schon wieder so.«

»Wie?«

»Als wolltest du meine Gedanken lesen.«

»Den Trick habe ich nie gelernt«, bestritt sie.

»Das können nur wenige«, gestand Pug ein. »Aber Gamina konnte es immer.«

»Gedanken lesen?«

»Meine jedenfalls«, fuhr er fort und drehte sich so, daß er sich auf die Ellbogen stützen konnte. »Es wurde zum Problem, als sie dreizehn oder so wurde, und es hörte auch nicht auf, als sie schon fast zwanzig war.« Er schüttelte den Kopf, als er sich an die Kindheit seiner Adoptivtochter erinnerte. »Heute ist sie Großmutter«, fügte er leise hinzu. »Ich habe einen Enkel, Arutha, und zwei Urenkel, James und Dashel.« Er verfiel in nachdenkliches Schweigen. Die Sonne schien auf sie herab, während die Wellen mit der Flut höher wurden. Für eine Weile lagen sie zufrieden still nebeneinander. Als das Wasser schließlich zu hoch stieg, stand Pug auf, und Miranda folgte ihm.

Ohne ein Wort zu wechseln, spazierten sie den Strand entlang. Endlich brach Miranda das Schweigen: »Du hast in letzter Zeit öfter nachgeschaut, was in Stardock vor sich geht.«

Pug seufzte tief. »Die Dinge werden langsam ernst.«

Miranda hakte sich bei ihm ein, und als er ihre Haut spürte, wurde Pug abermals die Luft knapp. Er hatte seine verstorbene Gemahlin über alles geliebt, und er hatte lange daran gezweifelt, ob er jemals wieder eine andere Frau lieben könnte. Doch diese Frau, die jetzt an seiner Seite ging, hatte seine Seele und sein Herz erobert, wie er es nicht mehr für möglich gehalten hatte. Noch immer, nach über einem Jahr mit ihr, erregte sie ihn und brachte seinen Verstand genauso in Verwirrung, als wäre er ein kleiner Junge und nicht ein Mann im achten Jahrzehnt seines Lebens.

»Wo haben wir unsere Kleider abgelegt?« fragte sie.

Pug sah sich um. »Dort drüben, glaube ich.«

Sie hatten die Insel für sich beschlagnahmt und lebten in einer einfachen Hütte, die Pug aus Palmenblättern und Bambus gebaut hatte. Wenn ihre Vorräte zur Neige gingen, reisten sie zum Eiland des Zauberers und füllten sie auf. Die meiste Zeit verbrachten sie mit Spielen, Liebemachen und Reden. Aber Pug hatte stets gewußt, daß es nur eine Ruhepause sein konnte, in der man allen Ärger vergessen durfte, während man neue Kraft schöpfte und sich auf die dunklen Schrecken vorbereitete, denen sie sich bald würden stellen müssen.

Pug folgte Miranda zu ihren Kleidern, und mit leichtem Bedauern sah er zu, wie sie sich das Kleid über den Kopf zog. Er legte seine schwarze Robe an und fragte: »Du denkst doch über irgend etwas nach?«

»Aber das tue ich doch immer«, wich sie aus und lächelte trocken.

»Nein, ich meine, über etwas Besonderes. Und dieser Gesichtsausdruck, den habe ich noch nie bei dir gesehen. Ich weiß nicht, ob ich den mag.«

Sorgenfalten kräuselten ihre sonst glatte Stirn. Sie kam zu ihm und umarmte ihn. »Ich werde dich für eine Weile verlassen.«

»Wohin gehst du?«

»Ich glaube, ich muß Calis aufsuchen. Es ist lange her, seit ich ihn zum letzten Mal gesehen habe. Ich muß herausfinden, wie es mit ihm weitergehen soll.«

Als sie den Sohn von Pugs Jugendfreund Tomas erwähnte, hakte der Magier nach: »Das meinst du doch in mehr als einer Hinsicht.«

Mirandas grüner Blick verschränkte sich mit Pugs dunkelbraunem, und einen Moment später nickte sie heftig. »Ja.« Mehr sagte sie nicht.

»Wann werde ich dich wiedersehen?« fragte Pug.

Sie küßte ihn auf die Wange. »Nicht so bald, wie es uns beiden am liebsten wäre, befürchte ich. Aber ich komme zurück.«

Pug seufzte. »Nun, auch die schönste Zeit geht einmal zu Ende.«

Sie umarmte ihn. »Nicht zu Ende, sie wird nur unterbrochen. Wo wirst du hingehen?«

»Zuerst auf meine Insel, dort werde ich mich mit Gathis besprechen; dann werde ich für eine Weile nach Stardock gehen. Und danach muß ich mit meiner Suche beginnen.«

Miranda wußte, daß er die Suche nach Macros dem Schwarzen meinte. »Glaubst du, du wirst den Zauberer finden? Es ist jetzt wie lange her? Fast fünfzig Jahre?«

Pug nickte. »Seit dem Ende der Großen Erhebung.« Er blickte in den blauen Himmel und meinte: »Aber er ist irgendwo dort draußen. Es gibt nur wenige Orte, an denen ich noch nach ihm suchen muß, und dann natürlich der Gang.«

Bei der Erwähnung des Gangs begann Miranda zu lachen.

»Was ist?« fragte Pug.

»Boldar Blut. Ich hab den Söldner in Taberts Gasthaus in Yabon zurückgelassen. Er sollte dort warten, bis ich nach ihm schicke.«

»Seit einem Jahr?«

»Du hast mich die ganze Zeit über so abgelenkt«, schnurrte sie und knabberte an seinem Ohrläppchen.

»Laß das, wenn du deinen Aufbruch nicht verschieben willst.«

»Nun, eine Stunde oder zwei würden keinen großen Unterschied machen.«

Als ihre Kleider abermals im Sand lagen, fragte Pug: »Wie willst du Boldar bezahlen? Die Söldner des Gangs sind nicht billig.«

Grinsend sagte sie: »Ich habe einen Geliebten, der Herzog ist.«

Pug lächelte kläglich. »Ich werde sehen, was ich tun kann«, versprach er ihr, während er sie in die Arme schloß.

Neun

Wachstum

Roo lächelte.

Robert de Loungville ging in das Lagerhaus, welches vom Hämmern der Handwerker erfüllt war. Einst war in dem Gebäude ein gutgehendes Unternehmen beheimatet gewesen, ein Maklergeschäft, doch dessen gute Zeiten waren lange her. Roo mochte das Gebäude, weil sich hinten eine kleine Küche befand, wo er, Duncan und Luis sich Mahlzeiten zubereiten konnten. Und da sie in einer Ecke des großen Lagerhauses schliefen, sparte Roo auf diese Weise auch noch das Geld für Wächter und Quartiere.

»Feldwebel«, rief Roo, laut genug, um den Lärm der Handwerker zu übertönen.

De Loungville sah sich um. »Dies ist dein neues Domizil?«

Roo lächelte. »Ja. Wir wachsen, und hinter dem Haus meines Partners gibt es nur Platz für zwei Wagen.«

»Wie viele hast du denn?« fragte Bobby.

»Sechs«, antwortete Roo. »Zusätzlich zu den exklusiven Waren befördere ich jetzt auch andere Güter.«

»Deswegen bin ich hier«, bemerkte de Loungville.

Augenblicklich war Roos Interesse geweckt, und er bedeutete seinem Gast, mit ihm nach hinten in die Schreibstube zu kommen. Im Inneren des Lagerhauses hinter der Schreibstube war der Lärm zwar kaum weniger ohrenbetäubend, doch es gab dort eine friedlichere Ecke, wo man sich halbwegs normal unterhalten konnte. »Wie kann ich Euch zu Diensten sein?« fragte Roo.

»Wir hatten einigen Ärger mit ein paar Lieferungen in den Palast«, erklärte de Loungville.

Roo kniff die Augen zusammen. »Ärger?«

»Ärger«, antwortete de Loungville nur.

Roo nickte. Die Spione der Pantathianer bereiteten dem Prinzen und dem Herzog seit langer Zeit ständige Sorge, und wenn auch niemand außer den engsten Vertrauten in die Pläne des Prinzen eingeweiht wurde, so brauchte man doch zu viele Leute im Palast, um eine wirkliche Geheimhaltung zu gewährleisten. De Loungville und Calis hatten nach der Rückkehr aus Novindus entschieden, die Garnison von Calis' neuer Armee im Palast zu belassen und gut darauf achtzugeben, mit wem die Männer Kontakt hielten.

»Wir brauchen einen neuen Spediteur, der die Auslieferungen an den Palast übernimmt.«

Roo gab sich alle Mühe, sein Entzücken zu verbergen. Er wußte, er hatte keine Mitbewerber. Es würde keinen anderen Spediteur geben, dem man so sehr vertrauen konnte wie ihm.

»Fuhrleute«, meinte Roo.

De Loungville nickte. »Das ist ein Problem.«

»Vielleicht habt Ihr in Eurer Truppe einige Männer, die nicht für die Aufgaben geeignet sind, die Ihr ihnen zugedacht habt« – er sprach mit gedämpfter Stimme, damit niemand ihr Gespräch mit anhören konnte –, »die aber vertrauenswürdig genug sind, um solche Frachten zu befördern.«

»Du willst den Vertrag von uns, und dann sollen wir dir auch noch die Fuhrleute zur Verfügung stellen?« fragte de Loungville.

Roo grinste. »Nun ja, Ihr habt doch schon mit Eurem jetzigen Spediteur Schwierigkeiten, und mit neuen Fuhrleuten geht Ihr das gleiche Risiko ein. Im Moment könnte ich nur mir selbst, Luis und Duncan ausreichend vertrauen, und dann sind da noch die Männer, die meine drei anderen Wagen fahren, aber für die würde ich meine Hand nicht ins Feuer legen.«

»Ich verstehe«, erwiderte de Loungville. »Nun, wir haben James davon überzeugt, ein Gasthaus zu eröffnen, wieso sollten wir dir also nicht ein paar Fuhrleute stellen?«

»Warum laßt Ihr die Frachten nicht von Soldaten befördern?« fragte Roo.

»Weil es zu offensichtlich wäre«, erklärte de Loungville. »Wir brauchen ein bereits bestehendes Fuhrgeschäft, um unser Vorgehen zu decken. Grindle und Avery wachsen jetzt schon seit Monaten, und du hast dir selbst auch einen Namen gemacht. Wir schreiben einen neuen Vertrag aus, hängen das Ganze jedoch weder an die große Glocke, noch verbergen wir irgend etwas.«

Roo nickte. »Also mache ich mein Angebot und bekomme den Zuschlag.«

»So dumm, wie du aussiehst, bist du gar nicht, Avery.« De Loungville legte Roo die Hand auf die Schulter und sprach noch leiser als zuvor. »Sieh mal, du weißt, warum wir vorsichtig sein müssen, und du weißt auch, was auf dem Spiel steht.« Roo nickte, obwohl er sich alle Mühe gab, so selten wie möglich an das zu denken, was er jenseits des Meeres als Soldat in Calis' Truppe durchgemacht hatte. »Und so lautet unser Vorschlag: Du versorgst uns jeweils rechtzeitig mit allem, was wir brauchen, und ich kümmere mich darum, daß du jeweils rechtzeitig bezahlt wirst. Wenn du glaubst, du könntest uns übertrieben hohe Preise abverlangen, dann werden wir das Fuhrgeschäft eben doch selbst übernehmen.« De Loungville grinste, ein Gesichtsausdruck, den Roo nur zu gut kannte: Was er ihm jetzt sagen würde, würde bestimmt nicht lustig sein. »Und der Herzog und ich würden dann entweder einen Weg finden, dich aus dem Geschäft zu drängen oder dich für irgendein Verbrechen hängen zu lassen.«

Roo bezweifelte de Loungvilles Worte nicht, der ihn auch aus einem vorgetäuschten Grund hängen lassen würde. Dieser Mann hatte nur eins im Kopf: das Königreich zu retten. Und bei dieser Aufgabe wurde er zum Fanatiker.

»Wenn ich nur immer pünktlich bezahlt würde, wäre das für mich schon etwas Neues. Ihr könnt Euch nicht vorstellen, wie schwierig es ist, all diese Rechnungen einzutreiben«, seufzte Roo.

De Loungville grinste breit, und diesmal fand sich sogar so etwas wie Humor in seiner Miene. »Doch, das kann ich wohl. Denn nur weil ein Mann einen Titel besitzt, muß er deshalb noch nicht im Geld schwimmen.« Er sah hinaus auf den Hof und fragte: »Mit wie vielen Wagen kannst du uns dienlich sein?«

»Wie viele Auslieferungen wären es denn in der Woche?« fragte Roo zurück.

De Loungville holte ein Pergament hervor und reichte es Roo. »Dieses Schiff ist morgen aus Ylith fällig. Und diese Fracht ist für den Palast bestimmt. Ähnliche Auslieferungen wird es ab jetzt zwei- oder dreimal die Woche geben.«

Roo machte große Augen, als er den Umfang des Auftrags erkannte. »Das wird aber eine hübsche Armee, die Ihr da aufbaut, Feldwebel. Hier sind genug Schwerter aufgeführt, um Kesh zu überfallen.«

»Vielleicht müssen wir das eines Tages. Wirst du die Sache übernehmen?«

Roo nickte. »Ich werde drei, womöglich vier Wagen kaufen müssen, und wenn Ihr mir Leute zum Abladen stellen würdet ...« Er blickte de Loungville ins Gesicht. »Was ist mit den Karawanen?«

»Sie laden am Stadttor ab, und dann brauchen wir dich, um die Fracht durch die Stadt zu schaffen«, antwortete de Loungville.

Roo schüttelte nachdenklich den Kopf. »Vielleicht sollte ich besser fünf Wagen kaufen.« Er rechnete die Sache durch und stellte fest, daß ihm Gold fehlte. Ohne die Miene zu verziehen, verkündete er: »Ich brauche etwas Gold, damit wir ins Geschäft kommen können.«

»Wieviel?« wollte de Loungville wissen.

»Hundert Sovereigns. Damit kann ich dann die Wagen und Maultiere kaufen und Fuhrleute einstellen, aber Ihr müßt mich bald bezahlen, denn ich habe keine Rücklagen.«

»Nun, erhöhen wir die Summe noch ein bißchen«, meinte de Loungville. »Ich kann's mir nicht leisten, daß du pleite gehst.« Er zog einen Geldbeutel hervor und reichte ihn Rupert. Dann legte er Roo die Hände auf die Schultern und beugte sich zu ihm vor. »Du bist weitaus wichtiger für uns, als du denkst, Avery. Mach uns und dir keine Schwierigkeiten, und du wirst ein reicher Mann werden. Eine Armee braucht Quartiermeister und Zahlmeister ebensosehr wie Feldwebel und Generäle. Also versau die Sache nicht, verstanden?«

Roo nickte, auch wenn er sich dessen selbst nicht ganz sicher war.

»Ich will es mal so ausdrücken: Auch wenn du nicht mehr zu unserer Truppe gehörst, solltest du dem Hauptmann oder mir nicht den allergeringsten Ärger machen, denn in dem Falle werde ich dir nichts ersparen. Ich werde deine Eingeweide rösten, als hätte ich dich gerade vom Galgen geholt, wie damals am ersten Tag, als du noch mir gehört hast. Hast du jetzt verstanden?«

Roos Gesicht verdüsterte sich. »Ja, aber Eure Drohungen beeindrucken mich immer noch nicht, Feldwebel.«

»Oh, das sind keine Drohungen, mein Lieber. Das sind die Tatsachen des Lebens.« Dann grinste er: »Von jetzt an kannst du mich Bobby nennen, wenn du willst.«

Roo murmelte etwas in sich hinein und gab schließlich zurück: »Also gut, *Bobby*.«

»Wie sieht es mit deinem Liebesleben aus? Schon irgendwelche Heiratspläne?«

Roo zuckte mit den Schultern. »Ich habe ihren Vater gefragt, und der denkt darüber nach; falls er ja sagt, werde ich sie fragen.«

De Loungville rieb sich das Stoppelkinn. »So wie du es vor ein paar Wochen dargestellt hast, dachte ich, sie hätte schon ja gesagt.«

Roo zuckte abermals mit den Schultern. »Helmut hat mich zum Partner gemacht, und ich esse mit ihm und Karli zweimal die Woche zu Abend, und ich begleite sie auf den Markt oder am Sechstag in die Stadt, doch ...« Und abermals zuckte er mit den Schultern.

»Du mußt nur am Ball bleiben«, riet ihm de Loungville.

»Das Mädchen mag mich nicht.«

»Mag sie dich nicht oder vielleicht nur die Vorstellung, du würdest sie nur wegen des Geschäfts ihres Vaters heiraten?«

Wieder konnte Roo nur mit den Schultern zucken. »Luis sagt, ich müßte sie für mich gewinnen, aber ...«

»Aber was?«

»Ich finde sie nun einmal einfach nicht attraktiv«, gestand Roo.

De Loungville schwieg einen Augenblick, dann fragte er: »Wenn du mit ihr ausgehst oder ihr den Hof machst, worüber sprichst du dann mit ihr?«

»Ich versuche, mich ihr interessant zu machen, also erzähle ich ihr, was wir so machen, ihr Vater und ich, oder was ich während des Krieges gemacht habe.« Als sich bei diesen Worten de Loungvilles Miene verfinsterte, fügte er hinzu: »Nichts, was dem Hauptmann nicht gefallen würde, bestimmt. Ich verrate nichts.«

»Ich kann dir nur einen Rat geben. Frag sie nach etwas.«

»Was soll ich sie fragen?«

»Frag sie irgend etwas. Frag sie etwas über sie selbst. Frag sie, was sie von irgend etwas hält.« De Loungville grinste. »Dabei könnte dir nämlich auffallen, daß du keineswegs das interessante Gesprächsthema bist, für das du dich hältst.«

Roo seufzte. »Ich werde es versuchen.« Während sie auf die Tür zur Schreibstube zugingen, fügte er hinzu: »Ich werde meine Wagen beim ersten Tageslicht zum Hafen schicken. Also bräuchte ich deine fünf Fuhrleute etwa eine Stunde vor der Dämmerung, Bobby.«

»Sie werden dasein«, versprach de Loungville und ging, ohne einen Blick zurückzuwerfen, hinaus. Als die Tür zufiel, betrachtete Roo die Frachtliste und begann zu rechnen.

Eine Stunde später betrat Helmut Grindle das Gebäude und winkte Avery zu, der gerade den Einbau der Eisentüren beaufsichtigte, hinter denen wertvollere Waren gelagert werden sollten.

Roo ging zu seinem Partner und, wie er hoffte, baldigen Schwiegervater hinüber. »Ja?«

Helmut Grindle erwiderte: »Ich werde die Fracht mit Wertsachen nach Ravensburg selbst übernehmen. Einige der teuersten Waren wollte ich der Mutter des Barons anbieten, und ich glaube, du hast nicht gerade das beste Verhältnis zu ihr. Daher wollte ich die Fahrt selbst machen.«

Roo nickte. »Eine gute Idee.« Er blickte sich um. »Und hier muß ich mich auch noch um einiges kümmern. Ich glaube, ich könnte im Moment gar nicht weg.«

»Kommst du zum Essen vorbei?« fragte Grindle.

Roo überlegte. »Ich glaube, ich bleibe hier und sorge dafür, daß die Arbeit vorangeht. Würdet Ihr so freundlich sein und Karli sagen, ich käme morgen vorbei?«

Grindle kniff die Augen zusammen. Seine Miene war undeutbar. Dann meinte er: »Sehr gut.«

Ohne eine weitere Bemerkung brach er auf, und Roo wandte sich wieder den Dingen zu, die erledigt werden mußten. Über die vergangenen Monate hinweg hatte er seinen älteren Partner während der Arbeit sehr gut kennengelernt, aber wenn es um Karli ging, wußte Roo nie, was der alte Mann dachte. Im Verlaufe eines Abends, den er mit den beiden verbrachte, fragte er sich stets und ständig, was wohl im Kopf seines gewieften Partners vorging.

Roo saß schweigend im Wohnzimmer. Da Karlis Vater mit einem Wagen voller Luxusgüter nach Finstermoor aufgebrochen war, befand sich Roo zum ersten Mal mit ihr allein im Haus. Davor hatten sie entweder immer zusammen mit ihrem Vater gespeist, oder Roo hatte sie ausgeführt, zumeist auf einen der Märkte.

Roo hatte den frühen Abend allein dagesessen, da Karli darauf bestanden hatte, die Arbeit in der Küche zu beaufsichtigen. Wie

Roo festgestellt hatte, gab es sowohl eine Köchin als auch eine Magd in Grindles nach außen hin bescheidenem Hause, doch Karli erlaubte niemandem, sich um ihren Vater zu kümmern. Das übernahm sie stets selbst.

Jetzt, nach dem Essen, saßen sie schweigend in einem Zimmer, in dem Helmut gewöhnlich seine Geschäftsgäste empfing und das schlicht das »Wohnzimmer« genannt wurde. Hier konnte man sich herrlich entspannen. Roo hatte sich auf einem kleinen Diwan niedergelassen, während Karli auf einem Stuhl daneben saß.

Karli sprach mit leiser Stimme, wie er es von ihr gewöhnt war. »Stimmt etwas nicht?«

Roo wurde aus seinen Träumereien gerissen. »Nein, nein, wirklich. Ich habe nur gerade darüber nachgedacht, wie seltsam es ist, daß man ein ganzes Zimmer hat, in dem man nur sitzt und sich unterhält. In Ravensburg damals haben wir uns immer beim Essen im Gasthaus unterhalten, wo Eriks Mutter gearbeitet hat, oder wenn wir draußen etwas zu tun hatten.«

Das Mädchen nickte, hielt den Blick jedoch zu Boden gerichtet. Wieder senkte sich Schweigen über den Raum.

Nach einer Weile fragte Roo: »Wann wird dein Vater zurück sein?«

»In zwei Wochen, wenn alles wie geplant verläuft.« Roo betrachtete das mollige Mädchen. Sie hielt die Hände still im Schoß, und ihre Haltung war aufrecht, doch weder steif noch starr. Ihre niedergeschlagenen Augen gaben ihm die Möglichkeit, ungestört ihr Gesicht zu betrachten. Er hatte seit dem Tag, an dem sie sich kennengelernt hatten, nach etwas gesucht, was ihn an ihr ansprechen könnte. Seine Pläne, das Mädchen zu umwerben und zu gewinnen, hatte er kalten Herzens gemacht, denn einzig der Gedanke, das Geschäft ihres Vaters zu benutzen, um seinen Aufstieg als Händler zu beschleunigen, trieb ihn an; doch jedes Mal, wenn er die Gelegenheit hatte, sie um ihre Hand zu bitten, fiel ihm nichts ein, was er hätte sagen können. Zuletzt war er zu dem Schluß gekommen, daß er nichts an ihr auch nur im mindesten anziehend fand.

Er war schon mit Huren zusammengewesen, die weitaus häßlicher als Karli waren, die aus dem Mund nach Wein und schlechten Zähnen gerochen hatten, doch das war auf dem Marsch gewesen, während des Krieges, und die Aussicht auf den drohenden Tod hatte ihn dazu gebracht, ihre Dienste in Anspruch zu nehmen. Hier jedoch lagen die Dinge anders.

Hier ging es um eine Verbindung auf Lebenszeit und um eine große Verantwortung, die er damit zu übernehmen hatte. Ja, er dachte ständig über eine Heirat und Kinder mit diesem Mädchen nach, obwohl er doch so gut wie nichts über sie wußte.

Luis hatte ihm geraten: »Umwerbe sie«, und de Loungville hatte ihm den Vorschlag gemacht, er solle nicht immer nur über sich selbst reden. Schließlich fragte Roo: »Karli?«

»Ja?« Sie blickte auf.

»Äh ...« begann er, dann sprudelte er heraus: »Was denkst du eigentlich über diesen neuen Vertrag mit dem Palast?«

Roo schalt sich selbst einen törichten Narren, ehe er die Worte noch ganz heraushatte. Er wollte sich dem Mädchen als Geliebter und Ehemann präsentieren, und seine erste Frage drehte sich abermals ums Geschäft.

Doch anstelle von Entrüstung zeigte sie sogar ein schwaches Lächeln. »Du möchtest meine Meinung darüber hören?« fragte sie schüchtern nach.

»Nun, du kennst deinen Vater«, fügte er rasch hinzu. »Du hast stets beobachten können, wie er arbeitet ... dein ganzes Leben lang, denke ich.« Mit jedem Wort glaubte er sich zu einem größeren Narren zu machen. »Ich meine, du wirst doch sicherlich auch selbst wissen, was du davon zu halten hast. Was meinst du?«

Das Mädchen lächelte etwas breiter. »Ich glaube, dadurch wirst du ein regelmäßiges Einkommen haben, wenn auch nur ein bescheidenes, aber immerhin ist es nicht so riskant, als würdest du nur von Luxusgütern abhängen.«

Roo nickte. »Das habe ich mir auch gedacht.« Er beschloß, ihr nicht zu erzählen, daß er der einzige Spediteur war, dem der Prinz die Beförderung dieser Waren anvertrauen wollte.

»Vater spricht immer davon, man müsse möglichst große Gewinne machen, aber dabei geht er auch stets große Risiken ein. Er hat beizeiten schwere Rückschläge hinnehmen müssen.« Sie senkte die Stimme, als ihr auffiel, daß sie gerade Kritik an ihrem Vater geübt hatte. »Er erinnert sich lieber an die guten Zeiten und vergißt die schlechten.«

Roo schüttelte den Kopf. »Nun, da bin ich geradewegs das Gegenteil, glaube ich. Ich erinnere mich zu oft an die schlechten Zeiten.« Dann schoß ihm plötzlich ein Gedanke durch den Kopf, den er in dieser Klarheit noch nie gefaßt hatte. »Um die Wahrheit zu sagen, in meinem Leben hat es auch nicht besonders viele gute Zeiten gegeben.« Sie schwieg, also lenkte er das Gespräch wieder auf das alte Thema. »Also denkst du, der Vertrag mit dem Palast wäre gut.«

»Ja«, erwiderte sie und verfiel abermals in Schweigen.

Roo überlegte, wie er verhindern könnte, daß die Unterhaltung versiegte, und fragte schließlich: »Und was findest du an dem Vertrag gut?«

Sie lächelte; und zum ersten Mal, seit er sie kennengelernt hatte, stand wirkliche Belustigung in ihrem Gesicht. Und er war überrascht, als ihm ihre Grübchen auffielen. Wie sie so lächelte, spürte er einen Augenblick lang, daß sie keineswegs so einfältig war, wie er immer geglaubt hatte.

Doch dann stieg ihm die Röte ins Gesicht, und er fragte: »Habe ich etwas Dummes gesagt?«

»Ja.« Sie schlug die Augen abermals nieder. »Du hast mir keine Einzelheiten über den Vertrag verraten, wie sollte ich also wissen, ob er gut ist?«

Roo lachte. Offensichtlich kannte sie lediglich die grundlegenden Vereinbarungen des Vertrags, und da er selbst Helmut Grindle nur wenig erzählt hatte, mußte sie noch weniger wissen. »Nun, es ist also folgendermaßen«, setzte er an.

So unterhielten sie sich, und zu seinem Erstaunen fand Roo, daß Karli besser über die Geschäfte ihres Vaters Bescheid wußte, als er je erwartet hätte. Und mehr noch, sie hatte einen rechten Sinn fürs Geschäft; sie stellte ihm Fragen zu den wichtigsten Bedingungen und entdeckte Schwachpunkte, die Roo übersehen hatte.

Im Verlaufe des Abends hatte Roo eine Flasche Wein aufgemacht, die sie gemeinsam tranken. Er hatte Karli nie zuvor etwas trinken sehen und warf sich nun vor, daß er dieses Mädchen bisher nicht ausreichend beachtet hatte. Über die Wochen hinweg, in denen er ihr den Hof gemacht hatte, hatte er sie stets nur beeindrucken, doch niemals kennenlernen wollen.

Als sie aufstand und den Docht der Lampe nachstellte, hörte er einen Hahn krähen. Er sah aus dem Fenster, wo der Himmel bereits graute. »Götter!« entfuhr es ihm. »Wir haben die ganze Nacht geredet.«

Karli lachte und errötete. »Aber ich habe es sehr genossen.«

»Bei Sung« – Roo beschwor die Göttin der Wahrheit als Zeugin –, »das habe ich auch. Ich hatte schon lange niemanden mehr, mit dem ich mich so richtig unterhalten konnte ...« Er zögerte. Sie starrte ihn an – und lächelte.

Dem Impuls des Augenblicks folgend beugte er sich zu ihr vor und küßte sie. Sofort zog er sich verwirrt zurück, denn nie zuvor hatte er eine solche Kühnheit gewagt, aus Furcht, die ihm gesetzten Grenzen zu überschreiten.

Sie verschloß sich ihm nicht und erwiderte den Kuß mit weichen Lippen. Langsam zog Roo den Kopf zurück, und nun war seine Verwirrung vollständig. »Äh ...« brachte er mühsam hervor, »ich werde mich morgen melden – ich meine, heute abend, wenn es dir nichts ausmacht. Vielleicht könnten wir dann ein wenig über den Markt schlendern.« Und fügte in aller Eile hinzu: »Falls dir das recht ist.«

Sie senkte die Augen und schien erneut verlegen. »Ich würde es schon mögen.«

Er ging zur Tür, ohne den Blick von Karli zu wenden, als fürchte er, ihr den Rücken zuwenden zu müssen. »Und dann können wir uns weiter unterhalten.«

»Ja«, erwiderte sie, erhob sich und folgte ihm zur Tür. »Das würde ich auch mögen, sehr sogar.«

Roo flüchtete fast, solche Verwirrung hatte sich seiner bemächtigt. Draußen, nachdem die Tür zwischen ihnen zugefallen war, blieb er stehen und wischte sich über die Stirn. Er schwitzte, und ihm war ganz heiß. Was ist denn nun geschehen? fragte er sich. Er entschied, sich die Folgen seines Werbens um Helmut Grindles Tochter noch einmal genau durch den Kopf gehen zu lassen.

Um ihn herum erwachte die Stadt, und Roo kehrte in seine Schreibstube zurück, wo endlose Arbeit auf ihn wartete.

Sechs Wagen rollten vor das Tor, und eine Wache gebot Roo anzuhalten. Die Wache trug den Wappenrock des Prinzen von Krondor, den gelben Umriß eines Adlers, der über einer Bergspitze schwebt, in einem dunkelblauen Kreis. Der einzige Unterschied zu früher bestand darin, daß der Wappenrock jetzt mit königlichem Purpur und Gelb besetzt war. Denn zum ersten Mal seit langer Zeit regierte wieder ein Kronprinz, Erbe des Throns des Königreichs der Inseln, über das Westliche Reich.

Roo versuchte sich zu erinnern, was das bedeutete; eigentlich war das Tradition gewesen, bis Arutha, der Vater des Königs, den Thron von Krondor bestiegen hatte, doch nicht Erbe der Krone gewesen war. Bei Gelegenheit mußte Roo sich danach erkundigen.

»In welcher Angelegenheit?« verlangte die Wache zu wissen.

»Lieferungen für Feldwebel de Loungville«, gab Roo zurück, wie man ihn angewiesen hatte.

Bei Erwähnung dieses Namens schien wie aus dem Nichts Jadow Shati aufzutauchen, obwohl er nur im Schatten der Wachhäuschen neben dem Tor gestanden hatte. Er trug den schwarzen

Wappenrock der Einheit von Calis, auf dem nur der rote Adler über dem Herzen zu sehen war. »Laß ihn durch«, brummte er mit seiner tiefen Stimme.

Er grinste Roo an. »Sie werden sich schon noch an dein Gesicht gewöhnen, Avery.«

Roo lächelte zurück. »Wenn sie sich an deins gewöhnt haben, wird es ihnen bei meinem leichtfallen.«

Jadow lachte. »Ja, du bist wirklich ein hübsches Kerlchen.«

Dann fiel Roo etwas am Uniformrock seines alten Gefährten auf. »Du hast den dritten Streifen! Bist du jetzt Feldwebel?«

Jadows Grinsen schien noch breiter zu werden. »Das ist wohl wahr, Mann. Und Erik auch.«

»Und was ist mit de Loungville?« fragte Roo, während das Tor geöffnet wurde. Er trieb sein Gespann Maultiere voran.

»Immer noch der Herr und Meister«, beruhigte ihn Jadow. »Ist jetzt aufgestiegen in den Rang eines Hauptfeldwebels.« Während der erste Wagen mit Roo auf dem Kutschbock passierte, fügte er hinzu: »Erik wird dir weiterhelfen. Der übernimmt die Aufsicht beim Abladen.«

Roo winkte noch zum Gruß und lenkte sein Gespann in den Hof. Es war nicht seine erste Lieferung in den Palast, allerdings seine bisher größte. Eine Karawane mit Handelsgütern aus Kesh und dem Tal der Träume war aus dem Süden gekommen, und die Lieferung war für den Palast bestimmt, insbesondere für Marschall William. Die Kommissionäre des Palastes, die für die Lieferungen vom Hafen und von den Karawansereien draußen vor der Stadt zuständig waren, hatte man in Kenntnis gesetzt, daß alle Waren von Grindle und Averys Wagen in den Palast gebracht werden sollten.

Ein neuerrichtetes Lagerhaus stand an der Außenmauer des Palastes und trennte den Kasernenhof in zwei Teile. Roo hatte sich schon bei den vorangegangenen Gelegenheiten, zu denen er hier gewesen war, über seine Bauweise gewundert, jedoch nichts gesagt. Er fuhr mit seinem Wagen vor den Eingang, wo drei Gestalten warteten. Erik winkte ihm zu, das gleiche tat Greylock, einstmals Schwertmeister des Barons von Finstermoor. Neben ihnen stand der Marschall persönlich, hinter dem sich dessen Haustier hingekauert hatte, die grüngeschuppte fliegende Eidechse, wie Roo es bei sich nannte.

»Meine Herren«, rief Roo ihnen zu, während er vom Wagen heruntersteig. »Wo darf ich das abladen?«

»Das werden unsere Männer übernehmen«, unterrichtete ihn Greylock. »Es kommt hier herein.« Er deutete auf das jüngst errichtete Lagerhaus.

Erik winkte, und eine Gruppe Soldaten in schwarzen Uniformen eilten herbei und machten die Plane des Wagens los. Sie ließen die Klappe herunter und begannen, die Fracht abzuladen.

»Jadow meinte, man dürfe dir gratulieren«, erkundigte sich Roo bei Erik.

Erik zuckte mit den Schultern. »Wir sind befördert worden.«

Greylock legte Roo die Hand auf die Schulter. »Sie brauchten den Rang. Die Anzahl der Offiziere bei uns wächst stetig an.«

Das Haustier des Marschalls zischte, und Lord William beruhigte es. »Psst, Fantus. Rupert hat uns schon früher gedient. Hauptmann Greylock wird schon keine Staatsgeheimnisse an den Feind verraten.«

Das Geschöpf, ein Feuerdrache, wie Roo sich nun erinnerte, schien den Marschall verstanden zu haben und ließ sich neben ihm nieder. Es reckte den Hals, und Lord William kratzte ihm den Kopf.

»Hauptmann Greylock?« fragte Roo. »Nanu.«

Greylock zuckte wie Erik mit den Schultern. »Das macht den Umgang mit den regulären Truppen hier leichter. Unsere Einheit ist ein wenig … ungewöhnlich«, erklärte er und blickte zu Lord William, um sich zu vergewissern, ob er seine Befugnisse nicht überschritt, wenn er Roo davon erzählte. Doch der Marschall reagierte überhaupt nicht, und so fuhr Greylock fort: »Es gibt viel zu tun, und mit diesem Rang brauche ich nicht ständig jemanden um Erlaubnis zu bitten.«

Lord William lächelte und ergänzte: »Nur mich natürlich.«

»Und den Hauptmann«, fügte Erik noch hinzu.

»Welchen Hauptmann?« fragte Roo.

Greylock lächelte. »Ich bin ›ein‹ Hauptmann, Roo. Und es gibt nur einen Mann, der ›der‹ Hauptmann ist. Calis.«

»Ach so«, gab Roo zurück. Inzwischen wurde der zweite Wagen abgeladen. Roo winkte dem Fuhrmann zu und rief: »Bringt ihn zurück zum Geschäft. Ich werde gleich nachkommen.«

Der Fuhrmann, ein früherer Soldat dieses besonderen Kommandos, machte zur Antwort eine Handbewegung und trieb die Maultiere an, wendete und fuhr auf das Tor zu.

»Wo ist denn *der* Hauptmann?« fragte Roo.

»Im Palast. Er bespricht sich mit dem Prinzen«, erklärte Greylock. Marschall William warf Greylock einen scharfen Blick zu und schüttelte sachte den Kopf.

Roo blickte zu Erik, der aufmerksam das Abladen überwachte. Roo seufzte hörbar. »Sehr gut. Ich werde schon nichts verraten. Aber wann brecht ihr auf?«

Marschall William baute sich vor Roo auf. »Was meint Ihr damit?«

Roo lächelte. »Ich habe vielleicht nicht Militärwesen studiert wie mein Freund Erik, mein Lord, aber ich war auch mal Soldat.« Er blickte auf den wachsenden Haufen von Waren im Lagerhaus. »Das ist nicht der gewöhnliche Vorrat für die besondere Garnison hier im Palast. Ihr rüstet Euch zu einer Expedition. Ihr werdet wieder« – er sah William geradewegs ins Gesicht – »hinunterfahren.«

Marschall William erwiderte: »Ihr solltet solche Überlegungen besser für Euch behalten, Rupert Avery. Wir haben Vertrauen zu Euch, aber nur bis zu einem gewissen Punkt.«

Roo zuckte mit den Schultern. »Außerhalb dieser Mauern kommt kein Wort über meine Lippen, also macht Euch keine

Sorgen.« Dann fiel ihm noch etwas ein, und er fügte hinzu: »Aber ich bin nicht der einzige, der zu diesem Schluß kommen könnte, wenn man nur beobachtet, was hineingebracht wird und nicht wieder herauskommt.«

Man konnte Marschall William ansehen, wie sehr ihm diese Bemerkung gegen den Strich ging. Er wandte sich an Greylock und Erik. »Achtet darauf. Ich glaube, ich muß mit Herzog James reden.« Er schnippte mit den Fingern und zeigte in den Himmel, und der Feuerdrache sprang in die Luft und schlug wild mit den Flügeln. William wandte sich an den entsetzten Roo: »Ich habe ihm gesagt, er solle jagen gehen. Er ist alt und behauptet immer, er könnte nicht mehr so gut sehen wie früher, aber in Wirklichkeit ist er nur faul. Wenn ich ihn vom Küchenpersonal mit Resten füttern lasse, ist er bald so groß wie Eure Maultiere und wird gar nicht mehr abheben können.« Bei den letzten Worten hatte er ein bedauerndes Lächeln aufgesetzt.

Der Marschall ging davon, und Roo fragte: »Er behauptet, nicht mehr so gut sehen zu können wie früher?«

Erik lachte. »Unterschätzt nur den Marschall nicht. Ich habe einige Geschichten über ihn gehört, vom Personal im Palast.«

Greylock fiel in sein Lachen ein. »Sie sagen, er könnte mit Tieren reden, und sie könnten ebenfalls mit ihm sprechen.«

Roo suchte in ihren Gesichtern nach einem Zeichen dafür, daß sie Schabernack mit ihm trieben; Erik bemerkte die fragende Miene seines Freundes. »Nein, nein, ganz im Ernst. Ich habe es selbst gesehen, wie er mit Pferden gesprochen hat.« Er schüttelte den Kopf. »Bei den Göttern, es ist wahr!« Er sah hinter dem Marschall her. »Denk dir nur, was für ein Pferdeheiler er geworden wäre.«

Greylock legte Erik die Hand auf die Schulter. Eriks Begabung, was das Heilen von Pferden betraf, hatte schon vor Jahren die Aufmerksamkeit von Greylock erregt, und dadurch hatte sich trotz des Standesunterschieds so etwas wie eine väterliche Freundschaft zwischen den beiden entwickelt. »Es gehört mehr dazu, als nur zu wissen, daß ein Tier unter Schmerzen leidet, Erik: Was soll ein Pferd dir über ein geschwollenes Bein sagen oder über einen Abszeß? ›Es tut weh‹ ist alles, was Lord William dann zu hören bekommt, wie man mir gesagt hat. Und man muß die Krankheit doch selbst heilen.«

»Vielleicht«, gestand Erik zu. Er wandte sich an Roo. »Hast du irgendeine Idee, wie du deine Lieferungen besser verschleiern könntest?«

»Aus dem Stegreif, nein. Vielleicht könnte man vortäuschen, daß auch wieder Dinge aus dem Palast herausgebracht werden.« Er deutete an seinem letzten Wagen vorbei, auf das Tor hin. »Laßt sie in den Palast fahren, schickt sie dort irgendwohin, aber laßt sie das hier sehen.« Er zeigte auf das Lagerhaus.

»Sie sollen das sehen?« fragte Greylock.

»Ja, genau«, meinte Roo. Erik kannte das Lächeln, das sein Freund nun aufsetzte, nur zu gut.

Und er mußte ebenfalls grinsen. »Sollen sie es ruhig sehen.« Er wandte sich an Greylock. »Sollen sie es ruhig sehen! Ja. Wir lassen sie sehen, was sich hier drin befindet, aber es wird nur das sein, was wir sie sehen lassen wollen.«

Greylock rieb sich das Kinn. »Vielleicht. Was sollten wir sie denn sehen lassen?«

»Also, diese Eidechsenmenschen wissen, daß wir uns auf sie vorbereiten.« Mit einer weiten Geste erfaßte Roo die Fassade des Gebäudes. »Laßt das hier doch einfach wie eine neue Kaserne aussehen. Ein Ort, an dem eine große Armee innerhalb des Palastes untergebracht ist, wird wenig Aufmerksamkeit auf sich ziehen.«

Greylock nickte. »Das könnte eine Lösung sein.«

Erik zuckte mit den Schultern. »Wir wissen, sie haben ihre Spione in der Stadt. Davon sind wir stets ausgegangen.«

In diesem Augenblick kam eine Wache angelaufen. »Mein Lord«, rief der Mann.

Greylock lächelte unsicher. »Ich werde mich nie dran gewöhnen.«

»Mein Lord?« fragte Roo.

Erik grinste. »Wir haben alle einen Adelsrang erhalten, damit uns die kleinen Beamten des Palastes nicht im Weg stehen. Im Augenblick wissen alle noch nicht recht, wer welchen Rang hat, und so werden wir von denen, die nicht zu unserer Truppe zählen, mit ›Lord‹ angesprochen.«

»Was gibt es?« erkundigte sich Greylock.

»Vor dem Tor steht ein Mann, mein Lord, der den Meister dieser Fuhrleute sprechen will.«

»Wer ist es?« wandte sich Roo an die Wache.

»Er sagt, er sei Euer Cousin ...« Und nach einem Moment des Zögerns fügte er hinzu: »Sir.«

Roo rannte sofort auf das Tor zu. Davor saß Duncan auf einem Pferd und machte ein besorgtes Gesicht.

»Was ist los?« wollte Roo wissen.

Duncan sagte: »Helmut. Er wurde verletzt.«

»Wo ist er?«

»Wieder zu Hause. Karli hat mich geschickt. Ich soll dich holen.«

»Steig ab«, forderte Roo seinen Cousin auf.

Duncan tat wie geheißen. »Ich fahre mit dem Wagen zurück.«

Roo nickte, gab dem Pferd die Sporen und hatte es bereits zum Galopp angetrieben, ehe Duncan das letzte Wort noch ganz ausgesprochen hatte.

Während er in wildem Galopp durch die Straßen der Stadt zum Haus seines Partners hetzte, hätte Roo beinahe ein halbes Dutzend Passanten umgeritten. Draußen vor der Tür fand er zwei seiner Angestellten vor und warf einem von ihnen die Zügel zu, lief an dem zweiten vorbei und machte sich zum Eingang auf.

Luis wartete drinnen schon auf ihn. »Er wurde überfallen.«

»Wie geht's ihm?« fragte Roo.

Luis schüttelte den Kopf. »Schlecht. Karli ist oben bei ihm.«

Roo eilte die Treppe hinauf, und dabei fiel ihm auf, daß er das obere Stockwerk des Hauses nie betreten hatte. Er sah in eine Tür hinein. Das kleine Zimmer dahinter war einfach möbliert und gehörte vermutlich der Magd. Das nächste war mit seidenen Vorhängen, bunten Wandbehängen und warmen Wollteppichen ausgestattet; das schien Karlis Zimmer zu sein.

Vom Ende des Flurs her hörte er ihre Stimme. Die Tür war offen, und als er das Zimmer betrat, sah er seinen Geschäftspartner auf dem Bett liegen, die Tochter an seiner Seite. Karli war bleich, hielt die Tränen jedoch zurück. Auf der anderen Seite des Betts stand ein Priester von Kilian, der Göttin der Bauern, Förster und Seeleute. Und da sie auch die Göttin der Natur war, übten ihre Priester zudem die Tätigkeit von Heilern aus, wobei die Kranken allerdings genausooft starben, wie sie genasen.

»Wie geht es ihm?« fragte Roo.

Karli schüttelte nur den Kopf, während der Priester Auskunft gab: »Er hat viel Blut verloren.«

Roo trat an die Seite des Betts und betrachtete den alten Mann. Wie zerbrechlich er wirkt, dachte Roo. Sein Kopf war verbunden, seine Brust ebenso.

»Was ist passiert?« fragte Roo.

»Er wurde letzte Nacht überfallen, draußen vor der Stadt«, berichtete Karli, und ihre Stimme klang wie die eines Kindes. »Bauern haben ihn in einem Graben gefunden und hierhergebracht, nachdem du heute morgen zum Palast aufgebrochen warst. Ich habe nach dem Priester schicken lassen, und als er hier war, hat Duncan dich geholt.«

Roo zögerte, dann erinnerte er sich an die Lektionen, die er von Nakor während seiner Zeit in der Armee erhalten hatte. Er malte zwei Zeichen in die Luft und legte die Hand auf Helmuts Brust. Augenblicklich spürte er, wie die Energie aus seinen Händen strömte.

Der Priester blickte ihn mißtrauisch an. »Was tut Ihr da?« fragte er.

»Diese Heilmethode hat mir jemand beigebracht«, antwortete Roo.

»Wer?« fragte der Priester.

Um nicht erklären zu müssen, wer Nakor war und was es mit ihm auf sich hatte, erwiderte Roo schlicht: »Von einem Mönch der Dala.«

Der Priester nickte. »Ich dachte, ich hätte es als Reiki erkannt.« Und mit einem Schulterzucken fügte er hinzu: »Schaden kann es ja nicht. Entweder heilt es ihn, oder es erleichtert ihm wenigstens den Abschied von diesem Leben.«

An Karli gewandt fuhr der Priester fort: »Falls er das Bewußtsein wiedererlangt, gebt ihm diese Kräuter in warmem Wasser zu trinken. Und sobald er kann, soll er etwas essen: warme Brühe und Brot.«

In Karlis Augen flackerte plötzlich Hoffnung auf. »Wird er gesund werden?«

Das Benehmen des Priesters konnte man bestenfalls als schroff bezeichnen, wenn er auch wenigstens die Stimme gesenkt hielt. »Ich sagte: ›Falls er das Bewußtsein wiedererlangt.‹ Das ist dem Willen der Göttin überlassen.«

Ohne ein weiteres Wort verließ der Priester das Zimmer, und Roo und Karli blieben allein zurück. Die Zeit zog sich zäh dahin. Nachdem Roo eine Stunde lang für Helmut getan hatte, was im Rahmen seiner Möglichkeiten lag, beendete er die Behandlung. Seine Hände kribbelten noch immer von der Energie, die er dem Kranken gespendet hatte.

Er beugte sich zu Karli herüber und flüsterte ihr ins Ohr: »Ich komme gleich zurück. Aber ich muß mich um ein paar Dinge kümmern.«

Sie nickte, und er trat aus dem Zimmer in den Flur und ging nach unten, wo Luis und Duncan auf ihn warteten. »Wie geht es ihm?« fragte Duncan.

»Nicht gut«, antwortete Roo. Er schüttelte den Kopf. Vielleicht würde der alte Mann nicht wieder zu Bewußtsein kommen.

»Was jetzt?« fragte Luis.

»Geh wieder in die Schreibstube und sorge dafür, daß alle ihre Arbeit tun«, trug Roo ihm auf. Luis nickte und verschwand. Roo sah Duncan an. »Geh runter zu den Wirtshäusern am Tor. Versuche herauszufinden, ob dort nicht irgendwer etwas darüber weiß, was sich eigentlich ereignet hat. Und versuch insbesondere, diese Bauern aufzutreiben, die Helmut gefunden haben. Ich möchte mit ihnen sprechen.«

Duncan fragte: »Du glaubst nicht an Banditen ...«

»So nah an der Stadt?« erwiderte Roo. »Nein. Ich denke ... Ach, ich will gar nicht denken.« Er nahm seinen Cousin am Arm und führte ihn zur Tür. »Ich bin so müde, ich kann kaum noch aus den Augen gucken, und der Tag ist erst halb vorbei.« Er seufzte. »Finde soviel heraus, wie du kannst. Ich werde hier sein.«

Duncan klopfte seinem Cousin auf die Schulter und ging. Roo sah das Dienstmädchen neben der Küchentür stehen. Der Kummer war ihr deutlich anzumerken.

»Mary«, bat Roo sie, »bring Karli etwas Tee.« Als das Mädchen zögerte, fügte Roo hinzu: »Danke.« Das Mädchen nickte und verschwand wieder in der Küche.

Roo kehrte nach oben zurück. In Helmuts Zimmer stellte er sich hinter Karli. Er zögerte, dann legte er ihr die Hand auf die Schulter. »Ich habe Mary gebeten, dir etwas Tee zu bringen.«

»Danke«, antwortete sie, nahm den Blick jedoch nicht von ihrem Vater.

Der Tag schleppte sich endlos dahin, bis es endlich Abend wurde und dämmerte. Duncan kehrte zurück. Er hatte nichts herausgefunden. Das, was ihm die Bauern erzählt hatten, brachte sie nicht weiter. Roo sagte ihm, er solle in den Wirtshäusern ums Tor herum nach Männern Ausschau halten, die herumprahlten oder plötzlich reich geworden waren. Er hatte keine Ahnung, was Helmut auf dem Rückweg von Finstermoor geladen haben mochte, aber eins wußte er sicher: Es mußten Gegenstände von Wert gewesen sein; und wer immer Roos Partner ausgeraubt hatte, er hatte Grindle und Avery um mehr als zwei Drittel ihres gegenwärtigen Kapitals gebracht. Mehr als der Gewinn eines ganzen Jahres war verloren.

Es war dunkel geworden. Mary brachte das Abendbrot, aber weder Roo noch Karli aßen davon. Sie betrachteten den still daliegenden Helmut, der mit dem Tode rang. Sein Atmen wurde etwas leichter – zumindest glaubte Roo das zu bemerken –, doch während der frühen Nachtstunden regte sich der Mann kaum mehr.

Karli döste, den Kopf auf das Bett ihres Vaters gelegt, während Roo auf dem Stuhl einschlief, den er sich aus dem Wohnzimmer geholt hatte. Er wachte auf, als jemand seinen Namen sagte.

Sofort trat er zu Karli. Helmut blinzelte. Es war der alte Mann gewesen, der seinen Namen gesagt hatte.

»Vater!« Karli beugte sich über ihn.

Roo schwieg, während das Mädchen den Vater umarmte. Der alte Mann flüsterte etwas, und die Tochter zog sich ein wenig zurück. »Er hat deinen Namen gesagt.«

Roo beugte sich über den Verletzten. »Ich bin hier, Helmut.«

Der alte Mann streckte die Hand nach ihm aus und flüsterte: »Karli. Sorge für sie.«

Roo wandte sich um. Das Mädchen hatte nicht gehört, was Helmut gesagt hatte. Roo erwiderte ebenso leise: »Das werde ich, Helmut. Darauf gebe ich dir mein Wort.«

Dann flüsterte der alte Mann noch ein einziges Wort. Roo stand auf und wußte, daß ihm der Zorn ins Gesicht gemeißelt stehen mußte, denn das Mädchen blickte ihn überrascht an und fragte: »Was ist?«

Roo zwang sich zur Ruhe. »Ich werde es dir später erzählen.« Er betrachtete den alten Mann, dessen Lider flatterten. »Er braucht dich, Karli.«

Karli nahm seine Hand. »Ich bin hier, Vater«, hauchte sie, doch der alte Mann verlor abermals das Bewußtsein.

Kurz vor der Morgendämmerung starb Helmut Grindle.

Die Zeremonie war schlicht, denn Roo wußte, der alte Mann hätte es sich so gewünscht. Karli trug den schwarzen Schleier der Trauer und sah schweigend zu, wie die Priester von Lims-Kragma, der Göttin des Todes, den Segen erbaten und dann den Scheiterhaufen entzündeten.

Im inneren Hof des Tempels herrschte reger Betrieb; hier fand an diesem Morgen ein halbes Dutzend Beerdigungen statt – jede zwar in einem anderen, abgetrennten Bereich des Tempelgartens, doch über die abschirmenden Hecken hinweg konnte man den dunklen Rauch anderer Scheiterhaufen aufsteigen sehen.

Sie warteten in der Stille, Karli, Roo, Duncan, Luis, Mary und zwei Fuhrleute, die die Angestellten von Grindle und Avery vertraten.

Roo blickte in die Runde und dachte für sich, daß es ein bescheidener Abgang für einen Mann war, der sein ganzes Leben lang feinste Waren an die Mächtigen des Königreichs verkauft hatte. In den beiden letzten Tagen waren einige Kondolenzbriefe von anderen Geschäftsleuten gekommen, doch keiner der Adligen, die zu den besten Kunden Grindles gezählt hatten, hatte es für nötig befunden, auch nur ein paar Zeilen des Trostes an die Tochter des Händlers zu richten. Roo schwor sich eines: Wenn er eines Tages sterben sollte, würden die Reichen und Mächtigen nicht umhinkommen, ihre Anteilnahme auszudrücken.

Als die Flammen schließlich die Leiche verzehrt hatten, wandte sich Karli um. »Gehen wir.«

Roo bot ihr den Arm und geleitete das Mädchen zu einer Mietkutsche. Mary und Karli stiegen ein. »Der Tradition nach steht den Angestellten nun ein Abschiedstrunk zu«, meinte Roo. »Wir werden das im Lagerhaus erledigen. Wirst du ohne mich zurechtkommen?«

»Mir geht es gut«, beruhigte ihn Karli. Obschon sie blaß im Gesicht war, klang ihre Stimme gefaßt, und in ihren Augen zeigten sich keine Tränen. Gestern schon hatte sie aufgehört zu weinen und seitdem eine Stärke an den Tag gelegt, die Roo nicht erwartet hatte.

»Ich werde später vorbeikommen«, versprach er, um dann hinzuzufügen: »Falls es dir recht ist, natürlich.«

»Ich würde es begrüßen«, gab sie lächelnd zurück.

Roo schloß die Tür der Kutsche und rief: »Kutscher, fahr sie nach Hause.«

Duncan, Luis und die Fuhrleute begleiteten Roo schweigend, während sie Krondors Tempelplatz hinter sich ließen. Schließlich, als sie den halben Weg zum Lagerhaus zurückgelegt hatten, stöhnte Luis: »Götter, ich hasse Beerdigungen.«

Duncan stimmte zu. »Ich glaube, nicht einmal die Göttin des Todes mag sie besonders.«

Roo nickte. »Und man stinkt eine ganze Woche lang nach Rauch.«

Einer der Fuhrleute ergänzte: »Und nach Tod.«

Roo warf dem Mann einen Blick zu. Eine der Eigentümlichkeiten des Tempels der Todesgöttin war der stete Holzrauch, der über dem Platz hing. Den Scheiterhaufen wurden Kräuter und parfümierte Hölzer beigegeben, doch trotzdem hing immer eine Note von etwas anderem im Rauch, etwas, an das Roo nicht einmal denken mochte. Er hatte den Geruch während der Plünderung von Maharta zu Genüge in die Nase bekommen. Niemals in seinem ganzen Leben würde er den Gestank von brennendem Menschenfleisch wieder vergessen können.

Sie erreichten das Lagerhaus, traten ein und fanden drinnen die Fuhrmänner und Arbeiter vor, die mit gesenkten Köpfen herumstanden. Auf einer Bank warteten einige Flaschen Starkbier, die nun geöffnet wurden. Als jeder Mann eine in den Händen hielt, ergriff Roo das Wort. »Helmut Grindle. Ein harter, aber gerechter Mann, ein guter Partner, ein liebender Vater und jemand, der Respekt verdiente.«

»Möge Lims-Kragma seiner Seele gnädig sein«, erbat Luis den Segen für den Verstorbenen.

Sie tranken auf Helmuts Andenken, und danach gaben alle zum besten, was sie über ihn wußten. Keiner der Anwesenden war länger für ihn tätig gewesen als Roo. So erfolgreich Helmut gewesen sein mochte, bevor er sich mit Roo zusammengetan hatte, hatte er stets für sich allein gearbeitet. In weniger als einem Jahr hatte Roo Grindles Einkommen verdreifacht, und jetzt arbeiteten neben Duncan und Luis sieben weitere Männer für Grindle und Avery.

Da es nach der kurzen Zeit, in der die Männer in Grindles Diensten gestanden hatten, nicht viele Geschichten zu erzählen gab, wandte sich das Gespräch bald den Todesumständen des alten Mannes zu. Roo hörte eine Weile zu, dann schickte er die Leute früher als gewöhnlich nach Hause.

Kurz danach brach auch Roo auf. Aufgebracht und in finstere Gedanken versunken, wäre er beinah an Karlis Haus vorbeigegangen. Nachdem er an die Tür geklopft hatte, öffnete Mary ihm und trat augenblicklich zur Seite, um ihm Einlaß zu gewähren.

Karli hatte die traditionell schwarzen Trauerkleider abgelegt und trug ein Kleid, das einem festlichen Anlaß eher angemessen gewesen wäre: hellblau und seidenbesetzt, wie es war. Zu seiner Überraschung wartete das Abendessen bereits auf ihn, und plötzlich wurde Roo bewußt, wie hungrig er war.

Ohne ein Wort der Unterhaltung aßen sie. Schließlich brach Karli das Schweigen: »Du bist so abwesend.«

Roo errötete. »Die Wut über den Tod deines Vater hat mich ganz vergessen lassen, was du durchmachen mußt.« Er streckte die Hand über die Ecke des Tisches hin aus und ergriff die ihre. Sanft drückte er sie. »Es tut mir leid.«

Karli erwiderte den Händedruck. »Braucht es nicht. Ich kann dich schon verstehen.«

Sie beendeten das Essen, und Mary räumte den Tisch ab, während sie ins Wohnzimmer hinübergingen. Roo sagte nichts, als sie ihm einen Branntwein brachte, und zwar einen weitaus edleren, als ihr Vater ihm je angeboten hatte. Von überraschend starken Gefühlen plötzlich überwältigt, hob Roo das Glas: »Auf Helmut!«

Karli setzte sich. »Ich kann es noch gar nicht begreifen, daß er nicht gleich durch diese Tür hereinkommen wird.«

Roo blickte zur Tür und nickte. »Ja.« Er fühlte das gleiche.

»Was soll ich bloß tun?«

»Wie meinst du das?« fragte Roo.

»Jetzt, wo Vater gegangen ist ...« Plötzlich füllten sich ihre Augen wieder mit Tränen, und Roo legte ihr die Arme um die Schultern, während sie an seiner Brust schluchzte.

»Karli«, begann er nach einem Augenblick, »ich habe deinem Vater versprochen, für dich zu sorgen.«

Karli erwiderte: »Ich weiß, du hast es gut gemeint, aber du sollst jetzt nichts sagen, was dir hinterher leid tun würde.«

»Worauf willst du hinaus?« wollte Roo wissen.

Karli gab sich alle Mühe, ihre Stimme ruhig klingen zu lassen. »Ich weiß, Vater wollte uns verheiraten, Rupert. Du bist der erste von denen, die um meine Hand anhielten, den er mochte. Aber ich weiß auch, daß er in die Jahre kam und sich aus diesem Grunde Sorgen machte. Er hat nie mit mir darüber gesprochen, aber es war so offensichtlich ... Er hat gehofft, wir würden uns einfach ... entschließen zu heiraten.

Das Geschäft gehört jetzt dir. Dennoch brauchst du dich mir gegenüber nicht verpflichtet zu fühlen.«

Roo vermeinte, der Raum würde sich plötzlich drehen. Er wußte nicht, ob es am Branntwein lag, an dem langen Tag, am Zorn oder an diesem seltsamen, oftmals so unergründlichen Mädchen.

»Karli, ich weiß, welche Pläne dein Vater mit uns hatte.« Er senkte den Blick. »Und um die Wahrheit zu sagen, als ich dir anfangs den Hof gemacht habe, wollte ich nur seine Zustimmung gewinnen, ohne an dich oder deine Gefühle zu denken.«

Er verfiel für einen Moment in Schweigen. »Ich weiß nicht, ob du mir das glauben wirst, aber ich ... habe dich sehr zu schätzen gelernt. Ich finde … Ich genieße die Zeit, die wir zusammen verbringen. Natürlich fühle ich mich deinem Vater verpflichtet, aber meine Gefühle dir gegenüber sind stärker.«

Sie sah ihm fest in die Augen. »Lüg mich nicht an, Rupert.«

Er ließ seine Arme auf ihrer Hüfte liegen. »Das würde ich nie tun. Ich meine es ernst, Karli. Und ich möchte es dir beweisen.«

Sie schwieg, studierte sein Gesicht. Sekunden zogen sich wie Stunden dahin, doch sie wandte den Blick nicht von ihm ab, und schließlich nahm sie seine Hand. »Komm mit mir.«

Sie führte ihn die Treppe hinauf in ihr Zimmer. Schloß die Tür hinter ihm. Sie legte ihre Hand auf seine Brust und schob ihn zum Fußende ihres Bettes, bis er sich dort gesetzt hatte. Schnell hatte sie die Bänder ihres Kleides gelöst und es zu Boden fallen gelassen. Dann machte sie die Träger ihres Leibchens los und ließ es auf das Kleid fallen. Nackt stand sie vor ihm, im Licht einer einzigen Kerze.

Karlis Brüste waren jung und fest, doch ihre Taille war mehr als üppig, und das gleiche galt für Hüften und Schenkel. Ihr Gesicht konnte man trotz allem nicht hübsch nennen, außer den Augen, welche im schwachen Licht glänzten.

»Das bin ich«, flüsterte sie, und in ihrer Stimme schwangen ungezählte Gefühle mit. »Ich bin ein einfaches Mädchen. Noch dazu ein dickes. Und ich habe auch keinen reichen Vater mehr. Kannst du diese Frau lieben?«

Roo spürte, wie sich seine Augen mit Tränen füllten, während er sich erhob und sie in die Arme nahm. Er schluckte heftig, zwang seine Stimme, ruhig zu klingen, und erwiderte: »Ich bin, glaube ich, auch nicht gerade der Schönling, dem die Damen hinterhergucken.« Eine einzelne Träne rann ihm über die Wange. »Manche Leute haben mich immer Rattengesicht genannt. Und das war noch nicht das Schlimmste. Die Blicke, die sind noch viel schlimmer.«

Sie legte den Kopf auf seine Brust. »Bleib bei mir.«

Später lag Roo auf dem Rücken und starrte in die Dunkelheit, während Karli in seinen Armen schlief. Sie hatten sich geliebt, unbeholfen und hektisch, eher die Anerkennung des anderen suchend denn freiherzig etwas von sich gebend. Karli hatte sich in den Dingen der Liebeskunst als unerfahren herausgestellt, und gezwungenermaßen hatte Roo achtsamer sein müssen, als er wollte.

Irgendwann hatte er ihr versprochen, sie zu heiraten, und nun war er sich vage bewußt, daß sie miteinander verlobt waren und heiraten würden, wenn die Trauerzeit zu Ende war. Doch in der Dunkelheit wandte sich sein Denken wieder der Wut und dem Plan zu, den er mit Duncan und Luis geschmiedet hatte. Denn eins hatte er Karli nicht preisgegeben, nämlich das, was ihr Vater ihm im Augenblick seines Todes zugeflüstert hatte.

Es war ein Name gewesen. »Jacoby.«

Zehn

Pläne

Roo hob die Hand.

»Es gibt drei Dinge, die ich mit euch besprechen muß«, teilte er den Männern mit.

Karli hatte ihm erlaubt, sich mit Luis und Duncan im Eßzimmer zu treffen. Sie hatte sogar nicht einmal Enttäuschung gezeigt, als er sie darum gebeten hatte, sie alleine zu lassen.

Luis blickte Duncan an, der nur mit der Schulter zuckte. Er hatte keine Ahnung, was nun folgen würde.

»Wir haben uns hier und nicht im Lagerhaus getroffen, weil uns bei dem, was ich jetzt mit euch besprechen will, niemand belauschen darf.«

»Hast du einen Verdacht gegen einen der Arbeiter?« fragte Luis.

Roo schüttelte den Kopf. »Nein, aber je weniger Leute wissen, was wir planen, desto kleiner ist die Gefahr, daß unsere Feinde etwas davon erfahren.«

»Feinde?« fragte Duncan. »Mit wem stehen wir denn neuerdings im Krieg.«

Roo senkte die Stimme und flüsterte fast. »Es gibt da einen Haufen Dreck, der frei herumläuft und auf den Namen Tim Jacoby hört. Und der hat Helmut getötet.«

»Jacoby?« fragte Luis nach.

Duncan nickte. »Sohn eines Händlers namens Frederick Jacoby. Jacoby und Söhne.«

Luis schüttelte den Kopf. »Nie von denen gehört.«

»Wenn du einige Monate im Fuhrgeschäft gearbeitet hast, wirst du den Namen kennen«, belehrte ihn Roo. »Sie sind zwar nicht unsere größten Rivalen, aber sie sind wichtig.« Roo lehnte sich zurück, unfähig, seine Niedergeschlagenheit zu verhehlen. »Helmut hat mir gesagt, es wären die Jacobys gewesen, die seinen Wagen ausgeraubt haben.«

»Können wir nicht zur Stadtwache gehen?« schlug Luis vor.

»Womit?« wandte Duncan ein. »Wir haben keine Beweise.«

»Wir haben die Erklärung eines Sterbenden«, gab Luis zu Bedenken.

Duncan schüttelte den Kopf. »Wenn Roo ein Adliger wäre oder so, vielleicht, aber ohne daß jemand Wichtiges es gehört hat, ein Priester oder zumindest ein Wachtmeister, steht Roos Wort gegen das von diesem Jacoby.«

»Und sein Vater hat zudem noch die besten Verbindungen«, räumte Roo ein. »Sie arbeiten mit den größeren Handelsgesellschaften des Westlichen Reiches zusammen, und falls ich irgend etwas in dieser Art öffentlich behaupte, werden sie mich einen Lügner schimpfen und mir unterstellen, ich wollte bloß ihr Geschäft schädigen.«

Luis zuckte mit den Schultern. »Immer das gleiche mit den Mächtigen; sie können das tun, was wir nicht können.«

»Ich habe mich schon halb entschlossen, Tim Jacoby heute nacht einen Besuch abzustatten«, verriet Roo.

»Das kannst du natürlich machen, mein junger Roo.« Luis beugte sich vor und legte die verkrüppelte Rechte auf den Tisch, derweil er mit dem linken Zeigefinger auf Roo wies. »Aber frag dich nur eins: Was soll dir das einbringen, außer daß du wieder an den Galgen kommst?«

»Ich muß aber etwas tun.«

Luis nickte. »Mit der Zeit wird sich dir schon eine Gelegenheit zur Rache bieten.« Er dachte nach. »Du hast gesagt, Jacoby und Söhne, Duncan. Gibt es noch einen Bruder?«

»Ja«, antwortete Duncan. »Tim ist der ältere. Randolph, der jüngere, ist ein anständiger Mann, das sagen zumindest die Leute, aber natürlich hält er zu seiner Familie.«

Luis meinte: »In Rodez tragen wir ein Duell aus, wenn ein Mann einem anderen ein Unrecht antut. Wenn sich zwei Familien gegenüberstehen, gibt es Krieg. Es mag zwar ein stiller Krieg sein, einer, der Generationen lang währt, aber er dauert so lange, bis eine der Familien ausgelöscht ist.«

»Ich muß schon kämpfen, um dieses Geschäft am Laufen zu halten, Luis«, wandte Roo ein. »Krieg führen ist teuer.«

»Der Krieg hat längst begonnen. Und er wird nicht zu Ende sein, ehe du nicht entweder gewonnen oder verloren hast. Doch die nächste Schlacht muß nicht heute nacht stattfinden. Laß dir Zeit. Sammle Kraft. Schwäche deinen Feind. Und wenn sich dir schließlich die passende Gelegenheit bietet, dann greif zu.« Luis unterstützte seine Worte, indem er seine linke, gesunde Hand zuschnappen ließ. »Man hört so oft, die Rache würde am besten kalt serviert. Aber das stimmt nicht; im Gegenteil, die Hitze des Zorns, der dich zur Rache treibt, darf nie erkalten.« Er blickte Roo geradewegs in die Augen. »In manchen Tempeln gilt die Vergebung als Tugend. Aber wenn du nicht so tugendhaft bist, dann studiere deinen Feind gründlich.« Er tippte sich an die Stirn. »Denk nach. Sieh dir seine Stärken und Schwächen an. Halte das Feuer auf kleiner Flamme, plane kühl, aber wenn es an der Zeit ist, löse eine Feuersbrunst aus und genieße die Glut der Rache.«

Roo seufzte tief, als könne er mit der Luft seinen Zorn entweichen lassen. »Sehr gut. Wir warten. Aber sagt unseren Männern, daß sie uns alle Gerüchte, die Jacoby und Söhne betreffen, mitteilen sollen.«

»Und was ist der nächste Punkt?« fragte Duncan. »Ich wollte heute abend noch eine Dame besuchen ...« Er grinste.

Roo lächelte. »Helmut hat bisher unsere Bücher geführt. Ich verstehe davon zwar ein wenig, aber nicht genug. Kann einer von euch Bücher führen?«

Luis schüttelte den Kopf, und Duncan lachte. »Ich war noch nie gut im Rechnen. Das weißt du doch.«

»Dann müssen wir jemanden einstellen.«

»Wen?« fragte Duncan.

»Ich weiß nicht. Vielleicht Jason aus Barrets Kaffeehaus. Der kann gut mit Zahlen umgehen; McKeller hat ihn öfter Inventur machen lassen als jeden anderen. Er hat alles im Kopf behalten ... die Kosten und die Anzahl der Kaffeesäcke und dazu Einzelheiten, die ich nie so recht verstanden habe. Ich werde ihn fragen. Er ist ehrgeizig. Vielleicht wird er für uns arbeiten.«

»Können wir ihn denn bezahlen?« fragte Duncan und lachte dabei.

Roo antwortete: »Wir haben einen Vertrag mit dem Palast. Ich werde noch mal mit de Loungville sprechen, damit wir pünktlich bezahlt werden, und dann werden wir schon über die Runden kommen.«

»Und was war die dritte Sache?« fragte Luis.

Roos Gesichtsausdruck wandelte sich. An die Stelle von Wut und Sorge trat Unsicherheit. »Ich werde heiraten.«

»Meinen Glückwunsch«, freute sich Luis. Er streckte die Hand aus, und Roo nahm sie.

Duncan fragte: »Karli?«

»Wer sonst?« erwiderte Roo.

Duncan zuckte mit den Schultern. »Wann?«

»Am nächsten Sechstag. Werdet ihr mit uns feiern?«

»Sicherlich«, erwiderte Duncan und erhob sich. »Sind wir dann fertig?«

»Du kannst gehen«, gestattete ihm Roo, ein wenig enttäuscht von der mangelnden Begeisterung seines Cousins.

Nachdem Duncan gegangen war, wandte Luis ein: »Da übernimmst du aber eine gewaltige Verantwortung, Roo.«

»Was meinst du?«

»Es geht mich ja eigentlich nichts an. Tut mir leid, daß ich es angesprochen habe.«

Roo fragte abermals: »Was meinst du?«

Luis sagte einen Augenblick lang nichts. Schließlich begann er: »Du scheinst das Mädchen zu mögen. Aber ... heiratest du sie nur, weil du meinst, du müßtest für sie sorgen?«

Roo wollte das verneinen, aber er konnte es nicht. »Ich weiß nicht. Ich mag sie, und eine Ehefrau ... also, eine Ehefrau ist eine Ehefrau, nicht? Ich brauche eine Ehefrau und Kinder.«

»Warum?«

Roo schien vollkommen verwirrt zu sein. »Ich ... also, einfach so. Ich meine, ich will in dieser Stadt ein wichtiger Mann werden, und dazu brauche ich eine Frau und Kinder.«

Luis betrachtete den jungen Freund eingehend. »Wie du meinst. Ich werde zur Schreibstube zurückgehen und den Männern erzählen, daß es am Sechstag eine Hochzeit geben wird.«

»Morgen werde ich es auch Erik und Jadow sagen«, meinte Roo. »Vielleicht wird auch der Hauptmann zur Feier kommen, wenn er noch in der Stadt ist.«

Luis nickte. Als er hinter Roos Stuhl vorbeiging, blieb er stehen und legte dem jüngeren Mann die Hand auf die Schulter. »Ich wünsche dir viel Glück. Von ganzem Herzen.«

»Danke«, antwortete Roo, während Luis das Zimmer verließ.

Einen Augenblick später trat Karli ein. »Ich habe gehort, wie sie gegangen sind.«

Roo nickte. »Ich habe ihnen gesagt, wir würden am Sechstag heiraten.«

Karli nahm auf dem Stuhl Platz, auf dem bis vor kurzem noch Duncan gesessen hatte. »Bist du dir auch ganz sicher?«

Roo zwang sich ein Lächeln auf die Lippen. »Natürlich bin ich sicher«, gab er zurück und legte seine Hand auf die ihre. Doch am liebsten wäre er so weit wie möglich davongelaufen. »Natürlich«, wiederholte er nochmals.

Er starrte auf die Vorhänge vor dem Fenster, als wären sie durchsichtig, und vor seinem inneren Auge sah er das bleiche Gesicht von Helmut, wie er auf seinem Totenbett aufgebahrt gelegen hatte. Seine Haut war weiß wie Knochen gewesen, hatte genau die gleiche Farbe wie die Seide besessen, die Roo gestohlen hatte, und in seinem Herzen wußte Roo, daß es eine Verbindung zwischen dem Ballen Seide und dem Überfall auf Helmut gab und daß der Tod von Karlis Vater auf sein Konto ging. Er tätschelte die Hand des Mädchens und wußte: Selbst wenn er dieses Mädchen hassen würde, würde er sie dennoch heiraten müssen, um seinen Fehler wiedergutzumachen.

Calis schob seinen Stuhl zurück, stand auf, trat zu einem der Fenster und starrte hinunter auf den Kasernenhof. »Ich habe ein schlechtes Gefühl bei der ganzen Sache.«

Prinz Nicholas lehnte sich in seinem Stuhl zurück, warf erst seinem Neffen, dann Marschall William, der zustimmend nickte, einen Blick zu. »Es ist ein verzweifeltes Spiel«, räumte William ein.

Patrick, der am Kopf des Tisches saß, setzte dem entgegen: »Onkel, du nimmst das alles zu persönlich. Du bist mehr als einmal in dieses ferne Land gereist.« Er blickte sich im Zimmer um. »Ich will gern zugeben, wie sehr mein Widerwillen damit zusammenhängt, daß ich diese … Pantathianer nicht aus erster Hand kenne.«

»Ich habe ebenfalls gesehen, zu welchen Dingen sie fähig sind, Patrick«, sagte Nicholas, »und ich kann dennoch kaum glauben, was in den Berichten steht.« Er deutete auf einen Stapel Papier vor ihnen auf dem Tisch. Die Sendungen waren von Kurieren überbracht worden, die zwischen Krondor, der Fernen Küste, den Inseln des Sonnenuntergangs und Novindus mit schnellen Schiffen kreuzten. Die Berichte waren kaum einen Monat, nachdem Greylock und Luis von dort aufgebrochen waren, von Novindus abgesandt worden und erst heute morgen angekommen.

Sie hatten keine guten Nachrichten enthalten.

Herzog James, der neben Marschall William saß, warf ein: »Wir wissen, unsere Schätzungen waren übermäßig optimistisch. Doch mit der Zerstörung der Werften in Maharta und der

Stadt am Schlangenfluß haben wir nicht so viel Zeit gewonnen, wie wir uns erhofft hatten.«

»Zehn Jahre«, fügte Calis mit leichtem Spott in der Stimme hinzu. »Ich weiß noch, wie ich glaubte, sie würden zehn Jahre brauchen, um eine Flotte aufzubauen, die dieses Heer übers Meer bringen kann.«

»Wie schätzt Ihr es nun ein, Hauptmann?« verlangte Patrick zu wissen.

Calis seufzte. Das war seine erste Gefühlsäußerung, die jemand hier im Zimmer seit seiner Rückkehr aus Stardock bemerkt hatte. »Vier, vielleicht fünf.«

Nicholas gab zu bedenken: »Wir haben nicht damit gerechnet, daß unser Feind bereit ist, alle verfügbaren Kräfte in den Wiederaufbau dieser Werften zu stecken.«

»Wir haben einfach nicht mit einem Feind gerechnet, dem es vollkommen gleichgültig ist, ob sein Volk bis zum letzten Mann vor die Hunde geht«, fiel William ein. Er schob seinen Stuhl zurück und erhob sich, als könnte er nicht länger still sitzen. »Wir bereiten uns auf die Verteidigung vor, und wir machen das auffällig genug, um die Pantathianer glauben zu lassen, wir wollten in den Krieg auf ihrem Kontinent nicht noch einmal eingreifen.« Er blieb neben Calis stehen. »Aber wir haben einen Vorteil, von dem sie nichts ahnen; wir wissen, wo sich ihr Unterschlupf befindet.«

Calis lächelte schief, ohne jede Spur von Humor. »Ich glaube, das interessiert sie nicht.« Er ging an William vorbei und stellte sich Nicholas gegenüber hin, wandte sich aber mit seiner Bemerkung an Prinz Patrick. »Hoheit, ich bin nicht sicher, ob uns diese Mission tatsächlich etwas einbringen wird.«

»Ihr glaubt, sie würde uns nichts einbringen?« fragte Patrick nach.

»Unserer Vermutung nach werden sie kaum darauf warten, daß wir hinter ihre Linien schlüpfen und ihr Nest zerstören«, wähnte William.

Calis hob einem Schulmeister gleich den Zeigefinger in die Höhe. »Das ist der entscheidende Punkt: Wir vermuten es!« Er wandte sich William zu. »Alles, was wir je von diesen Kreaturen gesehen haben, verrät uns zumindest so viel: Sie denken wie niemand anders. Sie sterben so willig, wie sie töten. Wir können ihre Kinder bis zum letzten abschlachten; wenn sie dafür den Stein des Lebens in die Hände bekommen, werden sie das ohne mit der Wimper zu zucken in Kauf nehmen. Sie glauben, sie würden als Halbgötter zurückkehren und ihrer Herrin dienen, und der Tod enthält für sie keinerlei Drohung.«

Er blickte Patrick an. »Ich werde gehen, Patrick, ich werde gehen und für Euch töten und falls es sein muß, für Euch sterben. Doch selbst wenn wir hineinkommen und sogar wieder heraus, die Überlebenden werden über uns herfallen. Ich glaube, wir werden diese Kreaturen nie begreifen.«

»Hast du einen besseren Vorschlag?« wollte Nicholas wissen.

William legte Calis die Hand auf die Schulter. »Alter Freund, die einzige andere Wahl, die wir haben, besteht darin, abzuwarten. Da sie ja in jedem Fall zu kommen scheinen, was riskieren wir, wenn wir diesen Überfall durchführen?«

Calis' Stimme klang unbewegt. »Nur die Leben weiterer guter Männer.«

»Das ist eben der Beruf des Soldaten, Hauptmann«, wiegelte William den Einwand ab.

»Deshalb muß ich die Vorstellung noch lange nicht schätzen«, kam als Antwort.

Trotz des Rangunterschiedes waren die beiden Männer alte Freunde, und William war wegen des Tonfalls seines Freundes oder des Mangels an Respekt keinerlei Gereiztheit anzumerken. In dieser Ratsrunde spielten Ränge keine große Rolle, denn jeder einzelne der Anwesenden hatte seinen Wert für die Krone und seine Verläßlichkeit mehr als einmal bewiesen. Trotz seiner Jugend – er war kaum fünfundzwanzig Jahre alt – hatte Patrick drei Jahre an der Grenze im Norden gedient, wo er gegen Goblins und Dunkelelben gekämpft hatte. Calis war ungefähr so alt wie William, welcher dem Äußeren nach in den frühen Fünfzigern zu stehen schien, während Calis nicht älter als Prinz Patrick aussah.

»Was ist, wenn es nicht gelingt?« verlangte Calis zu wissen.

Es war James, der ihm darauf antwortete. »Dann gelingt es eben nicht.«

Calis betrachtete den alten Mann und lachte bedauernd. Dann richtete er den Blick auf Prinz Nicholas. »Ich kann mich noch erinnern, wie auch du immer solche Fragen gestellt hast, Nicky.«

»Wir alle sind älter geworden, Calis«, hielt Nicholas ihm entgegen.

Patrick fragte: »Wann werdet Ihr aufbrechen?«

»Es wird noch Monate dauern, bis wir bereit sind. Ich habe, außer den in diesem Raum Anwesenden, nur vier Leute, auf die ich mich voll und ganz verlassen kann: de Loungville, Greylock, Erik und Jadow. Alle vier wissen, was sie dort unten erwartet, und sie sind sich auch des Risikos bewußt. Es gibt noch einige andere Veteranen von den letzten beiden Zügen, doch diese vier werden die Anführer sein, wenngleich Erik und Jadow noch nicht darüber unterrichtet wurden. Aber der Rest sind Männer, die einfach Befehlen folgen. Gute Soldaten, aber nicht gut genug, um Offizier zu sein.«

»Wie werdet Ihr vorgehen?« fragte Patrick weiter.

Calis lächelte. »Wir werden sie von hinten überraschen.« Er ging hinüber zu einer großen Karte an der Wand, die über die letzten zwanzig Jahre hinweg immer wieder berichtigt worden war, wenn Neuigkeiten vom Kontinent auf der anderen Seite der Welt eingetroffen waren. »Wir brechen von den Inseln des Sonnenuntergangs auf, wie gewöhnlich, doch hier« – er zeigte auf einen weißen Fleck auf der Karte, vierhundert Meilen südlich der langen Inselkette – »gibt es ein nicht-kartographiertes Stück Land mit einem sehr schönen Hafen. Wir treffen uns dort und wechseln auf ein anderes Schiff.«

»Ein anderes Schiff?« erkundigte sich Patrick.

Nicholas antwortete. »Der Feind kennt jedes Schiff der Marine des Westens. Und er würde eins der unseren noch am Horizont allein der Takelung wegen erkennen. Und ohne Zweifel weiß der Feind auch darüber Bescheid, welche unserer ›Handelsschiffe‹ getarnte Kriegsschiffe sind.«

»Was habt Ihr dort unten?« fragte Patrick. »Ein neues Schiff?«

»Nein, ein sehr altes«, sagte Calis. »Wir werden uns als Brijaner tarnen.«

»Brijaner? Keshianische Piraten?« fragte William und lächelte schief.

Nicholas erklärte: »Eines ihrer Drachenschiffe befindet sich in unserem Besitz. Die Marine von Roldem hat es vor zwei Jahren gekapert.« Roldem war ein kleines Inselkönigreich im Osten des Königreichs der Inseln, welches schon lange als Verbündeter galt. »Der König von Roldem wird es uns ›leihen‹. Es wurde in aller Stille um Kesh herumgesegelt.« Nicholas lächelte. »Ein paarmal sind sie sogar anderen Drachenbooten der Brijaner begegnet. Der Kapitän aus Roldem hatte ihnen zugewinkt und ist an ihnen vorbeigefahren, hat es jedoch ansonsten vermieden, irgendwelche Kontakte mit ihnen aufzunehmen.«

William lachte. »Diese arroganten Schweinehunde konnten sich vermutlich nicht vorstellen, daß in ihren Gewässern jemand segelt, der nicht zu ihrem Haufen gehört.«

»Ich hoffe, wir werden genausogut durchkommen«, äußerte Calis.

»Wie?« fragte Patrick.

»Ich werde nicht Richtung Westen segeln, um nach Novindus zu kommen. Ich werde nach Osten segeln, um das Horn von Kesh, und dann über jenes Meer, welches man das Grüne Meer nennt, zu einem kleinen Ort in der Nähe von Ispar.« Er zeigte ihnen den Ort auf der Karte, während er weitersprach. »Wir werden dort von Westen her hineinsegeln. Falls sie nach unseren Schiffen Ausschau halten, dann hoffentlich nur in die andere

Richtung. Bisher war immer die Stadt am Schlangenfluß unser Ziel. Wenn wir entdeckt werden, sind wir einfache Brijaner, Händler, die vom Kurs abgekommen sind und die versuchen, die Landmasse zu umschiffen.«

Patrick fragte: »Ob sie das glauben werden?« Calis zuckte mit den Schultern. »So etwas ist früher schon vorgekommen, wie man mir gesagt hat. Es gibt einen schnellen Strom, der ostwärts der Eisschollen das Meer durchzieht, und wenn man südlich von Kesh dort hineinkommt, kann man darauf bis zu einer großen Eismasse hinunterfahren, die wie ein Finger auf den Hafen des Leids zeigt. Wir wären nicht das erste Piratenschiff aus Kesh, das dort auftaucht, aber es kommt auch nicht so oft vor, daß die Menschen dort die Unterschiede feststellen könnten.«

Patrick fragte: »Und dann?«

Calis fuhr fort: »Wir kaufen Pferde, wechseln die Kleider und schleichen uns nachts aus der Stadt. Dann machen wir uns nach Norden auf.« Er zeigte auf das Südende der Gebirgskette, die westlich vor Ispar bis ans Meer reichte. »Ich kann den Eingang wiederfinden, durch den wir auf unserer letzten Reise aus diesem Höhlengewirr wieder ins Freie gelangt sind.«

Niemand bezweifelte das. Calis' Fähigkeit als Spurensucher war so legendär wie seine Herkunft, einzigartig und in gewisser Hinsicht übernatürlich.

»Sehr gut«, befand Patrick. »Und dann?«

Calis zuckte mit den Schultern. »Vernichten wir die Pantathianer.«

Patrick riß die Augen auf. »Wie viele Männer wollt Ihr mit Euch nehmen?«

»Sechzig, in zehn Gruppen.«

»Ihr plant, das ganze Volk dieser Kreaturen, die nach allen Berichten, die ich gehört habe, Magier sind, mit sechzig Männern zu vernichten?«

»Ich habe nie behauptet, es würde ein Zuckerschlecken werden«, entgegnete Calis.

Patrick blickte Nicholas an. »Onkel?«

Nicholas nickte. »Vor zwanzig Jahren habe ich gelernt, daß etwas, von dem Calis sagt, daß es möglich wäre, auch möglich ist.« Er sah Calis an und fragte: »Was denkst du?«

»Ich denke«, erläuterte Calis, »der größte Teil ihrer Soldaten wird bei den Armeen der Smaragdkönigin sein.« Er fuhr mit dem Finger über die Karte, zwischen der Gegend um Maharta und der Stadt am Schlangenfluß. »Wir haben sie noch nie in großer Anzahl zu Gesicht bekommen. Die Schwadron, die ich in der Höhle gesehen habe, bestand aus weniger als zwanzig Mann, und das war die größte Anhäufung von ihnen, die uns je begegnet ist. Wir haben immer nur ihre Fähigkeit, uns mit dem Bösen zu überziehen, in Betracht gezogen, aber wir haben uns nie gefragt, wie viele sie wirklich sind.« Über sein Gesicht huschte ein Ausdruck des Ekels. »Diese Bruthöhle, die ich bei unserer letzten Fahrt entdeckt habe, war nur schlecht bewacht. Ein halbes Dutzend Erwachsene, ungefähr ebenso viele Junge und vielleicht zwanzig Eier. Weibchen habe ich nicht gesehen.«

Patrick fragte: »Und was hat das zu bedeuten?«

Calis setzte seine Ausführungen fort: »Pug und Nakor haben übereinstimmend die Meinung geäußert, diese Geschöpfe seien gar keine natürlichen.« Er kehrte an den Tisch zurück und setzte sich. »Sie behaupten, sie wären von Alma-Lodaka geschaffen worden.« Calis senkte den Blick, und William und Nicholas sahen, daß dieser seltsame Mann, Halbelb von Geburt, in diesem Moment Nichtelben ein Wissen preisgab, welches jeder andere Elb selbst unter Folter an keinen Unbefugten verraten würde. Nur seiner halbmenschlichen Natur war diese Eröffnung zu verdanken, denn Calis wußte, daß es wichtiger war, in allem, was die Schlangenmenschen betraf, aufrichtig zu sein, als das Geheimnis der Elben zu bewahren. Doch das machte es dem Elben in ihm nicht leichter. Solche Verhaltensweisen wurden nicht erlernt, sie wurden vererbt. »Falls es so wäre, würde das ihre niedrige Geburtsrate erklären. Oder vielleicht ist ihr Volk nie besonders groß gewesen. Womöglich haben sie auch, wie Insekten, einige Königinnen, oder vielleicht gibt es einen abgetrennten Bereich, in dem die Weibchen wohnen. Wir wissen es nicht. Aber da dort dieses Nest ist, können die Weibchen nicht weit sein.«

»Eine Sache habe ich noch nicht so recht verstanden«, unterbrach ihn Patrick. »Wenn die Mehrheit der Krieger und Magier bei der Armee der Smaragdkönigin ist, was gewinnen wir, indem wir die Bruthöhle überfallen …?« Er riß die Augen auf. »Ihr wollt die Jungen niedermetzeln?« fragte er schockiert.

Calis blieb ruhig. »Ja.«

»Ihr sprecht davon, Krieg gegen Unschuldige zu führen?« fragte Patrick, und seine Stimme verriet, wie aufgebracht er war. »Keshianische Hundesoldaten schlachten bei ihren Plünderungen vielleicht Frauen und Kinder ab, aber der letzte Mann aus dem Königreich, der das gewagt hat, fand vor den Augen hochrangiger Adliger und Offiziere sein Ende am Galgen.«

Nicholas blickte Calis an, der den Blick erwiderte und nickte.

Herzog James gab dem Prinzen zu bedenken: »Patrick, Ihr seid noch neu hier, und Ihr wißt noch nicht zur Gänze Bescheid –«

»Mein Lord«, unterbrach ihn der Prinz, »ich weiß, welch hohes Amt Ihr seit Großvaters Jugend innehabt. Ihr wart der Berater meines Vaters in Rillanon, aber jetzt bin ich der Herrscher des Westlichen Reiches. Falls es etwas gibt, das ich wissen sollte, wieso hat man es mir dann noch nicht mitgeteilt?«

Herzog James blickte Prinz Nicholas an.

Nicholas lehnte sich zurück und bemerkte die Gereiztheit seines Neffen. Der neue Prinz von Krondor war ein aufbrausender Mann und noch dazu empfindlich, weil er sich seiner Position noch nicht sicher war, und so regte er sich über jede Nichtachtung seiner Stellung auf, mochte sie tatsächlich geschehen oder nur in seiner Einbildung vorhanden sein.

Marschall William übernahm es, den Prinzen zu besänftigen. »Euer Hoheit«, begann er und betonte den Rang des jungen

Mannes, »was Calis meint, ist, daß wir alle damals, während dieser Ereignisse, die geschehen sind, hier waren, derweil es für Euch nur trockene Berichte auf geduldigem Papier sind.« Er machte eine Pause und fuhr schließlich fort: »Wir haben die Vernichtung, die diese Geschöpfe anrichten können, aus erster Hand erfahren.«

Es war Calis, der Williams Erklärung ergänzte: »Würdet Ihr nicht eine giftige Schlange töten, nur weil sie von Natur aus eine Viper ist?«

Patrick blickte Calis an. »Fahrt fort!«

»In Euren Grenzen gibt es Städte und Landstriche, die einstmals zu Kesh gehörten. Aber jene, die dort leben, sind der Geburt nach Bürger des Königreichs, wenngleich ihre Vorfahren dem Kaiser von Kesh treu ergeben waren. Für sie gibt es dabei keinen Unterschied. Sie sind im Königreich groß geworden, sie sprechen die Sprache des Königs, und sie denken, ebenso wie wir, dies hier sei ihre Heimat.«

»Was hat das mit dem Thema zu tun?« fragte Prinz Patrick.

»Es ist der Kern der Sache«, betonte Calis. Er beugte sich vor und stützte sich mit den Ellbogen auf den Tisch. »Ihr mögt sagen, diese Kreaturen dort unten würden unschuldig geboren. Doch das ist nicht der Fall. Nach allem, was wir über sie wissen, steckt der Haß in ihnen, von dem Augenblick an, in dem sie aus den Eiern schlüpfen. Sie sind geschaffen, um so zu sein, wie sie sind. Wenn wir alle Erwachsenen und alle Kinder töteten und die Eier hier ausbrüteten und die Jungen mit unseren Kindern aufwachsen lassen würden, dann würden sie uns, sobald sich ihr Bewußtsein entwickelt hat, hassen und an ihre ›verlorene Göttin‹ glauben. Es liegt in ihrer Natur, so zu sein, so wie es in der Natur einer Viper liegt, zu beißen und giftig zu sein. Sie können nichts dagegen tun, genausowenig wie die Viper.«

Calis bemerkte, wie der Standpunkt des Prinzen ins Wanken geriet. »Vielleicht mögt Ihr eines Tages einen Waffenstillstand mit der Bruderschaft des Dunklen Pfades, wie Ihr die Moredhel nennt, herbeiführen. Vielleicht werden einst die Goblins den Gesetzen des Königreichs gehorchen und unsere Märkte besuchen. Vielleicht werden in Zukunft die Grenzen zu Kesh geöffnet, und freier Handel wird zwischen den Völkern möglich sein. Aber es wird keinen Frieden auf dieser Welt geben, solange auch nur ein einziger Pantathianer noch atmet. Denn ihre Natur ist es, alles zu tun, was notwendig ist – hinterlistige Pläne zu schmieden, zu töten und was sonst auch immer –, um in den Besitz des Steins des Lebens in Sethanon zu gelangen und die ›verlorene Göttin‹ Alma-Lodaka zurückzuholen.«

Patrick schwieg eine Weile lang, dann wandte er ein: »Aber Ihr sprecht von Völkermord.«

Calis erwiderte: »Ich breche in den nächsten sechs Monaten noch nicht auf, Hoheit. Falls Ihr bis dahin einen besseren Plan habt, bin ich sicherlich der erste, der ihn sich mit Wohlwollen anhört.« Er senkte die Stimme, doch der leise Tonfall machte den nächsten Satz noch eindringlicher. »Aber auch wenn Ihr mir dieses Vorhaben verbietet, ich werde dennoch gehen. Und falls ich nicht mit einem Schiff des Königreichs fahren kann, dann mit einem aus Queg oder Kesh. Falls nicht dieses Jahr, dann im nächsten oder in dem darauffolgenden. Denn sollte ich das nicht tun, werden die Schlangenpriester eines Tages den Stein des Lebens in ihre Gewalt bringen, und dann werden wir alle ausnahmslos den Tod finden.«

Lange saß Patrick reglos da. Schließlich befand er: »Sehr gut. Es scheint nun einmal keinen anderen Weg zu geben. Aber sollte Euch etwas zu Ohren kommen, was die Sache in einem anderen Lichte erscheinen läßt, möchte ich unverzüglich davon in Kenntnis gesetzt werden.« Er stand auf und wandte sich an William: »Beginnt mit den Vorbereitungen, aber so, daß niemand etwas davon bemerkt.«

Damit verließ der Prinz den Raum. James wandte sich an William. »Wir haben noch etwas zu besprechen.«

William lächelte und blickte zu dem nur wenig größeren Herzog auf. »Was ist los, Jimmy?«

James blickte Calis und Nicholas an, dann William. »Helmut Grindle wurde gestern nacht vor den Toren der Stadt ermordet.«

William fragte: »Grindle? Roo Averys Partner?«

Nicholas nickte. »So ist es, und zudem ein möglicher Verbündeter. Wir brauchen die Unterstützung von Händlern wie ihm.«

William sah James an. »Gibt es einen Verdächtigen?«

»Unsere Agenten glauben, Frederick Jacoby oder einer seiner Söhne könnten hinter seinem Tod stecken, und die Jacobys sind zur Zeit mit Jacob Esterbrook verbündet. Esterbrook ist ein sehr einflußreicher Mann, sowohl hier als auch in Kesh.« James schwieg kurz und fuhr schließlich fort: »Hoffentlich hat Mr. Avery nicht mitbekommen, wer seinen Partner getötet hat.«

»Was, wenn er einen Verdacht hat?« fragte Calis. »Ich kenne Roo Avery. Er ist schlau, und Grindle könnte das Bewußtsein gerade lange genug wiedererlangt haben, um seinen Mörder preiszugeben.«

»Vielleicht, doch solange uns Mr. Avery keinen Kummer mit Jacob Esterbrook und seinen Freunden bereitet, ist es nicht von Belang.« Er lächelte. »Wir brauchen Händler, die hart arbeiten, damit wir ihnen reichlich Steuern abnehmen können. Doch gegenseitig umbringen sollten sie sich eigentlich nicht.«

William warf ein: »Wo wir gerade beim Thema sind: Ob sie, wenn die Zeit kommt, so entgegenkommend sein und uns ihren Reichtum zur Verfügung stellen werden?«

James sah seinen alten Freund an. »Kümmere du dich um die Kriegführung, William, und ich besorge dir das Geld. Die Händler von Krondor werden parieren, wenn sie erst einmal erfahren haben, daß sie alles verlieren, wenn sie uns nicht helfen.« Er blickte von einem zum anderen. »Ich habe die Spötter jetzt dort, wo ich sie haben wollte; ich habe den Thron dort, wo ich ihn haben wollte; und bald werde ich auch den Reichtum haben, den wir brauchen. Und falls ich unser Volk bis zum letzten ausquetschen muß, ich werde es tun. Denkt dran, ich bin der einzige in diesem Raum, der in Sethanon dabei war.«

Niemand brauchte weitere Erklärungen. Die Väter von Nicholas, William und Calis waren ebenfalls in Sethanon dabeigewesen, und die drei kannten jede Einzelheit der Ereignisse von damals, als die Pantathianer zum ersten Mal danach gestrebt hatten, den Stein des Lebens in ihre Hände zu bringen. Doch James war eben persönlich dabeigewesen.

William meinte: »Ich werde am Hof erwartet. Wenn du mich jetzt entschuldigst, James, denn ich habe mich vorher noch um einige andere Angelegenheiten zu kümmern.«

Der Herzog nickte. Nachdem William gegangen war, fragte James Calis: »Wen wirst du bei deinem Selbstmordkommando mitnehmen?«

Calis wußte, worauf James hinauswollte. »Bobby, Greylock und Erik. Von den beiden jungen Feldwebeln ist er der klügere.«

»Dann laß ihn mir hier«, bat James. »Wenn einer von ihnen schon draufgehen soll, dann laß den besseren lieber in meinen Diensten. Nimm Jadow mit.«

Calis nickte. »Einverstanden.«

»Und Bobby laß auch hier.«

Calis wandte ein: »Dazu werde ich ihn kaum überreden können.«

»Befiehl es ihm.«

»Er wird nicht gehorchen.«

James beharrte: »Du bist hier unabkömmlich, wie du weißt, aber genauso, wie ich den Adler von Krondor brauche, brauche ich auch den boshaften Hund von Krondor.« Er blickte zum Fenster hinaus. »Ich brauche einen Feldwebel, und zwar dringender als einen General« – er sah Calis an – »oder einen Hauptmann.«

Calis lächelte schief. »Er wird dir das Leben zur Hölle machen.«

James erwiderte das Lächeln. »Was wäre daran neu? Außerdem habe ich keine Wahl.«

»Sehr gut«, stimmte Calis zu. »Ich lasse dir Bobby und Erik hier und nehme Jadow und Greylock mit.«

Die drei machten sich zur Tür auf. James fragte: »Was ist mit Nakor?«

»Er wird wieder mitkommen, wenn man ihn fragt, aber ich glaube, er wird uns in Stardock mehr von Nutzen sein. Diese Magier sind sehr von sich selbst eingenommen, und er ist genau der Richtige, um ihnen den Kopf zurechtzurücken und sie daran zu erinnern, daß die Insel, auf der sie leben, immer noch zum Königreich gehört.«

»Sehr gut, aber ihr werdet mächtiger Magie gegenüberstehen, nach allem, was du berichtet hast. Was willst du in dieser Hinsicht unternehmen?«

Calis schien fast peinlich berührt, als er kundtat: »Miranda hat sich bereit erklärt mitzukommen.«

James blickte Calis forschend ins Gesicht und lachte dann. »Trotz all deiner Jahre erinnerst du mich an meinen Sohn.«

Calis hatte soviel Anstand zu lächeln. »Wo wir gerade von ihm sprechen – wann wird er zurückerwartet?«

»Jederzeit«, antwortete James. »Ich glaube, ich werde ihn nach Stardock schicken, damit er sich dort um alles kümmert.« Sein Lächeln bekam einen schmerzlichen Zug. »Und meine Enkel sollte ich gleich mitschicken.«

Calis nickte. »Jimmy und Dash müssen jetzt schon fast Männer sein.«

»Dafür halten sie sich jedenfalls.« James wandte sich an Nicholas. »Du hast keine Ahnung, was dir entgangen ist, weil du nie geheiratet hast.«

Nicholas konterte nur: »Dazu bin ich doch noch lange nicht zu alt. Amos hat meine Großmutter geheiratet, als er fast schon siebzig war.«

»Nur bringst du dich um die Freude an den Kindern, wenn du so lange wartest«, antwortete James, während er durch die Tür trat. Dann zog er eine säuerliche Miene. »Wenn ich an Jimmy und Dash denke, ist dir vielleicht doch nicht allzuviel Freude vorenthalten geblieben.«

Sie verließen das Ratszimmer. James wandte sich an Calis. »Wie andere vor mir, bin ich nicht gerade erfreut darüber, daß deine bezaubernde Freundin so viele Geheimnisse um sich webt, aber dennoch hat sie sich während der letzten Jahre als vertrauenswürdige Verbündete herausgestellt. Ich will nur eins sagen: Sei vorsichtig.«

Calis nickte und gab sich darauf ganz seinen eigenen Gedanken hin, während James und Nicholas ihre Unterhaltung über Familie und Kinder fortführten.

Roo starrte vor sich hin, und Erik lachte. »Du siehst aus, als wolltest du weglaufen.«

Leise meinte Roo: »Um die Wahrheit zu sagen, genauso fühle ich mich, und zwar seit dem Augenblick, als ich sie gefragt habe.«

Erik versuchte, verständnisvoll zu wirken, konnte seine Belustigung jedoch nur schlecht verhehlen. Roo konterte: »Wart's nur ab. Eines Tages wirst du eine Hure fragen –«

»Warte mal einen Moment«, brauste Erik auf, plötzlich gar nicht mehr so belustigt.

»Ach, Mann«, entschuldigte sich Roo. »Tut mir leid. Ich bin mir nur nicht so ganz sicher, ob ich die richtige Entscheidung getroffen habe.«

Erik blickte sich im Tempel um, in dem Karli und Roo in Bälde getraut werden sollten, und stellte fest: »Ein bißchen spät, nicht?«

Karli betrat als Braut den Tempel durch eine Seitentür, wie es bei den Gläubigen von Sung der Weißen Brauch war. An ihrer Seite ging Katherine, das Mädchen, welches de Loungville erst gefangengenommen und dann in die Dienste des Prinzen gestellt hatte. Karli hatte keine nennenswerten Freundinnen, und Mary, ihre Magd, wäre keine standesgemäße Brautführerin gewesen. Also hatte Erik, der Roos Führer war, das Serviermädchen gefragt, ob es einspringen wollte. Und zu seiner Überraschung hatte das Mädchen zugesagt.

»Also, auf geht's«, seufzte Roo und machte sich auf, den Hauptgang hinunterzumarschieren. Erik ging an seiner Seite.

Die einzigen Zeugen waren Luis und einige der Angestellten aus dem Geschäft, dazu Jadow und jene Soldaten, die mit Roo in Calis' Truppe gedient hatten. Sie beobachteten den Priester, der von der fünften oder sechsten Zeremonie dieser Art an diesem Tag offensichtlich gelangweilt war und das Ritual in aller Eile vollziehen wollte.

Roo schwor, für Karli zu sorgen und ihr treu zu sein, und sie schwor das gleiche, und dann sagte der Priester, die Weiße Göttin sei erfreut und sie könnten jetzt gehen. Erik überreichte dem Priester die Spende, die bei solchen Anlässen erwartet wurde, und die Hochzeitsgesellschaft wurde von einem unwirsch wirkenden Tempeldiener hinausgescheucht.

Roo und Karli ließen sich zu einer Kutsche geleiten, die aus Anlaß der Hochzeit gemietet worden war, während die anderen den Weg zu Grindles Haus zu Fuß oder zu Pferde hinter sich brachten. Während die Kutsche durch die Straßen fuhr, sah Roo, daß Karli die Augen niedergeschlagen hatte und auf ihre Hände starrte.

»Was hast du denn?« forschte Roo nach. »Bist du nicht glücklich?«

Karli blickte ihn an, und dieser Blick traf ihn wie ein Schlag. Plötzlich entdeckte er Wut und Groll hinter der freundlichen Fassade. Doch ihre Stimme klang ruhig und fast entschuldigend, als sie fragte: »Und du?«

Roo zwang ein Lächeln auf seine Lippen. »Natürlich, meine Liebe. Wie könnte ich nicht?«

Karli sah aus dem Fenster. »Als du den Gang hinuntergegangen bist, hast du eher verzweifelt ausgesehen.«

Roo versuchte, es herunterzuspielen. »Das ist doch ganz normal.« Als sie ihm den Blick zuwandte, fügte er rasch hinzu: »Hat man mir jedenfalls gesagt. Die Zeremonie … und das alles.«

Schweigend fuhren sie weiter und durchquerten langsam die

Stadt. Roo betrachtete die Häuser und Straßen draußen, die Menge der Bürger, Händler und Reisenden, bis sie schließlich bei Grindles Haus ankamen. Erik und die anderen warteten bereits auf sie.

Erik öffnete Roos Tür, und Katherine eilte zu Karli, um ihr aus der Kutsche zu helfen. Das Mädchen mochte eine Fremde sein, aber immerhin nahm sie ihre Aufgabe als Brautführerin ernst.

Drinnen hatte der Koch einen festlichen Schmaus aufgetischt, und dazu wurde der beste Wein aus dem Keller entkorkt. Roo ließ sich von Karli durch den Eingang führen, der Tradition zum Trotz, die besagte, der Mann solle sein Weib durch die Tür führen. Doch schließlich war es ihr Haus. Als sie eingetreten waren, wollte sich Karli mit der Bemerkung davonmachen: »Ich guck nur mal schnell in der Küche nach dem Rechten.«

Roo hielt sie zurück. »Das kann Mary auch erledigen. In diesem Haus wirst du niemals wieder bedienen.«

Karli blickte ihm einen Moment lang in die Augen, dann trat ein schwaches Lächeln auf ihre Lippen. Roo drehte sich um und rief: »Mary!«

Die Magd erschien, und Roo teilte ihr mit: »Du kannst mit dem Auftragen beginnen.«

Die Gäste setzten sich, und das Mahl war gleichermaßen köstlich wie reichhaltig. Als jeder mehr gegessen hatte, als der Hunger verlangt hätte, erhob sich Erik. Er blickte in die Runde und sah, wie Katherine wegen seiner unbeholfenen Haltung grinste. Laut räusperte er sich, und als die Unterhaltung nicht leiser wurde, rief er: »Hört doch mal her!«

Er hob die Stimme mehr, als er gewollt hatte, und alle im Zimmer verfielen augenblicklich in Schweigen und brachen dann in Lachen aus. Erik wurde schrecklich rot und hob die Hand. »Es tut mir leid«, entschuldigte er sich und grinste über seine eigene Verlegenheit. »Als Führer des Bräutigams habe ich die Pflicht, einen Trinkspruch auf die Jungvermählten auszubringen.« Er blickte Luis an. »So hat man es mir jedenfalls gesagt.«

Luis nickte mit einem höflichen Lächeln und winkte ihm zu.

Erik fuhr fort: »Es liegt mir nicht, viele Worte zu machen, aber eines weiß ich ganz sicher: Roo ist mein Freund, und er ist mir fast ein Bruder. Er bedeutet mir mehr als jeder andere, und ich möchte ihm nur eins wünschen: Glück.« Dann wandte er sich an Karli: »Ich hoffe, du liebst ihn genausosehr wie ich, und ich hoffe auch, daß er dich so sehr liebt, wie du es verdienst.« Er hob seinen Weinkelch und sagte: »Auf die Jungvermählten. Mögen sie zusammen alt werden und den Augenblick, in dem sie ihre Schicksale zu einem verbunden haben, nie bereuen. Mögen sie jeden Tag ihres Leben glücklich sein.«

Die Gesellschaft stieß an und äußerte Beifall. Nun erhob sich Roo. »Ich danke euch.« Er wandte sich an Karli. »Ich weiß, es war eine schwierige Zeit«, sagte er und meinte den Mord an ihrem Vater, »aber es ist mein größtes Anliegen, daß du diese schlechten Zeiten bald vergißt und daß sich dein Leben mit Glück erfüllen möge.«

Karli lächelte und errötete, und Roo ergriff unbeholfen ihre Hand.

Das Fest nahm seinen Lauf. Roo bemerkte, daß Erik sich die meiste Zeit mit dieser Katherine unterhielt. Karli hingegen sagte kaum ein Wort.

Schließlich verabschiedeten sich die ersten Gäste, und nachdem es noch später geworden war, entboten Roo und Karli endlich auch Erik, dem letzten Gast, eine gute Nacht. Als er die Tür hinter Erik zumachte, wandte sich Roo seiner Frau zu. Sie starrte ihn mit unergründlichem Gesicht an.

»Was hast du?« fragte er, plötzlich ernüchtert, als ihn eine seltsame Furcht durchfuhr. Etwas an ihrer Haltung ließ in ihm das Gefühl aufkeimen, er müsse seine Waffe ziehen.

Sie kam zu ihm, nahm ihn in die Arme und legte den Kopf auf seine Schulter. »Es tut mir leid.«

Roo merkte, wie seine Beine weich wurden, aber er zwang sich zur Aufmerksamkeit. »Was meinst du?«

Über ihr Schluchzen hinweg hörte er Karli sagen: »Ich wollte so sehr, daß es ein schöner Tag werden sollte.«

Roo fragte: »Aber war es das nicht?«

Karli schwieg. Tränen waren die einzige Antwort.

Die Personen dieses Buches

AGLARANNA – Elbenkönigin in Elvandar, Gemahlin von Tomas, Mutter von Calin und Calis
ALFRED – Korporal aus Finstermoor
AVERY, DUNCAN – Cousin von Roo
AVERY, RUPERT »ROO« – junger Händler aus Krondor, Sohn von Tom Avery
AVERY, TOM – Fuhrmann, Roos Vater
AZIZ – Feldwebel in Shamata

BETSY – Dienstmädchen im Gasthaus Zu den Sieben Blumen
BOLDAR BLUT – Söldner, der von Miranda im Gang zwischen den Welten angeheuert wurde
BORRIC – König der Inseln, Zwillingsbruder von Prinz Erland, Bruder von Prinz Nicholas, Vater von Prinz Patrick

CALIN – Thronfolger von Elvandar, Halbbruder von Calis, Sohn von Aglaranna und König Aidan
CALIS – »Der Adler von Krondor«, Sonderbeauftragter des Prinzen von Krondor, Herzog am Hofe, Sohn von Aglaranna und Tomas, Halbbruder von Calin
CARLINE – Herzoginwitwe von Salador, Tante des Königs
CHALMES – Hoher Magier in Stardock
CROWLEY, BRANDON – Händler in Barrets Kaffeehaus

DE LOUNGVILLE, ROBERT »BOBBY« – Hauptfeldwebel bei Calis' Blutroten Adlern

DE SAVONA, LUIS – früher Soldat, heute Mitarbeiter von Roo
DUNSTAN, BRIAN – der »Kluge«, Anführer der Spötter, war früher unter dem Namen Lysle Rigger bekannt

ELLIEN – Mädchen aus Ravensburg
ERLAND – Bruder des Königs und von Prinz Nicholas, Onkel von Prinz Patrick
ESTERBROOK, JACOB – wohlhabender Händler in Krondor, Vater von Sylvia
ESTERBROOK, SYLVIA – Jacobs Tochter

FADAWAH – Oberster General der Armee der Smaragdkönigin
FREIDA – Eriks Mutter

GALAIN – Elb in Elvandar
GAMINA – Adoptivtochter von Pug, Schwester von William, Gemahlin von James, Mutter von Arutha
GAPI – General in der Armee der Smaragdkönigin
GASTON – Wagenhändler in Ravensburg
GORDON – Korporal in Krondor
GRAVES, KATHERINE »KITTY« – Diebin in Krondor
GREYLOCK, OWEN – Hauptmann in Diensten des Prinzen
GRINDLE, HELMUT – Händler, Vater von Karli, Partner von Roo
GRINDLE, KARLI – Tochter von Helmut, spätere Gemahlin von Roo Avery, Mutter von Abigail und Helmut
GUNTHER – Nathans Lehrling
GWEN – Mädchen aus Ravensburg

HOEN, JOHN – Geschäftsführer von Barrets Kaffeehaus
HUME, STANLEY – Händler in Barrets Kaffeehaus

JACOBY, FREDERICK – Gründer von Jacoby und Söhne, Händler

JACOBY, HELEN – Gemahlin von Randolph
JACOBY, RANDOLPH – Sohn von Frederick, Bruder von Timothy, Gemahl von Helen
JACOBY, TIMOTHY – Sohn von Frederick, Bruder von Randolph
JAMES – Herzog von Krondor, Vater von Arutha, Großvater von James und Dash
JAMESON, ARUTHA – Graf am Hofe des Prinzen, Sohn von Herzog James
JAMESON, DASHEL »DASH« – jüngerer Sohn von Arutha, Enkel von James
JAMESON, JAMES »JIMMY« – älterer Sohn von Arutha, Enkel von James
JAMILA – Madame im Weißen Flügel
JASON – Kellner in Barrets Kaffeehaus, später Buchhalter von Avery und Sohn und der Bittermeer-Gesellschaft
JEFFREY – Fuhrmann bei Jacoby und Sohn

KALIED – Oberster Magier in Stardock
KURT – einschüchternder Kellner in Barrets Kaffeehaus

LENDER, SEBASTIAN – Anwalt in Barrets Kaffeehaus

MCKELLER – Oberkellner in Barrets Kaffeehaus
MILO – Wirt in Ravensburg, Vater von Rosalyn
MIRANDA – Magierin und Verbündete von Calis und Pug

NAKOR DER ISALANI – Spieler, Benutzer von Magie, Freund von Calis

PATRICK – Prinz von Krondor, Sohn von Prinz Erland, Neffe des Königs und von Prinz Nicholas
PUG – Magier, Herzog von Stardock, Cousin des Königs, Vater von Gamina

RIVERS, ALISTAIR – Wirt im Glücklichen Springer
ROSALYN – Tochter von Milo, Gemahlin von Rudolph, Mutter von Gerd
RUDOLPH – Bäcker in Ravensburg

SHATI, JADOW – Korporal in Calis' Truppe

TANNERSON, SAM – Dieb in Krondor
TOMAS – Kriegsherr in Elvandar, Gemahl von Aglaranna, Vater von Calis

VINCI, JOHN – Händler in Sarth
VON FINSTERMOOR, ERIK – Soldat bei Calis' Blutroten Adlern
VON FINSTERMOOR, MANFRED – Baron von Finstermoor, Halbbruder von Erik
VON FINSTERMOOR, MATHILDA – Baroneß von Finstermoor, Mutter von Manfred

WILLIAM – Marschall von Krondor, Pugs Sohn, Gaminas Adoptivbruder, Onkel von Jimmy und Dash

GOLDMANN

Der phantastische Verlag

Raymond Feists Midkemia-Saga – eine unerreichte Fantasy von Liebe und Krieg, Freundschaft und Verrat, Magie und Erlösung.

Midkemia-Saga 1:
Der Lehrling des Magiers 24616

Midkemia-Saga 2:
Der verwaiste Thron 24617

Midkemia-Saga 3:
Die Gilde des Todes 24618

Midkemia-Saga 4:
Dunkel über Sethanon 24611

Goldmann · Der Taschenbuch-Verlag

GOLDMANN

Der phantastische Verlag

»Ich kann mich nicht erinnern, jemals eine so großartige Fantasy gelesen zu haben. Terry Goodkind ist der wahre Erbe von J.R.R. Tolkien.«
Marion Zimmer Bradley

»Einfach phänomenal.«
Piers Anthony

Terry Goodkind:
Das erste Gesetz der Magie 24614

Terry Goodkind:
Der Schatten des Magiers 24658

Goldmann · Der Taschenbuch-Verlag

GOLDMANN

Der phantastische Verlag

Guy Gavriel Kays Epos über die Herren von Fionavar –
»Die eindeutig beste Fantasy, die je nach Tolkien erschienen ist.« Isaac Asimov

Silbermantel 24714

Das wandernde Feuer 24715

Das Kind des Schattens 24716

Goldmann · Der Taschenbuch-Verlag